Als Bastei Lübbe Taschenbuch ist erhältlich:

14769   Der dunkle Hauch der Angst

*Über die Autorin:*

*Tatjana Stepanowa,* geb. 1966 in Moskau und studierte Juristin, ist eine der erfolgreichsten Kriminalschriftstellerinnen Russlands. Wie ihre berühmte Kollegin Alexandra Marinina war auch sie im Polizeidienst tätig. Aus ihrer Feder stammen bisher neun Kriminalromane, deren Heldin die Reporterin Katja ist und die in Russland bisher eine Gesamtauflage von 2 Millionen Exemplaren erreichten.

# Tatjana Stepanowa

# Der süße Duft des Blutes

Ins Deutsche übertragen von
Dr. Margret Fieseler

BASTEI LÜBBE TASCHENBUCH
Band 14954

1. Auflage: August 2003
2. Auflage: Juli 2004

Vollständige Taschenbuchausgabe

Bastei Lübbe Taschenbücher ist ein Imprint
der Verlagsgruppe Lübbe

Titel der russischen Originalausgabe:
»Звезда на одну роль« (»Star für eine Rolle«)
© 1998 by EKSMO-Press, Moskau
Lizenzausgabe: Verlagsgruppe Lübbe GmbH & Co. KG,
Bergisch Gladbach
Umschlaggestaltung: www.coverdesign.net
Titelbild: Mauritius
Satz: hanseatenSatz-bremen, Bremen
Druck und Verarbeitung: GGP Media, Pößneck
Printed in Germany
ISBN 3-404-14954-8

Sie finden uns im Internet unter
www.luebbe.de

Der Preis dieses Bandes versteht sich einschließlich
der gesetzlichen Mehrwertsteuer.

# INHALT

# PROLOG

An der Kreuzung Pretschistenski-Boulevard und Kropot-kin-Straße stoppte direkt unter der Ampel ein Wagen – ein dunkelblauer, lackglänzender Porsche, ein Auto, das man auf Moskauer Straßen noch sehr selten sah. Zwei Männer saßen im Innern. Der Chauffeur wandte den Blick nicht von der roten Ampel, sein Fahrgast starrte angestrengt in die Dunkelheit – es war ein Uhr nachts, der Pretschistenski-Boulevard leer und schneebedeckt, und die Linden zu beiden Seiten standen da wie Gardesoldaten an einer alten Toreinfahrt, dunkel, schweigend, gleichgültig. Der Winterwind jaulte wie ein heimatloser Streuner, pfiff wie ein Wegelagerer und riss Eisklumpen von den nackten Zweigen.

Kein Mensch war auf der Straße. Nur ein Hund lief über die Fahrbahn, eine klapperdürre, knochige Promenadenmischung. Er humpelte, so schnell er konnte, auf drei Beinen, die verkrüppelte Pfote hochgezogen, und sah sich gehetzt nach allen Seiten um. Schmerz und Zorn lagen in den Hundeaugen, Hunger und Trauer. Als er den dunkelblauen, metallenen, nach Benzin stinkenden Ankömmling erblickte, fletschte er die Zähne und verschwand in einer dunklen Gasse.

Der Beifahrer im Porsche blickte auf die Armbanduhr und sagte ungeduldig zum Chauffeur: »Wir kommen zu spät.«

Der Chauffeur warf ihm einen Seitenblick zu.

»Üblicherweise halte ich mich in fremden Städten an die Verkehrsregeln und komme der Polizei nicht in die Quere, das ist nicht meine Art. Aber in diesem Fall ...«

Behutsam gab er Gas, setzte den Wagen in Bewegung und fuhr über die rote Ampel.

»Ich habe nicht die Absicht, mich heute zu verspäten«, brummte der andere, ein vierschrötiger, fast kahler Mann mittleren Alters mit einem müden, gedunsenen Gesicht. Er trug einen gut geschnittenen Mantel eines exklusiven mitteleuropäischen Modeschöpfers, und unter dem braunen, goldgesprenkelten Kaschmirschal schaute der Kragen seines schneeweißen Hemdes hervor. »Dort, wo wir hinfahren, ist es nicht üblich, dass man zu spät kommt. Überhaupt ist Unpünktlichkeit nur hier bei uns, in unserer angestammten Heimat, nichts Ehrenrühriges.«

»Ich bitte um Verzeihung, Chef.« Der Chauffeur hätte beinahe gegrinst. Auch er war in mittleren Jahren, hatte braune Haut und eine Adlernase und sprach mit dem eigenartigen Akzent der Russen, die im Ausland geboren wurden, in der dritten oder vierten Emigrantengeneration. »Wir sind gleich da.« Er bog in eine der engen, schlecht beleuchteten Seitenstraßen ein und bremste vor dem Schild am Eckhaus leicht ab.

Sein Fahrgast berührte mit der Hand, die in einem gelben Lederhandschuh steckte, die eiskalte Fensterscheibe und las den Straßennamen auf dem Schild.

»Kalte Gasse. Ja. Ein symbolträchtiger Name. Er weiß, wo er sich niederlässt.«

»Allerdings.« Der Chauffeur grinste. »Vor allem weiß er, was man herausholen kann. Ein Wahnsinnspreis.«

»Ach, hör schon auf.« Der andere verzog das Gesicht. »Man hat mir versichert, dass es jeden Preis wert ist. Es ist das Leben selbst, in all seiner Schönheit, Wahrheit und Grausamkeit. Nur deshalb bin ich hierher geflogen, mein Lieber. Nirgends sonst auf der Welt bekommt man etwas Derartiges zu sehen. Zumindest nicht heutzutage.«

»Hier ist es. Wir sind da.« Der Chauffeur hielt vor einer kürzlich restaurierten zweistöckigen Villa mit hohen französischen Fenstern und einer steinernen Vortreppe. Die Fenster waren dunkel, als wäre das Haus unbewohnt.

Der Chauffeur lief rasch die Treppe hinauf und klingelte.

Der Wind fegte in die Gasse, heulte wie eine Hundemeute, klapperte mit dem Blech auf den alten Dächern, wirbelte den Schnee auf und schleuderte ihn gegen die blinden schwarzen Fenster.

Lautlos öffnete sich die Tür. Ein heller Lichtstreifen fiel auf die Treppe. Der Chauffeur sagte rasch und leise etwas auf Englisch. Sein Fahrgast stieg langsam die Stufen hinauf. Der Schnee knirschte unter seinen schweren Schritten. Die Tür öffnete sich weiter, ließ beide Männer ein und schloss sich dann so lautlos, wie sie sich geöffnet hatte.

Der dreibeinige Köter humpelte behände in den Hinterhof, näher zur rettenden Müllgrube, wo der Wind mit leeren Milchkartons und zerrissenen Plastiktüten Fußball spielte.

Der Hund sprang auf einen Eisencontainer und fiel ausgehungert über die Abfälle her. Plötzlich stutzte er. Das Fell in seinem Nacken sträubte sich. Das Geräusch, das ihn aufgeschreckt hatte, war nur undeutlich und schwach; dennoch lag in diesem Schrei eine solche Qual, ein solcher Todesschmerz, dass der Hund es nicht ertrug. Er schluckte krampfhaft, hob dann seine spitze Raubtierschnauze zum dunklen Himmel und antwortete mit einem kurzen, heiseren Trauergeheul.

Die Tür des Hauses öffnete sich leise. Auf der Schwelle erschienen zwei Gestalten. Der Chauffeur, der besser auf den Beinen war, stützte seinen Fahrgast – den kahlköpfigen Mann in dem teuren ausländischen Mantel – und wuchtete ihn wie einen Sack in den Beifahrersitz; dann eilte er auf die andere Seite und setzte sich ans Steuer. Der Kahlköpfige bedeckte das Gesicht mit den Händen und schaukelte mit dem Oberkörper vor und zurück, wobei er Unverständliches murmelte. Sein Mantel war nur halb zugeknöpft und ließ ein zerknittertes Hemd und ein stutzerhaftes schwarzes, mit Flecken von Erbrochenem übersätes Jackett sehen.

Der Chauffeur tastete mit der Hand neben dem Sitz.

»Hier, eine Serviette. Sie haben sich den Anzug schmutzig gemacht ...« Seine Hand zitterte. Vergeblich versuchte er, den Zündschlüssel ins Schloss zu stecken.

Sein Begleiter presste die Stirn an die kalte Seitenscheibe.

»Wir hätten das nicht tun sollen ... wir hätten nicht herkommen sollen«, flüsterte der Chauffeur. »Verdammte Scheiße!«, stieß er plötzlich wild hervor. Seine Stimme zitterte, sein braunes Gesicht war aschgrau.

Endlich sprang der Motor an, und der Wagen jagte los. Wie ein blauer Blitz schoss er über das vereiste Pflaster und war im nächsten Augenblick verschwunden.

In der Kalten Gasse war es totenstill – die Stille kurz vor der Morgendämmerung. Nicht mehr lange, und der erste Trolleybus, der vom Pretschistenski-Boulevard kam, würde diese Ruhe beenden.

## 1 Verhaltensregeln beim Auffinden einer Ihnen bekannten Leiche

Später sagte sie sich tausend Mal: Wäre es doch nur ein Feiertag oder ein Wochenende gewesen, dann hätte ich an diesem Tag nicht zur Arbeit gemusst. Ich hätte zu Hause bleiben können, und der Anblick wäre mir erspart geblieben.

Sie – das war Katja Petrowskaja, Kriminalreporterin und Hauptmann der Miliz. Ihr Beruf brachte es mit sich, dass sie Dinge zu Gesicht bekam, an die ehrbare Bürger zur Nacht lieber nicht einmal denken würden. Werden diese Dinge jedoch im Fernsehen gezeigt, sitzen diese ehrbaren Leute sensationslüstern vor den Bildschirmen. Der Tod zieht gewöhnlich eine Menge Neugieriger an. Dabei spielt es keine Rolle, ob der Tod durch Blitzschlag bei einem Augustgewitter eintritt oder durch die Hand eines erbarmungslosen Auftragsmörders.

Alles begann mit einem gewöhnlichen Dienstgespräch.

Hätte Katja einen Artikel über diese Geschichte schreiben müssen, die sich dann ereignete, hätte sie die Überschrift gewählt: »Verhaltensregeln beim Auffinden einer Ihnen bekannten Leiche.«


»Das passiert nur deshalb, weil du deine Leser nicht respektierst.« Mit diesen Worten blätterte Gorelow die neuesten Zeitungen durch, die sich auf seinem Schreibtisch stapelten.

Katja lächelte nur. Sie wusste schon, was ihr der gut aussehende junge Mann mit der Goldrandbrille und dem dicken Islandpullover sagen würde.

»Du hast deinen Spaß an möglichst wilden Schlagzeilen: ›Der Bräutigam aus der Leichenhalle‹, ›In der Toilette ertrunken‹, ›Sex mit UFOs‹.«

»Darauf fahren die Leute nun mal ab, Kostja«, entgegnete Katja in so lässigem Tonfall, wie sie konnte, holte dabei ihre Puderdose aus der Handtasche, um die Wirkung zu erhöhen, und betrachtete konzentriert ihr Gesicht in dem kleinen Spiegel.

»Außerdem denke nicht ich mir die Überschriften aus, sondern der Redakteur. So ist das.« Sie klappte die Dose mit einem Knall wieder zu und legte sie auf die Schreibmaschine. »Und du musst doch zugeben, Kostja, wenn du die Zeitung aufschlägst und deinen müden Intellektuellenblick über die Schlagzeilen schweifen lässt, suchst du unwillkürlich auch nach so was wie ›Mann warf Frau aus dem Fenster‹, ›Die Mafia ist unsterblich‹ und dergleichen. Schließlich möchte man doch ein bisschen Nervenkitzel, stimmt's?«

Gorelow winkte ab. Er ging zu dem kleinen Tisch an der Wand, auf dem der Gemeinschaftssamowar, Tassen, Wasserkocher, eine Packung Tee und ein Glas mit Pulverkaffee standen. Die Teestunde nach dem Mittagessen war ihm heilig.

Das Büro, in dem dieses Gespräch stattfand, war im dritten Stock eines massiven Gebäudes mit marmornem Eingang, den ein beeindruckendes Schild zierte: »Hauptverwaltung Innere Angelegenheiten«. An der Bürotür hing ein mit Heftzwecken befestigter Zettel, auf dem mit großen

Druckbuchstaben geschrieben war: »Pressezentrum. Verlagsabteilung. Sektion TV«.

»Willst du Kaffee oder Tee?«, fragte Gorelow, während er den Samowar einstöpselte.

»Ich hab mich noch nicht entschieden. Koch erst mal Wasser.«

»Vielleicht ein Teilchen dazu? Das Büfett hat noch auf, ich kann schnell hin.«

»Danke, Kostja, ich mache Diät.«

»Schon wieder? Du hast doch erst letzten Monat eine Diät gemacht.«

Katja öffnete den Schrank und begutachtete sich kritisch im Spiegel. Wie viel sie auch fastete, mager würde sie doch nie aussehen. Nur gut, dass ihre Größe half – ein Meter fünfundsiebzig.

Sie nahm die Tasse aus Gorelows Händen entgegen und setzte sich an ihren Tisch. »Hast du schon die Berichte von heute gesehen? Sind Morde dabei?«

»Fünf oder sechs. Vier davon Alltagsgeschichten, einer sieht eher wie ein Unfall aus und ... ich weiß ja nicht, was für dich von Interesse ist.«

Plötzlich erschien der Chef der »Sektion TV«, Tim Margolin, im Büro und warf einen Stapel Videokassetten auf den Tisch.

»Katja, hast du schon Stepans Hinterlassenschaft gesehen?«

Stepan, Margolins Kollege, war seit gestern im Urlaub. Das Ende des Winters ist nicht gerade die passende Zeit, um Urlaub zu machen, aber was sollte man tun? Bei der Miliz kann man seinen Urlaub nicht nehmen, wann man will, sondern wenn die Vorgesetzten nichts dagegen haben. Und üblicherweise haben sie zu jeder Jahreszeit etwas dagegen.

»Hat Stepan in dieser Woche gedreht?«, erkundigte sich Katja.

»Und ob. Wie die Bande von Grjadkin hochgenommen wurde.«

»Welche Kassette ist es?«

»Die hier, glaube ich, die letzte.«

Margolin schaltete den Videorecorder ein. Die Bilder flimmerten vorbei: stämmige Kerle in Tarnuniformen – die Männer der Spezialeinheit. Sie kletterten durch die Fenster eines schmucken Landhauses aus rotem Backstein. Da war auch Grjadkin persönlich, der Kopf einer Verbrecherbande aus Snamensk, der wegen einer Serie von Überfällen auf Geldwechselstellen gesucht wurde. Du lieber Himmel, was für eine Visage!

Katja spulte das Band ein Stück vor. In der nächsten Einstellung lag die ganze Bande im Schnee, die Arme auf den Rücken gedreht, die Gesichter in den letzten schmutzigen Februarschnee gedrückt. Katja spulte weiter, und da ...

Ein anderer Körper. Auch er lag im Schnee, auch er mit dem Gesicht nach unten. Aber die Haltung war anders. Eine Leiche. Katja blickte sich nach Margolin um.

»Was ist das?«

Er zuckte die Achseln.

Auf dem Bildschirm erschienen Stiefel und Uniformhosen. Die obere Körperhälfte ihres Besitzers war zunächst nicht im Bild. Dann aber beugte der Mann sich über die Leiche. Seine Uniformmütze wurde sichtbar, sein verschwommenes Profil und ein vom Winterwind leuchtend rotes Ohr. Der Mann drehte die Leiche auf den Rücken.

Die Kamera fuhr ein wenig zurück und fing das Panorama der Gegend ein. Scheint eine Baustelle zu sein, dachte Katja; dann richtete sie die Aufmerksamkeit wieder auf die

Leiche. Eine Frau. Blond. In einem dunkelblauen, pelzgefütterten Mantel. Katja kannte solche Mäntel: italienische
Mode. Mäntel wie diesen konnte man in einem Geschäft
an der Dmitrowka kaufen.

Das Gesicht der Leiche erschien. Rasch wandte Katja
den Blick ab und tadelte sich dann selbst: Nun sei mal
nicht so zimperlich. Das ist dein Beruf. Du brauchst keine
Angst zu haben, sie ist tot. Und der Tod ist selten schön.

Die Kamera glitt wieder zur Seite und zeigte im Schnee
verstreute Gegenstände: ein Buch, eine Handtasche. Eine
braune Ledertasche mit goldener Schnalle, wie sie gerade
in Mode waren – ein weicher Beutel mit Henkeln, ein goldenes Monogramm, die lateinischen Buchstaben K und X.

Katja war so überrascht, dass sie sich unwillkürlich nach
vorn beugte. Zum Teufel! Diese Tasche ... Genau so eine
hatte Katja auch einmal schrecklich gern haben wollen. Sie
hatte sie bei Sweta gesehen.

Katja spulte das Band zurück. Warum bist du so aufgeregt?, fragte sie sich. In Moskau gab es vermutlich hunder-
te solcher Taschen.

Niemand hatte Katja gesagt, dass die Frau ermordet
worden war, doch der Dienst bei der Miliz hatte dazu geführt, dass in ihrem Kopf jedes Mal ganz von selbst die
gleiche Gedankenfolge ablief: Körper – Leiche – Verbrechen – Mord. Aber sie musste sich Gewissheit verschaffen.

Sie ging aufs Revier, um sich die letzten Berichte zu holen. Eigentlich interessierte sie sich nur für diesen einen
Fall. Aber das Ereignis, das auf der ersten Seite der Kriminalchronik des vergangenen Tages stand, zog unwillkürlich
ihre Aufmerksamkeit als Reporterin auf sich:

»Um 9.00 morgens wurden in Shigalowo, Lesnaja-Stra-
ße, Wohnung Nr. 14, die pensionierten Eheleute Silin, ihre

fünfundzwanzigjährige Tochter und ihre dreijährige Enkelin ermordet aufgefunden. Die Leichen wiesen zahlreiche Schnitt- und Stichwunden sowie Schädel- und Hirnverletzungen auf«, las Katja langsam. »Die kriminaltechnischen Untersuchungen ergaben, dass das Verbrechen von zwei Männern namens Kotschet und Tschistjakow, wohnhaft im Gebiet Nowgorod, begangen wurde. Beide Täter wurden gemäß Artikel 1 der Verordnung des Präsidenten der Russischen Föderation festgenommen. Nach den vorläufigen Ermittlungsergebnissen wurde das Verbrechen mit dem Ziel begangen, in den Besitz der Wohnung zu gelangen. Derzeit wird überprüft, ob die bezeichneten Personen an weiteren Straftaten ähnlicher Art in Moskau und Umgegend beteiligt waren.«

Katja wollte schon zum Telefonhörer greifen, da entdeckte sie auf der Liste der Einsatzleute, die zum Tatort gefahren waren, den Namen Kolossow und ließ die Hand wieder sinken. Nein, nach einem solchen Fall, bei dem eine vierköpfige Familie, darunter ein kleines Mädchen, abgeschlachtet worden war, konnte sie Nikita Kolossow nicht telefonisch fragen. Besser, sie ging später persönlich zu ihm.

In der Rubrik »Sonstige Vorkommnisse« fand sich nur eine einzige Mitteilung. Katja las sie durch, las sie noch einmal und konnte es nicht glauben ...

Sie legte ihren Kugelschreiber auf die betreffende Seite, ging zum Haustelefon und wählte eine Nummer.

»Pressezentrum der Hauptverwaltung, Petrowskaja. Verbinden Sie mich bitte mit Sergejew.«

Im Hörer knackte es. Katja wartete gespannt.

Sergejew, Chef der Kripoabteilung von Kamensk, war an seinem Platz.

»Guten Abend, Sascha. Hier Katja Petrowskaja.«

»Grüß dich, Katja.« Sergejew war in Eile, wie immer. Sein heiserer Bariton klang knapp und geschäftig.

»Sascha, kannst du mir bitte sagen, wie die Frau heißt, die bei euch auf der Baustelle gefunden wurde? Im Polizeibericht stehen nur ihre Initialen.«

Sergejew raschelte mit Papieren. »Krassilnikowa, Swetlana Nikolajewna, achtundzwanzig Jahre, wohnhaft in Moskau, Gerojew-Panfilowzew-Straße acht, Wohnung Nummer ... Sie war übrigens als vermisst gemeldet.«

»Vermisst?«, wiederholte Katja erstaunt.

»Ja, seit dem neunzehnten Februar. Der Himmel weiß, wie es sie zu uns auf die Baustelle verschlagen hat. Ein Unglücksfall. Hat jedenfalls ganz den Anschein. Das medizinische Gutachten steht aber noch aus.«

»Es gibt eine Expertise?«, fragte Katja. »Wann wird sie erstellt?«

Die Antwort konnte sie nicht mehr verstehen. In Sergejews Büro klingelte ein Telefon.

»Einen Augenblick.«

Katja wartete geduldig. Sergejew fuhr am anderen Telefon jemanden heftig an: »Das ist doch nicht möglich! Wo habt ihr denn eure Augen!« Dann fluchte er.

»Entschuldige, Katja.« Er schnaufte erzürnt.

»Was ist denn passiert?«

»Die Frau von der Baustelle, nach der du gefragt hast. Wegen ihr hat man mich gerade angerufen.«

»Die Krassilnikowa? Was ist denn mit ihr? Du hast doch gesagt, es war ein Unfall.«

»Ja, schon ... Aber irgendwas ist da oberfaul. Entschuldige, Katja, ich muss dringend weg.«

Katja blickte auf das Blatt mit dem Polizeibericht. Sweta

Krassilnikowa war also tot. Sweta ... Plötzlich erinnerte sie sich mit ungewöhnlicher Klarheit, wie sie die Frau vor gut drei Monaten auf der Bühne der Schtschukin-Theaterschule gesehen hatte. Sie schloss die Augen. Achtundzwanzig Jahre. Ein Jahr älter als sie selbst. Flachsblondes Haar, eine Puppenfigur und zarte, rosige Haut. »Porzellankätzchen«, so hatte man sie genannt. Ja, genau diesen Spitznamen hatte Ben ihr gegeben: Porzellankätzchen. Und jetzt war das Kätzchen tot ...

Katja schlug die Mappe zu. Die Uhr an der Wand zeigte fünf vor sechs. Kolossow war sicher schon zurück. Katja schloss die Bürotür hinter sich ab und ging nach unten zur Mordkommission.


Der Chef des »Schlachthofs«, wie die Mordkommission im Milizjargon hieß, der vierunddreißigjährige Major Nikita Michailowitsch Kolossow, thronte hinter seinem Schreibtisch und stritt sich mit jemandem am Telefon.

»Für dich ist er der Chef, aber für mich ist er ein Niemand von der Straße! Sag ihm, dass ich es nicht erlaube. Kapiert? Ich erlaube es nicht ...« Die zornigen Worte erstarben auf seinen Lippen, als Katja sein Büro betrat. »Na schön, in Ordnung. Schrei nicht so, ich hab Besuch bekommen. Ja, Besuch! Ich rufe ihn später selbst an. Wie ist seine Nummer?« Den Hörer an die Schulter gepresst, kritzelte er rasch etwas auf seinen Kalender. »Alles klar. Ende.«

Katja stand abwartend vor seinem Schreibtisch. Kolossow wedelte einladend mit der Hand.

»Setz dich. Wie komme ich zu der Ehre deines überraschenden Besuchs?«

»Du warst doch in Shigalowo?«, fragte sie leise.

Kolossow nickte schweigend. Sein Gesicht wurde plötzlich zur Maske.

»Du hast sie gesehen?«

Wieder nickte er, stand auf und nahm eine Dose Kaffee und zwei verdächtig trübe aussehende Gläser von der Fensterbank.

»Viel Blut?«, fragte Katja.

»Viel Blut, Katja. Eine Zwei-Zimmer-Wohnung in einem Altbau aus der Stalinzeit, direkt im Zentrum, am Marktplatz. Mauern so dick wie in einem Bunker und vier Meter hohe Räume. Eine große Küche. Eben eine Wohnung, wie sie sein soll. Die bringt was ein.« Er verstummte, rührte mit dem Löffel in seinem Glas, um den Zucker aufzulösen. »In dem kleineren Zimmer wohnte das Rentnerehepaar. In dem großen die Tochter mit der dreijährigen Enkelin Lena. Der Kleinen haben sie den Kopf mit einer Eisenstange eingeschlagen. Sie ist nicht mal aufgewacht.«

Er zog eine Schublade auf und warf einen Packen Farbfotos auf den Tisch.

Was Katja am meisten erschütterte, war nicht das tote Mädchen. Es lag in seinem Bettchen, das Gesicht im blutbespritzten Kissen vergraben. Man konnte sie in all dem Bettzeug kaum erkennen. Neben dem Bett lag ein rosa Plüschhase. Aber weder der Hase noch der blutdurchtränkte Kissenbezug, sondern das Gesicht der alten Frau Silin, die unmittelbar vor dem Bettchen ihrer Enkelin auf dem Teppich lag, prägte sich Katja tief ein und sollte sie noch lange Zeit verfolgen.

Die alte Frau hatte Lockenwickler im Haar und trug ein Nachthemd aus Kattun. Schmerzverkrümmt lag sie da, die runzligen Hände auf den Leib gepresst. Ihr Mund war zu einem stummen Schrei verzerrt.

»Sie hatten die Wohnung verkauft?«, fragte Katja.

»Ja.«

»An wen?«

»Der Käufer hat sie mittlerweile selbst schon wieder verscherbelt – an eine Firma, die Gemüse nach Moskau liefert. Er hat dabei ein gutes Geschäft gemacht.«

»Aber warum waren sie noch nicht weg? Warum sind sie bis zum Schluss in der Wohnung geblieben?«

»Sie wollten nach Troizk umziehen. Die Schwester der alten Frau Silin war dort gestorben und hatte ihre Wohnung ihrer Nichte vermacht. Da haben sie beschlossen, die von beiden Wohnungen zu verkaufen, die mehr einbrachte.«

»Was war denn mit der Tochter? Hat die nichts verdient?«

Kolossow brummte viel sagend.

»Das Werk, in dem sie gearbeitet hat, ist schon seit drei Jahren stillgelegt. Sie war von Beruf Ingenieurin. Die beiden Alten hatten nur eine winzige Rente. Und die Enkelin litt unter Blutarmut. Sie musste behandelt werden.«

»Ich verstehe das nicht«, sagte Katja. »Weshalb haben sie das Kind umgebracht? So ein kleines Mädchen hätte die Täter doch gar nicht identifizieren können.«

»Sie hatten die Anweisung, alle zu töten. Damit es keinen Erben mehr gab. Keinen einzigen. Verstehst du?«

»Ich habe Kummer, Nikita«, sagte Katja plötzlich. »Eine Freundin von mir ist gestorben.«

Ein mitfühlender Ausdruck legte sich auf sein Gesicht.

»Woran?«

»Ein Unfall auf einer Baustelle. Genaueres weiß ich bis jetzt noch nicht. Stell dir vor, als wir uns heute die Videobänder anschauten, da ...«

Sie fing einen raschen Blick Kolossows auf. Dann starrte er wieder in seine Papiere.

»Das heißt, dieses Mädel aus Kamensk war deine Freundin?«, fragte er betont beiläufig.

»Keine sehr enge. Aber eine gute Bekannte. Wir waren in der gleichen Clique, haben uns oft getroffen.«

»In der gleichen Clique, aha ...« Er wollte ihr eine weitere Frage stellen, als leise an die Tür geklopft wurde. Der hellblonde, kurz geschorene Kopf von Witja Iwanow aus der so genannten »Wohnungsabteilung«, offiziell »Abteilung für die Bekämpfung von Diebstahl persönlichen Eigentums«, schaute durch die Tür.

»Da steckst du, Katja! Und wir wundern uns schon, mit wem sich der Schlachthof-Chef eingeschlossen hat«, schnurrte er wie ein großer Kater. »Wieso rennst du ewig zu den Mördern und kommst nie zu uns?«

»Ihr ladet sie nicht richtig ein«, knurrte Kolossow. »Und überhaupt, wenn ich Damenbesuch habe, möchte ich nicht gestört werden.«

»Die Dame wird dir gleich untreu, da kannst du sicher sein.« Iwanow verschränkte seine muskulösen Arme vor der kräftigen Brust. Er machte in seiner Freizeit Krafttraining und Langstreckenlauf. »Katja, war es nicht immer dein Wunschtraum, Chasan kennen zu lernen?«

»Was denn, ist er etwa schon wieder ausgebrochen?«, fragte Katja.

»Zum dritten Mal.«

»Was stehst du noch herum! Bring mich sofort zu ihm. Danke für den Kaffee, Nikita«, sagte sie zu Kolossow. »Entschuldige, wenn ich dich mit meinem Geschwätz von der Arbeit abgehalten habe. Ich schaue später nochmal rein.«

»Du bist immer willkommen. Außerdem hätte ich dann noch eine Frage an dich ... wegen deiner toten Freundin.«

Iwanow ließ Katja den Vortritt und führte sie in sein Büro.

# 2 Abgeschiedenheit

Zu Hause war es dunkel. Wadim war also noch nicht da. Na, Gott mit ihm. Katja schlug die Tür hinter sich zu und knipste das Licht im Flur an. Die kleine Einzimmerwohnung in dem Haus aus der Stalinzeit am Frunse-Kai hatte sie geerbt. Früher hatte hier ihre Großtante gewohnt – eine alte Jungfer mit stürmischer Vergangenheit.

Sie zog sich aus, warf sich den Bademantel um die Schultern und schlurfte ins Bad. Dort drehte sie das Wasser in der Wanne auf und gab etwas Fliederschaumbad dazu. Der Duft hob ihre Stimmung.

Nach dem Bad aß sie eine Kleinigkeit und setzte sich vor den Fernseher. Auf dem Bildschirm tanzten lustige kleine Gestalten. »Schneewittchen und die sieben Zwerge«, ihr Lieblingstrickfilm. Faulpelz und Brummbär tanzten zu den Klängen eines Dudelsacks. Faulpelz ... Der Spitzname würde auch sehr gut auf Wadim passen. Schon als Junge war Wadim Krawtschenko durch seine phänomenale Faulheit aufgefallen; jetzt, in reiferem Alter, war es noch schlimmer geworden. Wie sich das mit seinem Job vereinbaren ließ, war Katja unbegreiflich.

Krawtschenko war früher beim KGB gewesen. Aber das hatte er selbst vor seinen engsten Freunden nur ungern zugegeben; er pflegte seine Tätigkeit als »Mittelding zwischen einem Referenten für innere Angelegenheiten und einem politischen Kommentator« zu bezeichnen.

1992 hatte er überraschend den Dienst bei seiner Behörde quittiert, die inzwischen ihren Namen gewechselt hatte und nun FSB hieß. Die Gründe für diese Fahnenflucht blieben seinen Freunden unklar. Seither arbeitete Wadim als professioneller Leibwächter. Katja hatte den Verdacht, dass der Grund für diesen Berufswechsel keineswegs die Jagd nach dem schnellen Dollar gewesen war, sondern dass eine Jugendschwärmerei den Anstoß gegeben hatte, über die er allerdings nie laut sprach.

Es war nämlich so, dass Wadim sich in seinen Träumen als eine Art russischer James Bond sah. Er besaß eine vollständige Sammlung aller Videokassetten mit den Abenteuern des Agenten 007, und ganz im Stillen, bei geschlossenen Türen und verborgen vor fremden Augen, ergötzte er sich an der schlichten Exotik der Fleming'schen Spionagefantasien.

Doch leider bestand schon rein äußerlich keine große Ähnlichkeit zwischen Wadim und Bond. Wadim Krawtschenko war der typische Slawe, träge und von Skepsis, Ironie und Lebensüberdruss zerfressen.

Katja hatte ihn während ihres Studiums an der juristischen Fakultät der Moskauer Universität kennen gelernt. Manchmal kam es ihr vor, als würden sie sich schon hundert Jahre kennen und als wäre ein Alltag ohne den anderen gar nicht mehr denkbar.

Wadim hatte seine eigene Wohnung, in der er sich aufhielt, wenn er und Katja sich voneinander erholten. Einmal hatten sie auch schon ernsthaft erwogen, ihre Beziehung zu legalisieren. »Du weißt schon, Standesamt und so weiter«, hatte Wadim gebrummt. »Und außerdem, so seltsam es sich anhört, ich glaube, ich liebe dich wirklich ...« Doch Katjas Verlangen nach Freiheit und Ruhm war zu groß gewesen. Sie wollte es im Leben zu etwas bringen. Die Bedingungen dafür waren einfach, aber hart: ein abgeschiedener Winkel, eine Schreibmaschine und völlige Ruhe.

Außerdem war damals der »Fürst«, Sergej Meschtscherski, an Katjas Horizont erschienen.

Wadim selber hatte Katja mit Sergej bekannt gemacht – sie waren Kommilitonen gewesen; beide hatten die Lumumba-Universität für Völkerfreundschaft absolviert. Meschtscherski saß eine Zeit lang als Berater in irgendeinem gottverlassenen Nest im Nahen Osten herum; dann kehrte er in die Sowjetunion zurück, die zu dieser Zeit bereits zur GUS geworden war, verließ den Staatsdienst und ging in die freie Wirtschaft. Etwa drei Jahre lang schuftete er für eine Firma, die Jagdflugzeuge vom Typ MiG-28 in die arabischen Emirate lieferte. Sobald er einiges Geld zurückgelegt hatte, stieg Sergej aus seinem Job aus.

Er beschloss, nach dem Vorbild Fjodor Konjuchows[1] Reisender zu werden, verkehrte nun schon seit einem Jahr regelmäßig mit irgendwelchen halb verrückten Fanatikern vom »Russischen Tourismusclub« und arbeitete die Marschroute einer Reise durch Zentralafrika aus.

Leider war der Fürst ein bisschen kurz geraten. Stämmig und wieseläugig, reichte er Katja gerade bis zum Kinn, wenn sie hohe Absätze trug. Aber das störte ihn nicht. Sein Lieblingsheld war Alexander der Große, der einst ebenfalls weite Reisen und gewaltige Feldzüge unternommen und die halbe Welt erobert hatte, trotz seiner keineswegs hünenhaften Figur.

Außerdem hatte Meschtscherski einen Vorzug, der Katja

nachhaltig beeindruckte. Sergej Jurjewitsch Meschtscherski war ein *echter* Fürst, Nachkomme eines alten russischen Adelsgeschlechts. Seine Familie hatte sogar in den Jahren der Sowjetherrschaft an ihren alten Traditionen festgehalten, und sämtliche Meschtscherskis waren stolz auf ihr blaues Blut.

Während Katja noch mit einem Auge die Abenteuer der Zwerge auf dem Bildschirm verfolgte, wählte sie bereits Wadims Nummer. »Leider bin ich nicht zu Hause. Bitte hinterlassen Sie nach dem Piepton eine Nachricht.« Ach, zum Teufel! Katja legte auf. Wadims Vorliebe für technische Apparate brachte sie schier zur Verzweiflung. Ständig schleppte er irgendwelchen Plunder ins Haus: elektronische Notizbücher, Funkuhr-Wecker und dergleichen. Einmal war er mit einem Gerät erschienen, das sich Pager nannte. Katja entdeckte es später verloren und verlassen unter dem Kopfkissen.

Sie wählte die Nummer des Fürsten. Der hatte zwar Gott sei Dank keinen Anrufbeantworter, aber ans Telefon ging auch niemand. Wo trieben die beiden sich abends noch herum? Katja wandte ihre Aufmerksamkeit wieder dem Fernseher zu und drückte mechanisch auf die Knöpfe der Fernbedienung, ohne zu finden, was sie suchte. Albernes Zeug, Nachrichten, Pornos. Ärgerlich schaltete sie das Gerät aus und wählte die Nummer von Ben – Boris Bergman.

»Hallo?« Er war zu Hause.

»Ben, ich bin's, Katja. Guten Abend.«

»Guten Abend, Kati!«

»Sweta ist tot, Ben. Sweta Krassilnikowa.«

Bergman schnappte nach Luft.

»Woher weißt du das? Wann ist es passiert?«

»Ich hab's im Polizeibericht gelesen, kannst du dir das

vorstellen? Und ein Video habe ich auch gesehen ... Sie wurde auf einer Baustelle gefunden.«

»Auf einer Baustelle?« Für einen Moment verschlug es Ben den Atem. »Wieso auf einer Baustelle? Obwohl ... eigentlich ist es ja völlig egal. Wie ist es passiert?«

»Ich weiß es nicht. Es hieß, sie sei auf einer Baustelle in Kamensk gefunden worden. Ihr Tod liegt schon zwei Wochen zurück. Seit dem neunzehnten Februar war sie als vermisst gemeldet.«

»Mein Gott. Und wo ist sie jetzt?«

»Wahrscheinlich in der Leichenhalle des Kamensker Krankenhauses. Man wird ein Gutachten über die Todesursache erstellen«, erklärte Katja. »Wann hast du sie das letzte Mal gesehen, Ben?«

»Wart mal ... ja, richtig, kurz vor Neujahr hat sie mich angerufen. Seit der Premiere damals ist sie hier nicht mehr aufgetaucht.«

Letztes Jahr im Mai hatte Bergman sein Studium der Regie am Schtschukin-Institut für Theaterwissenschaften abgeschlossen und als Diplomarbeit ein Schauspiel inszeniert. Die Rollen in dem Stück hatte er unter den Schauspielern und Schauspielerinnen des Nachwuchsstudios »Die Rampe« verteilt. Swetlana Krassilnikowa arbeitete damals in diesem Studio.

»Ich verstehe gar nicht, wie Sweta dorthin gekommen ist, Ben.« Katja merkte plötzlich, wie in ihrem Innern zwei unersättlich neugierige Persönlichkeiten zum Leben erwachten: die Reporterin und die Ermittlerin. »Hatte sie mit irgendjemand näheren Kontakt, als ihr den ›Blauen Vogel‹ inszeniert habt? Sie war ja als vermisst gemeldet, also muss jemand bei der Miliz gewesen sein und ihr Verschwinden angezeigt haben.«

»Vielleicht ihre Eltern?«

»Ihre Eltern wohnen in Kostroma.«

»Ach ja, das habe ich ganz vergessen. Aber warte mal ... beim ›Blauen Vogel‹ hat sie Tolja Lawrowski kennen gelernt. Ja, natürlich!« Bens Stimme klang ein wenig munterer. »Ich habe auch danach noch einiges über die beiden gehört.«

»Wer ist dieser Lawrowski?«

»Ein Schauspieler. Sehr vielseitig. Er singt und tanzt. Deswegen habe ich ihn im ›Vogel‹ für die Rolle des Feuers ausgesucht. Er hat etwas von Baldur oder Loki ... ein heidnischer, altskandinavischer Typ, der ...«

»Wo kann ich ihn finden?«, unterbrach Katja. Das skandinavische Epos war ein Steckenpferd Bens.

»Wo? Die Adresse weiß ich nicht. Aber morgen ist im ›Schuppen des Pegasus‹, unserer Stammkneipe, ein Abend der Höfischen Manieristen. Die Jungs von der ›Rampe‹ sind eingeladen, sie haben Miniaturen vorbereitet. Lawrowski tritt als Pierrot auf.«

»Ich muss unbedingt dorthin, Ben«, sagte Katja flehend. »Kannst du mir Plätze besorgen? Zwei Stück?«

»Natürlich. Ich rufe dich morgen an. Wann erfährst du mehr über Sweta?«

»Am Montag fahre ich nach Kamensk und informiere mich an Ort und Stelle.«


Sie wachte auf, weil jemand sie an der Schulter rüttelte. Im Zimmer war es hell. Auf dem Sofa neben ihr saß Wadim in Jeans und Pullover. Im Sessel lag seine Wildlederjacke.

»Na, Madame? Sie haben einen gesegneten Schlaf. Weißt du, wie spät es ist? Punkt elf.«

Katja gähnte.

»Ich musste sogar das Frühstück selber machen«, nörgelte Wadim. »Das Rührei ist angebrannt.«

»Wo kommst du denn jetzt her?«, erkundigte sich Katja.

»Von der Arbeit, Schnuckelchen.« Er schnitt eine Grimasse. »Ich musste für Tunichtgut irgendeinen Blödmann aus Holland vom Flughafen abholen, nachdem ich gestern den ganzen Tag mit ihm durch die Geschäfte gezogen bin, kannst du dir das vorstellen? Der Chef wollte sich einen Smoking kaufen. Einen Smoking!« Wadim schüttelte seine weizenblonde Mähne.

Es war eine seiner Lieblingsbeschäftigungen, sich über seinen Chef lustig zu machen. Katja wunderte sich, wie »Tunichtgut« Tunigunow sich einen Mann als Leibwächter halten konnte, der ihn so offenkundig verachtete.

Tunigunow stammte aus der tiefsten Provinz. Zu Beginn der Perestroika war es mit ihm bergauf gegangen; er wurde ein reicher Mann. Er trieb Handel, beschäftigte sich mit verschiedenen finanziellen Transaktionen und war heute Miteigentümer von Läden, Tankstellen und Autohäusern in Moskau.

»Tunichtgut hat beschlossen, wie die Westeuropäer zu leben«, berichtete Wadim ein anderes Mal. »Ich habe ihm mühsam beigebracht, wie man mit Messer und Gabel isst und dass man seine Papirossa nicht im Pudding ausdrückt. Das ist ihm zu Kopf gestiegen. Er wollte einen Deal mit irgendeinem Windhund aus Puerto Rico machen und hat dafür den Tisch im Büro mit Porzellan von Wedgwood decken lassen. Das Service hat er sich per Katalog aus England kommen lassen. Der Latino ließ sich weich klopfen und hat ihm ein paar Millionen Rabatt gegeben. Vor lauter Freude ist mein Tunichtgut über die Stränge geschlagen –

was brauchen wir Wein und Likör? Her mit Wodka und Speck!« Wadim grinste. »Dieser puertorikanische Mafioso hat sich so sehr mit Moskowskaja zugeschüttet, dass er das ganze Büro voll gekotzt hat. Und Tunichtgut ist ausgerastet, hat die Teller auf den Boden geschmettert und die Suppenschüssel an die Wand gedonnert.«

»Hat er eigentlich mal im Knast gesessen?«, wollte Katja wissen.

»Nein, wo denkst du hin. Weißt du, wie ich ihn mir ausgesucht habe? Aus der Kartei. Meine alten Kumpel vom KGB haben mir geholfen. Tunichtgut hat Geld, aber keine Bildung. Was Besseres könnte ich gar nicht kriegen. Für den bin ich das Maß aller Dinge. Deshalb schleppt er mich auch durch die Geschäfte mit. Gestern zum Beispiel waren wir unter anderem im Esquire, und er schnappt sich ein grellrotes Jackett und zieht es über. Ich sage ihm höflich: ›Wassili Wassiljitsch, das ist eine Clubjacke. So was tragen Bedienstete – Croupiers, Türsteher, Barkeeper.‹ Er sagt darauf: ›Hübsch knallig, das steht mir. Schließlich bin ich brünett.‹ Er behält das Jackett und krallt sich eine Krawatte mit Hunden darauf. Goldfarben, von Rabanne. Ich hätte ihn fast über den Haufen geschossen, hatte die Hand schon an der Revolvertasche.« Wadim lachte. »Aber dann hatte ich Mitleid. Soll er von mir aus in dem roten Jackett und mit diesem Hundeschlips herumlaufen. Im Grunde ist er ja bloß eine Krämerseele. Was kann man von einem russischen Businessman schon erwarten?«

»Er wird dich noch rausschmeißen, du wirst schon sehen«, sagte Katja lachend.

»Von mir aus. Dann gehe ich zu einem anderen von seiner Sorte. Solche Trottel gibt es heutzutage wie Sand am

Meer. Die zittern alle um ihr Leben, und nicht zu Unrecht. Man knallt sie ab wie die Krähen im Herbst.«

Beim Frühstück erzählte Katja Wadim alles, was passiert war. Als Wadim von Kolossow hörte, verzog er das Gesicht.

»Du erwähnst diesen Kommissar ziemlich oft. Kolossow hier, Kolossow da ...«

»Ich erzähle dir von Swetas Tod, und du kommst mir mit solchem Blödsinn!«, sagte Katja. »Übrigens, heute gehe ich zu einem lyrischen Abend. Ein Bekannter von Sweta wird dort auftreten.«

»War er mit ihr im Bett?«, erkundigte sich Wadim, während er sein Brötchen mit Butter bestrich.

»Du hast immer nur das eine im Kopf. Ich weiß es nicht. Wenn ja – umso besser. Dann gibt es mehr Informationen.«

»Mit wem willst du hingehen? Mit mir?«

»Vielleicht mit dem Fürsten«, sagte Katja.

»Das wird nicht gehen.« Mit triumphierender Miene biss er ein Stück vom Brötchen ab und nahm einen Schluck Kaffee aus dem großen Keramikbecher. »Unser Fürst ist total übergeschnappt. Außerdem geht er dir aus dem Weg, seit ich ihm gegenüber angedeutet habe, dass du dich im Traum schon als Fürstin siehst.«

»Ich meine es ernst, Wadim. Hör auf, Witze zu reißen.«

»Ich meine es auch ernst. Er ist wirklich übergeschnappt. Heute Morgen in aller Herrgottsfrühe hat er sich auf den Weg gemacht, um die ehemalige Villa der Fürsten Meschtscherski zu besichtigen. In der Villa ist jetzt irgendeine Bank. Einen Palast in Petersburg hat er anscheinend auch noch – achtundzwanzig Paradezimmer und zwei Seitenflügel. Da ist jetzt das Militärarchiv untergebracht.«

Katja seufzte – diese beiden Schlawiner waren unverbesserlich.

»Mit anderen Worten, du kommst mit.«

»Von Lyrik wird mir schlecht.«

»Und mir wird schlecht von dir.«

Er sprang plötzlich auf und nahm sie fest in die Arme.

»Vergiss den Fürsten. Irgendwann landet der sowieso bei den Menschenfressern in Mosambik im Kochtopf. Ich fahre jetzt erst mal zu mir und leg mich ein Weilchen aufs Ohr. Um sechs hole ich dich ab. Zieh unbedingt das rote Kleid an.«

# 3 Der Abend der Höfischen Manieristen

Das Publikum begrüßte den »Orden der Höfischen Manieristen« mit Beifall. Auch die üblichen Besucher hatten sich an diesem Abend im Theaterclub »Schuppen des Pegasus« versammelt. Der Club war im Seitenflügel einer kleinen Villa am Twerskoi-Boulevard untergebracht und wurde von Theaterfans beiderlei Geschlechts besucht, von Studenten der Philologischen Fakultät und des Literaturinstituts, von jungen Schauspielern und Schauspielerinnen aus den unzähligen Studios, die in den Neunzigerjahren wie Pilze aus dem Boden geschossen waren, von Schriftstellergattinnen und anderen Diven des Literaturbetriebs sowie von Liebhabern der wie durch ein Wunder immer noch existierenden schönen Literatur.

Der Saal war brechend voll. Katja und Wadim wurde ein Platz unmittelbar an der Bühne zugewiesen, ein Zweiertischchen ganz am Rand. Während Wadim sich den Weg zum Tisch bahnte, knurrte er: »Wie willst du ihn in diesem Gedränge finden? Ist er blond oder brünett?«

»Lawrowski tritt als Pierrot auf.«

Wadim rümpfte die Nase.

»Du lieber Himmel, das dritte Jahrtausend steht vor der Tür, Marsmenschen und Extraterrestrische werden erwartet, und ihr suhlt euch immer noch im Schlamm eurer Dekadenz.«

An der Rampe flammte ein Scheinwerfer auf. Der Conférencier des Abends verlas unter dem wohlwollenden Geraune des Publikums das Manifest des Ordens. Dann erschienen mehrere junge Schauspieler und Schauspielerinnen auf der Bühne, die eine Miniatur unter dem Titel »Apoll und die Musen« aufführten. Der Abend hatte begonnen.

»Sag mal, Katja, was versprichst du dir eigentlich von diesem Lawrowski?«, fragte Wadim plötzlich.

»Ich muss herausbekommen, wie Sweta auf diese Baustelle geraten ist«, sagte Katja abwesend, denn ihre ganze Aufmerksamkeit war auf die Bühne gerichtet. Andrej Dobrynin, ihr Lieblingsschauspieler, schritt gerade die Stufen empor.

»Und warum musst du das wissen?«, fragte Wadim hartnäckig weiter. »Was ändert das?«

»Was für ein Talent! Hör doch nur, wie er deklamiert! Was meinst du damit – was das ändert?« Katja warf Wadim einen verständnislosen Blick zu.

»Geht es Sweta Krassilnikowa vielleicht besser, wenn du plötzlich irgendwelchen Schmutz aus ihrem Privatleben aufwirbelst?«

»So süß ist's feuchte Knirschen, mit dem der Degen ins feste Fleisch sich bohrt, nachdem das Tuch er aufgeschlitzt ...«, rezitierte Dobrynin.

»Wieso Schmutz?«

»Journalisten interessieren sich für gewöhnlich nicht für Unfälle, es sei denn, sie wittern irgendwas Faules«, bemerkte Wadim.

Dobrynin trat unter lebhaftem Beifall von der Bühne ab.

Katja wandte sich Wadim zu.

»Ich möchte bloß erfahren, wer ihr Verschwinden bei der Miliz gemeldet hat.«

Zwischen den Tischen tanzten jetzt ein Schauspieler in Uniform und eine Schauspielerin in einem Kleid der Dreißigerjahre einen heißen Tango.

»Wo steckt dieser verflixte Pierrot? Es ist schon halb elf.«

Im selben Augenblick erschien Pierrot auf der Bühne. Unter der dicken Schminke hätte Katja niemals Lawrowski erkannt, selbst wenn sie ihn jeden Tag gesehen hätte. Mehrere Schichten Puder, grellrote Lippen, Augen und Brauen tiefschwarz nachgezogen. Er war in ein weites, feuerrotes Gewand gehüllt. Mit hellem Tenor sang er ein paar Lieder. Im Saal war es still.

»Wie kriegen wir ihn zu uns an den Tisch?«, flüsterte Wadim. »Direkt von der Bühne?«

»Pssst, warte doch. Wir passen ihn nachher ab, wenn die Vorstellung zu Ende ist.«

Nun kam der »Ordensmeister« auf die Bühne gestürmt und begann zu rezitieren. Eine Woge der Begeisterung ging durch den Saal. Die Mädchen, die sich an den Tischen auf der Galerie drängten, kreischten.

Wadim stand leise von seinem Tisch auf und verließ den Saal. Katja bemerkte es nicht einmal. Der Saal tobte. Korken knallten, und der Champagner floss in Strömen.

»Ein Abend in Byzanz! Der letzte Abend in Byzanz vor dem Ansturm der Barbaren!«, rief der Conférencier.

Wadim kam zurück.

»Los, los, Katja, sonst ist er gleich weg! Er schminkt sich schon ab.«

»Du hast ihn gesehen?«

Statt einer Antwort zog er sie am Arm. Mit leisem Bedauern erhob Katja sich. Wadim führte sie durch ein leeres dunkles Vestibül und öffnete eine Tür, durch die sie auf die Feuertreppe gelangten. Sie stiegen hinauf in den ersten

Stock. In einem kleinen Raum gegenüber der Treppe schnatterten in Chitone gewandete Musen, die Tangotänzerin und andere für die Bühne geschminkte Schauspielerinnen munter durcheinander.

»Das ist die Maske für die Mädels«, flüsterte Wadim. »Die Jungs sind hinter der nächsten Tür.«

Sie betraten einen hell beleuchteten Raum. Vor einem großen Spiegel saß an einem mit Schminkdosen voll gestellten Tisch der Pierrot. Er hatte bereits einen Teil der Schminke entfernt und rieb sich gerade das Gesicht mit Creme ein.

»Hallo«, begrüßte Wadim ihn ungezwungen.

»Guten Abend ... Wollen Sie zu mir?« Lawrowski war erstaunt.

»Guten Abend, ich bin Katja Petrowskaja. Boris Bergman hat mich gebeten, Ihnen eine traurige Nachricht zu überbringen: Sweta Krassilnikowa ist tot.« Katja packte den Stier sofort bei den Hörnern.

»Sweta?« Lawrowski ließ den Wattebausch zu Boden fallen, mit dem er die Creme auf dem Gesicht verteilte. »Tot?«

»Jemand hat der Miliz ihr Verschwinden gemeldet. Waren Sie das?«, fragte Katja.

»Ja, das war ich. Wo hat man sie denn gefunden? Was ist ihr passiert?«, fragte Lawrowski erregt und sprang auf.

»Allem Anschein nach war es ein Unfall«, erklärte Katja. »Gefunden hat man sie auf einer Baustelle.«

»Auf einer Baustelle? Was für eine Baustelle?«

»Eine Baustelle in Kamensk.«

»Aber wie ist sie dorthin gekommen?«

In den mit schwarzer, bereits zerfließender Tusche umränderten Augen des Pierrots stand Angst.

»Das weiß niemand. Bergman hoffte, Sie könnten weiterhelfen.«

»Aber warum? Mein Gott ... tot.« Lawrowski rang pathetisch die Hände. »Hat man Ihnen das bei der Miliz gesagt?«

»Ja.« Das war nicht einmal gelogen. »Und wieso sind Sie zur Miliz gegangen?«

»Sie war verschwunden, begreifen Sie nicht?«

»Wann haben Sie Sweta das letzte Mal gesehen?« Wadim beschloss, das Gespräch wieder in sachlichere Bahnen zu lenken.

»Am siebten Februar. Ich habe sie im Atelier getroffen.«

»In welchem Atelier?«

»Bei Pascha Mohikaner.« Lawrowski machte eine viel sagende Handbewegung. »Ein Bildhauer. Ziemlich abgedreht. Sweta stand ihm manchmal Modell.«

»Und?«, fragte Katja.

»Sweta wollte mir einen kleinen Nebenjob verschaffen. Sie sagte, es wäre alles schon so gut wie geregelt, und sie würde mich am Mittwoch anrufen. Aber sie hat sich nicht gemeldet. Weder am Mittwoch noch am Donnerstag. Am Freitag bin ich zu ihr nach Hause gegangen. Ich habe lange geklingelt, aber keiner hat aufgemacht. Dann hat Mohikaner sich gemeldet: Wo bleibt Sweta, ich komme seit drei Tagen mit meiner Arbeit nicht weiter. In der ›Rampe‹ wusste niemand Genaueres. Mohikaner und ich haben hin und her überlegt und sind dann zur Miliz gegangen. Sie wissen ja selbst, in was für Zeiten wir leben.« Lawrowski redete schnell, ohne zu stocken. Dann verstummte er, seufzte und fragte in einem anderen Tonfall, einem tragischen Flüstern: »Wann ist die Beerdigung?«

»Das ist noch nicht bekannt«, erwiderte Katja. »Es gibt Probleme mit der Obduktion.«

»Man macht eine Obduktion?«, fragte der Pierrot entsetzt.

»Ja, sicher. Bei Unglücksfällen ist das immer so«, erklärte Wadim.

Lawrowski ließ sich wieder auf den Stuhl fallen.

»Sie sind also Bekannte von Ben? Ich glaube, ich habe Sie noch nie in der ›Rampe‹ gesehen.«

»Aber ich habe Sie auf der Bühne gesehen«, schwindelte Katja.

»Wo?«

»In diesem einen Stück ... dieses französische ...«

»›La Peau Douce‹?«

»Genau.«

Der Pierrot lächelte matt.

»Schade, dass wir uns unter so tragischen Umständen kennen lernen ...« Er seufzte und winkte mit einer eleganten Bewegung der Hand ab. Katja bemerkte, dass seine Fingernägel wie die einer Frau manikürt und farblos lackiert waren.

In diesem Moment steckte der Schauspieler, der den Apoll gespielt hatte, den Kopf durch die Tür. Er trug noch immer Chiton und Lorbeerkranz.

»Tolja, du wirst am Telefon verlangt.«

»Von wem?«

»Irgend so ein Typ, wegen eines Jobs.«

»Ich komme sofort. Entschuldigen Sie, ich muss ...«

»Auf Wiedersehen«, verabschiedete sich Katja.


»So ein Lackaffe«, knurrte Wadim, als sie in seinem Shiguli nach Hause fuhren. »Und mit dieser Schwuchtel war Sweta im Bett? Ihr Frauen habt vielleicht einen Geschmack!«

»Er ist begabt«, meinte Katja. »Wirklich.«

»Begabt!« Wütend gab Wadim Gas.

Katja schlug ihren Mantelkragen hoch. Sie war todmüde.

# 4 Die geheimnisvolle Wunde

Nach Kamensk fuhr Katja mit dem Schnellbus. Das Städtchen, in dem sie drei Jahre als Untersuchungsführerin geschuftet hatte, war nahezu unverändert. Viel Schnee, Dohlenschwärme auf nackten Linden und kaum Verkehr oder Passanten. Die Einwohner waren zur Arbeit, obwohl die beiden riesigen Fabriken schon im letzten Frühjahr ihre Produktion eingestellt hatten. Die meistbeschäftigten Bürger von Kamensk waren nach wie vor die Milizionäre. Sie hatten von Tag zu Tag mehr zu tun.

»Wo ist Ihr Chef? Ist er im Büro?«, stürzte Katja sich auf den ersten Uniformierten, der ihr auf dem Revier der Kamensker Miliz entgegenkam. Es war ein Neuling, den sie nicht kannte, ein ganz junger Bursche noch. Solche Grünschnäbel nahm man jetzt auch schon!

»Er ist beschäftigt«, schnitt der junge Mann ihr mit erkälteter Fiepsstimme das Wort ab. »Halt, warten Sie. Sehen Sie denn nicht, dass dort gerade eine Besprechung stattfindet?« Er versperrte Katja den Zutritt zu Sergejews Büro.

Aber da wurde er auch schon beiseite gestoßen. Die Tür schwang krachend auf, und wie eine Kanonenkugel kam Genka Selesnjow herausgeschossen. Katja kannte ihn gut. Sie hatten ihren Dienst fast gleichzeitig angetreten.

»Es wäre deine Pflicht gewesen, selber hinzufahren!«, donnerte Sergejews Bariton ihm hinterher. »Und was nun? Was nun, frage ich dich?«

Selesnjow schlug die Tür heftig zu und erblickte Katja.

»Hallo, Katja. Willst du zu mir?«

»Zu dir auch. Wieso legst du dich mit dem Chef an?«

»Der brüllt herum, ohne zu wissen, wovon er redet!« Selesnjow kochte vor Zorn. »Ich habe ihm gesagt, dass es ein Unfall war, und jemand vom dortigen Revier wurde hingeschickt, der alles zu Protokoll genommen hat, und ich ... ich hatte ja an dem Tag nicht einmal Bereitschaftsdienst! Verstehst du, Katja, ich habe es erst am Morgen erfahren.« Er ballte die Faust und drohte einem imaginären Feind. »Soll er doch den Wachhabenden anbrüllen. Was habe ich damit zu tun?«

Katja ließ den erbosten Genka im Korridor stehen und schlüpfte ins Büro Sergejews.

»Hier, sieh mal die Zeitung, Sascha.« Sie hatte beschlossen, das Gespräch mit einer guten Nachricht zu beginnen. »Wie ich es versprochen habe. Und mit einem Foto in der zweiten Spalte.«

Sergejew drehte sich um. Er stand am Fenster und hatte mit finsterer Miene die Schneeverwehungen auf der Straße betrachtet.

»Guten Tag, Katja. Vielen Dank. Setz dich.«

Sie setzte sich auf einen Stuhl, der an seinen Schreibtisch gerückt war.

»Weißt du, die Tote auf der Baustelle war eine Freundin von mir.«

Sergejew hob jäh den Kopf.

»Im Ernst?«

»Ernster geht es gar nicht. Was ist ihr eigentlich passiert?

Wann kann die Leiche abgeholt werden? Ihre Freunde vom Theater machen sich Sorgen.«

»Frag mich was Leichteres.«

»Wieso? Im Bericht stand doch geschrieben, dass es ein Unfall war.« Katja spürte eine eigenartige Kälte in der Brust.

»Stand geschrieben!« Sergejew setzte sich auf die Schreibtischkante. »Was steht nicht alles geschrieben.«

»Sascha, bitte, erzähl doch. Ich werde schweigen wie ein Grab.«

Er trommelte mit den Fingern auf den Tisch.

»Man hat sie am vierundzwanzigsten Februar gefunden. Arbeiter haben sie entdeckt. Die Fabrik ›Novator‹ wollte dort noch vor der Perestroika eine Galvanisierungswerkshalle errichten. Aber sie hatten sich finanziell übernommen. Die Baugrube wurde zwar noch ausgehoben, aber mehr ist nicht daraus geworden. Tja, und in dieser Baugrube wurde Sweta entdeckt. Die Grube ist ziemlich tief. Außerdem gibt es dort unten jede Menge Eisenstangen – Pfosten, die man schon eingeschlagen hatte. Sie lag offenbar schon seit zwei Wochen dort, vielleicht nicht ganz so lange. Alles wirkte wie ein Unfall: Sie war bekleidet, hatte ihre Handtasche, ihre Papiere und Schlüssel bei sich, sogar Geld. Auf den ersten Blick ein Unglücksfall. Sie hatte sich auf die Baustelle verirrt, war gestolpert, ausgerutscht und in die Grube gestürzt.«

»Und auf den zweiten Blick?«, fragte Katja.

»Auf den zweiten ...« Sergejew begann wieder mit den Fingern zu trommeln. »Die Arbeiter haben es unseren Leuten erzählt. An dem betreffenden Tag hatte Witka Ulitkin Dienst – du kennst ihn ja noch. Er ist immer noch derselbe: aha, ein Unfall, ruckzuck, schnell den Bericht. Schickt so einen unerfahrenen Neuling vom Revier an den Fundort. Der holt die Leiche nach oben, setzt ein dämliches Protokoll auf und bringt die Tote ins Leichenschauhaus. Natürlich gab es weder eine genaue Untersuchung des Fundorts noch der Umgebung.

Am nächsten Morgen erstattet Ulitkin bei der Dienstbesprechung Bericht. Alles klar, es war ein Unfall. Wir sind beruhigt. Zu Ulitkin haben wir volles Vertrauen – der Bursche hat was auf dem Kasten.

Karpytsch im Leichenschauhaus hat sich ebenfalls sehr viel Zeit gelassen. Bei ihm liegt das ganze Kühlhaus voller Mordopfer; er kommt mit den Obduktionen kaum nach. Also verschiebt er die Krassilnikowa als Unfallopfer erst mal auf später. Aber als er sie sich schließlich vornimmt, liefert er uns ein höchst interessantes Gutachten.«

»Du hast doch nichts dagegen, wenn ich mir Notizen mache, Sascha?«, fragte Katja.

»Wenn's nur für dich selber ist – nein. Aber kein Wort an die Presse.« Sergejew rieb sich mit der Hand übers Gesicht. »Beide Beine gebrochen und Schädelbasisbruch, steht im Gutachten von Karpytsch ...«

»Ist er immer noch im Dienst?«, fragte Katja.

An den Gerichtsmediziner Lew Karpowitsch Bodrow, genannt Karpytsch, der seit fünfundvierzig Jahren in Kamensk arbeitete, erinnerte Katja sich sehr gut.

»Er hat es am Herzen und klagt über Rheuma, aber er ackert für drei. Die alte Garde«, erwiderte Sergejew. »Also, diese Verletzungen – als Folge des Sturzes in die Baugrube – erwiesen sich als posthum. Nach Karpytschs Expertise gab es nur eine Verletzung, die ihr zugefügt wurde, als sie noch lebte, und die zu ihrem Tod geführt hat. Eine Stichwunde. Ein glatter Durchstich durch die Bauchhöhle.«

»Ein Durchstich?«

»Ja, vom Durchmesser eines Fünfzigkopekenstücks. Der Darm ist durchbohrt und das Rückenmark verletzt. Auf dem Rücken ist eine Austrittsöffnung. Ich habe die Leiche gestern Morgen selber untersucht.«

»Vielleicht ist sie auf die Eisenpfosten gestürzt? Du hast doch gesagt, dass viele solcher Pfosten auf dem Grund der Grube waren. Wenn man aus solcher Höhe fällt, kann man sich doch ...« Katja wurde blass.

»Wenn es so gewesen wäre, hätte dort eine große Blutlache sein müssen.« Sergejew schlug mit der Faust auf den Tisch. »Aber es gab keine! So wie die Wunde aussieht, hat man sie aufgespießt wie eine Libelle auf eine Stecknadel, und Blut ist dabei keins geflossen. Und es gibt eine weitere Unstimmigkeit. Es fehlten Teile ihrer Kleidung, die sie hätte tragen müssen.«

»Welche Teile?«

»Zum Beispiel Unterwäsche und Strumpfhosen. Sie trug die Stiefel auf den nackten Füßen. Und das im Februar! Unter dem Kleid war sie völlig unbekleidet. Und im Kleid waren weder vorn noch hinten Löcher. Zwar war ein Blutfleck drauf, aber nur ein kleiner. Und auch in ihrem Mantel waren keine Löcher.«

»Und wie hat der Experte den Gegenstand beschrieben, mit dem man ihr eine solche Verletzung zugefügt haben könnte?«, fragte Katja.

»Anfangs meinte auch er, es könnte eine Metallstange mit spitzem Ende gewesen sein. Ein Pfosten vom Baugerüst. Aber nachdem Kolossow aus der fünften Abteilung angerufen hat ...«

»Nikita?«

»Ja, Nikita. Ihm waren plötzlich Zweifel gekommen.«

Sergejew schnaufte ärgerlich. »Gestern ist er mit Karpytsch den ganzen Tag in dieser Baugrube herumgekrochen. Die beiden haben die Fundstelle untersucht. Nachher hat Karpytsch kategorisch erklärt, dass er in diesem ganzen Baugerümpel keinen einzigen Gegenstand entdeckt hat, der eine solche Wunde hätte verursachen können.«

»Mein Gott, das heißt ja ...«

»Dass sie ermordet wurde. Und zwar nicht in der Baugrube, sondern an einem anderen Ort. Womit und auf welche Weise, ist völlig unklar. Aus irgendeinem Grund hat man ihr die Hälfte der Kleider ausgezogen, hat sie dann nach Kamensk gebracht und in die Grube geworfen, damit das Ganze wie ein Unfall aussieht.«

Katja schwieg erschüttert.

»Und jetzt sitze ich seit zwei Tagen wie der letzte Trottel hier, Katja, und weiß nicht, wie ich die Sache totschlagen soll.« Sergejew seufzte. »Weißt du irgendetwas über sie?«

»Nein, Sascha«, schwindelte Katja. »Auch ihre Freunde vom Theater stehen vor einem Rätsel. In den letzten Monaten hat sie sich kaum bei ihnen blicken lassen. Die Vermisstenmeldung wurde ja in Moskau erstattet.«

»Von ihrem Wohngenossen. Einem gewissen Lawrowski. Das haben wir schon festgestellt«, sagte Sergejew. »Gestern wollten wir zu ihm, doch er war nicht zu Hause. Wir haben die Vorladung bei seinen Nachbarn abgegeben.«

Katja beschloss, vorläufig nichts von ihrem Treffen mit dem Pierrot zu sagen. Er hatte ihr und Wadim ja sowieso nichts Bedeutsames mitgeteilt.

»Wann kann die Tote aus dem Leichenschauhaus abgeholt werden?«

»Karpytsch hat seine Expertise so gut wie abgeschlossen. Übrigens, was ungewöhnlich ist – es gibt keinerlei Hinweise auf eine Vergewaltigung.« Er hielt kurz inne. »Abholen kann man sie vermutlich jetzt schon. Ich gebe dir die Telefonnummer des Untersuchungsführers. Diese Schauspieler sollen sich mit ihm in Verbindung setzen. Er kann sie dann auch gleich vernehmen. Wir haben ja noch gar keine Informationen über die Tote.«

## 5 | Das Geisterzimmer

In diesem Zimmer brannte auch tagsüber elektrisches Licht: eine runde Milchglasleuchte unter der Decke. In diesem Zimmer waren die schweren Gobelinvorhänge immer zugezogen. Immer. In diesem Zimmer schwebte der leichte, aufreizende Duft des Parfums »Weil de Weil«. Er hatte dieses Parfum selbst ausgewählt. Es schuf diese ganz besondere Atmosphäre. Eine widerlich kreative Atmosphäre, wie der Meister zu sagen pflegte.

An den Wänden des Zimmers standen breite Polstersofas: gestreift, in fantastischen Mustern und Farben, bedeckt mit orientalischen Teppichen und Zigeunerschals. In der Mitte, der Eichentür zugewandt und mit dem Rücken zum Fenster, das mit Portieren verhängt war, stand ein einzelner Sessel. Sein Sessel. Das Zimmer war sein Werk. Er selbst hatte es eingerichtet, ausschließlich nach seinem kapriziösen Geschmack. Es war nicht für fremde Blicke bestimmt. An den Wänden klebten riesige weiße Plakate, auf denen mit großen Buchstaben, kunstvoll mit Tusche im Stil chinesischer Schrift ausgeführt, seine eigenen Aphorismen standen. Rechts hing ein Plakat mit der Aufschrift »Die sieben Irrtümer«:

SICH FÜR UNSTERBLICH HALTEN
SEINE INVESTITIONEN FÜR SICHER HALTEN
HÖFLICHKEIT MIT FREUNDSCHAFT VERWECHSELN

FÜR GUTE TATEN BELOHNUNG ERWARTEN
SICH EINBILDEN, DASS DIE REICHEN EINEN FÜR
IHRESGLEICHEN HALTEN
GEDICHTE SCHREIBEN
EINE SCHULD VERGEBEN.

Auf der linken Seite waren die »Neun Freuden« aufgezählt:

LACHEN, SICH PRÜGELN, SICH DEN MAGEN VOLL
SCHLAGEN, PRAHLEN, VERGESSEN, SINGEN, SICH
RÄCHEN, STREITEN, AUSRUHEN.

Über der dicken Eichentür kräuselte sich ein leichtes Seidenband mit der Devise:

»Denkt daran, dass ihr sterben müsst.«

In einer gemütlichen Ecke aber, die von künstlichem Efeu und Begonien umrankt und von einer schmalen Stehlampe in Form eines in den Boden gerammten Ritterschwertes beleuchtet war, hing das Porträt des Meisters.

Er hatte es in Rom bestellt, und der Maler hatte ihn nicht enttäuscht. Er hatte die Gesichtszüge hervorragend von den Fotos kopiert. Und so war der Meister nun immer bei ihm. Er wohnte schon fast zwei Jahre in diesem Zimmer. Und es gefiel ihm.

Es hätte auch gar nicht anders sein können, denn dieser Raum war eine genaue Kopie jenes Zimmers, das sich vor einem Jahrhundert in dem schönen alten Haus an der Little College Street befunden hatte, hinter der Westminster Abbey in London. Nur dieses Porträt hatte es dort nicht gegeben.

Ohne anzuklopfen, trat eine Frau ins Zimmer. Hoch gewachsen, biegsam. Die glatten schwarzen Haare fielen ihr offen über die Schultern, die braunen Augen unter den halb geschlossenen Lidern glänzten feucht, der breite, rassige Mund war leuchtend rot geschminkt – wie eine blutige Wunde oder eine bizarre Treibhausblüte.

Er liebte solche Vergleiche: Mund – Wunde – Orchidee. Diese Frau erinnerte ihn gleichermaßen an eine Reitpeitsche und an Carmen. Wäre er Maler gewesen, hätte er sie als biegsame, grausame Peitsche aus Stierleder gemalt, deren Griff von ihrem schönen Kopf gekrönt wurde.

»Sie sind schon da«, sagte die Frau leise. »Sie haben den neuen Teppichboden mitgebracht. Drei Rollen. Willst du ihn selber aussuchen, Igor?«

Er lächelte, zögerte einen Moment.

»Ja. Später. Sag ihnen, wir nehmen alle drei Rollen. Und bezahl sie. Bezahl sie, Leli.«

Leli ... Ein Bühnenname: Clelia. Sie hatte ihn sich selber ausgedacht, in Rom, wo sie in einer kleinen russischen Kneipe auf der Piazza del Dongo sang. Er hatte sie dort gesehen, als er nach dem Begräbnis seines Bruders seine erste Reise unternommen hatte.

Er schloss die Augen, streckte den Arm aus und drückte auf die Taste des Tonbandgeräts, das auf dem Fußboden unter dem Sessel stand. Es war immer die gleiche Musik, die von der Kassette erklang: Freddie Mercury. Freddie hätte ihn auch ohne dumme Erklärungen verstanden. Freddie, charmant und geheimnisvoll, wie ein Prinz im Exil.

Er seufzte. Aus dem Dunkel der Erinnerungen tauchte ein bekanntes Gesicht auf. Sein älterer Bruder, Wassili Werchowzew, der nichts vom Werk des Meisters verstand, der sich weder mit Parfum noch mit guter Küche oder dem Theater auskannte. Dafür aber hatte er eine wertvolle Eigenschaft besessen: Er verstand sich aufs Geldmachen. Er machte alles zu Geld – Alteisen, Dünger, Hähnchenkeulen, Benzin, Wirtschaftskrisen, sogar Luft.

Zu Beginn der Perestroika hatte er noch in einem schmutzigen Büro einer kleinen Klitsche für Abfallverwertung gesessen, aber schon acht Jahre später besaß er seine eigenen Dampfer, Aktien, Geschäfte, eine Ziegelei, ein Haus in Moskau und eins am Finnischen Meerbusen, eine Villa in Spanien und ein fettes Konto bei einer Schweizer Bank. Während sein jüngerer Bruder in der Kunst und im Leben seinen eigenen Weg suchte, das Werk des Meisters erforschte und auf einer Amateurbühne auftrat, wurde Wassili zu einem der reichsten Männer Russlands.

Vergeblich versuchte er, seinen jüngeren Bruder in irgendeinem Businesszweig unterzubringen. »Du solltest dich mit etwas Handfestem befassen, Igor«, sagte er ihm bei einer ihrer seltenen Begegnungen. »Wie wäre es mit einem Parfümerieunternehmen? Dein gesellschaftlicher Schliff und mein guter Name – mehr ist nicht nötig. Der Rest ist Sache der Manager.« Doch der jüngere Bruder lehnte ab: »Ich liebe den Duft eines Parfums, aber sein Geldwert interessiert mich nicht im Geringsten.«

Werchowzew der Ältere runzelte die Stirn. Die Affektiertheit seines Bruders ging ihm allmählich auf die Nerven. Doch er liebte Igor und war daran gewöhnt, für ihn zu sorgen. Ihre Eltern waren bei einem Autounfall ums Leben gekommen, als er selber gerade achtzehn geworden war und Igor, der Kleinere, zwölf. Lange Zeit hatte Wassili seinem Bruder Vater und Mutter ersetzt.

Einmal saßen sie zusammen in diesem Haus, in dem sich jetzt im ersten Stock das von der elektrischen Sonne erleuchtete Zimmer befand, und schauten ins künstliche Kaminfeuer. Werchowzew der Ältere sagte: »Igor, in zwei Monaten werde ich heiraten.«

»So?« Der jüngere Bruder lächelte weich.

»Willst du mich nicht fragen, wen?«

»Nein. Ich frage dich, warum.«

»Ich brauche einen Sohn, der meine Arbeit fortsetzen kann.«

Einen Monat später, im Februar 1994, war Wassili Werchowzew vor dem Haus seiner Geliebten, die sich bereits das Hochzeitskleid nähte, erschossen worden. Der Mörder wurde nicht gefasst. Igor begrub den Bruder und trat kurze Zeit später Wassilis Erbe an. Das Geschäft, die Dampfer, die Ziegelei interessierten ihn genauso wenig wie die Parfümindustrie. Ohne Zögern und leichten Herzens trat er sämtliche Rechte an die Geschäftspartner seines Bruders ab. Man zahlte ihm eine riesige Abfindung.

Er brauchte das Geld, um sich sein Leben so einzurichten, wie er es schon längst hatte tun wollen – ganz nach seinen eigenen Vorstellungen und Träumen. Wie lehrte doch der Meister: Reichtum und Fantasie gehen nur dann Hand in Hand, wenn der Reichtum nicht erworben, sondern ererbt ist ...

Als Erstes baute er das Haus in der Kalten Gasse, in dem sich früher das Büro seines Bruders befunden hatte, vollständig um. Anschließend unternahm er seine erste Europareise. Er fuhr nach Frankreich, Österreich, erholte sich in den Alpen, verbrachte zwei sonnige Wochen im verschneiten Innsbruck und fuhr dann weiter nach Italien. Dort, in den Theaterwerkstätten Mailands und Roms, gab er eine große Bestellung auf, für fast eine halbe Million Dollar. Er kaufte Kostüme, Requisiten, Stoffe, Farben, Parfums, Blumen, Antiquitäten und viele andere notwendige Dinge. Die Fracht wurde mit dem Dampfer nach Odessa geschickt.

Damals in Rom traf er auch Clelia. Sie hatte einen ganz

gewöhnlichen russischen Vor- und Nachnamen, mit dem er sie aber nie anredete.

Als sie zum ersten Mal ein offenes Gespräch führten, verzog sie ihren geschminkten Mund zu einem trägen Lächeln. »Ich bin eine russische Sängerin, nicht irgendeine dahergelaufene Nutte.«

»Aber ich schlafe nicht mit Frauen«, sagte er.

»Schläfst du mit Männern?« Sie grinste spöttisch.

»Nein.«

»Mit wem dann?«

»Mit mir selbst. Manchmal.«

In ihren Augen blitzte es auf. Er begriff, dass ihr Gespräch noch nicht zu Ende war.

Clelia hatte mit dreiundzwanzig Jahren einen Italiener geheiratet. Zuvor war sie die Ehefrau eines bekannten sowjetischen Malers gewesen, eines ausgemergelten Greises, der schon mit einem Fuß im Grab stand. Sein Kolossalgemälde »Der Triumph des XXV. Parteitags der KPdSU« hing in der Tretjakow-Galerie, in der Abteilung »Die Kunst des entwickelten Sozialismus«. Auf einem Empfang in der italienischen Botschaft lernte sie dann einen grauhaarigen, glutäugigen, ungestümen Signore kennen, der sich ihr als Graf Luigi Bergoni vorstellte.

»Ich bin fünfundsechzig, meine Frau ist schon seit Jahren tot. In meinem großen Haus in Sorrent ist es leer und still«, flüsterte er ihr in gebrochenem Englisch zu. Drei Monate später wurde sie seine Frau. Der Maler verkraftete diesen Schicksalsschlag nicht und starb an einem Herzanfall.

Signor Bergoni erwies sich in der Liebe als anspruchsvoll und unersättlich. Seine Zudringlichkeit wurde ihr bald schon lästig, doch sie ließ sich nichts anmerken – in ihren

Träumen sah sie eine Villa in Sorrent, die Mauern von Weinlaub überwachsen, und ein wundervolles weißes Schlafzimmer, eine sonnenüberflutete Terrasse mit Blick auf das azurblaue Meer ...

»Für fünfundsechzig gar nicht übel, was?«, flüsterte ihr der verschwitzte und nach Atem ringende Signor Bergoni ins Ohr. »Nicht übel, wie? Willst du noch mehr?«

Das Haus in Sorrent war tatsächlich der Erbsitz der Grafen Bergoni, brauchte aber dringend eine umfassende Renovierung. Und das Geld für eine solche Generalüberholung hatte Signor Bergoni nicht.

»Aber Sie haben doch gesagt ...«, entrüstete sie sich, als sie die von Moos und Steinbrech überwucherte Ruine erblickte.

»Was soll man machen? Das Geschlecht der Grafen Bergoni ist arm. Geld haben in unserem Land nur die Emporkömmlinge, die Neureichen und die finsteren Geschäftemacher«, klagte der alte Lovelace. »Ich bin in die Sowjetunion gefahren in der Hoffnung auf einen Vertrag, der mich vor dem völligen Ruin retten könnte. Aber euer Außenhandelsministerium hat nicht mit sich reden lassen. Anstelle russischer Finanzspritzen habe ich eine russische Frau mitgebracht.« Und er küsste galant ihre Fingerspitzen.

Sie quälte sich genau zwei Jahre mit ihm herum. Anfangs musste sie sich sogar eine Spirale einsetzen lassen; der Gedanke, dass dieser alte Mann sie mit einem Spross des Geschlechts Bergoni beglücken und sie dann ohne einen Heller im Stich lassen könnte, erfüllte sie mit Entsetzen.

Dann aber lernte sie Signora Rita kennen, die ein gemütliches russisches Restaurant auf einem kleinen Platz im

Zentrum Roms betrieb. Dort trafen sich russische Emigranten und Dissidenten verschiedener Generationen. Sie ging nur deshalb dorthin, weil sie eines Tages unerträgliche Sehnsucht verspürte, mit jemandem ein Wort in ihrer Muttersprache zu wechseln. Sie ging zu Rita – und blieb bei ihr. Am Tag darauf schickte sie zwei Kellner zu Bergoni, die ihre Sachen abholten.

»Ich zahle dir einen guten Lohn«, sagte die dicke, zärtliche Rita, qualmte ihre lange Zigarette und betrachtete Signora Bergoni aus zusammengekniffenen grauen Augen, deren Pupillen wie bei einer Katze erweitert waren. »Du bist schön. Du wirst singen.«

Signor Bergoni schleppte sich in der Folgezeit jedes Mal, wenn er etwas Geld in der Tasche hatte, in dieses Restaurant. Er weinte und trank russischen Wodka, was überhaupt nicht zu ihm passte, und erreichte nur eins – dass sie ihn zu hassen begann. Eines Morgens fand die Putzfrau, die ins Haus von Signor Bergoni kam, den Grafen Luigi tot im Bett. Er trug eine spezielle »Junggesellen-Bandage«. Die Empfindungen, die dieser raffinierte Apparat bei ihm hervorrief, waren für sein schwaches Herz zu heftig gewesen.

Seitdem sang sie nun schon acht Jahre lang in dem kleinen Restaurant an der Piazza del Dongo und war in den Minuten, in denen Signora Rita nicht allzu betrunken war, sogar glücklich.

Das alles erzählte sie Igor Werchowzew, dem ersten Mann aus Russland, der aus irgendeinem Grund ihr instinktives Interesse weckte. Mehrere Abende nacheinander kam er in ihr Etablissement, setzte sich an den Tisch, der der Bühne am nächsten war, bestellte Wein, trank und lauschte ihrem Gesang. »Signora Clelia«, kündigte der Conférencier sie an. »Die unvergleichliche Signora Clelia!«

»Fahren wir nach Hause, Leli«, schlug er ihr vor. »Lass diesen ganzen Mist hier sausen, samt deiner dicken Messalina. Ich mache eine große Schauspielerin aus dir. Du wirst in Stücken auftreten, wie die Welt sie noch nicht gesehen hat.«

»So etwas gibt es in Russland nicht. Du fantasierst oder lügst.«

»Im Russland kurz vor dem Ende des zweiten Jahrtausends ist alles möglich«, widersprach er.

Damals hatte sie den schönen Satz gesagt, den sie für alle parat hatte, die sie ins Bett zerren wollten. Sie wolle ihre Wohltäterin Rita nicht mit irgendeinem dahergelaufenen Windhund betrügen. Sie sah dabei sehr wirkungsvoll aus.

Im Oktober 1994 holte er die Gräfin Bergoni vom Moskauer Flughafen ab. Für ihn war Clelia genau die richtige Frau, um in seinem Stück aufzutreten. Er wusste auch schon, in welcher Rolle ...

Aber zuerst mussten die Männerrollen verteilt werden. Sobald er aus Italien zurück war, machte er sich auf die Suche nach Gleichgesinnten, Anhängern, Schülern. Es erwies sich als verteufelt schwierig, solche Leute zu finden. Manchmal hätte er beinahe aufgegeben: Warum nur ist es so schwer, seine Träume zu verwirklichen, selbst mit so viel Kapital wie dem von Werchowzew dem Älteren? Eines Tages jedoch ...

Die Tür öffnete sich wieder lautlos, und Danila trat ein.

»Der Sekretär von Herrn Yamamoto hat angerufen. Er wollte wissen, wann man uns einen Besuch abstatten kann«, sagte er mit leichtem Lächeln.

»Hast du ihm gesagt, mit welchen Schwierigkeiten das verbunden ist?«

»Ja. Aber Herr Yamamoto ist hartnäckig. Der Sekretär sagte, er käme nur für zwei Wochen nach Moskau. Und er wolle unbedingt sehen, was Herr Tara ihm so nachdrücklich empfohlen habe. Ich habe ihn gebeten, am Mittwoch noch einmal anzurufen.«

»Hoffst du, so rasch einen Ersatz zu finden?«

»Ich will es versuchen. Ich habe schon jemanden im Auge.«

Werchowzew seufzte. Mit dieser Energie, diesem Temperament hatte Danila ihn von Anfang an erobert. Sie waren sich das erste Mal in einem Petersburger Pornostudio begegnet, einem stinkenden Kellerloch. Werchowzew suchte überall nach Schauspielern, aber was er fand, war zu grob, zu gemein und vulgär. Danila jedoch ...

»Was machst du in dieser Räuberhöhle?«, hatte Werchowzew ihn damals unverblümt gefragt.

»Ich verdiene Geld«, hatte Danila geantwortet.

Dieser Name passte übrigens überhaupt nicht zu ihm. Er war sehr groß und schlank, mit einer stolzen Haltung, schulterlangen, lockigen dunklen Haaren, einem hochmütigen Mund und kalt blickenden, grauen, weit auseinander stehenden Augen. Werchowzew sah ihn sofort als Germanen mit Wolfsfell, gehörntem Helm und gewaltigem Schwert vor sich.

»Ich mache dir einen Vorschlag. Du verdienst dein Geld künftig bei mir«, sagte er.

»Wie viel?«, fragte Danila.

Seine nächste Frage lautete: »Was muss ich tun?«

Sie saßen in diesem Zimmer, unter dem spöttisch-zerstreuten Blick des Meisters. Nachdem er Werchowzew gelauscht hatte, sagte Danila: »Du bist verrückt.«

»Und du?«, fragte Werchowzew.

Danila lachte, und sein Lachen war beredter als alle Worte.

Danila hatte ihn mit Olli zusammengebracht. Das war im Oktober gewesen, kurz vor der Ankunft von Signora Bergoni. Er führte Olli einfach an der Hand ins Haus und sagte: »Darf ich vorstellen – Olli. Er weiß alles. Er ist einverstanden.«

Als Werchowzew den jungen Mann mit den goldblonden Haaren, der anmutigen Figur und den zarten rosigen Wangen erblickte, so still, hell und klar, pries er in Gedanken den Meister – er hatte Recht behalten, wie immer. Die Bilder, vor langer Zeit von fremder Fantasie erschaffen, erwachten vor seinen Augen zum Leben.

Olli, das sah man auf den ersten Blick, ohne dass man sich die alten Fotos anschauen musste, ähnelte dem Jungen, für den der Meister, König und Kenner des Lebens, alles geopfert hatte: seine Ruhe und seinen Namen, seinen Reichtum und Ruhm, seine Ehre, seinen Erfolg und sein Werk.

Olli hieß mit vollem Namen Olgerd. Laut Pass war er Litauer, der Abstammung nach zu einem Viertel Pole, zu einem Viertel Schwede und zur Hälfte ein Nachkomme des berühmten Gediminas, Großfürst von Litauen. Er sprach ein sauberes, korrektes Russisch, mit einem kaum merklichen metallischen Akzent. Seit drei Jahren war er der Geliebte Danilas.


»Du meinst also, du kannst so rasch einen Ersatz finden?«, fragte er noch einmal. »Und wie sieht es mit dem anderen Auftrag aus?«

Danila schloss schweigend die Augen – ein Zeichen, dass alles erledigt war.

»Gut.« Werchowzew warf eine Strähne seiner blonden,

zu einem geraden Pagenkopf geschnittenen Haare aus der Stirn. »Leli hat mir gesagt, dass ein neuer Bodenbelag gebracht wurde. Wir müssen eine Farbe aussuchen.«

Er erhob sich aus dem Sessel, und sie gingen hinaus und vergaßen dabei, die Lampe in Form eines Ritterschwertes auszuschalten, die im Dunkel des Raums nicht nur das künstliche Grün des Efeus und das tiefe Purpur der Begonien hervorhob, sondern auch eine kleine Silbertafel, die am Rahmen des Porträts befestigt war: »Oscar Wilde. Anno 1893.«

## Eine bösartige Alte, ein Fürst und andere

**6**

Der Mittwoch begann blutig. Schon frühmorgens schrillte im Pressezentrum das Telefon.

»Die Leute von ›Zeit im Bild‹ schicken ein Aufnahmeteam hin«, teilte Gorelow mit. »Aber unser Fernsehteam ist auch schon unterwegs. Das wird unser Geschichtchen.«

Katja schauderte. Das »Geschichtchen« sollte ein Bericht über eine alte Frau werden, die irgendwo auf dem Land bei Moskau lebte. Diese Alte hatte die besten Aussichten, in die schick aufgemachte Enzyklopädie »Monster und Ungeheuer« aufgenommen zu werden. Es handelte sich nämlich um eine echte Menschenfresserin.

Die Protkins, ein älteres Ehepaar, lebten ruhig und friedlich. Hin und wieder bekamen sie Besuch von ihren Kindern, die ihnen aus der Stadt Lebensmittel und die neuesten Nachrichten mitbrachten. Von Zeit zu Zeit schauten auch die Nachbarn bei ihnen herein. Doch mit den Jahren wurde der Kontakt immer schwieriger, weil die beiden Alten senil wurden.

Eines Tages bemerkten die Nachbarn, dass der Mann verschwunden war, und beschlossen, nachzusehen, ob bei den Protkins alles in Ordnung war.

Als Erstes erblickten sie die nackte Leiche des Alten, die mitten im Wohnzimmer auf dem handgewebten bunten Läufer lag. Mit dem Rücken einer Axt war ihm der Schädel eingeschlagen worden. Als sie genauer hinschauten und alles andere sahen, stürzten die Nachbarn laut schreiend zum nächsten Milizrevier.

Wie es später in den Polizeiberichten vorsichtig hieß, waren »die Weichteile aus der Gesäßregion des toten Bürgers Protkin vollständig entfernt«. Einfacher ausgedrückt – abgeschnitten. Die alte Frau Protkin saß regungslos auf einem Schemel, einer Chimäre an der Kathedrale von Notre Dame nicht unähnlich. Ein Krankenwagen brachte sie in die Psychiatrie. Die fehlenden »Weichteile« des alten Protkin fand man schließlich im Eisfach des Kühlschranks. Ein etwa dreihundert Gramm schweres Stück schwamm im Kochtopf in einer fettigen weißlichen Brühe.

Nachdem ein detailliertes Protokoll über die Besichtigung des Tatorts abgefasst worden war, musste sich der Revierbeamte würgend über dem Klobecken in der Toilette der alten Leute übergeben.

»Und das wollen sie filmen?«, fragte Katja voller Ekel.

»Die Leute fahren darauf ab, wie du neulich so treffend bemerkt hast«, brummte Gorelow. »Eine Oma als Kannibalin! Das ist ein Leckerbissen für die Fernsehfritzen. Und für dich ... für dich wird sich etwas Seriöseres finden.«

»Was denn?« Katja spitzte die Ohren.

»Prochorow ist geschnappt worden.«

Katja stieß einen anerkennenden Pfiff aus. Andrjuscha Prochorow konnte man getrost als einen der interessantesten Verbrecher der Neunzigerjahre bezeichnen. Zwanzig Jahre alt und dreißig Leichen. In seinem jugendlichen Alter war er bereits Anführer einer Bande, zu der fünf abgebrühte Kriminelle gehörten, stämmige Kerle um die vierzig, die sich widerspruchslos diesem Jüngelchen unterordneten, weil sie panische Angst vor ihm hatten.

Andrjuscha Brutalo – dieser Spitzname klebte an Prochorow, seit er auf der Gorki-Chaussee seinen ersten Mord am Fahrer eines Shiguli begangen hatte. Im Unterschied zu anderen Autoschieberbanden spezialisierte seine Gang sich ausschließlich auf PKWs. Sie brachten den Fahrer um, reinigten das Innere vom Blut und schafften den Wagen nach Weißrussland, wo sie ihn für den halben Preis verkauften. Und das taten sie dreißig Mal.

Im Pressezentrum klingelten wieder die Telefone. Ein Redakteur der Zeitschrift »Autorallye« wollte unbedingt mit Katja sprechen: »Wir brauchen Stoff, Jekaterina, irgendeine brandheiße Verbrecherstory aus dem Autofahrermilieu.«

»Ihr kriegt eure brandheiße Story«, versicherte Katja. Andrjuscha Brutalo versprach keine schlechte Dividende abzuwerfen.

Kolossow hat jetzt wahrscheinlich keine Zeit, sich mit dem Fall Krassilnikowa zu beschäftigen, überlegte Katja müde, während sie auf der Schreibmaschine tippte. Bei dem Betrieb! Was soll ich jetzt bloß tun?

Wieder klingelte das Telefon. Vor Ärger vertippte Katja sich.

»Katja, wo steckst du? Hast du unsere Verabredung vergessen?«, erklang die gekränkte Stimme des Fürsten. »Bist du noch im Büro? Ich warte schon die ganze Zeit auf dich.«

»O je, Sergej, das hätte ich jetzt beinahe wirklich vergessen.«

»Soll ich dich an der Bushaltestelle abholen?«

Sie seufzte – der Fürst liebte es, den ritterlichen Kavalier hervorzukehren.

»Ich bin keine Behinderte, und es ist noch nicht Nacht, Sergej.«

Kurz darauf stand Katja vor Sergejs Wohnung, schüttelte sich den Schnee vom Mantel und klingelte an seiner Tür.

»Endlich!« Meschtscherski piekste ihr flüchtig seinen stutzerhaften Schnurrbart in die kalte rosige Wange. »Wir waren das Warten auf dich schon leid!«

»Wer ist wir?«, wollte Katja wissen, während er ihr aus dem nassen Pelzmantel half.

»Wir sind ... wir.« Aus der Küche trat würdevoll Wadim Krawtschenko in den Flur.

»Was macht der denn hier? Du hast mir doch verboten, diesen Rüpel mitzubringen«, bemerkte Katja trocken.

Meschtscherski breitete die Arme aus.

»Er hat dich für Bier und Krabben verraten.« Wadim grinste.

»Verstehst du, Katja, er ist erst vor einer Stunde hier aufgekreuzt«, murmelte der Fürst. »Er sagte, er wäre hundemüde, könne nicht nach Hause, weil das Auto seinen Geist aufgegeben hat, und ob er nicht bei mir übernachten dürfe ...«

»Mit Krabben und Bier unterm Arm?«, warf Katja ein.

»Na ja, ich ...«

»Alles klar.« Sie setzte sich auf den Rand des Sessels, der im Flur stand, und schnürte sich die Schuhe auf. »Und ihr habt euch natürlich schon den Bauch voll geschlagen. Was seid ihr bloß für Typen!«

»Ich habe Speise in dieses von Gott vergessene Haus gebracht«, tönte Wadim. »Ich ... Aha, du hast ja auch irgendwelche Tüten in der Tasche. Zeig her.«

Einen Augenblick später betrachtete er enttäuscht die Bücher, die Katja in der Buchhandlung auf der Nikitskaja-Straße erstanden hatte.

»Stéphane Mallarmé, Alexandrinische Elegien, Metamorphosen. Nein, Fürst, davon werden wir nicht satt. Nichts als Gedichte. Ich bin der Einzige in diesem Haus, der sich um Speis und Trank kümmert! O Gott!« Wadim schnupperte aufgeregt. »Meine Hähnchenkeulen brennen an.«

Er verschwand in der Küche. Gleich darauf klapperten Töpfe, und irgendetwas fiel laut klatschend zu Boden.

Katja überließ den beiden Clowns die Küche und ging ins Wohnzimmer. Wie üblich herrschte im Biwak des großen Reisenden das nackte Chaos. Es gab kaum Möbel, dafür jede Menge Videotechnik und Landkarten. Die Karten ersetzten die Tapeten: Afrika, Asien, Lateinamerika und wieder Afrika. Im Nebenzimmer herrschte genauso ein Wirrwarr: Auf dem Fußboden und dem Sofa lagen große Rucksäcke, Ausrüstungsgegenstände und die schweren Stoffballen aufblasbarer Zelte.

»Deine Wohnung sieht aus wie die Lagerhalle des Russischen Touristenclubs. Wo schläfst du eigentlich, Sergej? Im Schlafsack auf dem Balkon? Oder in der Vorratskammer?«, fragte Katja.

»Diese Ausrüstung kostet einen Haufen Geld«, erklärte der Fürst. »Die Jungs wollen die Sachen nicht im Club lassen. Sie haben Angst, sie könnten geklaut werden.«

Er zog Katja zu einer großen Afrikakarte. »Sieh mal, diese Route werden wir nehmen: von Mombasa zum Victoria-See, dann nach Südwesten zum Tanganjika-See, und dann mit Autos durch die Serengeti und Ngorongoro bis zur Küste des Indischen Ozeans. Anschließend nach Mosambik und mit dem Flugzeug aus der Hauptstadt zurück nach Hause.«

In der Küche roch es nach angebranntem Huhn und Bier. Auf dem Kühlschrank lärmte ein kleiner Fernseher.

Nach dem Abendessen berichtete Katja von den Ergebnissen ihrer Fahrt nach Kamensk.

»Sie ist ermordet worden, begreift ihr? Brutal ermordet. Das war kein Unfall. In Kamensk hat anfangs niemand Verdacht geschöpft. Erst als der Pathologe das Ergebnis der Obduktion bekannt gab«, fuhr Katja voller Eifer fort. »Und ich weiß, wer sie umgebracht hat.«

»Wer denn?«, fragte Wadim.

»Tolja Lawrowski!«, platzte Katja heraus. »Ganz bestimmt. Man muss jetzt nur noch feststellen, im wievielten Monat sie war«, fügte sie Unheil verkündend hinzu.

»Du ziehst vorschnelle Schlüsse, Katja, wie immer«, sagte Sergej freundlich.

»Überhaupt nicht. Wadim, weißt du noch, wie er sich in diesem Schminkraum benommen hat? Weißt du noch?«

»Wie hat er sich denn benommen?«, fragte Wadim.

»Verdächtig, höchst verdächtig. Hast du denn gar nichts bemerkt?«

»Nein.« Er zuckte die Schultern und betrachtete interessiert die plötzlich aufgeregte Katja.

»Ich habe damals auch nicht darauf geachtet, aber als Sergejew mir von dem Mord erzählte, durchfuhr es mich wie ein Blitz: Lawrowski war es! Wahrscheinlich wurde die Krassilnikowa von ihm schwanger, wollte ihn aufs Standesamt zerren, hat gedroht und geweint, und da hat er sie in die Baugrube ...«

»Moment mal. Womit wurde sie denn getötet?«, fragte der Fürst.

»Das weiß man noch nicht. Man vermutet, mit einer Art Metallstange.«

»Mit einer Stange? Das ist ja barbarisch!«

»Woher soll ein Schauspieler eine Pistole nehmen, Sergej?«, sagte Katja. »Er hat sie mit dem getötet, was er gerade zur Hand hatte. Und das war diese Stange. Danach hat er einen Unfall inszeniert. Und er hat sie auch noch selber als vermisst gemeldet, der Schuft!«

»Was sagen denn deine Kollegen dazu?«, erkundigte sich Wadim. »Dein geliebter Kolossow zum Beispiel?«

»Kolossow sagt vorläufig noch gar nichts. Warum sagt ihr denn nichts dazu? Es muss euch doch klar sein, dass es Lawrowski war und niemand anders. Deshalb hat er auf die Vorladung in Kamensk nicht reagiert. Er hat Angst. Er will bestimmt aus Moskau verschwinden. Vielleicht hat unser Besuch ihn aufgestört, Wadim.«

Wadim nickte nachdenklich.

»Wer kennt seine Anschrift?«, fragte er schließlich.

»Die Kumpel aus der ›Rampe‹. Morgen früh habe ich eine Pressekonferenz im Ministerium, anschließend werde ich dorthin fahren. Donnerstags haben sie keine Aufführungen, nur Proben.«

Sergej schenkte ihr Pepsi ein.

»Morgen stehe ich ganz zu deiner Verfügung, Katja«, erklärte er galant.

## 7 Die »Rampe«

Gelangweilt studierte Katja die Presse-Veröffentlichung, die auf ihren Knien lag, notierte brav Ziffern auf ihrem Block und überlegte dabei, unter welcher flotten Überschrift man diese faden offiziellen Verlautbarungen in der Zeitung präsentieren könnte. Kaum war die Pressekonferenz zu Ende, warf sie sich ihren Pelz über und stürzte Hals über Kopf nach draußen. Vor dem Eisengitter des Ministeriums stand bereits der dunkelblaue Shiguli. Als echter Gentleman war der Fürst schon vor der verabredeten Zeit erschienen.

»Du bist aber schnell da.«

»Schnell? Ich bin dort vor Langeweile fast gestorben.«

»Ich war schon darauf eingestellt, bis vier Uhr zu warten.« Der Fürst schlug die dunklen, von langen Wimpern beschatteten Augen nieder. Diese mädchenhaften Wimpern bei einem erwachsenen dreißigjährigen Mann rührten Katja immer wieder. Es erinnerte sie an einen der Zwerge aus »Schneewittchen«.

»Was ist, fahren wir?« Er drehte den Zündschlüssel.

Katja betrachtete sich kritisch im Innenspiegel. Sie holte ihren Lippenstift aus der Handtasche und zog sich geschäftig die Lippen nach. Im Spiegel fing sie den Blick des Fürsten auf.

»Hübsch siehst du aus«, versicherte er, während er im

dichten Verkehrsstrom in den Tunnel fuhr. »Ich bin froh, Katja, dass ich endlich Gelegenheit habe, über eine Sache mir dir zu reden, die mir wichtig ist.«

Jetzt beichtet er mir gleich seine Liebe und trägt mir Hand, Herz und Titel an, durchfuhr es Katja.

»Katja, wir brechen zu einer Expedition auf! Kannst du dir das vorstellen? Ich bin ganz außer mir vor Freude.«

Katja seufzte und dachte an Wadims Worte: »Du wirst schon sehen – wenn du seine Frau wirst, liest er dir jede Nacht aus historischen Reisetagebüchern und den Sitzungsberichten der Russischen Geografischen Gesellschaft vor.«

»Endlich haben wir einen Sponsor gefunden!«, fuhr der Fürst fort. »Coca-Cola. Bedingung ist, dass ihr Firmenzeichen auf unseren Jeeps angebracht wird.« Er schwenkte den Arm und wäre beinahe auf einen LKW aufgefahren.

»Ohne dich werde ich mich langweilen, Sergej«, sagte Katja schmeichlerisch. »Bringst du mir aus Afrika ein Leopardenfell mit?«

»Leoparden stehen auf der roten Liste. Ich werde dich auch vermissen, Liebes. Aber in einem halben Jahr bin ich ja wieder zurück. Schade, dass du nicht mitkommen willst! Sonst ...« Er stieß einen träumerischen Seufzer aus. »Jetzt fahren ja alle unsere Neureichen auf Safari. Aber was soll der Blödsinn? Eine Woche hinter Autobusscheiben – was kann man da schon sehen? Bei unserer Expedition aber gibt es Seen und Wasserfälle ohne Ende, den Kilimandscharo, die Savanne, den Indischen Ozean ... Für dich als Schriftstellerin wären solche afrikanischen Impressionen sehr anregend.«

Katja streichelte zärtlich über die Hand des Fürsten, mit der er den Schalthebel hielt. Er wusste, wie man ihr die schönsten Komplimente machte. Schriftstellerin ... Von allen ihren Bekannten war Meschtscherski der Einzige, der sich über ihren Traum, eine berühmte Schriftstellerin zu werden, nicht lustig machte.

Die »Rampe« befand sich im Keller eines alten Jugendstilhauses. Katja öffnete mühsam die schwere, von Feuchtigkeit aufgequollene Tür, und sie stiegen eine steile Treppe hinunter. Das dämmrige, enge Vestibül, in dem es nach feuchter Wolle und Schuhcreme roch, war nahezu menschenleer. Nur zwei langhaarige junge Männer in Jeans und karierten Hemden standen an der Garderobe.

»Ich sage dir, Senja, du bist ein Künstler. Ein echter Künstler«, verkündete der eine mit pathetisch gedämpftem Wispern. »Das Leben ist nichts. Unsere Empfindungen sind alles. Manchmal fahre ich die Straße hinunter, sehe einen Wagen auf mich zukommen und möchte plötzlich mein Auto frontal auf ihn zusteuern. Verstehst du? Eine donnernde Explosion, knirschendes Metall, klirrendes Glas, eine Flammengarbe. Alles brennt – der Asphalt, die Bäume, das Gras. Auch ich brenne, Senja ...«

»Nicht doch, nicht doch, Wanja«, sagte der andere beruhigend. »Was sind das für Empfindungen! Geh lieber zum Psychiater. Soll ich dir einen empfehlen?«

»Ich habe schon einen Psychiater. Und was kommt dabei heraus, Senja? Kaum machen die Patienten Andeutungen, dass sie an Selbstmord denken, verlangt er Bezahlung im Voraus.«

Katja drückte sich seitlich an den beiden philosophierenden Schauspielern vorbei. Sergej folgte ihr und drehte sich dabei ständig um.

»Reden die hier immer so?«, flüsterte er verwundert.

Katja nickte und öffnete die Tür zum Zuschauersaal.

Sofort hüllte die Welt des Theaters sie ein: die dämmrige Kühle des kleinen Parterres, der Geruch von Staub, alten Kulissen, abgestandenem Schweiß und Parfum. Hell beleuchtet war nur die Bühne. Im Gang, auf der Höhe der fünften Reihe, brannte außerdem noch eine kleine Bürolampe auf einem mit Papieren überhäuften Tisch. Dort saß, der Bühne zugewandt, Boris Bergman, genannt »Ben«.

»Wir setzen uns erst mal hin und stören sie nicht«, flüsterte Katja. Sie verdrückten sich auf die Galerie.

»›Es geht nicht – ich kann nicht.‹ Wen, in aller Welt, interessiert eure Stimmung? Glaubt ihr, die Zuschauer kommen wegen eurer Stimmung ins Theater?«, schimpfte Bergman heiser. Seine ärgerlichen Worte waren an zwei junge Schauspieler gerichtet, die im Scheinwerferlicht auf der Bühne herumschlenderten. »Unser Beruf besteht ja gerade darin, alles Persönliche hinter sich zu lassen, sobald der Vorhang sich hebt! Meint ihr etwa, der große Laurence Olivier hätte jemals seine Arbeit von seinen persönlichen Schicksalsschlägen beeinflussen lassen? Wisst ihr, was dieser Mann durchgemacht hat, als 1947 bei seiner Frau Vivien Leigh die psychischen Probleme anfingen?«, predigte Ben hingerissen. »Einmal saßen sie im Restaurant beim Abendessen. Ihr könnt euch vorstellen, wie sie aussahen, was für ein Paar sie waren! Und plötzlich bekam sie einen Anfall. Fing an zu kreischen, stach ihm die Gabel in die Hand und wand sich in Krämpfen. Ich will euch gar nicht genauer beschreiben, wie so ein epileptischer Anfall in allen physiologischen Einzelheiten aussieht. Er hielt sie im Arm und versuchte sie zu beruhigen. Und abends stand er schon wieder auf der Bühne und spielte ›Richard den Dritten‹, und die Zuschauer weinten und schrien vor Begeisterung!

Und später, als Vivien Leigh schon in der Nervenklinik lag, als sie ihn beleidigte und bedrohte, als sie ihm die Hand, mit der er ihr die Medizin reichen wollte, bis aufs Blut zerbiss – haben die Zuschauer da sein Blut, seinen Schmerz, seine Verzweiflung bemerkt? Nein! Im Gegenteil. Alle Kritiker, alle seine Biografen versichern, dass dieser geniale Schauspieler in jenem furchtbaren Jahr spielte, wie er nie zuvor gespielt hatte. ›Ich kann nicht‹ will ich nicht mehr hören. Macht eine Pause, ruht euch aus, denkt darüber nach. Ich unterbreche jetzt für dreißig Minuten. Danach gehen wir die ganze Szene von vorn durch.«

Die Schauspieler verschwanden, leise miteinander redend, hinter den Kulissen. Katja rief Ben einen Gruß zu.

»Hallo, Kinder. Wir sind gerade mitten in einer Grundsatzdiskussion.« Er lächelte und drückte Sergej die Hand.

»Ben, wir müssen dir etwas erzählen«, begann Katja.

»Gehen wir in die Kostümabteilung, dort können wir reden. Hier fangen jetzt gleich die Proben für die Tänzer an. Vera, die nächsten dreißig Minuten hast du zu deiner Verfügung!«, rief er einem Mädchen im Trikot zu. »Wir inszenieren gerade Ostrowskis ›Schneewittchen‹, Katja. Das war schon immer mein Traum – ein fantastisches Stück!«, sagte er und führte sie durch einen engen Flur hinter den Kulissen. »Vierzig Jahre lang hat der alte Ostrowski über seine Krämer, Ladenschwengel und Bürokraten geschrieben und Moralpredigten gehalten. Und plötzlich, mit siebzig, setzt er sich hin und schreibt ein Frühlingsmärchen über die Liebe! Wenn das nicht ein Wunder ist!« Er seufzte verträumt.

Katja und Sergej warfen sich heimlich einen Blick zu.

»Ben, leider ...« Katja stockte, fasste sich dann ein Herz und berichtete ihm alles, was sie in Kamensk erfahren hatte.

Bergmans braunes Gesicht wurde grau.

»Wie entsetzlich!«, flüsterte er, als Katja geendet hatte. Er erhob sich und ging auf und ab. »Wer hat ihr so etwas angetan?«

»Die Ermittlungen haben gerade erst begonnen. Man wird euch alle noch vernehmen.«

»Ja, natürlich, selbstverständlich. Aber was können wir schon sagen? Ach, Sweta, Sweta, wie konnte so etwas Schreckliches geschehen? Wo soll man ihn suchen, diesen Schuft?« Er zitterte wie im Fieber.

»Sag mal, Ben, hat Lawrowski sich hier nicht mal sehen lassen?«, fragte Katja vorsichtig.

»Tolja? Nein. Hast du ihn nicht beim Abend der Höfischen Manieristen gesehen?«

»Doch, schon. Die Miliz von Kamensk hat ihm eine Vorladung geschickt, aber er ist nicht erschienen und hat auch nicht beim Untersuchungsführer angerufen. Gibt es hier jemanden, der mir sagen könnte, wo ich ihn finde?«

Bergman kratzte sich nachdenklich sein rasiertes, bläulich schimmerndes Kinn.

»Bleibt mal einen Moment hier sitzen. Ich gehe eben Wanja Poletajew suchen.« Er flitzte aus der Kostümabteilung.

»Nimmst du mich zur Premiere von ›Schneewittchen‹ mit?«, bat der Fürst.

»Natürlich. Wenn du dann nicht gerade auf dem Weg in deine glutheiße Serengeti bist ...«

»Aber ich komme ja wieder, Katja, ich komme zurück zu dir ...«

Da tauchte Bergman wieder auf, im Schlepptau den jungen Mann mit dem langen Hals, der seinem Freund von seinen Todessehnsüchten beim Autofahren erzählt hatte.

»Sweta ist ermordet worden?«, rief der junge Mann schon auf der Schwelle. »Wer war es?«

»Ruhig, Wanja, nicht so laut. Sie wissen es nicht, die Ermittlungen haben gerade erst angefangen«, beschwichtigte ihn Ben. »Sag uns lieber, wo Lawrowski abgeblieben ist.«

»Bei dem habe ich gestern und vorgestern angerufen, zu Hause ist er nicht.«

»Entschuldigung, aber wissen Sie vielleicht, wo er sich meist aufhält?«, fragte Katja. »Er hat uns einen Bekannten genannt. Pawel ... wie hieß er gleich ...?«

»Mohikaner? Pawel Mohikaner! Genau! Gut möglich, dass er bei dem vor Anker gegangen ist. In seiner Werkstatt. Pawel ist gerade mal wieder bei Kasse, er hat eine Skulptur auf einer Ausstellung verscheuert. Höchstwahrscheinlich feiern sie das jetzt.«

»Und wo wohnt er?«

»In seiner Werkstatt. Die finden Sie in einer alten Werkshalle der ehemaligen Konservenfabrik am Kotelnitscheski-Kai.«

»Kann man ihn dort telefonisch erreichen?«, fragte Katja, ganz routinierte Reporterin.

»Dort gibt es kein Telefon. Fahren Sie einfach hin! Am besten vormittags. Dann ist er fast immer da.«

Bergman begleitete Katja und Sergej ins Vestibül.

»Wenn ihr was braucht, Kinder, ruft an. Wir alle helfen euch, so gut wir können«, sagte er zum Abschied.

»Heute fahren wir nicht mehr zu Mohikaner«, entschied Katja, als sie zum Auto gingen. »Es ist schon fünf Uhr. Wir machen uns in den nächsten Tagen zusammen auf den Weg dorthin, Sergej. Ich rufe dich an.«

»Wie du meinst«, erwiderte Meschtscherski gehorsam.

## 8 Eine Leiche im Wald

Kaum hatte Katja am nächsten Morgen das Pressezentrum betreten, tauchte auch schon Tim Margolin hinter ihr auf, der Chef des Fernsehteams.

»Tempo, Tempo, Petrowskaja, keine Müdigkeit vorschützen, sonst kommen wir zu spät«, rief er Katja zu und warf ihr im Vorüberlaufen ein Pfefferminzbonbon zu.

Sie fing es geschickt auf.

»Wohin kommen wir zu spät?«

»In Lugowzy nehmen sie eine Rauschgifthöhle hoch! Es geht gleich los. So früh am Morgen erwischen wir sie kalt, wenn sie nicht darauf gefasst sind.«

Katja suchte in der Schreibtischschublade fieberhaft nach ihrem Notizblock und einem Reservekuli und rannte hinter Margolin her, die Handtasche an die Brust gepresst.

Vor dem Gebäude der Hauptverwaltung stand abfahrbereit ein alter gelber Shiguli. Mehrere kräftige Männer von der Drogenfahndung saßen bereits im Wagen. Katja zwängte sich mit Mühe hinein.

»Passt bloß auf, dass die Kamera nicht beschädigt wird!«, rief Margolin, der sich aufgeregt auf dem Vordersitz drehte. »Du sollst sie festhalten, hab ich gesagt, nicht Bondarew auf den Bauch legen, sonst ist sie schon beim ersten Schlagloch kaputt!«

»Wo sind denn die anderen?«, fragte Katja.

»Sind schon vor zwanzig Minuten losgejagt«, sagte der Milizionär, in dessen Bauch sich Margolins Panasonic bohrte.

Sie ließen die Ringstraße hinter sich und fuhren aus Moskau hinaus. Weiter, immer weiter. Am Straßenrand tauchten ein Kiefernwäldchen, einzeln stehende Häuser und Dörfer auf. Am Eisenbahnübergang bog der Fahrer von der Hauptstraße in eine verschneite Siedlung ab. Der Shiguli holperte über vereiste Spurrinnen.

»Halt die Kamera fest!«, rief Margolin. Katja krallte sich an der Rückenlehne des Vordersitzes fest.

»Das Haus da vorn ist es.« Einer der Milizionäre zeigte auf ein einzeln stehendes Haus am Fuß eines kleinen Hügels. Der zweistöckige Backsteinbau war halb hinter Bäumen verborgen und mit einem hohen Zaun umgeben. Vor dem sperrangelweit geöffneten Eisentor standen drei PKWs und ein kleiner Bus. »Aha, die Festung ist schon eingenommen. Auch ohne uns.«

Katja schloss sich Margolin an, der sich mit seiner Panasonic bewaffnet hatte. Sie stiegen die steinerne Vortreppe hinauf und öffneten die Tür des Hauses. Der Lärm, das Kreischen und Brüllen, das Katja entgegenschlug, machte sie fast taub. In der Diele stapelten sich Schuhe: kleine, abgetragene, halb zerrissene Kinderschuhe, Damenstiefel und Pumps mit abgeknickten Absätzen. Kein einziger Männerschuh.

Das riesige Wohnzimmer, das einer Turnhalle ähnelte, war nicht möbliert, nur Teppiche lagen auf dem Boden und hingen an den Wänden. Schmutzige, abgetretene Teppiche. In einer Ecke kauerten mehrere Zigeunerinnen, drei dicke alte und zwei hübsche junge Frauen. Alle waren nach türkischer Mode gekleidet: geschmacklose Jacken mit Spitzen und Lurex, geblümte Röcke.

Die Frauen lärmten durcheinander, zeigten fortwährend mit schmutzigen Fingern auf die Milizionäre, schnieften und schluchzten. Eine der älteren Frauen, die wohl um die hundertfünfzig Kilo wog, erhob sich, streckte ihren imponierenden Busen vor und trat auf einen Soldaten der Spezialeinheit zu.

»Wo ist Ihr Vorgesetzter?«, knurrte sie mit heiser rollender Bassstimme. »Los, her mit ihm!«

»Er wird gleich kommen«, erwiderte der Soldat ungerührt.

»Reg dich nicht auf, Tanta Mascha!«, rief Petrow ihr aus der Diele beschwichtigend zu.

»Komm her! Ich hab ein Wörtchen mit euch zu reden! Ihr seid in mein Haus eingebrochen! Was bildet ihr euch ein!«, polterte Tante Mascha.

»Sag mir lieber, wer deine Gäste sind, die wie Holzscheite in der Küche liegen«, sagte Petrow.

»Ich kenne sie nicht!«, gab die Zigeunerin zurück. »Sie haben um ein Nachtquartier gebeten, wir haben sie hereingelassen.«

»Hereingelassen und mit Opium bewirtet«, ergänzte Petrow.

»Es gibt kein Opium!« Die schwarzen Augen der Zigeunerin funkelten zornig. »Sucht doch danach! Und wenn ihr das ganze Haus durchwühlt – ihr werdet nichts finden! Ich schwör's bei Gott!«

Margolin stürmte in die Küche. Katja folgte ihm und erblickte eine wundersame Mischung aus Schmutz und Komfort. Ein rostiges Waschbecken, die Zimmerdecke voller Wasserstreifen, die Wände mit Fettflecken übersät, zugleich aber auch zwei große Kühlschränke von General Electric, zwei Mikrowellen, klebrig und fettig, Toaster, elektrische Wasserkocher, Kaffeemaschinen. Alles ungespült und schmierig.

Auf dem Fußboden in der Ecke der Küche schliefen eng aneinander geschmiegt drei langhaarige junge Männer. Margolin machte eine Nahaufnahme von ihnen. Ein Milizionär trat auf sie zu und schüttelte einen von ihnen an der Schulter. Der Mann knurrte etwas Unzusammenhängendes.

»Die sind hinüber. Doppelte Dosis.« Er schob dem einen den Ärmel der Lederjacke hoch. In der Beuge des Ellenbogens waren zwei blutrote Punkte zu sehen.

Die Spritzen waren schnell gefunden; sie lagen im Mülleimer unter der Spüle. Dort entdeckten sie auch – zwischen Tüten, Kartoffel- und Bananenschalen – zerbrochene Nadeln, blutige Watte und eine ganze Brut rötlicher Schaben.

»Habt ihr die Ware gefunden?«, erkundigte sich Margolin.

»Geht nach oben. Da haben sie ihr Gemeinschaftsschlafzimmer. Dussja ist dort schon voll im Einsatz.« Petrow grinste.

Was für eine Dussja?, fragte Katja sich erstaunt, als sie hinter dem Milizionär die enge steile Treppe hinaufstieg.

Das Schlafzimmer der Zigeuner war genauso riesig wie das Wohnzimmer und erstreckte sich fast über den gesamten ersten Stock. Gleich zwei teure Schrankwände standen hier. Hinter den Glastüren sah man allerlei Nippes aus Porzellan – Möpse, Ballerinen, Schäfer und Schäferinnen, außerdem böhmisches Kristall und billiges Keramikgeschirr für die Mikrowelle. Auf dem Boden lagen gestreifte Matratzen, Federbetten, Teppiche, Kopfkissen, manche zusammengerollt, manche auf dem schmutzigen Linoleum ausgebreitet.

»Hier ist es, Dussja? Bist du sicher, mein kluges Mädchen?«, fragte ein großer junger Mann in Jeans und abgewetzter Lederjacke. Seine Worte waren an einen krummbeinigen kleinen Dackel gerichtet. Mit hoch erhobenem Kopf beschnüffelte er aufmerksam den unteren Teil der einen Schrankwand. Dann kläffte er und kratzte mit der Pfote an der Schranktür. »Die Zeugen[2] bitte hier herüber«, rief der Ermittler in der Lederjacke. Zwei junge Burschen in Arbeitsanzügen traten näher. Margolin brachte seine Kamera in Stellung. Der Ermittler öffnete das unterste Fach. Dort lagen allerlei Päckchen und Beutel. Er schnürte eins davon auf und erklärte: »Zucker, Dussja.«

Der Dackel bellte und begann aufgeregt zwischen den Beuteln zu graben. Der Ermittler zog ein paar weitere Beutel heraus.

»Aha, tatsächlich. Gut gemacht, Dussja.«

Das ans Tageslicht beförderte Paket mit Mohnstängeln wog etwa sechs Kilo. Im Laufe der nächsten beiden Stunden entdeckte Dussja noch mehrere ähnliche Pakete in Geheimfächern in der Schlafzimmerwand, unter der Spüle in der Küche und zwischen den schmutzigen Klamotten, die sich auf dem Speicher türmten. In der Toilette und im Badezimmerschränkchen fanden die Ermittler außerdem acht Fläschchen mit einer trüben Flüssigkeit.

»So, Kinder, jetzt wollen wir mit den Zigeunern mal Klartext reden.«

Das Verhör dauerte mehrere Stunden. Tante Mascha reagierte gereizt auf die Nachricht, dass man in ihrem Haus Drogen beschlagnahmt hatte.

»Dummes Zeug! Das können Sie mir genauso gut untergeschoben haben.«

»Es wurde im Beisein von Zeugen gefunden«, parierte Petrow.

»Zeugen sind auch nur Menschen, und Menschen lieben das Geld.« Tante Mascha gab sich nicht geschlagen.

»Wer stellt das Zeug her? Wer verkauft es?« Petrow ließ nicht locker. »Ich will Namen wissen. Andernfalls nehme ich alle deine Damen mit – und dich gleich dazu.«

»Das sind Mütter mit Kindern!«, brauste Tante Mascha auf.

»Umso besser. Dann haben sie jemanden, der ihnen was ins Gefängnis bringt.«

»Keinen Respekt hast du vor mir, nein, keinen Respekt.« Tante Mascha schüttelte den grauen Kopf, nahm eine Packung Camel vom Tisch und steckte sich eine Zigarette zwischen die Lippen.

»Lelka und Rada«, zischte sie durch die Zähne. »Das ist ihr Zeug, ihr Geschäft – und ihre Verantwortung.«

»Rada ist eine von diesen Heldenmüttern?«, fragte Petrow. »Wie viele Kinder hat sie denn?«

»Neun.«

»Und Lelka?«

»Bloß fünf. Aber dafür alles Jungen.«

»Warum hast du kein Mitleid mit ihnen, Tante Mascha?«

»Warum ich kein Mitleid habe?« Die Augen der Zigeunerin wurden so schmal, dass sie sich in schwarze Schlitze verwandelten. »Es ist ihr Geschäft, sie tragen selbst die Verantwortung. Im Übrigen lassen wir sie nicht im Stich. Wir werden Geld sammeln, für die Kaution. Gegen Kaution lässt das Gericht heutzutage jeden frei.«

»Aber keine Drogenhändler.«

»Hängt davon ab, wie viel man bietet.« Die Kaschemmenwirtin grinste und drückte ihre Zigarette mit der bloßen Hand aus. »Und für wen. Für eine Heldenmutter gibt es immer Kaution. Wofür hat sie ihre Kinder sonst bekommen? Und ihren Orden? Dafür hat sie doch wohl ein bisschen Nachsicht verdient!«

Petrow seufzte tief.

»Gut, knöpfen wir uns Lelka und Rada mal vor.«

Als sie die Küche verließen, wollte Katja von Margolin wissen: »Wieso hat sie die beiden Frauen verraten?«

»Sie hat die zwei herausgesucht, die die besten Geschäfte machen. Jetzt werden die anderen den ganzen Stoff übernehmen. Und die beiden haben ja ihre Kinder und die Kaution ...«

»Kann man die Wirtin selber denn nicht verhaften? Immerhin gehört ihr dieses Haus.«

»Das Haus gehört offiziell ihrem Baron. Bei den Zigeunern haben die Frauen keinen Besitz. Gegen Tante Mascha wird keiner aussagen, obwohl sie den ganzen Laden hier schmeißt. Der Clan opfert der Obrigkeit zwei Stammesgenossinnen. Anschließend hilft man ihnen wieder heraus. Die Zigeuner lassen ihre Leute niemals im Stich«, erklärte Margolin.

»Und diese beiden, Lelka und Rada, werden alles zugeben?«

»Wenn die Chefin es befiehlt, werden sie brav alles gestehen.«

Wie sich herausstellte, waren Rada und Lelka die beiden jungen Frauen in den türkischen Lurexjacken. Ein ganzer Schwarm von Kindern im Alter von zwei bis zwölf Jahren umringte sie. Katja fragte sich, woher die Kinder auf einmal kamen. Bei der Haussuchung waren sie noch nicht da gewesen. Die beiden Frauen stimmten sofort ein lautes Wehgeschrei an, aber wohl mehr zum Schein. Ein halb nackter, schmuddeliger Knirps wieselte um Petrow herum und wiederholte ständig den seltsamen, unpassenden Satz:

»Onkel, gib mir einen Dollar, dann mache ich dir Bauchtanz.«

»Wo sind denn ihre Männer?«, fragte Katja. »Wohnen die gar nicht hier? Im Flur stehen nur Frauenschuhe.«

»Die Männer sind ständig auf Achse«, erwiderte Petrow. »Der Stoff, der Transport, die Bewachung, die Einnahmen – das ist alles ihre Sache. Sie sind nur ab und zu auf Besuch hier.«

Es war schon vier Uhr, als man mit der Zigeunerspelunke endlich fertig war. Katja seufzte verstohlen. Die Miliz hatte es nicht leicht; sie musste sich ihr Brot wirklich hart verdienen. Den ganzen Tag auf den Beinen ...

»Mist. Bis wir zurück sind, ist das Buffet längst zu«, ärgerte sich Margolin auf dem Rückweg. »Ich hab Kohldampf wie eine Herde Dinosaurier!«

Im Büro hatte Katja gerade Zeit, ihren Mantel auszuziehen und den Samowar einzuschalten, als plötzlich das Telefon läutete.

»Petrowskaja? Hier Kolossow. Grüß dich.«

»Guten Tag, Nikita.«

»Du wolltest doch gern mal mit zu einer Tatortbesichtigung ... Wenn du willst, können wir jetzt gleich fahren.«

Katja warf einen betrübten Blick auf den Samowar, der gerade zu kochen begann. Ja, es stimmte. Diesen Wunsch hatte sie einmal geäußert. Damals hatte Kolossow nur abgewinkt. Warum wollte er sie jetzt plötzlich mitnehmen? Der Chef des »Schlachthofs« tat so etwas nicht ohne Grund.

»Was ist denn passiert?«

»Ein Mord. An der Leningrader Chaussee, Kilometerstein fünfundfünfzig.«

Katja schaltete den Samowar aus, löschte das Licht im Büro und eilte zur Mordkommission.

Vor der Wache standen mit unzufriedenen und mürrischen Gesichtern zwei Ermittler. Kolossow war gerade dabei, die Tür zu seinen Gemächern abzuschließen.

»Sascha, hast du eine Taschenlampe dabei?«, fragte er. »Letztes Mal haben die Batterien unseres Experten schlapp gemacht, und wir mussten Streichhölzer nehmen.«

»Alles dabei, Nikita«, antwortete der Einsatzmann.

Sie stiegen in den weißen Dienst-Shiguli. Kolossow setzte sich selbst ans Steuer.

»Auf geht's«, sagte er, wendete den Wagen rasant und fuhr auf die Twerskaja. Die Uhr auf dem Armaturenbrett zeigte halb sechs. Bis sie an diesem Kilometerstein fünfundfünfzig ankamen, würde es wohl schon sieben sein.

Die Chaussee legte sich wie ein nasses schwarzes Band unter die Räder. Katja sprach kein Wort. Sie war todmüde und hungrig.

Die Leiche lag im Schnee. Ein Mann, ohne Kopfbedeckung, brünett, mager. Bekleidet mit einem pelzgefütterten Wildledermantel, schwarzen Jeans und fellbesetzten Schuhen mit geschmacklosen Schnallen an den Absätzen. In seinen erstarrten Fingern klebten rosige Schneeklumpen; offenbar hatte er im Todeskampf den Schnee aufgekratzt.

Das Einsatzkommando arbeitete ruhig und konzentriert.

»Reicht das Licht für die Spurensicherung?«, fragte der Untersuchungsführer. Mit einer Mappe und Formularen in der Hand hatte er sich auf einem umgestürzten Baumstamm niedergelassen und füllte das Protokoll der Tatortbesichtigung aus.

Der Gerichtsmediziner fasste den Toten vorsichtig mit Gummihandschuhen an und drehte den Körper um. Katja wich so abrupt zurück, dass sie beinahe über eine Schneewehe gestolpert wäre. Der tote Mann hatte kein Gesicht mehr. Nur ein blutiger Brei war zu sehen, durch den hier und da die weißen Schädelknochen schimmerten.

»Die Tiere haben ihn angefressen«, flüsterte ihr der rothaarige Einsatzmann zu. »Füchse, Dachse – verdammte Biester!«

Katja hatte in den Berichten der Miliz oft von nicht identifizierten Leichen gelesen, die eine Beute der kleinen Raubtiere des Waldes geworden waren. Jetzt sah sie es mit eigenen Augen. Sie unterdrückte das Gefühl der Übelkeit und trat näher.

»Sergej Andrejewitsch, notieren Sie: eine Schnittwunde am Hals, in der Größe von ...«, diktierte der Gerichtsmediziner.

Der Untersuchungsführer schrieb rasch mit. Dann beugte er sich über den Toten, und gemeinsam diskutierten sie mit halblauter Stimme über irgendetwas.

»Man hat ihm die Kehle durchgeschnitten – siehst du, wie viel Blut sich unter ihm angesammelt hat? Der Mantel, das Hemd, alles ist festgefroren«, flüsterte der rothaarige Milizionär.

Katja beugte sich weiter vor. Im Schein der flackernden Taschenlampe betrachtete sie die Hand des Toten, die sich in den Schnee gekrallt hatte. Diese Hand ... diese typische Form, diese Finger, wo hatte sie das nur gesehen?

Vorsichtig trat sie den Schnee um die Hand herum platt. Diese Finger, diese Nägel ... Gepflegte, manikürte Finger ... farbloser Lack auf den Nägeln ...

Katja stöhnte auf. Sie blickte sich um, als von hinten jemand an sie herantrat.

»Was ist? Hast du ihn erkannt?«, flüsterte Kolossow.

Katja räusperte sich und presste heiser hervor: »Lawrowski.«

»Der Freund von der Krassilnikowa?«

»Lawrowski«, wiederholte sie nur.

»Ich hab's gewusst. Sergej Andrejewitsch, da vorn, ein Stück von der Leiche entfernt, ist eine Spur. Etwa fünf Tage alt«, rief er dem Spurensicherer zu. »Sie führt von der Chaussee hierher. Tief eingedrückt. Wahrscheinlich hat der Mörder ihn getragen.«

Der Mann begab sich zu den Tannen, unter denen die Spuren sich erhalten hatten. Katja lehnte sich mit dem Rücken an eine Birke. Sie zitterte wie im Fieber. Fünf Tage ... Er war also in der Nacht von Samstag auf Sonntag ermordet worden. Kurz nachdem sie und Wadim mit ihm gesprochen hatten ...

»Man hat ihn hierher gebracht, Nikita, meinst du nicht auch?«, fragte der Untersuchungsführer. Er wusste wohl selber die Antwort, wollte seinen Gedanken nur bestätigt hören.

»Sie sind zusammen mit dem Auto gekommen. Der Mörder hat ihn herausgezerrt und weggeschleift, möglichst weit fort von der Straße. Ich vermute, er war betäubt und gefesselt, wahrscheinlich mit Handschellen – an den Handgelenken sind noch Spuren zu sehen«, sagte Kolossow. Er sprach so flüssig, als würde er aus einem Buch vorlesen. »Hier an der Tanne hat er ihm die Kehle durchgeschnitten. Der Mörder war stark, ziemlich jung. Der Schrittlänge nach zu urteilen, etwas mehr als mittelgroß.«

»Das ist alles?«

»Vorläufig ja.«

»Ziemlich kümmerlich«, brummte der Untersuchungsführer.

Kolossow grinste schief.

Das ist doch schon eine ganze Menge, dachte Katja. Ko-

lossow hat aus dem Handgelenk fast den gesamten Tather-
gang rekonstruiert! Versuch das erst mal selber!

»Es gibt da noch einen Punkt, Sergej Andrejewitsch.«

»Und welchen?« Der Untersuchungsführer schrieb konzentriert.

»Der Familienname des Ermordeten lautet wahrscheinlich Lawrowski, der Vorname Anatoli. Aber das ist vorläufig nur eine Vermutung.«

Der Untersuchungsführer blickte erstaunt auf.

»Erst muss noch einiges nachgeprüft werden«, sagte Kolossow, bückte sich und klopfte sich den Schnee von der
Hose. »Aber ich glaube, so wird es sein.«


Die Tatortbesichtigung dauerte sehr lange. Katja war völlig
durchgefroren. Gegen Mitternacht traf der Leichenwagen
ein. Der Gerichtsmediziner verpackte den Körper Lawrowskis sorgfältig in einer Segeltuchplane.

»Morgen nach dem Mittagessen werde ich mich persönlich um ihn kümmern«, sagte er, während er seine Gummi-
handschuhe auszog. »Rufen Sie mich morgen Abend an,
Sergej Andrejewitsch. Ich glaube, bis dahin wird alles klar
sein.«

Katja kehrte zum Auto zurück, die kältestarren Hände in
den Taschen ihres Pelzmantels vergraben. Lawrowski war
also auch ermordet worden. Der Mann, den sie verdächtigt
hatte, die Krassilnikowa umgebracht zu haben, war offenbar getötet worden, nachdem er sich abgeschminkt, sein
orangefarbenes Pierrotkostüm ausgezogen und den
»Schuppen des Pegasus« verlassen hatte. Wohin mochte er
gegangen sein? Zu wem? Zu seinem Mörder? Kolossow
hatte gesagt: »Ich hab's gewusst.« Was hatte er gewusst?

Dass sie in diesem Wald ausgerechnet die Leiche von Swetas Liebhaber finden würden?

Kein Zweifel, Kolossow hatte sie absichtlich mitgenommen – damit sie, Katja, ihm seine Vermutung bestätigte. Schließlich war sie es ja gewesen, die ihm von Sweta Krassilnikowa und deren Clique erzählt hatte. Da lag natürlich die Vermutung nahe, dass sie in dieser Clique nicht nur Sweta, sondern auch deren Pierrot getroffen hatte.

## 9 Der König des Lebens

Igor Werchowzew stieg langsam, Stufe für Stufe, in den ersten Stock seines Hauses hinauf. Er hatte gerade zwei Orthofen-Tabletten genommen, um den brennenden Schmerz in der Wirbelsäule zu lindern, der ihn schon seit einem halben Jahr quälte. Manchmal kam es ihm vor, als hätte sich in seinem Innern, dort, wo sich Knochen, Nerven und Sehnen verflochten, ein gigantischer Wurm eingenistet, der sein Fleisch fraß und ihm die Energie aussaugte – alles, was die Jugend so schön und anziehend macht.

Unten spielte leise Musik. Es war immer dieselbe Tonfolge, die der Flügel wiederholte: Und – eins, zwei, drei. Und – eins, zwei, drei! Im Ballettraum übte Olli seine Pirouetten.

Er stand vor dem riesigen Spiegel, der die ganze Wand einnahm, und hielt sich an der hölzernen Stange fest: Und – eins, zwei, drei. Olli hasste es, wenn man ihm beim Üben zuschaute. Werchowzew musste es heimlich tun, wenn er Lust dazu bekam.

Er beobachtete Olli dann meist durch den Türspalt und war entzückt: die schlanken Beine, um die sich eng das schwarze Trikot schmiegte, die verlockende Wölbung, die schmalen, knabenhaften Hüften. Und – eins, zwei, drei. Die Beine wirbeln durch die Luft wie die Flügel einer schwarzen Libelle oder einer riesigen Wasserschwalbe –

Battement, noch ein Battement, eine Pirouette. Feingliedrige, empfindsame Hände, eine biegsame Gestalt, der stolze, goldhaarige Kopf leicht zur Seite geneigt, aufmerksame Augen, die im Spiegel jede Bewegung verfolgten. Und – eins, zwei, drei.

Olli zog es vor, abends zu üben. Morgens wirkte er träge und matt, war oft launisch und wurde wegen jeder Kleinigkeit böse, womit er Danila zur Weißglut brachte. Werchowzew pflegte sie zu beobachten, wenn sie um elf Uhr vormittags endlich ihr Schlafzimmer verließen und zum Frühstück herunterkamen. Ollis Gesicht war rosig-verschlafen, das von Danila blass und traurig. Liebhaber und Geliebter ...

Vor zehn Minuten hatte Danila ihm auf seine Bitte hin die Tabletten und ein Glas Narsan ins Arbeitszimmer gebracht. Werchowzew saß in einem harten Sessel, unnatürlich gerade aufgerichtet. Sein Mund war verzerrt.

»Hast du große Schmerzen, Igor?«

»Ja.«

»Soll ich einen Arzt rufen?«

Werchowzew schloss müde die Augen. Er schluckte die Tabletten und holte tief Luft. Gleich, in siebeneinhalb Minuten, würde die Wirkung des Schmerzmittels einsetzen. Die verkrampften Muskeln würden sich entspannen.

»Der Sekretär von Herrn Yamamoto hat wieder angerufen«, teilte Danila ihm leise mit. »Der Japaner fliegt für eine Woche nach Bratislava, kommt aber anschließend wieder nach Moskau zurück. Der Sekretär hat seinen dringenden Wunsch übermittelt, wir möchten uns beeilen ...«

»Er hat noch nicht bezahlt«, unterbrach ihn Werchowzew.

»Eben deshalb hat der Sekretär angerufen. Er hat darum gebeten, ihm die Zahlungsmodalitäten zu erklären.«

»Und was hast du gesagt?«

»Ich habe ihm erklärt: nur Bargeld.«

»Hast du die Summe genannt?«

»Ja.«

»Und?«

»Er hat gefragt, wann er bezahlen kann.«

»Nur die Japaner sind unserer würdig, Danila. Nur die Kinder aus dem Land der aufgehenden Sonne«, sagte Werchowzew leise. »Nur sie begreifen, worum es bei all dem geht. Du hattest Recht.«

Er schloss die Augen.

»Geh jetzt. Ich bleibe noch ein wenig sitzen, und dann gehe ich nach oben.«

Danila nahm gehorsam das leere Glas entgegen.

»Ich bin auf der Suche nach einem Ersatz, Igor. Mach dir deswegen keine Sorgen. Ich denke, wir haben sehr bald eine geeignete Alternative.«

Nachdem Danila gegangen war, blieb Werchowzew nur noch kurze Zeit im Arbeitszimmer sitzen. Das Schmerzmittel entfaltete seine Wirkung. Vorsichtig stand er auf – in der Wirbelsäule spürte er noch ein dumpfes Ziehen, aber es war nicht der Rede wert. Wie üblich vor dem Schlafengehen, machte er seinen abendlichen Rundgang durchs Haus.

Der Wintergarten – ein bisschen eng und schwül. In dem kleinen Becken gluckerte leise das Wasser. Er beugte sich hinunter und dämpfte die Beleuchtung. In der smaragdfarbenen Tiefe des Beckens schossen große Goldfische hin und her. In einer Ecke des Raumes, hinter wild wuchernden tropischen Zimmerpflanzen, verbarg sich eine malachitgrüne Sitzecke. Hier ruhten sich seine Gäste aus, rauchten und genehmigten sich einen Whisky oder Cognac, bevor sie in den Saal der Mysterien gingen.

Auch in dessen dunkle Tiefen warf Werchowzew einen Blick, ohne das Licht einzuschalten. Schwarze, samtene Finsternis, Stille und ... Er schnupperte. Nein, das hatte er sich nur eingebildet. Kein Geruch. Gut, dass Danila den Bodenbelag schon ausgewechselt hatte.

Das nächste Zimmer auf dem Flur war der Kostümraum. Werchowzew zögerte einen Moment, bevor er das Licht in diesem Raum löschte. Was für Kostüme, was für entzückende Kostüme! Ach, könnte der Meister sie doch noch sehen!

Auf der Straße unter den Fenstern der Villa quietschten Bremsen. Werchowzew blickte durch das schmale Fenster des Kostümraums nach draußen. Vor der Haustür hielt ein roter Ferrari. Leli war zurückgekommen. Ja, anders als er saß sie abends nicht zu Hause herum!

Werchowzew hatte ihr den Sportwagen zur freien Verfügung überlassen, und sie pflegte damit wie eine Verrückte durch das nächtliche Moskau zu rasen. Manchmal besuchte sie das Casino auf dem Arbat, meistens aber fuhr sie in ihren Frauenclub.

»Bring bloß keine von denen hierher«, hatte er sie gebeten, als er ihr die Autoschlüssel reichte. »In Ordnung?«

»Warum nicht?« Sie hatte in ihrem Lederanzug von Rabanne auf dem Sofa gesessen, gelenkig und elastisch wie eine große schwarze Schlange. Ihre Beine steckten in hohen Stulpenstiefeln mit dicken Plateausohlen, der Rücken war so gerade wie bei einer Ballerina, und die blauschwarzen Haare fielen offen über die Schultern. In der schmalen braunen Hand hielt sie eine lange ägyptische Zigarette. »Warum nicht? Ist es dir unangenehm?«, wiederholte sie.

»Nein, Leli. Darum geht es nicht. Aber Frauen haben die Angewohnheit, über alles zu reden, was ihnen vor die Augen kommt.«

»Meine Frauen, Igor, gehören nicht zur schwatzhaften Sorte.«

»Ich weiß, Leli, ich weiß. Aber es ist besser, wenn du trotzdem vorsichtig bist ...«

Seit dieser Zeit fuhr Leli, wenn sie im Club wieder einmal eine neue Flamme kennen gelernt hatte, in eine von Werchowzews Geld eigens zu diesem Zweck gemietete Wohnung.

Die Haustür wurde zugeschlagen, und das Klappern von Absätzen war zu vernehmen.

»Schläfst du noch nicht, Igor?«

Leli stand auf der Schwelle. Wunderschön wie immer. Der Pelzmantel aus silbrig schimmerndem Schwarzfuchs fiel in weichen Wellen von den Schultern bis zum Boden. Ihre braunen Wangen waren gerötet, die Augen glänzten feucht. Ein Duft nach Ambra, Wein und Benzin ging von ihr aus.

»In den nächsten Tagen wird nichts stattfinden?«

»Nein, Leli.«

»Das heißt, Danila hat noch niemanden gefunden ...«

»Bis jetzt nicht.«

Sie seufzte. Erzwungene Untätigkeit deprimierte sie. Sie arbeitete gern.

»Schade ...«

Werchowzew schloss die Tür hinter sich, die in den Flur des ersten Stocks führte. Endlich hatte er sein geliebtes Zimmer erreicht. Der Rücken schmerzte nicht mehr, alle Qual war verschwunden. Er tastete mit der Spitze seines Schuhs nach dem Bodenschalter, und eine helle elektrische Sonne flammte auf. Geheimnisvoll flackerte die schwertförmige Leuchte. Aus dem silbrigen Nebel schwebte das Gesicht des Meisters hervor.

Sei gegrüßt. Sei gegrüßt, Oscar O'Flaherty Wilde. Irischer Riese. O'Flaherty – das war der Name der alten Könige, die einst das grüne Land von Dublin bis zu den Kreidefelsen an der Küste des Atlantiks regiert hatten. Werchowzew ließ sich in seinem Sessel nieder. Sein Herz schlug schneller. Es klopfte immer, wenn er an IHN dachte, mit IHM sprach.

Der König des Lebens ... Im London der Neunzigerjahre des letzten Jahrhunderts hatte man ihn so genannt – »The King of Life«. Ganz London ging in seine Stücke, ganz London lachte über seine Bonmots und zitierte seine Aphorismen. Man ahmte ihn nach, man erkannte ihn auf der Straße.

Der irische Riese. Ein attraktiver Mann. Schon bei seiner ersten Ankunft in London verursachte er gewaltiges Aufsehen. Im Hyde-Park hielten sämtliche Equipagen, denen er begegnete. Er aber fuhr in seinem geräumigen Landauer an ihnen vorbei, jung, schön, mit einem Samtbarett auf dem Kopf und einer Sonnenblume in der Hand.

»Wieso ein Barett? Und was ist das für eine alberne Sonnenblume?«, entrüstete sich die steife viktorianische Gesellschaft. »Dieser junge Mann scheint uns für Dummköpfe zu halten! Was ist das für eine ›Ästhetik‹, die er uns aufschwatzen will? Brauchen wir das etwa?«

Werchowzew beugte sich vor und schaltete den Recorder ein. Freddie Mercury sang »There Must Be More to Life«. Mehr als das Leben. Mehr als der Tod ...

Er erinnerte sich, wie Danila vor anderthalb Jahren, als sie im »Bären« saßen und noch nichts entschieden war, die gleiche Frage gestellt hatte wie damals die Londoner Cockneys: »Glaubst du wirklich, sie brauchen das?«

Es war Abend gewesen, das Restaurant überfüllt. Zwischen den Tischen glitten Kellner in scharlachroten Smokings umher. Auf der Bühne verrenkte sich eine üppige Blondine mit Lockenperücke – eine ehemals bekannte Sängerin. »Halt mich fest!«, dröhnte sie ins Mikrofon wie eine gigantische Hummel. »Halt mein Herz, mein wildes!«

»Denen willst du so etwas zeigen? Solchen Leuten?« Danila nickte verächtlich zum Publikum hinüber.

Der »Bär« war ein teures Restaurant. Ein sehr teures. Allein für den Einlass hatte Werchowzew für sich, Danila und Olli einen vierstelligen Dollarbetrag hinblättern müssen.

Werchowzew blickte in die Richtung, in die Danila gewiesen hatte. Weiße Tischdecken, Kristall, Blumen in hohen Vasen, und dahinter – Münder, Münder, Münder, laut schmatzend und rülpsend. »Einmal Hummer bretonisch«, »Wachteln für Tisch zwei«, »Lammrücken, Kalbfleisch Milanese«. Fettige, mit protzigen Ringen geschmückte Finger, die nur mühsam mit dem Besteck zurande kamen, Doppel- und Dreifachkinne, gelockerte Krawatten, aufgeknöpfte Jacketts von Versace und Valentino, Hosen, die über den fleischigen Hinterteilen beinahe platzten, und wieder Münder, Münder, Münder ...

»Ja«, hatte er damals geantwortet.

Olli lächelte. Er nahm einen Schluck Wein. Er mischte sich nicht in ihre Diskussion ein, schwieg fast immer, schwieg und lächelte.

»Du bist ein seltsamer Mensch, Igor«, sagte Danila.

»Vielleicht.«

»Es wird nicht gelingen.«

»Vielleicht.«

»Was sollen solche Leute mit deinem Meister?«

»Er war ein Genie, Danila.«

»Aber war er es nicht auch, der gesagt hat: ›Das Publikum ist unglaublich schwerfällig. Es verzeiht alles außer Genialität‹? Denk daran, was man ihm angetan hat, wie er geendet ist! Damals, vor hundert Jahren, waren es ja ganz andere Menschen und eine andere Zeit.«

»Tut er dir Leid?«

»Ja.«

»Mir auch«, erhob Olli plötzlich die Stimme.

Werchowzew dankte ihnen mit einem sanften Blick. Nachlässig warf er sich eine blonde Strähne aus der Stirn.

»Kü-ü-üsse mich! Bitte kü-hü-hüsse mich!«, krächzte die berühmte alte Sängerin ins Mikrofon. Olli verzog das Gesicht.

»Schlechte Dichtung entsteht immer aus echtem Gefühl«, bemerkte Werchowzew. »Seht nur, ihr laufen Tränen über die Wangen. In diesem Augenblick erinnert sie sich an ihr ganzes Leben. Tränen, die die Schminke abwaschen – was kann natürlicher sein? Natürlich zu sein, Olli, heißt, verständlich zu sein. Und verständlich zu sein bedeutet, kunstlos zu sein. Daher kommt die schlechte Dichtung.«

»Mir gefällt es hier nicht«, sagte Olli.

»Wir gehen gleich.« Danila wählte den größten Apfel aus der Schale und reichte ihn Olli, wie man einem Kind ein Spielzeug reicht. »Die Kunst, wie der Meister sagte, spiegelt nicht das Leben wider, sondern den Zuschauer. Was für einen Zuschauer willst du hier finden, unter diesen Leuten?«

»In unserem verkrüppelten Jahrhundert«, sagte Werchowzew seufzend, »schöpfen Dichtkunst, Musik, Theater und Film ihre Inspirationen nicht aus dem Leben, nicht vom Zuschauer, sondern voneinander. Ich habe nicht vor, etwas widerzuspiegeln. Ich will einfach nur zeigen, was mir gefällt.«

»Vielleicht finden wir einen, der reich und verrückt genug ist, sich so etwas anzuschauen«, meinte Danila. »Na, im äußersten Fall auch zwei. Auf eine größere Zahl kannst du hier nicht rechnen. Siehst du denn nicht, dass diese Leute gerade erst von den Bäumen geklettert sind?«

»Von den Pritschen«, sagte Olli, kicherte und biss in den Apfel.

Werchowzew betrachtete mit Wohlgefallen Ollis gleichmäßige weiße Zähne, die sich in das Fruchtfleisch gruben, seine rosigen Lippen, die den Blütenblättern der Rose »Gloire de Dijon« ähnelten.

»Glaubst du wirklich, es gibt viele Leute, denen man so etwas zeigen kann? Wozu brauchst du das überhaupt, Igor?«, fragte Danila. »Du machst das alles doch nicht des Geldes wegen.«

»Ja, sicher hast du schon bemerkt, wie reich ich bin – meinem zärtlich geliebten und heiß von mir beweinten verstorbenen Bruder sei Dank.«

»Wieso willst du dann so etwas machen? Wieso?«

»Wieso willst du es tun, Danila?«

»Des Geldes wegen.«

»Das ist nur die halbe Wahrheit.«

»Ich ...«

»Und warum macht er dabei mit?« Werchowzew wies mit dem Kopf auf Olli, der sich gerade einen Pfirsich genommen hatte.

»Er ist nicht ganz bei Trost. Und außerdem tut er alles, was ich sage.«

»Und warum hat Leli eingewilligt?«

Danila verstummte.

»Das, meine Freunde, ist eine sehr interessante Frage. Was verbindet uns eigentlich miteinander?« Werchowzew lachte. »In den Zeitungen liest man täglich von irgendwelchen Verbrecherbanden, die von der Miliz gefasst werden.

Die Mitglieder dieser Banden sind durch eigennützige Interessen, animalische Leidenschaften und niedere Instinkte miteinander verbunden. Aber was verbindet uns?«

Freddie Mercury sang »My Love Is Dangerous« – Liebe ist gefährlich. Ja, gefährlich ... Zweischneidig ist sie, wie eine Rasierklinge. Sie schneidet erbarmungslos ins Fleisch. Aber sie verbindet uns auch so fest wie aus Stahl geschmiedet – zwei Hälften einer Klinge, zwei Schneiden.

Und dennoch, welch schwierige Frage: Was verbindet die Menschen? Was, zum Beispiel, hat zwei so völlig verschiedene Geschöpfe der göttlichen Laune miteinander verbunden wie Oscar O'Flaherty Wilde, den König des Lebens, und Alfred Bruce Douglas, den dritten Sohn des Marquis of Queensberry, Lord Alfred – genannt Bosie, das »Kind mit dem Honighaar«, den »Sonnenjungen«?

Bosie ... ein seltsamer Kosename für einen Nachkommen des finsteren und ungestümen Bergclans der Douglas, dem die Geschichte Englands und Schottlands so viele Selbstmorde, Krieger, Verbrecher und Verrückte verdankt.

Werchowzew betrachtete aufmerksam das Porträt des Meisters. Nein, das war nicht das Talent des Künstlers, nicht die geschickt verteilte Ölfarbe. Es war sein Gesicht, seine lebendigen Augen ... Was hast du an diesem Bürschchen gefunden, Mister Wilde? Warum hast du seinetwegen dein Leben aufs Spiel gesetzt?

Sie saßen im Wohnzimmer am Kamin im Haus Wildes am Tite Square. Draußen verglühte ein warmer Aprilabend.

»Die ganze Welt, mein Junge, ist nicht so viel wert wie

eine einzige jener Wonnen, die sie uns so unüberlegt weg-
nimmt«, sagte Wilde. »Unser Leben selbst muss zu einer
ständigen Erfahrung werden, nicht zu einer Frucht der Erfahrung, sei sie nun süß oder bitter.«

Der goldhaarige Bosie lauschte.

»Besser ist es natürlich, wenn sie süß ist, Oscar«, meinte
er lachend. »Ich kann seit meiner Kindheit nichts Bitteres
leiden.«

»Die Sünden des Körpers bedeuten nichts. Die schwersten Sünden werden im Kopf begangen.« Sie fuhren im
Cab über den Piccadilly. Wilde drehte nachdenklich seinen schweren Spazierstock mit dem Bernsteinknauf in den
Händen.

Vor dem Eingang zum Restaurant »Savoy« hielt die
Droschke. Wilde stieg aus und strebte auf den Hinterein-
gang zu. Lord Alfred ergriff ihn am Arm und zog ihn mit
sanfter Gewalt zum hell erleuchteten Hauptportal.

»Aber ... aber wir müssen vorsichtig sein ...«

»Zum Teufel mit der Vorsicht!« Bosies blaue Augen funkelten. »Ich will, dass du mit mir durch den Vordereingang
gehst. Sollen alle uns sehen und sagen: Da kommt Wilde
mit seinem Liebsten!«


Werchowzew lehnte den Kopf an die Sessellehne. Ihm
schien, als stünde er selbst an diesem fernen Londoner
Frühlingsabend vor dem Restaurant »Savoy«, und sein Herz
zitterte vor Glück. Ja, ja, er selbst war es, der jetzt zusammen
mit diesem hochmütigen, verwöhnten Jüngling die breite,
mit einem purpurroten Teppich ausgelegte Treppe hinaufstieg, sich an einen Tisch unter Palmen setzte und die steif
gestärkte Serviette aus dem silbernen Serviettenring nahm.

Er war es, der spöttisch die seltsamen Augen zusammenkniff, die von unbestimmbarer Farbe waren, den Blick durchs Restaurant schweifen ließ und seinem Gesprächspartner neue Aphorismen zuwarf wie eine Hand voll antiker spanischer Dublonen: »Die Moral ist die Zuflucht der Einfältigen. Mich interessiert einzig der Instinkt. Der Instinkt, der durch die Kultur veredelt wurde.«

Als Wilde mit Douglas durch Italien gereist war, hatten sie in Rom vor dem berühmten Titusbogen gestanden. Der junge Lord studierte die Bas-Reliefs auf dem Bogen: den Triumphwagen des Imperators, die Liktoren mit den Rutenbündeln, den Genius des Soldaten, der den Lorbeerkranz aufs Haupt des Triumphators setzte.

Wilde blickte derweil auf die Piazza San Sebastiano, die sich zu seinen Füßen erstreckte. Dort führte ein Konvoi der Polizei einen dingfest gemachten Mörder, der einem österreichischen Offizier im Bordell die Kehle durchgeschnitten hatte, durch die tobende, erregte Menge.

»Mord ist immer ein Fehler, lieber Bosie«, sagte Oscar und wandte sich um. »Man sollte niemals etwas tun, worüber man nicht bei einer Tasse Tee plaudern kann.«

Und doch hat es einen solchen Moment gegeben, als der König des Lebens beinahe selbst diesen Fehler begangen hätte. Es gab ihn, ich weiß es. – Werchowzew krampfte die Hände um die Armlehnen des Sessels. – Mir ist es gleich, dass die Biografen daran zweifeln! Zum Teufel mit den Biografen! Ich weiß, dass es so war.

Es war in Algier gewesen. Wilde und Lord Douglas machten eine Reise durch Nordafrika, und der Weg führte sie zur Oase Blidach. Bosie hatte von der wunderbaren Schönheit des siebzehnjährigen Ali gehört und wollte ihn unbedingt sehen.

Auch damals war es Abend – ein glutheißer, schwüler Abend. Die zerzausten Blätter der Dattelpalmen hingen schlaff herab. Wie eine rot glühende Goldmünze sank die Sonne langsam hinter die Gipfel der felsigen blauen Berge.

Wilde saß im Schatten eines Leinenzelts in einem Korbstuhl und trank eisgekühlten Wein. Bosie hatte es sich an einem kleinen Klapptisch aus Bambus bequem gemacht, auf dem Früchte und Süßigkeiten standen; er trug einen Helm aus Kork mit einem leichten Gazeschleier. Neben ihm saßen der türkische Dolmetscher, der Atman, wie man ihn hier nannte, in einer schmutzigen englischen Joppe und einem grünen Turban, sowie der junge Ali, der aufs Haar so aussah wie der unsterbliche Farhad aus den orientalischen Epen.

»Atman, sag Ali, seine Augen gleichen denen einer Gazelle ...«, wiederholte Lord Douglas immer wieder. Der Schleier seines Korkhelms erinnerte an eine weiße Flagge, wie eine Festung sie zum Zeichen der Kapitulation setzt.

Wilde spürte plötzlich einen scharfen Schmerz. Der Wein, vermischt mit Blut, strömte ihm aus der zerschnittenen Handfläche über die Finger. Er hatte gar nicht bemerkt, dass er den dünnen Glaspokal zerbrochen hatte. Vorsichtig entfernte er die Splitter aus der Wunde. Messerscharfe, todbringende Splitter.

Das Abenteuer mit Ali erwies sich zum Glück nur als flüchtige Leidenschaft.

Am nächsten Morgen fand Lord Alfred unter den Sachen des jungen Epheben das Foto eines Mädchens. Er schlug Ali mit der Peitsche, mit der er gewöhnlich seinen Rappen anstachelte. Ali kreischte so laut und schrill, dass die überreifen Datteln von den Palmen regneten. Danach sah Alis brauner Atlasrücken wie das gestreifte Fell eines Zebras aus.

Unten klappte eine Tür. Werchowzew zuckte zusammen. Nein, es war nur Olli. Er hatte seine nächtlichen Tanzstunden vor dem Spiegel beendet und ging jetzt unter die Dusche. Ein lieber Junge, stets eifrig und bemüht. Wie fleißig sie alle probten! Wie schwer Olli das alles fiel! Besonders der Text. Und wie launisch er war! Ständig weigerte er sich, sein Gesicht zu schminken und Schmuck auf seinem nackten Körper zu tragen. Nein, der echte Bosie, Lord Alfred Douglas, der dritte Sohn des Marquis of Queensberry, war nicht so störrisch gewesen. Jedenfalls nicht in der geheimen kleinen Wohnung an der Little College Street, in der dieses Stück von Wilde zum ersten Mal auf einer Amateurbühne aufgeführt worden war.

»Ich liebe das Theater. Es ist viel wirklicher als das Leben.« Wirklicher ...

Ich habe Recht, und sie haben Unrecht. Sie alle. Dieser Gedanke zuckte in Werchowzews Hirn wie eine herbstliche Fliege im Netz der Spinne. Niemand weiß genau, was in der Little College Street geschehen ist. Niemand. Weder die Biografen noch die Richter noch die Verehrer. Aber ich weiß es. Nur ich.

»Warum wurden in der Wohnung, die Ihr Bekannter Alfred Taylor im Haus an der Little College Street gemietet hat und in dem Sie, Mr Wilde, zusammen mit dem Ihnen bekannten Lord Douglas oft geweilt haben, so viele Perücken, Kostüme und Schminkutensilien gefunden?«, fragte der Richter bei dem berühmten Prozess gegen Wilde.

Wilde schwieg. Sein Verteidiger, Sir Edward Clarke, beantragte eine Unterbrechung, um sich mit seinem Mandanten unter vier Augen zu beraten. Sie verließen den Gerichtssaal. Nach etwa fünf Minuten kamen sie zurück. Wilde war sehr blass, aber ruhig.

Als in späterer Zeit Biografen, Forscher und Literaturwissenschaftler die schmutzigen Einzelheiten jener berühmten Strafsache wieder aufrührten, beschäftigte sie unter anderem die Frage, worüber Wilde und sein Anwalt in diesen kurzen fünf Minuten gesprochen hatten.

»Wilde hat ihm beim Leben seiner Mutter geschworen, dass er so etwas niemals und mit niemandem getan hat. Sie verstehen, worum es geht?«, tuschelten die, die aus »zuverlässigen Quellen« dies und das gehört hatten. »Wilde hat geschworen: Nein, nein und nochmals nein. Nicht einmal mit Lord Douglas. Niemals. Nur zugeschaut habe er. Manchmal. Er sei der Meinung, ein Künstler habe ein Recht darauf. Ein Künstler habe das Recht, alles auf der Welt zu beobachten.«

Die Sünden des Körpers sind nichts. Die schwersten Sünden werden im Kopf begangen ...

Jetzt, in diesem Augenblick, war ihm der Meister so nahe und verständlich wie nie zuvor. Könnten sie sich doch treffen! Dann würde Wilde begreifen, dass dieser dreißigjährige Mann, den alle unter dem Namen Igor kannten, nicht blind das geniale Vorbild nachäffte, sondern auf dem Weg seiner eigenen Lebenserfahrung weiterschritt.

Er beobachtet nicht nur; er will seine Beobachtungen auch mit denen teilen, die dessen würdig sind. Wer die Welt mit den Augen des »King of Life« betrachtet, hat keine Furcht davor, sich am Aroma des Lebens zu ergötzen und jenen einzigartigen, unvergleichlichen Duft einzuatmen, den man unmöglich vergessen und auch in einem Meer von Parfum nicht ertränken kann.

Zu guter Letzt, vor dem Schlafengehen, rief Werchowzew sich noch ein besonderes Detail in Erinnerung. Oscar Wilde war der Zeitgenosse eines höchst interessanten Geschöpfes gewesen. Genauer gesagt, zweier interessanter Geschöpfe.

In jenen Tagen, als das Londoner Publikum sich in den Abendvorstellungen des St.-James-Theaters über die Stücke des »Königs« amüsierte, fuhr eine geheimnisvolle Kutsche mit dem königlichen Wappen durch die dunklen Londoner Straßen.

Wo diese Kutsche vorbeigefahren war, fand man am nächsten Morgen die schrecklich verstümmelten Leichen von Prostituierten. Fünf bei lebendigem Leibe präparierte Frauen, Opfer des grausamen Königs der Nacht – Jack the Ripper. Die Polizei hatte den Verdacht, dass der irre Mörder nicht allein zu Werke ging, sondern einen Komplizen hatte. Doch alle Aufmerksamkeit wurde nur dem zuteil, der mit der Geschicklichkeit eines Chirurgen die Frauenkörper zerschnitt und zerschlitzte. Auf den Polizeirevieren von White Chapel und Chelsea vergaß man den Zweiten – den, der das alles beobachtete. Dieser Zweite war von der gleichen Art ... auch er spürte diesen besonderen Geruch. In der Kutsche saßen immer zwei. Sie waren Gesinnungsgenossen und Komplizen.

## 10 | Die Kunst, Schlüsse zu ziehen

Katja wachte früh auf. Der digitale Wecker zeigte halb sieben. Im Bad rauschte Wasser. Sie stand leise auf und ging in die Küche. Wadim steckte den nassen Kopf durch die Badezimmertür.

»Habe ich dich geweckt? Wie sieht's aus?«

»Was meinst du damit?«

»Hast du dich beruhigt?«

Da fiel Katja wieder ein, wie sie gestern Nacht geweint und geweint hatte und sich gar nicht hatte beruhigen können. Die Tränen waren wie Sturzbäche geströmt, kaum dass sie ihre Wohnung betreten hatte. Dachse und Füchse fressen Menschenfleisch ...

Der besorgte Wadim hatte Katja starken Tee eingeflößt, hatte sie in eine Decke gewickelt, hatte sich in jeder Weise um sie bemüht und sie verhätschelt – mit einem Wort, er hatte sich sehr sentimental, aufgeregt und kopflos benommen.

»Willst du frühstücken?«, fragte sie.

»Nein. Vor dem Training frühstücke ich nie. Gibst du mir ein sauberes Handtuch?«

»Da hast du, aber verlier es nicht.«

»Verlieren? Ich? Ich verliere nichts. Allenfalls den Kopf, wegen einer gewissen weinerlichen weiblichen Person. Also, ich mache mich auf die Socken. Gegen elf bin ich zurück. Und du gehst wieder ins Bett. Schlaf dich ordentlich aus.«

»Es gibt viel zu tun, Wadim.«

»Was denn?«

»Saubermachen zum Beispiel, Mittagessen kochen.«

»Ach, vergiss es. Vergiss es, Kindchen.« Er umarmte sie und küsste sie erst aufs Ohr, dann auf die Wange. »Die Mäuse verlesen das Korn, die Katzen mahlen den Kaffee, und die Rosen ... die Rosen wachsen ganz von selbst.«

»Und das Fleisch?«, fragte Katja lächelnd.

»Was für Fleisch?«

»Die Schweinekeule, die im Kühlschrank liegt.«

»Ach, das Fleisch!« Wadim strahlte erleichtert. »Das kannst du ruhig vorbereiten. Schließlich kommt der Fürst heute vorbei und will seinen Braten.«

Als Wadim die Tür hinter sich zugeschlagen hatte, beschloss Katja, seinem klugen Rat zu folgen und wieder ins Bett zu gehen. Aber sie konnte nicht schlafen und wälzte sich von einer Seite auf die andere. Schließlich machte sie die Lampe an und holte sich ein Buch. Doch ihr Blick glitt nur stumpfsinnig über die Zeilen, ohne etwas zu erfassen. Ärgerlich knipste sie die Lampe wieder aus, warf das Buch auf den Sessel, stand auf und begann aufzuräumen und das Essen vorzubereiten. Um halb elf, als Wadim zurückkam, werkelte Katja immer noch herum. Als gegen eins Sergej erschien, streifte sie gerade die Ärmel ihrer Jacke hoch und machte sich konzentriert an die Hauptaufgabe: Die Keule musste, so stand es im Kochbuch, vor dem Backen mit Salz und Pfeffer eingerieben werden.

»Soll ich den Backofen einschalten?«, fragte Wadim.

»Warte noch, ich muss das Fleisch erst in Folie wickeln.«

»Wozu? Ich mag es, wenn die Kruste knusprig ist!«, sagte Wadim.

»Lass sie in Ruhe, Wadim, es wird schon schmecken«, meinte Sergej.

»Raus mit euch! Man kriegt hier sowieso kaum Luft«, versuchte Katja sie aus der Küche zu befördern. Doch die Freunde saßen wie angewachsen auf ihren Hockern.

»Jag uns nicht fort«, sagte der Fürst schmeichlerisch. »Wir schauen dich so gerne an!«

»Außerdem riecht es hier so appetitlich.« Wadim atmete tief ein. Plötzlich verzog er das Gesicht. »Der Knoblauch!«, rief er. »Du hast den Knoblauch vergessen!«

»O je!«

»O je nützt uns nicht viel. Was sollen wir tun?«

»Ich mache dir eine Knoblauchsauce.« Der Fürst bewies unerwartet kulinarische Fantasie. »Ich brauche dafür nur Wasser, Knoblauch und Salz.«

Er hantierte geheimnisvoll über einer Porzellanschüssel. Katja ließ ihn gewähren – sollte er tun, was er wollte. Schließlich tauchte er einen Finger in die Schüssel, probierte und verzog das Gesicht.

»Ist ziemlich scharf geraten. Macht dir das was aus, Wadim?«

»Gar nichts«, rief Wadim, »so ist es genau richtig.«

Während der Fürst die Schüssel in den Kühlschrank stellte, meinte er: »Also so sieht der Fall jetzt aus. Gruselig.«

»Ja, wirklich. Gruselig.« Wadim wechselte einen Blick mit Sergej.

Katja blickte zum Fenster hinaus. Füchse und Dachse fressen Menschenfleisch ... Der Duft des bratenden Fleisches verursachte ihr plötzlich Atemnot.

»Man hat ihn in diesen Wald gebracht und ihm dort unter einer Tanne die Kehle durchgeschnitten. Das ist Tatsache Nummer zwei. Tatsache Nummer eins ist, dass Sweta Krassilnikowa nicht in der Baugrube ermordet wurde, sondern irgendwo anders ...«

»Aber warum hat man sie an einem anderen Ort ermordet, während man Lawrowski lebend in den Wald brachte und ihn erst dort getötet hat?«, fragte Katja nachdenklich.

»Warum? Betrachten wir die Sache einmal logisch.« Sergej liebte es, sich über das Thema Logik auszulassen; er glaubte, über außergewöhnliche deduktive Fähigkeiten zu verfügen. »Es drängt sich folgende Schlussfolgerung auf: Der Mord an Lawrowski war geplant. Man hat alles genau vorbereitet und ihn dorthin gebracht, wo niemand stören würde. Die Krassilnikowa hingegen ist plötzlich, spontan ermordet worden.«

»Unbeabsichtigt, meinst du? Zufällig?« Katja horchte auf.

»Nein. Ich glaube, bei der Krassilnikowa musste unbedingt vertuscht werden, dass es sich um einen Mord handelte. Es musste aussehen wie ein Unglücksfall.«

»Und warum?«, fragte Wadim.

»Weil ...« Sergej beugte sich zum Backofen hinunter. »Oh, schon dreihundert Grad. Hoffentlich brennt nichts an. – Nun, Wadim, ein offensichtlicher Mord hätte auf direkte Weise zum Mörder geführt. Es gibt irgendeine Verbindung.«

»Du meinst, es war jemand aus ihrem Bekanntenkreis?«

Sergej nickte. Katja schwieg.

»Und Lawrowski?«

»Warte, lass mich erst etwas sagen.« Katja sprudelte hastig hervor, was Kolossow zum Untersuchungsführer gesagt hatte: »Der Mörder Lawrowskis ist noch ziemlich jung, etwas mehr als mittelgroß und sehr kräftig. Er besitzt ein Auto und hat den Ermordeten vermutlich vorher schon gekannt.«

»Hat dein Kolossow das alles aus den Spuren unter der Tanne gelesen?«, brummte Wadim eifersüchtig.

»Wir haben noch gar nicht das Wichtigste geklärt, Katja: Gibt es einen Zusammenhang zwischen dem Mord an der Krassilnikowa und dem an Lawrowski?«

»Das ist doch offensichtlich!«, wandte Katja ein.

»Angenommen, die beiden Verbrechen hängen zusammen«, fuhr Sergej fort. »Dann drängt sich die Frage auf, wieso zwischen den beiden Morden zwei Wochen Zeit lagen. Wenn Lawrowski für den Mörder eine Bedrohung darstellte, wieso hat man ihn dann nicht gleich nach dem Mord an der Krassilnikowa beseitigt?«

»Weißt du die Antwort darauf?«, fragte Katja.

»Ich ziehe daraus folgenden Schluss: Entweder hat der Mörder zunächst gar nichts von der Existenz Lawrowskis gewusst, oder er war sich nicht sicher, dass Lawrowski etwas von ihm wusste. Als er sich davon überzeugt hat, war das Schicksal des Pierrot besiegelt.«

»Halt, warte mal ...« Wadim schnalzte mit den Fingern. »Als wir uns in der Garderobe mit ihm unterhalten haben, wurde er doch zum Telefon gerufen. Natürlich! So ein angemalter Bursche mit einem Kranz auf dem Kopf kam von unten angelaufen, um ihm Bescheid zu sagen. Lawrowski war sehr erstaunt. Katja?« Er schwang abrupt auf dem Hocker herum. »Was hat er damals gesagt? Weißt du es noch?«

»Hm ... Ja, er wurde zum Telefon gerufen, ins Sekretariat. Ich glaube, man hat ihm eine Arbeit oder eine Rolle angeboten, jedenfalls ist er sofort losgestürzt«, sagte Katja.

»Genau! Eine Rolle! Und Sweta hatte für ihn auch eine Rolle gefunden! Er hat es selbst gesagt. Das bedeutet ...«

»Das bedeutet vorläufig noch gar nichts«, unterbrach ihn der Fürst. »Für eine Rolle werden Schauspieler bei uns noch nicht ermordet – Gott sei Dank.«

»Vielleicht war es ein Verrückter?«, meinte Katja.

»Durchaus möglich. Wenn man bedenkt, auf welche Weise er seine Morde begeht ... brrr!« Wadim zuckte seine breiten Schultern. »Mit einer Eisenstange.«

»Lasst uns nicht aus dem Kaffeesatz lesen, Kinder«, erklärte Sergej. »Ich habe den Eindruck, dass Katjas Kollege, der geschätzte Kolossow, in dieser Angelegenheit einige interessante Dinge weiß. Den ersten Schritt zum Austausch von Informationen hat er bereits getan. Warten wir auf den zweiten.«

»Wie?« Wadim hatte bereits die wollenen Topfhandschuhe übergestreift, um den fertigen Braten aus dem Ofen zu holen.

»Warten wir auf seine nächste Anwandlung von Offenherzigkeit.« Sergej breitete die Tischdecke aus. »Sieh nur zu, dass du den richtigen Moment nicht verpasst, Katja.«

»Keine Bange.« Sie stand auf. »So, jetzt könnt ihr mir helfen, den Tisch zu decken, die Keule ist fertig.«

»Mit dem größten Vergnügen.« Wadim grinste.

Der Fürst klapperte bereits mit den Tellern.

## 11 Kolossow erzählt

Der Frühling lag in der Luft. Als Katja am Montagmorgen über die Twerskaja ging, stach ihr die Sonne blendend in die Augen. Die Menschen, die zur Arbeit in die zahlreichen Büros, Banken, Betriebe und Geschäfte eilten, mit denen die frisch renovierten Gebäude in den Seitenstraßen der Twerskaja gespickt waren, hielten die Gesichter, die während des langen Winters bleich geworden waren, genussvoll in die wärmenden Sonnenstrahlen.

Kaum war die Dienstbesprechung zu Ende, wählte Katja eilig die Nummer des Chefs der Mordkommission, doch es nahm keiner ab. Ihr blieb nichts anderes übrig, als im Büro anzurufen. »Nikita Michailowitsch ist zu einer Besprechung in die Staatsanwaltschaft gefahren«, sagte die Sekretärin mit piepsiger Stimme.

Katjas gute Laune war augenblicklich verflogen, als wäre der sonnige Frühlingstag mit einem Mal verblasst. Die schlimmste seelische Pein bereitet ein schlechtes Gewissen, heißt es. Katja war anderer Meinung. Das Leid unbefriedigter Neugierde war schlimmer – ein gieriger, stets hungriger Drache, dessen animalischer Appetit sich nie stillen ließ.

Sie schaute sich in ihrem Büro um. Es war still und leer; keine Telefone klingelten, keine Schreibmaschine klapperte. Alle waren unterwegs, auf der Suche nach neuem Material und Sensationen. Katja beschloss, den Artikel zu beenden,

den der Redakteur der Monatszeitschrift »Elternabend«
schon vor einer Woche bei ihr in Auftrag gegeben hatte.

Vom langen Sitzen tat ihr bald der Rücken weh. Sie tippte den letzten Abschnitt zu Ende. Fertig. Sie stellte die
Schreibmaschine ab und schaute aufs Zifferblatt: fünf Uhr.
Der Tag war vorübergezogen, ohne dass Kolossow sich
hatte blicken lassen.

Katja packte ihre Sachen zusammen, ging zum internen
Telefon und wollte schon die vertraute Nummer wählen –
47-10 –, überlegte es sich dann aber anders. Nein, sie würde diesem Wichtigtuer nicht hinterherlaufen und sich vor
ihm erniedrigen. Sie öffnete den Schrank und kämmte sich
vor dem Spiegel, als es plötzlich leise an der Tür klopfte.
Auf der Schwelle stand Kolossow.

»Guten Abend«, sagte er und trat in Katjas Büro. »Ich
hab deine Silhouette im erleuchteten Fenster gesehen.«

»Hallo ...«

»Ich bin gerade zurückgekommen.« Er setzte sich ritt-
lings auf einen Stuhl, kreuzte die Arme über der Lehne
und stützte das Kinn darauf. »Zuerst gab's eine Konferenz,
dann wurde mir gründlich der Kopf gewaschen.«

»Wofür?«

»Für alles.«

»Möchtest du etwas essen?«

Er nickte.

»Ich mach sofort den Samowar an. Hier sind noch Plätzchen und Kekse, bedien dich. Willst du Kaffee?«

»Ja, möglichst starken. Schwarz und stark.«

Während der Samowar kochte, spülte Katja die Tassen.
Kolossow blätterte in den abgehefteten Zeitungen.

»Ihr schreibt wirklich eine Menge – so viele Zeitungen
und Zeitschriften! Wie steht's mit der Bezahlung?«

»Unterschiedlich«, erwiderte Katja. »In meinem Dienst-vertrag steht, dass ich verpflichtet bin, die tapfere und auf-opferungsvolle Tätigkeit der regionalen Miliz zu rühmen. Was ich auch eifrig tue.«

»Gefällt dir die Arbeit bei der Miliz?«, fragte Kolos-sow.

»Ja.«

»Ja?«

»Warum fragst du?«

»Weil ein Mädchen wie du hier seltsam wirkt.«

»Seltsam? Wieso?« Katja wunderte sich immer mehr.

»Zu gebildet, zu elegant. Man hat manchmal direkt Angst, dich anzusprechen.«

Er ging zum Samowar und gab Kaffeepulver in beide Tassen.

»Wie viele Jahre bist du schon bei der Miliz?«

»Sieben«, antwortete Katja.

»Sieben?« Jetzt war es Kolossow, der verwundert drein-schaute. »Als wir uns kennen lernten, habe ich gedacht: Die Gute weiß wahrscheinlich gar nicht, worauf sie sich einlässt.«

»Aber ich hatte doch schon als Untersuchungsführerin gearbeitet«, wandte Katja entrüstet ein. »Ich war kein Grünschnabel mehr. Ich hatte Tote und Verstümmelte und viele Tränen gesehen. Drei Freunde habe ich in diesen Jah-ren verloren. Sie wurden ermordet, nur weil sie die gleiche Uniform trugen wie du und ich!«

»Schrei nicht.«

»Also wirklich! Da taucht plötzlich so ein Typ auf, der sich für Kommissar Maigret hält, und will mir erzählen, was er über mich denkt! Es ist mir piepegal, was du denkst! Und überhaupt – scher dich zum Teufel!«

»Schrei nicht.«

»Schwirr ab!«

»Aber ich hab Hunger, und Kaffee habe ich auch noch keinen bekommen«, seufzte Kolossow und schüttelte mit Duldermiene den Kopf. »Obwohl, nach so einer Standpauke würde ich lieber etwas Kräftigeres trinken. Wie sieht's aus?«

»Warum hast du mich zu dem ermordeten Lawrowski mitgenommen?«

»Ich wollte sichergehen, dass der Tote tatsächlich der Lebensgefährte der Krassilnikowa war, und dabei solltest du mir helfen«, erwiderte Kolossow gelassen.

»Und wozu hattest du das nötig?«

»Ich habe bis zum letzten Augenblick gezweifelt. Der Mord passte so gar nicht ins frühere Schema.«

»Ich verstehe nicht ...«

»Deshalb erkläre ich es dir ja jetzt. Nachdem du dich trotz meiner tapferen Gegenwehr in diesen Fall eingemischt und mir sogar geholfen hast, sollst du auch einiges erfahren. Möchtest du von den Plätzchen?«

»Nein, danke.«

»Bist du besorgt um deine schlanke Linie?«

»Ja.«

»Völlig unnötig.«

»Das ist nicht deine Sache.«

Kolossow seufzte.

»Nun ja – es ist so, dass die Morde an der Krassilnikowa und an Lawrowski nicht am Anfang der Geschichte stehen. Und auch nicht am Ende. Es ist nur die Mitte.«

»Und wann hat die Geschichte angefangen?«, fragte Katja.

»Vor einem Jahr. Die Krassilnikowa ist das vierte Opfer.

Lawrowski das fünfte. Und ich glaube, es wird noch mehr geben.«

»Wer waren denn die ersten Opfer?« Katja fröstelte innerlich.

»Im März und Juli vergangenen Jahres wurden nicht weit von Moskau, fast unmittelbar hinter der Umgehungsstraße, zwei Frauenleichen mit genau den gleichen Stichwunden in der Bauchhöhle gefunden wie bei der Krassilnikowa. Auch damals sah zuerst alles ganz nach einem Unfall aus. Übrigens wurden auch in diesen Fällen keine Löcher in der Kleidung entdeckt. Wir konnten die Ermordeten identifizieren. Das eine Mädchen kam aus Wolgograd und war dort Mitglied der Laienschauspieltruppe des Betriebs, in dem sie arbeitete. Während eines Besuchs bei ihrer Tante in Moskau ist sie spurlos verschwunden. Das zweite Mädchen wollte sich in Moskau am Theaterinstitut einschreiben. Beide waren zierliche Blondinen. Derselbe Typ wie deine Freundin.«

»Wo hat man sie gefunden, Nikita?«

»Die eine in der Baugrube eines Neubaus, die andere an einem Bahnübergang. Man hatte sie auf die Schienen gelegt, als sie schon tot war. Aber der medizinische Befund war in beiden Fällen der gleiche: Die Wunde, die den Tod verursacht hatte, war eine Stichwunde im Bauchbereich.«

»Und das dritte Opfer?«

»War das erste Opfer. Chronologisch das allererste. Ganz sicher bin ich mir da allerdings noch nicht. Die Datenbank der Petrowka hat auf meine Veranlassung hin alle nicht identifizierten Leichen überprüft. Ich habe nach Fällen gesucht, bei denen die Opfer auf die gleiche Weise ermordet wurden. In Butowo wurde ich fündig. Dort gab es eine ähnliche Frauenleiche. Man hat sie allerdings erst nach drei Monaten entdeckt, als der Schnee zu schmelzen begann. Sie war schon halb skelettiert. Vielleicht hatte sie eine Verletzung im Bauchbereich – aber auch nur vielleicht. Das ärztliche Gutachten ergab, dass sie Anfang Januar 1995 ermordet worden war. Die Frau war zwanzig bis fünfundzwanzig Jahre alt, blond und klein. Aber wer sie war, weiß ich bis heute nicht.«

»Soll das heißen, bei uns ist ein neuer Serienmörder aufgetaucht?«, flüsterte Katja.

Kolossow stand auf und ging im Zimmer auf und ab.

»Ich will dir sagen, was ich über ihn weiß. Sehr wahrscheinlich ist unser Gesuchter ein Mann von etwa dreißig Jahren. Irgendwo in Moskau muss er eine Wohnung haben, in die er seine Opfer bringt und wo er sie tötet. Man hat nämlich an keinem der Fundorte Blut entdeckt. Den Wunden nach zu urteilen, muss aber sehr viel Blut geflossen sein. Der Mann ist kein Sexualtäter – er vergewaltigt seine Opfer nie. Er ist sehr vorsichtig. Und er hat ein Auto.«

»Aber warum bringt er die Frauen um? Und warum ausgerechnet Blondinen? Und warum transportiert er sie aus der Stadt heraus und tarnt alles als Unfall?«

»Du verstehst dich wirklich aufs Fragenstellen, Katja, aber das ist ja auch dein Beruf.« Kolossow lächelte. »Nun, einiges haben wir überprüft. Aber viel ist nicht dabei herausgekommen. Es ist schon eine harte Nuss. Morde an Blondinen, die irgendwie mit dem Theater zu tun haben. Aber mit Lawrowski ist auf einmal alles anders geworden. Der passt überhaupt nicht ins bisherige Schema.«

»Könnte er nicht selber der Mörder gewesen sein?«, kam Katja plötzlich ein Geistesblitz. »Jemand hat herausbekommen, dass Lawrowski es war, und beschlossen, mit ihm abzurechnen ...? Vielleicht hat man einen Killer für ihn engagiert?«

Kolossow nickte nachdenklich.

»Hast du diesen Lawrowski gut gekannt, Katja?«, fragte er dann.

»Ich habe ihn nur ein einziges Mal gesehen.«

»Wann?«

»Am Samstagabend. Er trat bei den Dichtern im ›Schuppen des Pegasus‹ auf. Das ist ein Club auf der Twerskaja«, erklärte Katja.

»Hast du mit Lawrowski gesprochen?«

»Ja.«

»Und?«

»Nichts. Er sah ein wenig beunruhigt aus, sonst nichts. Übrigens hat ihn jemand direkt im Club angerufen. Es ging um einen Auftrag für ihn.«

Kolossow riss ein Blatt aus seinem Kalender und notierte etwas.

»Aber die Krassilnikowa hast du doch gut gekannt«, sagte er dann.

»Wir haben uns ein paar Mal in Gesellschaft getroffen. Auch im Theater, in der ›Rampe‹.«

»War sie eine gute Schauspielerin?«

»Wandlungsfähig. Boris Bergman, der Regisseur, hat sie stets bevorzugt.«

Kolossow wanderte wieder im Zimmer hin und her und schlug die Tasten der Schreibmaschine an.

»Ein wirklich ungewöhnlicher Fall. Angefangen bei der Mordwaffe – diesem metallischen Gegenstand mit spitzem Ende, der einen Körper durchbohrt wie einen Stofflappen, bis hin zu dem unerklärlichen Fehlen bestimmter Kleidungsstücke. Die ganze Sache hat kein System.«

»Kein System?«

»Wenn die Tote in Butowo wirklich das erste Opfer war, hat der Täter in diesem Fall etwas anders angefangen. In Butowo hat er das Mädchen hüllenlos liegen lassen.«

»Nackt?«

»Ja. Der Leichnam war völlig unbekleidet und einfach im Schnee vergraben. So, Katerina Sergejewna, nun weißt du genauso viel wie ich.«

»Und wieso hast du mir das alles erzählt?«

»Du hättest mir ja doch keine Ruhe gelassen. Aber mal im Ernst – diese Sache gefällt mir nicht. Überhaupt nicht. Du hast eben gesagt, dass es ein neuer Serienmörder sein könnte. Vielleicht hast du Recht, verdammt nochmal. Eine verflixte Geschichte ist das. Irgendwas ist faul an der Sache. Und wer in dieser trüben Brühe herumrührt, sollte das nicht mit verbundenen Augen tun. Besonders du nicht. Denk daran: Alle vier Opfer waren Frauen.«

»Ich bin aber nicht blond, Nikita. Und auch nicht gerade zierlich, wie du siehst.«

»Darüber bin ich froh.« Er klirrte mit dem Schlüsselbund in seiner Jackentasche. »Soll ich dich nach Hause bringen?«

»Ich ziehe mich sofort an.«

Vor ihrem Haus am Frunse-Kai stieg er aus dem Auto und öffnete ihr zuvorkommend die Wagentür. Katja stieg aus. Draußen heulte und pfiff der Wind. Graupelschnee fiel vom Himmel. Der Winter fletschte zum Abschied noch einmal die Zähne.

»Gute Nacht, Nikita.«

Er wandte sich jäh ab, ging um den Wagen herum und setzte sich ans Steuer. Die Scheinwerfer des weißen Shiguli leuchteten zweimal auf: Kolossow sagte »Auf Wiedersehen«.

115

## 12 Liebe auf der Bahnhofsbank

Das lang erwartete Ereignis trat plötzlich ein, ganz von selbst. Am Sonntagabend kam Danila, der an allen Wochenenden irgendwo verschwunden war, ins Zimmer des Meisters und sagte zu Werchowzew: »Ich habe sie gefunden, Igor.«

»Bist du sicher?«

Werchowzew stellte den Kassettenrecorder leiser. Freddie Mercury sang gerade: »The Show Must Go on«.

»Ich bin sicher«, bestätigte Danila. »Sie ist genau das, was wir suchen.«

»Wo hast du sie gefunden?«

»Auf dem Pawelezker Bahnhof.«

»Auf dem Bahnhof?« Werchowzew runzelte die Stirn.

»Bodensatz, Igor, leider. Unterster Bodensatz. Aber sie hat früher bessere Zeiten gesehen.« Danila setzte sich auf das gestreifte Sofa und streckte die Beine aus. »Mein Gott, bin ich müde!«

»Bist du wirklich sicher, Danila?«

»Habe ich dich schon mal enttäuscht?«

»Nein.«

»Dann schlage ich dir vor, sieh sie dir mal an.«

»Direkt auf dem Bahnhof?« Werchowzews Lippen kräuselten sich.

»Ich würde sagen, dort ist es am einfachsten. Wenn ich

sie hierher bringe, und plötzlich gefällt sie dir nicht ...« Danila machte eine energische Geste.

»Wer ist sie?«

»Anfang zwanzig. Aus Lipezk, glaube ich.«

»Wann ist sie nach Moskau gekommen?«

»Vor zwei Jahren. Sie hatte eine Anzeige in der Zeitung entdeckt: ›Mitglieder für Balletttruppe in den USA gesucht‹.«

»Und?«

»Sie ist in einem heruntergekommenen, stinkenden Loch gelandet.« Danila grinste. »Bei einer dilettantischen Striptease-Show. In Lipezk hat sie sechs Jahre lang das Schauspielstudio des Stadttheaters besucht. Einiges versteht sie also von unserer Sache.«

»Sechs Jahre für eine Striptease-Show? Hat man sie wenigstens gut bezahlt?«

»Sie flunkert ein bisschen. Aber das ist jetzt nicht mehr so wichtig.«

»Wieso?«

»Sie hängt an der Nadel, Igor. Alles Geld, das sie kriegt, geht für Stoff drauf.«

»Was Erbärmlicheres konntest du nicht finden?«, fragte Werchowzew. Seine Stimme zitterte.

»Hör mir doch erst einmal ...«

»Willst du diese Kreatur etwa hierher bringen? In diese Räume? Zu *ihm*?« Werchowzews Stimme wurde schrill.

»Nun hör mir doch zu!«, erhob nun auch Danila die Stimme.

»Ich zuhören? Dir? Kaum gibt man dir freie Hand, ziehst du alles in den Dreck, verwandelst alle meine Träume in Scheiße!« Werchowzew holte aus und schlug mit der Faust auf den Recorder. Freddie verstummte mitten im Wort.

»Beruhige dich doch! Was hast du? Du verstehst das völlig falsch.« Danila sprang vom Sofa auf. Eine so heftige Reaktion hätte er von Werchowzew niemals erwartet. »Das Mädchen ist gar nicht so übel, sie hat Talent. Du wirst dich davon überzeugen, wenn du sie siehst. Ein wenig Geduld und ein bisschen Dressur – und alles läuft wie geschmiert. Ich habe mir die Hacken abgerannt und ganz Moskau abgeklappert – wo war ich nicht überall! Sie ist genau das, was wir brauchen, ich schwör's! Sie sieht ganz ähnlich aus wie ... nun, sie hat das, was du suchst, begreifst du? Und was den Bahnhof angeht, holen wir sie ja für diese Tage von dort weg. Ich bringe sie im Erdgeschoss unter und werde sie persönlich mit Wasser und Seife bearbeiten und sauber schrubben. Guck sie dir mal an und überzeug dich, danach brauchst du sie erst wieder auf der Bühne zu sehen. Was spielt es für eine Rolle, wer sie im wirklichen Leben ist, solange sie auf der Bühne tut, was wir wollen? Und das wird sie! Ich schwöre es. Sie kann es.«

Werchowzew blickte Danila unverwandt an; sein blasses Gesicht war von hektischen roten Flecken übersät.

»Du wirst es bereuen, wenn deine Worte sich als unwahr erweisen«, sagte er dumpf.

»Ich weiß, aber erst musst du sie dir mal ansehen.«

Werchowzew stand auf und rieb sich den steifen Rücken.

»Wie heißt sie?«

»Anna. Willst du auch den Nachnamen wissen?«

»Den Nachnamen?« Werchowzew grinste. »Wer braucht den Nachnamen?«

Danila atmete erleichtert auf: Er wusste, welch steile Klippe er gerade mit seinem wackligen Piratenkahn umschifft hatte.

»Und wo findet man sie auf diesem Bahnhof?«, erkundigte sich Werchowzew.

»Es ist eigentlich nicht direkt auf dem Bahnhof ... Es gibt dort in der Nähe einen Ort, an dem sie leben.«

»Penner?«

»Ja.«

»O Gott!«

»Igor ...«

Werchowzew stöhnte auf und schlug die Hände vors Gesicht. Seine gebeugten Schultern zuckten krampfhaft unter dem dünnen Seidenhemd. Danila schlich auf Zehenspitzen aus dem Zimmer.

Ein Tag ging vorüber. Die Wogen der Erregung glätteten sich ein wenig. Es war ein sternenklarer, schöner Märzabend.

»Fahren wir, Igor?«, fragte Olli, als er Werchowzews Zimmer betrat.

Im Foyer gesellte Leli sich zu ihnen. Sie kam in einem Frotteemantel aus dem Bad. Ihr schwarzes Haar war im Nacken mit einem malachitgrünen Band zusammengebunden, auf dem braunen Gesicht lag eine dicke Schicht Creme.

»Bringt ihr das jetzt hierher?«

»Das?« Olli lachte. »Was meinst du mit ›das‹? Wovon sprichst du, Prinzessin?«

Leli würdigte ihn keines Blickes. Danila beugte sich vor, rieb mit dem Finger etwas Creme von ihrer Wange und probierte, wie sie schmeckte.

»Ist das eine Schönheitsmaske? Woraus besteht sie? Honig oder Erdbeeren?«, erkundigte er sich interessiert.

»Das ist Schlamm aus dem Toten Meer, angerührt mit Sperma vom Pottwal«, erwiderte Leli. »Glättet alle Grimassen des Lebens und beseitigt alle Spuren des Lasters.«

»Vom Pottwal? Jetzt übertreibst du aber.« Danila betrachtete sich in dem riesigen Spiegel, der die Wand des Foyers schmückte. »Sehe ich aus wie ein gerissener Verführer, Leli? Ich muss nämlich gleich eine christliche Seele verführen.«

»Du siehst aus wie Raskolnikow. Nur ohne Beil.«

Werchowzew stieg als Letzter ins Auto. Er hatte den Jeep erst vor kurzem auf Danilas nachdrückliche Bitte gekauft. Vorher hatte er außer dem Ferrari noch einen unauffälligen grauen Renault besessen, den er beim Autohändler ausschließlich aus Verehrung für Jacques Yves Cousteau erworben hatte – der französische Automobilkonzern hatte die Odyssee des berühmten Meeresforschers gesponsert. Erst hatte Werchowzew den Wagen selber gefahren, doch als seine Rückenschmerzen stärker wurden, war er gezwungen, Danila das Steuer zu überlassen. Und dem gefiel der Renault nicht besonders.

»Der Kofferraum ist zu klein, Igor. Verstehst du?«

Schließlich tauschten sie den Renault gegen den Jeep; außerdem kaufte Werchowzew noch einen weißen Shiguli, der in einer Garage an der Kiewer Straße stand. Danila benutzte den Wagen aber nur selten. »Er darf nicht zu oft gesehen werden«, sagte er.

»Fahren wir.« Werchowzew drückte auf einen Knopf und ließ das Seitenfenster herunter. Danila setzte den Wagen in Bewegung. Dann streckte er den Arm aus und schaltete den Recorder ein: Freddie Mercury, »Love Kills«.

Sie fuhren durch die stille, strahlend hell erleuchtete Moskauer City.

»Hier ist Wenden verboten«, sagte Danila. »Ich parke vor der Metro, und dann gehen wir über den Platz, ja?«

Sie stiegen aus. Danila hielt sich eine Weile damit auf,

die Alarmanlage des Jeeps einzuschalten. Vor ihnen lag der einsame Bahnhofsvorplatz. In der Mitte des Platzes stand ein leeres granitenes Denkmalspostament. Weiter entfernt sah man den hell erleuchteten Koloss des Pawelezker Bahnhofs. Dort brodelte das Leben.

»Wir müssen nicht direkt zum Bahnhof, sondern nach dort drüben links«, erklärte Danila. »Da ist ein kleiner Platz mit einem Museum, wo früher der Zug Lenins stand.«

»Was für ein Zug?«, fragte Olli erstaunt.

»Das Depot, in dem der Trauerzug stand, der Lenins Leichnam nach Moskau gebracht hat. Das Depot hat man geschlossen. Was mit dem Museum ist, weiß ich nicht.«

Sie gingen über den Platz. Werchowzew summte die Melodie des eben gehörten Liedes vor sich hin. In der nächtlichen Stille hallten ihre Schritte auf dem nassen Pflaster.

Plötzlich vernahmen sie in der Dunkelheit Schluchzer und Seufzer, gefolgt von einem lang gezogenen Stöhnen. Das Stöhnen wiederholte sich; jemand schrie auf – zuerst kaum hörbar, dann lauter und lauter. Ein durchdringendes Quieken wie von einem Ferkel.

»Guck dir das an!«, stieß Danila hervor. Auf einer Holzbank ohne Rückenlehne, die neben dem Denkmalssockel aus Granit stand, beleuchtet vom gelben Kegel des Lichts, das eine trübe Straßenlaterne spendete, kopulierten zwei Bettler. Ein Mann mit Zottelhaar und struppigem Bart, bekleidet mit einer zerrissenen Nylonjacke, lag auf einer dicken, betrunkenen, halb nackten Frau, die eine zerrissene, pelzgefütterte Lederjacke und Überschuhe aus Gummi trug, die sie direkt auf die nackten Beine gezogen hatte. In der Luft stand ein beißender Gestank nach Schweiß, Urin und säuerlicher Machorka.

Werchowzew spürte einen heftigen Brechreiz. Er schaffte es gerade noch, sich zu bücken – dann musste er sich direkt auf die Straße übergeben. Danila rannte auf die Bettler zu. Mit einem Fausthieb warf er den in letzter Anstrengung ächzenden Mann in eine Pfütze und riss die Frau an den Resten ihrer zerlumpten Kleider mit einem Ruck in die Höhe.

»He ...«, krächzte sie. »Was bist du denn für 'ne Type?«

»Wenn du es noch einmal wagst«, zischte Danila und verpasste ihr eine schallende Ohrfeige, »wenn du es nur noch ein einziges Mal wagst, das Mysterium der Liebe mit deiner stinkenden Fresse zu beleidigen, du widerliche Kreatur, dann reiß ich dir die Zunge aus dem Hals und stopfe sie in dein Loch, dass niemand mehr sein Ding reinstecken kann. Kapiert?« Er schlug ihr mit der Faust ins Gesicht, dass ihr die Lippen platzten und die Nase zu bluten begann.

Die Bettlerin stöhnte auf und fiel von der Bank in dieselbe Pfütze, in der sich bereits ihr Liebhaber wälzte.

»Verschwinden wir von hier.« Danila packte Werchowzew bei der Schulter und führte ihn davon. Olli folgte ihnen schweigend, drehte sich dabei immer wieder um und stolperte über die Platten, mit denen der Bahnhofsvorplatz gepflastert war.

Wie sie zum Depot kamen, in dem einst Lenins Trauerzug gestanden hatte, wusste Werchowzew später nicht mehr. Seine Knie zitterten, und ihm war schwindlig. Der soeben durchlebte Schock weckte den Feuerwurm in der Wirbelsäule, der ihm wieder seine unbarmherzigen Zähne ins Nervengeflecht schlug.

»Wir sind gleich da, es dauert nicht mehr lange«, ermunterte Danila ihn, auf dessen Arm Werchowzew sich stützte. »Du bist aber auch empfindsam!«

Werchowzew atmete schwer.

Sie näherten sich einem kleinen, schiefen Bauwagen. In dem einzigen Fenster brannte Licht.

»Hier ist es«, sagte Danila und klopfte laut an die Tür. Als keine Antwort erfolgte, drückte er die Tür mit der Schulter auf.

Am Fenster, unter einer nackten Glühbirne, stand ein wackliger Tisch; daneben saß ein blondes Mädchen auf einer eingedrückten Liege, die nur mit einer gestreiften, von Fett- und Blutflecken übersäten Matratze bedeckt war. Ihre trüben grauen Augen blinzelten verschlafen.

»Grüß dich, Anna. Hier bin ich, wie versprochen«, sagte Danila. »Das sind meine Freunde.«

Das Gesicht des Mädchens zeigte keine Regung.

»Hast du's mitgebracht?«, fragte sie mit dünner, piepsiger Stimme.

»Ja.«

»Gib her.« Sie streckte eine kleine magere Hand mit abgebrochenen Fingernägeln aus. Als sie merkte, dass Danila zögerte, rief sie: »Los, rück's schon raus!«

Er zog eine kleine Flasche mit einer durchsichtigen Flüssigkeit aus der Manteltasche.

Das blonde Mädchen war jetzt hellwach und erinnerte an eine Spinne, die sich auf eine Fliege stürzen will, die sich in ihrem Netz verfangen hat. Ihre Augen glitzerten.

»Für mich? Alles für mich?«, fragte sie ungläubig.

»Natürlich für dich, Anna. Ich hab's dir doch versprochen.« Danila hielt ihr das Fläschchen auf der offenen Hand hin. Sie ergriff es und steckte es in den Mund. Bevor Werchowzew und Olli auch nur blinzeln konnten, hatte sie mit den Zähnen bereits den Flaschenhals durchgebissen und die Glassplitter ausgespuckt. Sie griff unter die Matratze und zog eine schmutzige Plastikspritze hervor.

Werchowzew wandte sich ab. Er ertrug es nicht, wenn man vor seinen Augen eine Nadel in die Vene stach.

Zehn Minuten später war das Mädchen mit Namen Anna ein völlig anderer Mensch. Sie streckte sich träge auf der Matratze aus, fuhr sich mit den Fingern durch die Strähnen ihrer langen, ungewaschenen Haare und betrachtete mit zusammengekniffenen Augen ihre Besucher.

»Was ist das denn für ein Engelchen?«, fragte sie und nickte zu Olli hinüber.

»Das ist ein sehr aufgeweckter und begabter Junge. Wenn du mit dem einverstanden bist, worüber wir gesprochen haben, werdet ihr euch näher kennen lernen«, sagte Danila lächelnd.

Das Mädchen stützte sich auf den Ellenbogen und schob sein kleines schmutziges Gesicht näher an Olli heran.

»Wie heißt du?«

Olli zuckte die Achseln.

»Was ist? Bist du stumm? Oder genierst du dich?«

»Er geniert sich«, sagte Danila und warf einen Seitenblick auf Werchowzew, um dessen Reaktion zu beobachten.

»Vor mir?«, fragte das Mädchen lachend.

»Ja.«

Olli biss sich auf die Lippen.

Sie musterte ihn neugierig und legte dabei den Kopf mal auf die eine, mal auf die andere magere Schulter.

»Ich beiße nicht, Junge«, piepste sie schließlich. »Andere gibt's, die beißen, schau her.« Sie streifte rasch ihre gestreiften Leggings herunter und entblößte eine knochige Hüfte. Auf der Haut war der purpurrote Abdruck von Zähnen zu sehen.

»Wer hat dich denn so zugerichtet?«, fragte Olli.

124

»So 'n Macker von hier. Erst gibt er mir Geld, dann beißt er mich. Mehr kann er nicht. Kannst du mehr?«

»Ja.« Ollis zarte Wangen flammten auf. Danila legte ihm die Hand auf die Schulter.

»Darf ich dir unseren Regisseur vorstellen, der alles inszenieren wird, Anna?« Er nickte zu Werchowzew hinüber. »Wenn du nichts dagegen hast, wird er dir ein paar Fragen stellen.«

Werchowzew setzte sich neben das Mädchen auf den Rand der Matratze.

»Sind Sie schon lange hier?«, fragte er leise.

»Ich weiß schon gar nicht mehr, wie lange«, sagte sie spöttisch lächelnd. »Ein ziemliches Dreckloch, nicht? Und Sie wollen mir etwas Besseres anbieten?«

»Das hängt von Ihnen ab.«

Sie stützte den Kopf auf die Faust. Die Haut auf ihren Wangen war grau vor Schmutz. Die Haare waren zu Strähnen verklebt.

»Können Sie denn mit einer wie mir etwas anfangen?«

»Auch das hängt von Ihnen ab.« Werchowzew musterte aufmerksam ihre Figur. »Wir sind in einer ausweglosen Lage. In zwei Wochen ist Premiere, und eine unserer Statistinnen ist verunglückt. Zwei Monate Gips.« Seine Augen tasteten ihren Körper ab. »Sie sehen ihr ähnlich. Wir brauchen nämlich einen ganz bestimmten Typ.«

»Soll ich mich gleich auf der Stelle ausziehen, oder hat das noch Zeit?«

»Das hat noch Zeit. Wie ich hörte, haben Sie Theater gespielt ...«

Sie grinste schief. »Mein Gott, was ich schon alles gemacht habe! Gesungen, gespielt, sogar gepinkelt habe ich schon auf der Bühne.«

Werchowzew vergrub die Hände in den Manteltaschen.

»Seien Sie so gut und sprechen Sie bitte den folgenden Satz: ›Denn das Geheimnis der Liebe steht höher als das Geheimnis des Todes‹.«

»Von mir aus. Das Geheimnis der Liebe steht höher als das Geheimnis des Todes.«

»Gut. Nun stehen Sie auf, und gehen Sie ein wenig umher.«

Sie erhob sich langsam und ging von der Matratze bis zum Fenster, wobei sie absichtlich mit den Hüften wackelte.

»Und jetzt gehen Sie einfach zurück, ohne diese Faxen.«

Das Mädchen schritt in die andere Richtung.

»Was soll ich bei Ihnen denn eigentlich machen?«, fragte sie und warf Olli einen Blick aus blitzenden Augen zu.

»Die Statistin, für die Sie einspringen sollen, tritt in einer kleinen Episode in einem Stück auf, das auf der Bühne eines Privattheaters aufgeführt wird. Nur an einem Abend«, erklärte Werchowzew.

»Und für diesen Abend bezahlen wir dir zweitausend Dollar«, fügte Danila hinzu.

Sie stieß einen Pfiff aus.

»Warum so viel?«

»Viel?« Werchowzew zog die Brauen hoch. »Ist das viel? Meist hört man, dass es wenig ist.«

»Nun, ich weiß nicht recht ...« Sie zupfte an der Kante der Wachstuchdecke, die vom Tisch herunterhing. »Kann ich das denn überhaupt?«

»Wenn du dir Mühe gibst, bestimmt«, sagte Danila. »Und wenn du beim Publikum ankommst, können wir später vielleicht über einen Vertrag nachdenken.«

»Ja, ich bin einverstanden, natürlich.« Sie wandte ihren

verwirrten Blick von Danila zu Werchowzew. Der nickte. Eine Strähne seiner blonden Haare fiel ihm so weit in die Stirn, dass das Mädchen seine Augen nicht sehen konnte.

»Dann werden Sie jetzt gleich mit uns ins Studio fahren.«

»Aber ich kann nicht ...« Sie schaute sich hilflos nach Danila um.

»Wir verstehen schon, Anna«, sagte er. »Ich besorge dir, was du brauchst.«

»Sie sind also einverstanden?«, fragte Werchowzew.

»Ja, ja!«

»Dann packen Sie die Sachen, die Sie mitnehmen wollen.«

Das Mädchen bückte sich und zog eine zerschlissene Lederjacke unter dem Diwan hervor.

»Das ist alles?«, fragte Werchowzew.

»Ja. Wenn ich Geld von euch kriege, wird es mehr sein.«

»Dann los.« Er öffnete die Tür und ließ ihr höflich den Vortritt. Sie gingen zum Auto.

»Wie hat es dich eigentlich hierher verschlagen, zu Lenin?«, fragte Olli plötzlich.

»Hier ist es ruhig, keiner belästigt einen.«

»Und wer wohnt mit dir in der Baubude?«

»Der Typ, der beißt.« Sie lachte leise auf. »Hier nebenan werden gerade Büroräume renoviert, von Türken, und die gucken ab und zu bei mir rein. Er ist gar nicht so übel, kann sogar auf Russisch fluchen. Nur leider ...« Sie hob die Arme. »Ich hatte mal einen, ich sag dir, Junge, der konnte rund um die Uhr ohne Pause.«

»Und wo ist der geblieben?«, erkundigte sich Olli.

»Den haben sie abgestochen.«

»Warst du sehr traurig, als er tot war?«

Sie zuckte die Schultern.

»Weiß ich nicht mehr. Ich hatte damals keinen Stoff. Alles ist wie im Nebel, ich kann mich an nichts erinnern.«

»Halb zwölf.« Danila schaute auf seine Armbanduhr. »Igor, ich werde gleich ...«

Er sprach nicht zu Ende. Aus der Dunkelheit tauchten plötzlich fünf untersetzte, stämmige Gestalten auf. Der Gestank von Urin und Machorka schlug ihnen entgegen.

»Da sind sie«, krächzte eine der Gestalten. »Der Lange im Mantel hat mir in die Schnauze gehauen. Meiner Manka auch.«

Die Schatten sprangen auf sie zu. Werchowzew, der vorausging, erhielt einen wuchtigen Stoß gegen die Brust. Ein Faustschlag in die Herzgrube raubte ihm den Atem. Als er das Gleichgewicht verlor und zu Boden stürzte, traten die Kerle mit den Füßen auf ihn ein. Er wich den Tritten aus und versuchte, wieder auf die Beine zu kommen.

Danila wurde gleich von zwei Gegnern angegriffen. Einer flog sofort aufheulend zur Seite, nachdem er einen vernichtenden Schlag auf den Unterkiefer bekommen hatte, der zweite war schlauer – er kam von hinten, schlang seine Arme um Danila wie ein Bär seine Tatzen und versuchte ihn zu Boden zu werfen.

Am schlimmsten erging es Olli, auf den sich ein flinker, weißblonder Bursche stürzte. Mit dem Schrei: »Hast du Lust auf ein Glasauge?«, holte er mit dem Messer aus. Die Klinge blitzte trüb im Schein der Laterne und hätte unfehlbar eine blutige Furche in Ollis Wange geschnitten, wäre Anna nicht gewesen. Sie krallte die Hände in die weißblonden Haarwirbel des Jungen und riss ihn zurück.

Das Messer beschrieb einen Bogen in der Luft, schlitzte den Ärmel von Annas Jacke auf und fiel schließlich scheppernd aufs Pflaster, weggestoßen von Danila, der seine Widersacher mittlerweile in die Flucht geschlagen hatte.

»Atas!«, rief jemand aus der Dunkelheit. Die Schatten verschwanden ebenso plötzlich, wie sie aufgetaucht waren.

Werchowzew erhob sich, klopfte seinen Mantel sauber und spuckte aus.

»Ja, Rio de Janeiro ist das nicht. Verschwinden wir möglichst rasch von hier.«

Im Jeep setzte Olli sich neben Anna auf den Rücksitz. Sie hielt mit einer Hand ihren Unterarm.

»Tut es weh?«, fragte Olli.

»Nur ein Kratzer.«

»Hier, mein Taschentuch.«

Sie zog die Jacke aus und schob den Ärmel der Strickweste hoch. Auf ihrem mageren Arm war eine lange, zum Glück aber nicht sehr tiefe Schnittwunde.

»Warte, ich helfe dir.« Olli verknotete das Tuch sorgfältig.

»Du bist ja die reinste Krankenschwester«, bemerkte Danila, der die beiden im Rückspiegel beobachtete. Olli gab keine Antwort und sagte zu dem Mädchen: »Du hast mich gerettet.«

»Ach, ist doch nicht der Rede wert!«

Danila drehte den Zündschlüssel, und der Jeep setzte sich ruckartig in Bewegung.

## 13 Alles über Serienmörder

Der Kriegsrat, der sich auf die Schnelle in Katjas Wohnung versammelt hatte, endete durch einen Streit zwischen den beratenden Parteien, kaum dass er begonnen hatte. Das kam so: Katja berichtete aufgeregt von den Opfern des neu aufgetauchten Serienkillers, der Frauen mit einer Eisenstange umbrachte, und wiederholte dabei ständig: »Und Kolossow hat gesagt ...«, »Und da sag ich zu Kolossow ...«, »Und Nikita meint ...«

Wadim und Sergej blickten einander schweigend an.

»Tja, Sergej, so sieht es aus«, sagte Wadim gedehnt. »O ja, es ist höchste Zeit!«

Der Fürst hüstelte zur Bestätigung höflich.

»Merkst du, was sich da tut? Vorvorgestern taucht dieser Mensch um zwei Uhr nachts auf. Ich schweige, sage kein Wort, obwohl ich seine weiße Seifendose vor dem Haus sehr wohl bemerkt habe. Na schön, denke ich, sie sind Kollegen, sie wollen sich beraten. Aber dann vergehen keine zwei Tage, und schon wieder hält diese Karre vor dem Haus, Monsieur Kolossow öffnet ihr die Tür, und sie sagen sich ›Auf Wiedersehen‹. Für meine Begriffe sagen sie sich reichlich lange ›Auf Wiedersehen‹. Gib's zu, Katja, er wollte sich noch auf einen Kaffee bei dir einladen, nicht?«

»Hör auf damit!« Katja stand auf. »Er hat mich nach Hause gebracht. Was ist dabei?« Ihr stand nicht der Sinn nach einer Eifersuchtsszene, selbst wenn sie nicht ganz ernst gemeint war.

»Nach Hause gebracht!« Wadim nahm eine Kassette aus dem Schrank, schob sie in den Recorder und spulte sie zurück. »Natürlich, mehr ist noch nicht gewesen. Aber damit dieser Herr gar nicht erst auf den Gedanken an mehr kommt, wird es Zeit, ihm die Fresse zu polieren. Rein prophylaktisch.«

»Vergiss es.« Katja stützte sich mit den Ellenbogen gegen die Wand und warf hochmütig den Kopf zurück. »Burschen wie euch steckt Kolossow locker in die Tasche.«

»In die Tasche?«

»Ja, in die Tasche.«

»Mich?« Wadim zog sich mit einem Ruck den Wollsweater über den Kopf und entblößte seinen muskulösen Brustkorb. »Mich? Komm her.«

Katja richtete sich auf.

»Komm her«, wiederholte Wadim, ging aber selber zu ihr. »Leg deine Hand hierhin.«

»Lass das.«

Er zog Katja an sich und presste ihre Hand auf seine Brust. Die Muskeln unter seiner glatten Haut begannen zu spielen und spannten sich. Katja versuchte sich loszumachen, doch es war vergeblich – Wadim hatte einen eisernen Griff.

Katja senkte den Kopf. Es war ihr peinlich. Peinlich deshalb, weil Wadim von seiner physischen Attraktivität so unverschämt überzeugt war; peinlich, weil Sergej im Zimmer war; peinlich wegen der Verwirrtheit und Gefügigkeit, die sie gegen ihren Willen stets empfand, wenn sie Wadims Körper berührte.

»Das tut weh, Wadim ...«

Er lockerte seinen Griff ein wenig, drückte auf den Knopf des Recorders und spielte seinen Lieblingssong, »I'm Alive«. Bevor Katja zur Besinnung kam, hatte er sie fest an sich gedrückt und vollführte mit ihr ein Mittelding zwischen Walzerdrehung und Tangoschritt quer durchs Zimmer, wobei er sich ungeschickt bemühte, den Rhythmus der Musik zu treffen. Er roch nach Toilettenwasser und leicht bitterem Rauch. Katja fragte sich verschwommen, wieso er nach Rauch roch, wo er doch keine Zigaretten anrührte. Er führte sie im Tanz bis zum Fenster; dann löste er die Umarmung und schubste sie sanft auf Sergej zu.

»Es war ein sehr netter Abend in eurer Gesellschaft. Ich wünsche euch angenehme Träume.« Er bückte sich, hob seinen Pullover vom Boden auf und verließ das Zimmer. Kurz darauf schlug im Flur die Tür zu.

»Der ist ganz schön verrückt.« Katja massierte sich das Handgelenk. »So ein Idiot.«

Sergej blickte auf seine Armbanduhr.

»Schon neun, ich muss noch zur Tankstelle. Also, morgen fahren wir dann zu diesem Bildhauer?«

»Zu welchem Bildhauer?«

»Du hast doch selbst von ihm gesprochen.«

»Ach ja ... natürlich.« Katja seufzte. »Morgen ist der letzte Tag vor dem Feiertag, der siebte März.[3] Komm gegen eins zur Hauptverwaltung und ruf mich aus der Pförtnerloge an.«

»Gut. Dann gehe ich jetzt.« Doch er zögerte noch.

»Geh nur. Aber mach vorher bitte diesen verflixten Recorder aus. Mir platzt so schon fast der Schädel.«

Der Abend war verdorben. Katja ließ sich in den Sessel fallen, voller Zorn auf die ganze Welt. Sie hätte mit den beiden so gern über diesen neu aufgetauchten Mörder geredet! Diese Trottel.

Über die Serienmörder in und um Moskau wusste Katja eine ganze Menge. Früher hatte sie sogar einmal eine Art Überblick über sämtliche Serienkiller der Gegend zusammenstellen müssen. Sie hätte es diesen eingebildeten Truthähnen zu gern gezeigt, wie gut sie sich auskannte.

Doch die Kerle hatten alles verdorben! Der eine zieht sich dreist aus und lässt seine Muskeln spielen, und der andere ist auch nicht besser. Brummt irgendetwas in den Bart und guckt weg. Katja stellte den Videorecorder an und schaute sich »Schneewittchen« an – das Einzige, das sie beruhigen konnte. Auf dem Bildschirm tanzten die Zwerge. Sie ließen ihre wunderschöne Freundin in ihrer Hütte zurück, wo sie sich um die Wirtschaft kümmern sollte, und reichten ihr zum Abschied ihre spiegelblanken Glatzen zum Kuss. Ein Mann bleibt immer ein Mann, selbst wenn er nur ein Zwerg mit einer Zipfelmütze ist ... Männer lieben es, die Frauen zu unterwerfen. Sogar der wohl erzogene, elegante Wadim schlug in diese Kerbe, mit seinem »Komm her« und »Was hab ich gesagt«. Und die anderen sowieso ...

Und wenn Worte und Imperative nicht mehr reichen, werden die Fäuste benutzt – mit dem Ergebnis, dass irgendwann leise und unbemerkt ein neuer kleiner Serienmörder auf der Bildfläche erscheint, so, wie es jetzt offenbar wieder der Fall war.

Katja erinnerte sich noch gut an den Jubel und die Genugtuung, als man im Herbst 1992 endlich Golowkin gefasst hatte, den »Würger«. Elf Leichen von Jungen, zerfleischt, zerfetzt, verstümmelt. Ein Folterbunker auf dem Gelände eines weltberühmten Gestüts – eine ganz gewöhnliche Fertiggarage aus Metall, abgesperrt mit einem Vorhängeschloss, darunter ein Keller mit einem massiven Lukendeckel, damit die furchtbaren Schreie nicht zu hören waren; rostige, in die Wand eingeschlagene Haken; eine Leiter aus Eisen; Tröge, in die das Blut fließen konnte, und ein Seziertisch. Ein Metzger. Nein, nicht ganz. Eher ein »Naturforscher«.

Viele hatten mit Golowkin gesprochen – der Untersuchungsführer, die Leute von der Kripo, Psychiater. Auf die Frage, warum er mit seinen Opfern so verfahren sei, antwortete er: »Ich wollte gern sehen, was dabei herauskommt.«

Katja seufzte tief. Schneewittchen hatte gerade aus der Hand der Hexe den vergifteten Apfel bekommen. Eine verdorbene Frucht. Der »Würger« war von Kindheit an eine verdorbene Frucht gewesen. Ein Detail, das sie im Gutachten des Gerichtspsychiaters gelesen hatte, hatte Katja besonders schockiert: Als der »Würger« noch ein Kind war und zur Grundschule ging, hatte er einmal lebende Fische gekauft. Zu Hause angekommen, stellte er das Glas mit den Fischen auf den Herd, zündete die Gasflamme an und schaute zu, was geschah.

Katja wusste, dass nichts auf der Welt sie mehr hätte erschrecken können als das von Neugier erfüllte Gesicht des achtjährigen Serjoscha Golowkin, der die Agonie der winzigen Lebewesen beobachtete.

Aber dieser Neue, dessen Markenzeichen eine furchtbare Stichwunde in einem Frauenkörper war – wie war er beschaffen? Katja fiel ein interessantes Zeitungsinterview ein. Der Leiter der Abteilung für Gewaltverbrechen beim Innenministerium, der in seinem Leben schon Dutzende von Serienmördern gesehen hatte, stand dem Reporter Rede und Antwort. Unter anderem sagte er, dass »kraft der Spezifik und der niederen Beweggründe diese Kategorie von Verbrechern üblicherweise mit aller Kraft bestrebt ist, ihre Absichten und Handlungen geheim zu halten, selbst vor den Menschen, die ihnen am nächsten stehen«.

Der Reporter hatte gefragt, ob es in Russland Fälle gegeben habe, wo sich mehrere Leute mit denselben Neigungen zusammengetan hätten. »Nein«, erwiderte der Experte. »Der Serienmörder ist stets Einzeltäter.«

Ein Einzeltäter ... Kolossow wusste ja schon einiges über ihn: ziemlich jung, stark, groß, besitzt ein Auto und weiß einen Ort, wo niemand ihn stören kann, wenn er sich an den Qualen seiner Opfer weidet. Wahrscheinlich wurde hinter den dicken Mauern des Innenministeriums, in einem der wissenschaftlichen Institute, bereits ein psychologisches Profil des Täters erstellt. Obwohl ... Katja lächelte. Wie hatte dieser Abteilungsleiter gesagt: »Wir sind dabei, die methodischen Grundlagen für die Erstellung derartiger Täterprofile zu schaffen.«

Seltsame Geschöpfe waren das, wie aus einer anderen Welt. Katja stellte den Videorecorder aus. Sie saß im Sessel und starrte ins Licht der Tischlampe, ohne zu blinzeln. Männer. Aus irgendeinem Grund waren es fast immer Männer. Frauen? In Russland waren bis jetzt noch keine weiblichen Serienmörder aufgetaucht. In anderen Ländern dagegen schon. Erst kürzlich hatte es einen solchen Fall gegeben – das Ehepaar West aus dem englischen Städtchen Gloucester.

Die vierzigjährige Rose West hatte zusammen mit ihrem Ehemann elf junge Mädchen, darunter ihre eigene Tochter, bei lebendigem Leibe präpariert. Katja erinnerte sich an das Foto, das im »Daily Mirror« erschienen war: ein aufgeschwemmtes rosiges Gesicht, runde Brillengläser, dauergewelltes, dünnes, aschblondes Haar, dicke Wurstfinger mit sorgfältig manikürten Nägeln. Miss Piggy.

Trotzdem, weibliche Serienmörder waren ein seltenes Phänomen. Ein Fall unter tausend vielleicht. Aber Männer ...

Was weiß ich eigentlich über dich, du Blutsauger mit dem Stachel aus Eisen? Katja schloss die Augen. Du suchst dir als Opfer junge Schauspielerinnen aus, die keiner kennt. Du vergewaltigst sie nicht, sondern spießt sie einfach auf wie Schmetterlinge. Was kann man daraus schließen? Du ziehst Schauspielerinnen allen anderen Frauen vor. Warum? Liebst du sie? Liebst du sie, weil sie manchmal auf der Bühne stehen? Ja? Liebst du auch das Theater?

Vielleicht gehst du ja regelmäßig in die »Rampe«? Bist einer aus dem Stammpublikum? Oder vielleicht selber ein Schauspieler? Wenn du Lawrowski getötet hast, den Pierrot – könnte das nicht bedeuten, dass du neidisch auf seinen Erfolg warst? Der Pierrot hatte bei den Schauspielerinnen nicht nur auf der Bühne Glück, sondern auch im Bett ...

Aber du hast sie ja nicht vergewaltigt! Das ist ja das Unbegreifliche. Du hast keinen Sex gebraucht, hast nicht die Befriedigung deiner Triebe gesucht. Oder vielleicht hast du es doch gebraucht, nur ... du konntest oder wolltest nicht, du Blutsauger mit dem Eisenstachel.

Wenn du nicht konntest, passt du ins Standardbild eines Serienmörders. Es ist bekannt, dass 80 Prozent dieser Männer entweder impotent sind oder zumindest erhebliche Probleme auf sexuellem Gebiet haben.

Katja fiel ein gewisser Guskow ein, dessen Stern Ende der Sechzigerjahre am Verbrecherhimmel aufgegangen war. Sie hatte seinen Fall im Bezirksarchiv ausgegraben.

Er war Fotograf aus Saltykowka – ein gut aussehender, liebenswürdiger Mann. Impotent, aber extrem triebhaft. Sechs Sexualmorde gingen auf sein Konto. Seine letzten Taten erschütterten selbst die Ermittler, die einiges gewohnt waren.

Am helllichten Tag erschien der Fotograf einmal im Institut für Energetik. Er lernte dort zwei junge Mädchen kennen und bot ihnen an, Fotos von ihnen zu machen. Sie waren einverstanden und schlugen vor, auf die »Pfeife« zu gehen – so hieß im Studentenjargon der Raucherraum auf dem Dachboden des Instituts. Er knipste dort einen ganzen Film voll, den man später bei der Hausdurchsuchung beschlagnahmte. Zunächst betäubte er die Mädchen, dann zog er sie vollständig aus und erwürgte sie mit bloßen Händen – das bereitete ihm besonderen Genuss. Dann legte er sie aufeinander, in der Stellung, wie sie Eheleute in der Hochzeitsnacht einnehmen.

Das psychiatrische Gutachten stufte ihn nicht nur als zurechnungsfähig ein, sondern diagnostizierte auch keinerlei psychische Abweichungen. Dieses Ungeheuer war klinisch gesund.

Wenn du also zum Schlage der Guskows gehörst, dachte Katja, wenn du willst, aber nicht kannst, heißt das ... heißt das ... Die Wunde. Der Stich in die Bauchdecke. In den Schoß der Frau, dorthin, wo das neue Leben entsteht. Ist das etwa deine Art, sich einer Frau zu bemächtigen? »Ich durchbohre dich – ich nehme dich.« Ist es das? Dann wäre dein Eisenspieß also nichts anderes als ein phallisches Symbol. Du trägst ihn immer bei dir. Er ist ein Teil von dir.

Aber wenn du ein Mann bist, wenn du physisch gesund bist, was dann? Katja biss sich auf die Lippen. An diesem Punkt liefen alle ihre Überlegungen in eine Sackgasse.

Wenn du keinen Sex brauchst, was willst du dann von diesen Schauspielerinnen? Nur den Tod? Schaust du gern zu, wie sie sterben?

Es gab zu wenig Informationen. Viel zu wenig. Aber wann hatte man in solchen Fällen schon genügend Informationen? Eine Stange aus Eisen – eine unbekannte Mordwaffe. Ein Ort, wo du dich ungestört amüsieren kannst. Könnte das vielleicht eine Werkstatt oder ein Atelier sein? Bildhauer haben doch auch mit Metall zu tun. Sie haben bestimmt eine Menge spitzer Werkzeuge – Meißel, Stichel ...

Sweta hatte sich bei einem Bildhauer ein Zubrot verdient, bei diesem Mohikaner, den Sergej und sie schon die ganze Zeit besuchen wollten und bei dem sie immer noch nicht gewesen waren. Ob ihm vielleicht auch die anderen Mädchen Modell gestanden hatten? Sie erhob sich und ging aufgeregt im Zimmer umher. Du bist immer zu voreilig, Katja, hörte sie die Stimme des Fürsten. Katja zuckte nur die Schultern. Sie nahm selten die Ratschläge anderer an, und wenn jemand sie tadelte, war sie sowieso stets bemüht, es zu überhören.

## 14 Kindermorde und Elternsärge

Sie hatten verabredet, nach dem Mittagessen zu Mohikaner zu fahren. Am Vormittag musste Katja, die nach der Versöhnung mit Wadim um ein Haar zu spät zur Arbeit gekommen wäre, sich noch um einen dringenden Fall kümmern.

»In Sergijewsk ist der Kindermord aufgeklärt worden«, teilte Gorelow ihr mit. »Lena Surowzewa ist für diesen Fall zuständig, sie wird dir alles erzählen.«

Lena Surowzewa, Hauptmann der Miliz, war eine rundliche Blondine mit hellen Augen. Sie arbeitete schon seit zehn Jahren in Sergijewsk.

»Einen solchen Fall habe ich schon lange nicht mehr gehabt«, empfing sie Katja schon in der Tür. »Ein Monster ist das, kein Mensch! Du musst alles ganz genau berichten, mit vollem Namen – sollen alle wissen, was für ein Abschaum das ist. Also, angefangen hat alles so ...«

Katja holte ihren Notizblock hervor und begann mit kratzendem Füller zu schreiben.


Auf den Hof des Hauses Lipowaja-Straße 23 biegt der LKW der Müllabfuhr ein. Der Fahrer lenkt den Wagen zu den Containern. Du lieber Himmel, was haben die Leute den Feiertag über alles da reingestopft! Und da heißt es immer, sie leben schlecht! Der Fahrer zündet sich eine Zigarette an und klettert aus seiner Kabine, um nachzuschauen, wie er seinen Kipper am geschicktesten vor die Container manövrieren kann.

Auch neben den Containern türmt sich ein Berg von Abfällen. Das Zeug geht mich nichts an, soll der Hausmeister sich drum kümmern, sagt sich der Fahrer. Hinter dem Müllberg ist ein bösartiges Knurren zu hören. Der Fahrer macht einen langen Hals, damit er besser sehen kann, was da los ist. Neben einer Plastiktüte balgen sich drei magere, räudige Straßenköter. Ein vierter Hund, groß und zottig, reißt erbittert an der Tüte. Was mag da drin sein?, denkt der Fahrer. Er jagt die Hunde mit einem Stock davon und beugt sich über die Tüte.

»Als wir bei den Müllcontainern ankamen, saß der Fahrer in der Kabine seines Lasters und weinte«, erzählte Lena. »In der zerfetzten Tüte lag die Leiche eines einjährigen Kindes. Halb aufgefressen von den Hunden. Als ich die roten Haare des Kindes sah, fiel es mir plötzlich wieder ein. Ich kannte in diesem Block eine Frau mit rothaarigen Kindern. Serafima hieß sie, und sie hatte selber feuerrotes Haar.

Wir beschlossen, ihr einen Besuch abzustatten. Sie hatte eine Wohnung im Nachbarhaus, in der es aussah wie im Schweinestall. Vor anderthalb Jahren hatte man ihr drei Kinder weggenommen, ins Waisenhaus gesteckt und ihr die Erziehungsberechtigung aberkannt. Sie war dann sofort aus Sergijewsk verschwunden. Angeblich war sie zu ihrem Freund gezogen. Ich dachte: Vielleicht ist sie ja wieder da, und das ist ihr Kind.

Wir gingen also zu ihrer Wohnung und klopften. Ein tätowierter Betrunkener öffnete uns. Hinter ihm eine Szene

wie aus ›Emmanuelle‹, allerdings in der Version für Alko-
holiker: Frauen, Männer, alles über- und untereinander.
Wir suchten aus diesem Sodom unsere Serafima heraus.
Sie war splitternackt, betrunken und stank nach Schweiß
wie eine Ziege. Sofort fing sie an zu randalieren. Doch der
Untersuchungsführer ging gleich zum Gegenangriff über:
Wir wissen alles, die Leiche wurde gefunden, deine sauberen Freunde haben dich verraten. Sie hat eine Zeit lang he-
rumgeheult. Es war ein Versehen!, sagte sie dann. Ich wollte es nicht! Und Milch hatte ich auch keine. Tag und Nacht
hat das Balg gebrüllt – es hing mir zum Hals heraus!

So redete sie über ihr eigenes Kind! Sie hat Wasser in
die Wanne gelassen, das Kind hineingeworfen und zugeschaut, wie es ertrunken ist. Als es tot war, hat sie es in die
Plastiktüte gepackt und nach draußen auf den Müll gebracht.«

Katja saß schweigend über ihrem Notizblock.

»War es ein Junge?«, fragte sie schließlich.

»Ja, ein Junge. Mit flaumigem roten Haar.«

Katja wandte sich ab und blickte zum Fenster hinaus.

»Eins verstehe ich nicht«, sagte Lena, deren Augen funkelten. »Sie kriegt dafür wahrscheinlich fünfzehn Jahre.
Aber wo ist die Garantie, dass sie sich nicht wieder mit jemandem einlässt und noch ein Kind bekommt? Müsste
man da nicht etwas tun – zum Beispiel, sie verurteilen, sich
sterilisieren zu lassen? Drei Kinder hat sie vernachlässigt,
das vierte umgebracht, und dann heißt es, man darf sie
nicht zu hart bestrafen, sie ist doch eine Frau, eine Mutter.
Aber was für eine Mutter ist das, zum Teufel! Der letzte
Abschaum! Und wenn das Gesetz verbietet, solchen Abschaum auszurotten, sollte man wenigstens ihre Kinder vor
ihr retten – die geborenen wie die ungeborenen. Man

müsste ihr die Möglichkeit nehmen, Kinder zu bekommen. Das wäre wahrer Humanismus! Schreib das, Katja.«

»Das werde ich, Lena.«

»Was hast du denn, Katja?«, fragte Sergej, als er sie um drei vor dem Gebäude der Hauptverwaltung abholte. »Ist etwas passiert?«

Katja berichtete ihm kurz.

Sie fuhren in Sergejs Shiguli an der Moskwa entlang. Vor ihnen glühte im hellen Licht der Frühlingssonne die Kuppel der Christus-Erlöser-Kathedrale.

»Möchtest du dir mal unser Haus ansehen?«, fragte Sergej plötzlich. »Es ist gleich hier um die Ecke.«

»Natürlich, gern!«

Der Fürst bog nach rechts ab und fuhr auf eine große, hellblau verputzte Villa mit französischen Fenstern und einem runden, von Säulen getragenen Vorbau zu.

»Dieses Haus hat euch gehört?« Katja traute ihren Augen nicht.

»Ja.«

»Nicht übel, wirklich! Und was ist jetzt darin?«

»Früher war es im Besitz des Verteidigungsministeriums und wurde für feierliche Empfänge und Ähnliches genutzt. Jetzt ist es eine Bank.«

Katja schaute zum Autofenster hinaus. Vor dem durchbrochenen Eisenzaun der Villa bremste eine blitzende Limousine. Zwei kräftige junge Männer in langen Kaschmirmänteln stiegen aus. Ihre Miene erinnerte Katja an den Ausdruck, den sie manchmal bei Wadim beobachtete – scheinbar gleichgültig und träge, in Wirklichkeit aber lauernd und wachsam. Bodyguards eben. Der eine beugte sich ein wenig vor und öffnete die Wagentür. Ein rundlicher kleiner Mann stieg aus, in Wildledermantel und flacher Netzmütze. Er reichte den Leibwächtern kaum bis zur Brust. Sobald der Dicke draußen war, blickte er sich um und watschelte dann gemächlich, wie ein übergewichtiger, asthmatischer Mops, auf den Eingang der Bank zu.

Sergej folgte ihm mit Blicken.

»Da drüben, im ersten Stock, war das Arbeitszimmer meines Großvaters. Und dort, in der Rotonde, waren der Musiksalon und das Schlafzimmer meiner Großmutter.«

»Wie alt waren sie, als sie geflohen sind?«, fragte Katja.

Sergej lächelte.

»Niemand ist geflohen. Von meinen direkten Vorfahren ist keiner aus Russland geflüchtet. Nur die Verwandten zweiten und dritten Grades sind emigriert, die Meschtscherski-Barjatinskis. Sie leben jetzt in Südafrika und in der Schweiz. 1917 war mein Großvater sechsundzwanzig und meine Großmutter zwanzig. Er hat Geschichte studiert und ist während des Krieges mit Deutschland in das berühmte Preobrashenski-Regiment eingetreten. In Galizien wurde er verwundet. Als er aus dem Hospital entlassen wurde, hat er ein wunderschönes Mädchen geheiratet – meine Großmutter. Es war eine Liebesheirat. Ich habe dir doch mal ihr Hochzeitsfoto gezeigt. Weißt du noch?«

Katja nickte. Sie hatten sich einmal gemeinsam das Familienalbum des Fürsten angesehen. Das alte Foto zeigte einen jungen Offizier mit gerade gescheiteltem Haar und ein Mädchen mit langem dicken Zopf und einer eng geschnürten Wespentaille – den Fürsten und die Fürstin Meschtscherski.

»Warum sind sie nicht emigriert?«

Sergej zuckte verächtlich die Achseln.

»Die Meschtscherskis sind bei der Schlacht auf dem Amselfeld nicht vor den Tataren geflohen, sie haben den Polen standgehalten, sie haben die Schweden bei Poltawa verdroschen, haben sich bei Austerlitz nicht in die Gefangenschaft begeben und haben in der Völkerschlacht von Leipzig den Degen des französischen Marschalls erhalten. In Plewen haben sie drei Georgskreuze bekommen. Sollten sie da etwa vor der Revolution fliehen?«

»Warum bist du eigentlich nicht zur Armee gegangen, Sergej?«, fragte Katja.

»Wieso? Ich habe mich als Militärberater redlich abgerackert.«

»Und warum hast du alles hingeworfen?«

»Weil ich immer davon geträumt habe, liebe Katja, einmal irgendeinen unbekannten Nebenfluss des Sambesi oder des Limpopo zu entdecken und ihn nach unserer Familie zu benennen.«

»Ich meine es ernst, Sergej.«

»Ich auch.«

»Waren deine Vorfahren sehr reich?«

Er zählte nachdenklich auf: »Diese Villa hier, ein Schloss in Petersburg an der Fontanka, eine Datscha in Pawlowsk, ein Gut bei Moskau, ein Gut im Gouvernement Kursk, ein Gut bei Pensa, ein Sommerschloss auf der Krim, eine Datscha in Finnland, Zinngruben in Sibirien ...«

»Tut es dir nicht Leid um das alles?«

Er wandte sich ab.

»1917 gab es in Russland Millionen Bettler, Hungernde und Kranke. Glaub nicht, was man heute über die Revolution redet und schreibt. Das war kein Überraschungscoup einer Bande von Abenteurern. Das waren elementare Kräfte. Es gab ein paar Satte und Wohlhabende und viel zu viele Hungernde und vom Krieg zu Grunde Gerichtete, Krüppel und Waisen. Irgendwer musste für all das bezahlen.

Mein Großvater war trotz seines Titels kein braver Untertan. Auf der Universität hat er revolutionäre Parolen gerufen und die Marseillaise gesungen. Auch er hat damals gespürt – obwohl er nach meinen heutigen Kriterien eine Rotznase war –, dass es so nicht weitergehen konnte. Aber er war jung und leichtsinnig, liebte meine Großmutter, antike skythische Vasen und Rassepferde. Es war nicht seine Schuld, dass er als Fürst auf die Welt gekommen war; trotzdem hat er für seinen Titel mehr als genug büßen müssen. Aber er hat niemanden verurteilt und seinem verlorenen Besitz niemals nachgetrauert.

Ich auch nicht. Wenn ich daran denke, wie es in Russland vor hundert Jahren aussah, tut mir nichts Leid. Wenn ich mir allerdings diese Proleten hier anschaue«, er nickte zu der Limousine hinüber, »und mir vorstelle, dass so ein Stiesel, der kaum lesen und schreiben kann und mindestens zehn Vorstrafen auf dem Buckel hat, im Musiksalon meiner Großmutter sitzt und sich die Millionen nur so reinschlabbert, möchte ich eine Maschinenpistole nehmen und ...« Er grinste. »Verstehst du?«

Katja nickte.

»Einige Gemälde aus unserer Familiensammlung sind jetzt im Puschkin-Museum. Es gibt auch ein paar Stücke in der Schatzkammer des Kreml. Sollen sie dort bleiben. Jeder, der möchte, kann sich dort an ihnen satt sehen. Das ist Volkseigentum. Aber wenn ich höre, dass ein Rembrandt, der meinem Urgroßvater gehört hat, auf einer Auktion von Sotheby's an irgendeinen Gauner aus Paraguay verkauft wird, dann möchte ich am liebsten wieder auf die Straße gehen und ›Nieder mit der Regierung‹ brüllen.«

## 15 Der »Bienenstock«

Katja und Sergej ließen den Wagen mitten in dem engen, mit rostigem Müll voll gestopften Hof stehen und gingen an den alten Fabrikgebäuden und Speichern vorbei. Ein buntes Völkchen strömte ihnen entgegen: ein kahl geschorenes Individuum im Offiziersmantel ohne Schulterklappen, auf der Nase eine Sonnenbrille, zwei Mädchen mit Schirmmützen aus Wachstuch und Fliegerjacken, ein älterer Mann mit langem Bart, der aussah wie ein Heiliger auf einer Ikone; er trug eine gewürfelte Kinderjacke und gebleichte Jeans, in denen in Moskau schon lange keiner mehr herumlief. Unter den Arm hatte der »Heilige« sich einen riesigen Keilrahmen geklemmt.

»Hier entlang, glaube ich.« Sergej öffnete eine Tür, die sich auf der linken Seite eines niedrigen Gebäudes mit Glasdach befand – ein Mittelding zwischen einem gigantischen Treibhaus und einer Cholerabaracke. Auf der schwarz gestrichenen Tür schlängelte sich die Zahl *3*.

Sie gingen hinein und gelangten in einen langen, engen Korridor. Von allen Seiten waren die unterschiedlichsten Geräusche zu hören: von rechts die Schläge eines Meißels, links schluchzte jemand, irgendwo rauschte Wasser, ein Mops bellte, daneben kratzte jemand schauerlich falsch auf einer Geige herum, und weiter hinten dröhnte Metal Rock.

»Wie lange soll ich noch warten, he? Willst du erproben,

wie viel meine Nerven aushalten, Petrowitsch?«, polterte eine erregte Bassstimme.

»Ich hab dir gesagt, ich gehe, und zwar endgültig! Ich gehe und komme nie wieder zu dir zurück!«, schrie eine Frau in klirrendem Falsett.

Jemand spielte eine Tonleiter auf der Trompete und endete mit einem misstönenden Quietscher. Scheppernd zerbrach Geschirr. Es roch nach Farbe, Azeton, erhitztem Metall, Staub, Toilette und – völlig überraschend – nach Apfelkuchen.

Eine der Türen zum Flur war weit geöffnet. Katja schaute hinein. In einer geräumigen Halle standen in Reihen hintereinander hölzerne Staffeleien, wie Notenpulte im Orchestergraben. Dahinter saßen schweigende Wesen und arbeiteten. Ob es Männer oder Frauen waren, konnte Katja nicht erkennen – ihre Leinenkittel und die unförmigen blaugrünen Schürzen verbargen alle Unterschiede zwischen den Geschlechtern.

In der hinteren Ecke des Raumes posierte im Lichtkegel eines Scheinwerfers auf einem hohen Bretterpodest ein nacktes Pärchen: Der stark behaarte Mann thronte auf einem mit Wachstuch bezogenen Stuhl, die knotigen Beine breit gespreizt, auf seinen Knien verrenkte sich schmachtend eine überreife Brünette und präsentierte den Staffeleien ihren rosigen Rücken und ihr ausladendes Hinterteil.

In der Halle herrschte Grabesstille, die nur hin und wieder vom Schnaufen und Husten der Arbeitenden unterbrochen wurde. Katja brachte es nicht über sich, dieses schöpferische Nirwana mit der schlichten Frage »Wo finden wir hier Mohikaner?« zu stören. Sie zog den Fürsten weiter.

»Semjonytsch, du kriegst es zurück, sobald ich den Vorschuss habe!« Ein ausgemergelter Bursche in gestreifter

Unterhose und einem Reebok-Hemd drängelte sich hastig an ihnen vorbei. »Sei doch ein Mensch, Semjonytsch!«, heulte er und schlug im Vorübergehen mit seiner knochigen Faust an eine versperrte Tür. »Gib's mir! Bei mir war ein Kunde!«

Hinter der Tür kicherte jemand boshaft. Der Bursche in der Unterhose versetzte der Tür einen Fußtritt und trabte an Katja vorbei den Korridor hinunter. Irgendwo schlug eine Tür. Dann begann die Toilettenspülung zu gurgeln.

»Du lieber Himmel, wo sind wir denn hier gelandet?«, flüsterte Sergej. »Was ist denn das für eine Räuberhöhle?«

»Das weißt du doch – der ›Bienenstock‹. Ein Künstlerwohnheim in einer ehemaligen Konservenfabrik.«

Mit angehaltenem Atem schlichen sie weiter, wie zwei Spurensucher im Dickicht des Dschungels. »A-A-O-O-U-U-A-A«, sang hinter einer Tür ein tiefer Kontraalt.

»Los, her mit dem Verdünner! Schneller, sag ich! Sonst kannst du was erleben!«, brüllte jemand wütend hinter einer anderen.

Hinter einer dritten Tür wurde mit etwas Schwerem auf Eisen gehämmert, hinter einer vierten – Katja horchte ungläubig – gackerten Hühner, hinter der fünften, neben der Treppe, die unter das Glasdach der Fabrik führte, zankten sich Frauenstimmen.

Die sechste Tür war die letzte. Sie stand einen Spaltbreit offen. Ein heller Lichtstreifen fiel auf den Flur; aus dem Zimmer drang ein Geruch, der Katja an den in Wadims Garage erinnerte.

»Hier wird es wohl sein«, sagte Sergej.

Der Raum, den sie betraten, sah ganz und gar nicht wie die Werkstatt eines Bildhauers aus. Keine unbearbeiteten Marmorblöcke, keine Gipskrümel, kein Ton.

Die Mitte des Raumes nahm ein weißer Trog ein, der mit etwas Braunem, widerlich Aussehendem gefüllt war. Von einem Verteilerkasten rechts neben der Tür zogen sich Kabel zum Trog und zu einer daneben stehenden Kiste, in der Kupferdrähte zu verschlungenen Schnörkeln gedreht waren.

»Entschuldigen Sie bitte, ist das hier die Werkstatt von Pawel Mohikaner?«, rief Katja so laut wie möglich.

Man hörte ein Poltern, jemand fluchte, dann polterte wieder etwas. In der Ecke des Raumes öffnete sich eine zweite Tür. Eine höchst sonderbare Erscheinung tauchte auf – ein rosiger, dicker Knirps, glattrasiert, in einem bunten Hemd mit der Zahl *10* auf der Brust und der *18* auf dem Rücken, in Trainingshosen, die bis zu den Knien hochgerollt waren, und Schnürschuhen mit dicker Sohle.

Der sieht ja aus wie Roger Rabbit aus dem Film von Spielberg, dachte Katja.

»Kinder, ich weiß nicht, wo mir der Kopf steht, wartet zwei Sekunden!«, rief er, wedelte mit den Armen, die schwarz wie Schuhcreme waren, und verschwand wieder hinter der Tür.

Der Fürst streckte den Kopf vor und betrachtete neugierig den Trog und dessen Inhalt.

»Scheint Kupfersulfat zu sein. Und das«, er wies auf die Metallschnörkel, »sind sicher Kupferanoden.«

»Was für ein Sulfat?«

»Eine Vorrichtung zur Galvanisierung. Um einen Kupferüberzug herzustellen«, erklärte Sergej. »Da ist ja auch der Stromanschluss. Es gibt eine bestimmte chemische Reaktion, wenn ...«

Er beendete den Satz nicht. Roger Rabbit kam aus seinem Bau gesaust.

»Uff! Gott sei Dank, ihr seid noch da! Wenn es euch

nichts ausmacht, wascht mir bitte die Arme ab«, sagte er. »Eine Flasche Wasser und eine Schüssel stehen da drüben.«

Sergej nahm eine Flasche mit warmem Wasser von einem wackligen Schemel. Roger Rabbit hielt seine kurzen, haarigen, pechschwarzen Ärmchen über die Schüssel.

»Graphit«, erläuterte er, als er Katjas erschrockenen Blick bemerkte. »Ich war gerade dabei, einen Container zu öffnen. Die Seife, bitte.«

Katja reichte sie ihm rasch. Sergej goss ihm das Wasser aus der Flasche über die Arme.

»Sind Sie Pawel?«, entschloss Katja sich endlich zu fragen.

»Der bin ich.« Er rieb sich die Arme am Hemd trocken. »So, jetzt können wir einander begrüßen.«

»Und warum heißen Sie Mohikaner?«, erkundigte Katja sich erstaunt.

»Originell, nicht wahr?« Der rosige Knirps grinste breit. Sie bekam plötzlich Lust, zurückzulächeln. »Möchten Sie kaltes Bier?«

»Natürlich«, sagte Sergej.

»Dann kommen Sie mit in mein Atelier.«

»Und was ist das hier?«

»Das ist unsere unterirdische Werkstatt.« Die Augen des Kleinen verwandelten sich in Funken sprühende Schlitze. »Die Verwaltung schreit zwar Zeter und Mordio und droht mit Schließung, aber ohne Kupfer können wir den Laden dichtmachen. Und wenn man das Zeug kauft, ist man schnell pleite. Deshalb haben meine Kumpel und ich unsere eigene Produktionsstätte. Vorsicht, das ist Kupfervitriol.« Er schob ein Glasgefäß mit einer grellblauen Flüssigkeit aus Katjas Reichweite.

Das Bier tranken sie in dem anderen Raum, der ein wenig kleiner und dunkler war. Hier erhoben sich auf Postamenten allerlei gewölbte und eckige, mit grauem Sackleinen verhüllte Gebilde.

In einer Ecke des Raumes war eine Art Sitzgruppe aufgestellt: ein Sofa, auf dem eine karierte Decke lag, ein alter Korbsessel und ein Couchtisch. Daneben stand eingezwängt ein alter Kühlschrank, aus dem der Hausherr jetzt drei Flaschen tschechisches Bier holte. Katja hasste dieses Getränk, doch die Umstände erforderten es, eine ungezwungene Atmosphäre zu schaffen, und so trank sie voller Abscheu die gelbe, schäumende Flüssigkeit direkt aus der Flasche.

»Ihr kommt also von der ›Rampe‹?«, fragte der Knirps.

»Wir sind – oder besser, waren Bekannte von Sweta Krassilnikowa«, erwiderte Katja.

»Die Beerdigung ist am Neunten. Morgen.« Der Kleine wischte sich das Gesicht mit dem Handrücken ab. »Tja, so ist das Leben. Aber wer seid ihr denn eigentlich? Ich meine, was macht ihr beruflich?«

»Ich arbeite bei der Miliz.«

»O je!« Der Knirps stöhnte auf. »Das heißt, du ermittelst in dieser Sache?«

»Nein. Ich bin Kriminalreporterin im Pressezentrum.«

»Und du?« Er wandte sich Sergej zu. »Ich darf doch du sagen? Das ist so meine Art, ich mag's locker. Bist du auch bei den Bullen?«

»Ich bin selbstständig. Weltreisender«, sagte Sergej mit bescheidenem Stolz.

»Von wo nach wo?«

»Im Herbst fährt er nach Afrika. In die Serengeti«, warf Katja ein.

»Woher kriegst du den Schotter?«, erkundigte der Kleine sich neidisch.

»Sponsoren. Wir machen umweltfreundlichen Tourismus – zwei bei uns sind von Greenpeace, einer von den Grünen.«

Roger Rabbit fuhr so unerwartet in die Höhe, dass Katja fast die Bierflasche fallen gelassen hätte.

»Dich hat mir der Himmel geschickt! Habt ihr ein Emblem?«

»Ja.«

»Was für eins?«

»Das Coca-Cola-Zeichen«, gestand Sergej.

»Igitt!« Der Kleine verzog angewidert das Gesicht. »Seid ihr total bescheuert?«

»Die Sponsoren.« Der Fürst lächelte schuldbewusst. »Wer das Geld hat, bestellt die Musik.«

»Ogottogott!« Der Knirps lief von einer Ecke des Raumes in die andere. Plötzlich rannte er zu einem der mit Sackleinen abgedeckten runden Gebilde und zog die Hülle herunter. »Das ist das Symbol, das ihr braucht!«

Katja stand höflich auf und schaute sich die Konstruktion aus der Nähe an: eine große und eine kleine Kugel, die hintereinander auf einen Stock gesteckt waren. Offenbar ein Motiv aus der Welt der Atome und Elektronen.

»Was ist das?«, fragte Sergej naiv.

»Das ist die ›Eidechse auf der Kiefer‹«, verkündete der Knirps mit stolz geschwellter Brust.

»Ah, ja ... natürlich. Schon klar. Das hat was«, murmelte der Fürst.

»Na, wie wär's – nimmst du die ›Eidechse‹ als Emblem?« Das Gesicht des Kleinen glühte vor Eifer.

»Versprechen kann ich es nicht. Es gefällt mir, natürlich, aber ...«

»Könnten wir auch die anderen Arbeiten mal anschauen?«, kam Katja ihm zu Hilfe.

Bereitwillig zog der Knirps die Überzüge ab. Katja betrachtete alles eingehend: lange, schlecht verlötete Eisenbahnschienen, ein kupferner Ring an einer Kette, ein Würfel auf Beinen und eine zweizinkige Gabel mit Bällen auf den Spitzen.

»Dies hier ist die ›Sich sonnende Schildkröte‹, dies das ›Nachtigallenhäuschen‹, und das da vorn das ›Bärenherz‹.«

»Und das?« Sergej zeigte auf die Gabel.

»›Drachen, die ihre Schwänze verflechten‹, ein erotisches Symbol aus dem alten China«, erläuterte der Knirps.

»Hm, ja, sehr eindrucksvoll«, murmelte der Fürst. »Erotik ist jetzt ja sehr gefragt, sogar bei den Animalisten. Legeron Santis Varragos de Viega aus Kolumbien hat ganz erstaunliche erotische Skulpturen geschaffen.«

Katja starrte Sergej verblüfft an.

»Seine ›Schöne und das Ungeheuer‹ ist auf der Ausstellung in der ›Galerie der Sieben‹ für zweihunderttausend Dollar weggegangen«, fuhr der Fürst fort. »Ein unglaubliches Pärchen – das Weibchen eines javanischen Pithekanthropus, platt gedrückt von einem Zweizahn-Dinosaurier. Und dann sein ›Werwolf‹. Den hat der japanische Konzern ›Vazda‹ für drei Millionen Dollar als Emblem für seinen neuen Rennwagen gekauft! Und sein ›Einhorn, an der Brust einer Jungfrau trinkend‹ war das Hochzeitsgeschenk von Prinz Charles an seine Schwägerin, die Herzogin von York.«

»Tja, das ist das Ausland«, brummte Roger Rabbit. »Unsere Geldsäcke haben von Kunst keine Ahnung. Die wollen immer nur nacktes Fleisch, alles schön naturalistisch. Die ›Schildkröte‹ wollte ich einem als Brunnenskulptur verkaufen. Aber der hat bloß gesagt: ›Was, zum Geier, soll ich damit? Mach mir lieber 'n Rennpferd oder 'ne nackte Frau.‹ Banausen.«

»Woher bekommt ihr das Kupfer?«, fragte Sergej.

»Wir kaufen Altmetall auf. Verschiedene Sachen, Draht, Splitter, Klumpen.«

»Sicher auch Stangen?«, fragte Katja harmlos.

»Auch Stangen ... Nein, wieso Stangen?« Der Knirps hob jäh den Kopf. »Wollt ihr mal sehen, wofür Sweta mir Modell gestanden hat?«

»Natürlich!« Auf Sergejs Gesicht erschien lebhaftes Interesse.

Sie gingen zu dem Trog mit Kupfersulfat zurück. Katja musterte ihn beunruhigt: Weiß der Himmel, womöglich ertränkte er sie noch in dem Zeug, kein Spürhund würde sie finden!

»Das sind ja ziemlich schwere Brocken, die du hier hast, Pawel, wie transportierst du das Zeug denn? Dafür braucht man doch sicher einen Lastwagen«, meinte Sergej.

»Wir haben eine Abmachung mit einem Betrieb, da helfen wir manchmal aus – Reparaturen, Renovierungsarbeiten und so was. Die stellen uns dafür einen kleinen Lastwagen zur Verfügung«, erklärte der Knirps, während er sich in einer Ecke des Raums hinter großen, aufeinander gestapelten Kartons zu schaffen machte.

»Hör mal, Pawel, du hast nicht zufällig einen Shiguli?«, fragte Sergej plötzlich. »Oder kannst mir einen Tipp geben, wo ich günstig einen kriege?«

»Nee, ich hab 'nen Moskwitsch, ist noch von meinen Eltern. Für einen Shiguli hab ich noch nicht genug Knete.«

»Der Moskwitsch hat eine bessere Geländegängigkeit.« Der Fürst ließ sich nicht vom Thema abbringen. »Bei unseren Straßenverhältnissen fährt man sowieso am besten auf einem Traktor. In einem Kaff kurz vor Kamensk bin ich neulich hoffnungslos stecken geblieben.«

»Ja, das ist eine gefährliche Gegend, ich war auch schon mal dort. Es wird ja auch nichts repariert!« Der Kleine schob schnaufend ein paar Kartons beiseite. »Hier, seht mal – ist allerdings nicht ganz fertig. Sie hätte mir eigentlich noch zwei- oder dreimal sitzen sollen.«

Katja betrachtete die Konstruktion. Sie sah noch weit ungefüger aus als die anderen Machwerke und bestand aus zwei Teilen: einem Oval aus Blech auf Gliederfüßen, an dessen abgerundete Enden lange zugespitzte Stricknadeln geschweißt waren, und einem Metallpodest vor dem Oval, in dem eine Art Eisenstiel mit einem grob nachgeahmten Blütenstand steckte.

»Das ist sicher die ›Kupferblume‹?«, erkundigte Katja sich vorsichtig.

»Das? Das ist der ›Kentaur, eine Nymphe verfolgend‹!« Der Knirps schnaufte gekränkt.

»Und was hat das hier zu bedeuten?« Katja zeigte auf die Stricknadeln. Sie hatten ihre besondere Aufmerksamkeit erregt. Insgeheim versuchte sie, ihre Dicke zu schätzen. Eine Wunde vom Durchmesser eines Fünfzigkopeken-stücks, fielen ihr Sergejews Worte ein. Nein, diese Nadeln waren viel dünner, obwohl ...

»Das ist ein phallisches Symbol. Der Kentaur ist ein Pferdmensch, halb Tier, halb Gottheit. Seine Begierden, seine Kraft, seine Potenz habe ich anschaulich dargestellt und ...«

»Sweta hat dir für die Nymphe Modell gestanden?«, unterbrach Sergej ihn.

»Es war ungeheuer schwierig, die Bewegung einzufangen, mit der das Weibchen instinktiv vor dem Männchen scheut, dem Fortsetzer des Geschlechtes, dem Sämann neuen Lebens, und ich wollte ...«

155

»Was tut das Weibchen?«, fragte Sergej.

»Es scheut. Es stürzt davon, gehetzt, nackt, zitternd ...« Roger Rabbit verdrehte die Augen zum Himmel, der durch das trübe Glasdach in seine Werkstatt lugte. »Flucht, Leidenschaft, Begierde. Freudianische Abgründe.«

»Musste es unbedingt Sweta sein, die dir als gejagte und verfolgte Nymphe posierte? Hast du nicht auch schon mit anderen Modellen gearbeitet?«, unterbrach Katja seine Ergüsse.

»Doch, natürlich. Sweta saß damals ziemlich auf dem Trockenen und wollte sich gern ein paar Kröten verdienen. Und ich hatte gerade eine kleinere Sache verkauft und war ganz gut bei Kasse. Warum sollte ich einer Freundin nicht helfen? Ja ... es ist schade um sie.« Der Kleine seufzte tief. »War ein Unfall, oder?«

»Vorläufig ist noch nicht klar, ob es ein Unfall war oder nicht.« Katja beobachtete heimlich seine Reaktion. »Es gibt sogar Anhaltspunkte für einen Mord.«

»Das hab ich der Kripo doch von Anfang an gesagt!«, brauste der Knirps auf. »Als Tolja und ich die Vermisstenmeldung gemacht haben. Drei Tage war Sweta verschwunden – sie war weder zu Hause noch bei mir, noch ist sie im Theater aufgetaucht. Da fragt man sich doch, was passiert ist!«

»Das heißt, du hast gleich an Mord gedacht?«, fragte Sergej.

Der Knirps winkte ab.

»Kommt, wir kippen noch ein Bierchen.«

Im Atelier ließ er sich in den durchgesessenen Korbstuhl fallen. Katja und Sergej nahmen auf der Sofakante Platz.

»Sweta war ein prima Mädchen. Das könnt ihr mir wirklich glauben«, sagte der Kleine düster. »Die wäre nicht einfach drei Tage mit irgendwem versumpft. Das kann ich mir nicht vorstellen. Sie hatte ja auch Pläne. Verschwunden ist sie am Donnerstagabend, das weiß ich genau, weil sie morgens nämlich noch kurz bei mir war – etwa eine Stunde habe ich mit ihr gearbeitet, dann musste sie eilig irgendwohin. Sie hat gesagt, am nächsten Tag würde sie um acht wiederkommen. Und das war's, danach habe ich nichts mehr von ihr gehört. Aber wenn Sweta versprochen hat, am nächsten Morgen um acht zu kommen, konnte man sich darauf verlassen, auf Biegen und Brechen. Und das bedeutet, dass sie zu dieser Zeit wohl schon nirgends mehr hingehen konnte. Wenn sie tatsächlich ermordet wurde, dann entweder am Donnerstag oder in der Nacht von Donnerstag auf Freitag.«

»Was war das für ein Datum?«, fragte Katja gespannt.

»Das Datum? Woher soll ich das noch wissen! Es war ein Donnerstag, so viel ist sicher. Donnerstags geht unser Saxofonist Garik immer in die Sauna. Er kam zurück, als Sweta und ich gerade bei der Arbeit waren. Aber auf der Miliz hat man Tolja und mich zusammengestaucht: ›Vielleicht ist sie nur mal für eine Zeit lang weggefahren und taucht wieder auf, machen Sie besser noch keine Meldung, uns steht die Arbeit auch ohne Ihre Anzeige bis zum Hals.‹ Doch Tolja ist ein hartnäckiger Bursche. Er hat darauf bestanden, dass man eine Vermisstensuche einleitet. Aber dann ist er ja selbst verschwunden.«

»Wann hast du ihn gesehen, Pawel?«, fragte Sergej. »Zum letzten Mal, meine ich?«

»So ungefähr drei Tage, bevor auch er verschütt ging. Über Tolja weiß ich nichts. Aber was Sweta betrifft ... ich wusste sofort, dass ihre Besuche bei diesem Perversen ein böses Ende nehmen.«

»Bei wem?«, platzten Katja und Sergej heraus.

»Im ›Letzten Gickser‹ auf dem Kusnetzki-Most. Das ist ein Modeladen, ziemlich ausgefallene Klamotten. Effektvoll, zugegeben, mit Stil, aber der Besitzer ist ein Widerling – sobald Sweta sich mit dem eingelassen hatte, war sie verloren.«

»Das musst du uns genauer erklären, Pawel«, bat Katja.

»In der Zeitung sollte das aber besser nicht stehen«, warnte der Knirps sie viel sagend. »Am besten, ihr geht selbst zum Kusnetzki-Most, sucht das Geschäft und fragt dort nach Artur. Dann könnt ihr euch persönlich überzeugen.«

»Wieso ist er denn pervers?«, fragte der Fürst.

Der Knirps spuckte angewidert aus.

»Wie würdet ihr das denn nennen, wenn ihr einen Stutzer von dreißig Jahren seht, der einer alten Schachtel von ungefähr achtzig den Hof macht, die keinen eigenen Zahn mehr hat und 'nen Hals wie 'ne Eidechse? Und mit dieser ausländischen Hexe sitzt er nicht nur im ›National‹ und kippt ein Glas Whisky nach dem anderen, er macht auch gewisse andere Dinge mit ihr und prahlt auch noch damit!«

»So eine Art Gigolo für ältere Frauen?«, fragte Sergej.

»Ein Gigolo tut es für Geld. Aber der macht es freiwillig. Ein widerlicher Perverser. Seine Models haben auch alle eine Macke. Ich habe Sweta einmal auf dem Laufsteg gesehen – eine Schande war das!«

»Das heißt, sie hat auch als Model gejobbt?«, fragte Katja verdutzt. »Aber sie war doch sehr klein. Nimmt man solche Mädchen auch für den Laufsteg?«

»Artur nimmt verschiedene Mädchen, um seine alten Weiber zu ergötzen«, erwiderte Mohikaner. »Bei ihm sind sowohl die Mode wie die Models anders als bei anderen. Es ist auch längst nicht jede einverstanden, bei einer solchen Schau aufzutreten. Sweta brauchte dringend Geld, sie wollte ihre Wohnung renovieren. Bei der ›Rampe‹ zahlen sie nur Groschen, und ich bin auch kein Krösus. Aber Artur ist dank seiner klapprigen Schwedinnen und Amerikanerinnen immer gut bei Kasse. Was meint ihr wohl, warum sie an dem besagten Donnerstag so schnell wegmusste? Zu ihm ist sie gedüst, zum Kusnetzki-Most! Dafür wette ich meinen Kopf. Und was da alles passieren kann, möchte ich gar nicht erst genauer wissen. Artur ist ein kranker Mensch. Vielleicht hat er ihr den Hals umgedreht und sie irgendwo verscharrt.«

»Hast du das der Miliz gesagt?«, fragte Sergej.

»Ich bin doch nicht bekloppt. Artur hat viel Geld! Der kauft sich die richtigen Leute, und die kommen dann her und legen unseren ›Bienenstock‹ in Schutt und Asche.«

»Sie hat Artur also durch dich kennen gelernt?«, warf Katja ein.

»Durch mich? Wo denkst du hin! Glaubst du, ich würde mit solchem Abschaum ...«

»Durch wen dann?«

Der Knirps wollte schon den Mund öffnen, um zu antworten, als die Tür unter heftigen Schlägen erzitterte.

»Mach auf, Pawel, ich bin's«, brüllte draußen jemand mit Stentorstimme. »Mit wem hast du dich da eingeschlossen?!«

»Die Tür ist offen!«, rief Mohikaner genauso gellend zurück. »Schlag sie nicht ein, du Idiot, mach sie einfach auf, und komm rein!«

Mit einem so gewaltigen Fußtritt, dass sie fast aus den Angeln flog, wurde die Tür aufgestoßen. Auf der Schwelle stand schwankend ein junger Mann von ausgesprochen extravagantem Aussehen und hielt sich am Rahmen fest.

»Das ist unser Wowotschka«, stellte Mohikaner ihn vor. »Haltet euch fest, Kinder, der gibt euch jetzt Zunder.«

»Also, durch wen hat Sweta diesen Artur kennen gelernt?«, konnte Sergej nur noch flüstern.

Der Knirps wies mit den Augen auf den ungebetenen Gast.

## 16 Drei Methoden, eine Frau zu befriedigen

Der Ankömmling war groß, hielt sich aber gebeugt. Die schwarzen Haare fielen ihm in fettigen Strähnen bis auf die Schultern. Er hatte lange Arme, einen unverhältnismäßig langen Oberkörper und krumme Beine. Dennoch spürte man die ungewöhnliche Kraft und katzenartige Biegsamkeit des Mannes. Seine dunklen Augen schielten leicht, und die schmalen Lippen waren zu einem sarkastischen Grinsen verzogen.

Dem Aussehen nach hätte man Wowotschka für etwa dreißig gehalten; wären die Tränensäcke unter den Augen nicht gewesen, sogar für noch jünger. Staunend betrachtete Katja seine Kleidung: Um den Hals hatte er ein Seidentuch gewickelt; die karierte Baumwolljacke war aufgeknöpft; darunter trug er ein weißes Hemd, das über und über mit Flecken bedeckt war – Blutflecken.

»Oho, eine Dame. Ich küsse Ihre Hand, Madame.«

Katja wurde von einer Wolke Wodkageruch eingehüllt und wandte sich rasch ab. Der Fürst stand auf.

»Guten Tag. Mein Name ist Sergej.«

»Wowotschka. Feiert ihr gerade? Ich mache mit, ich hole rasch eine Flasche.«

Unsicher schwankend schritt Wowotschka auf die Tür zu. Katjas erster Gedanke war, sich sofort zu verabschieden, doch der Anblick des Blutes auf der Kleidung lähmte sie.

»Was hat er gemacht? Hat er sich verletzt oder sich mit jemandem geprügelt?«, fragte sie Mohikaner. »Warum ist er so mit Blut bespritzt? Woher kommt das?«

»Hühner«, erwiderte Pawel und grinste wolllüstig.

»Hühner?«

»Er ist Tachist.«

»Ein was?«

»Tachist. Das ist französisch. Er malt Kompositionen aus Flecken. Und dafür benutzt er ausschließlich Hühnerblut.«

»Mein Gott!« Katja erinnerte sich, dass sie im Korridor das Gackern von Hühnern gehört hatte.

»Er schneidet ihnen den Kopf ab und benutzt dann den Rumpf als Werkzeug. Er arbeitet mit allen möglichen Malgründen: Leinwand, Holz, feuchtem Stuck. Hauptsache, die Fläche ist groß genug. Das Hemd hat er sich absichtlich so verziert, symbolisch sozusagen.«

»Also er war es, der Sweta mit Artur zusammengebracht hat?«

»Ja. Eine Zeit lang hat Artur Auftritte für ihn organisiert, für einen kleinen Kreis von Kennern. Da versammelte sich dann so ein Grüppchen von Bekloppten und hat Hühnern die Köpfe umgedreht. Auf diese Weise, behaupteten sie, würden alle aggressiven Emotionen aus dem Körper geleitet. Ich war mal zufällig auf einer ihrer Zusammenkünfte, mir ist fast schlecht geworden. Allerdings sind seine Hühnerorgien schon wieder aus der Mode. Jetzt verdient er sich mit anderen Dingen Geld.«

Wowotschka kehrte mit einer Flasche Wodka zurück und setzte sich.

»Sergej, Pawel, hundert Gramm. Der Dame wage ich nichts anzubieten.«

»Ich muss noch Auto fahren, danke«, lehnte der Fürst ab.

»Und ich will nichts durcheinander trinken«, unterstützte ihn Mohikaner. »Ich bin schon bis zum Rand mit Bier abgefüllt.«

»Ich genehmige mir ein Glas. Auf Ihr Wohl, schöne Unbekannte.« Wowotschka hob das Kristallglas und stürzte den Wodka schneidig hinunter. »Heute bin ich reich, Pawel! Sieh mal.« Er griff in seine Jackentasche und zog ein zerknülltes Dollarpäckchen heraus. »Zweihundert in zwei Stunden. Und sie möchte, dass ich jeden Mittwoch zu ihr komme. Sie ist ja so einsam, die Arme.«

Sergej und Katja schwiegen. Mohikaner zwinkerte ihnen unauffällig zu.

»Ihr Bekannter schaut mich so eifersüchtig an, schöne Dame«, sagte Wowotschka. »Man merkt, am liebsten würde er mich zum Teufel jagen, stimmt's?« Wowotschka blickte Sergej an. Der wurde flammend rot.

»Katja, müssen wir nicht gehen?«

»Ja, sofort.« Katja wechselte einen Blick mit Mohikaner. »Sie sollen ja ein sehr ungewöhnlicher Künstler sein«, sagte sie leise.

»Ich?« Wowotschka brach in ein trunkenes Gelächter aus. »Das war ich mal, aber jetzt bin ich längst tot, mein liebes Mädchen, krepiert. Kunst ist überflüssig, niemand braucht sie.«

»Nicht jeder schaut sich gern an, wie Hühnern die Hälse abgeschnitten und mit ihrem Blut die Wände besudelt werden«, sagte Katja. »Manche haben nicht so starke Nerven.«

»Ich, ein Neurastheniker, habe dieses Werk«, Wowotschka tippte mit dem Finger auf sein Hemd, »mit meinem eigenen Blut gemalt. Ich habe mir den Unterarm aufgeritzt und gemalt. Ich war glücklich. Ich konnte mich selbst ausdrücken, einen Teil von mir hergeben – wie dieser Gott, der für uns gekreuzigt wurde. Aber jetzt? Nein, die Kunst ist tot. Meine Kunst ist tot. Und ich bin eine Leiche.«

»Tu doch nicht so, als wäre deine jetzige Beschäftigung dir derart zuwider«, rief Mohikaner. »Hör auf, uns was vorzujammern.«

Wowotschka zuckte zusammen.

»Ich spreche zu einem sympathischen, klugen Mädchen von der Tragödie meines Lebens«, zischte er. »Was ich jetzt für hundert Dollar die Stunde tue, das ... Wollen Sie wissen, mein Mädchen, was ich jetzt tue? Wollen Sie wissen, was für ein Mensch ich bin?«

»Ja.«

»Ich bin professioneller Frauenbefriediger. Ich, dessen Kunst die Welt nicht will, gebe Anzeigen in der Zeitung auf: ›Feuriger junger Mann möchte einsamer Lady die Freizeit verschönen.‹«

»Ziemlich unhygienisch«, sagte Katja mit einem spöttischen Lächeln.

»Amoralisch, willst du sagen?« Er verschlang sie mit seinem wodkavernebelten Blick.

»Nein. Unhygienisch. Sie können sich ja sonst was holen.«

»Aids? Du denkst darüber genauso vulgär und naiv wie die anderen. Ich bitte um Verzeihung, aber ich glaube, dein Begleiter geht mir gleich an die Gurgel.«

Katja schaute Sergej an. Sein Schnurrbart war gesträubt, seine Wangen flammten.

»Ein Frauenbefriediger, meine Entzückende, ist nicht einfach ein Zuchthengst«, fuhr Wowotschka belehrend fort. »Nur für Bettler ist Sex das einzige Licht im Fenster. Die reichen Frauen, die mit Fantasie, die etwas von der Welt und vom Leben gesehen haben, die schon weit über vierzig, aber noch lange keine sechzig sind, deren vierter Ehemann gerade am Dirigentenpult mit einem Herzinfarkt zusammengebrochen ist und deren fünfter anarchistischer Liebhaber einen tödlichen Motorradunfall gebaut hat, jene Damen, für die ich arbeite, verlangen mehr als einen banalen Cunnilingus.« Er seufzte und griff nach der Flasche. »Um eine richtige Frau zu befriedigen, muss man ihr zuerst das Gefühl geben, eine richtige Frau zu sein. Und dafür ist es unumgänglich, die drei wichtigsten Methoden gründlich zu studieren und anzuwenden.«

»Wollen Sie mich nicht in Ihre Berufsgeheimnisse einweihen?«, bat Katja mit schmelzendem Lächeln. »Damit ich in Zukunft nicht mehr so naiv und vulgär bin?«

Wowotschka blickte Sergej an.

»Ist das dein Macker?«

»Ja, ich bin ihr Macker«, zischte der Fürst durch die Zähne.

»In diesem Fall wird es auch für ihn interessant sein zuzuhören.« Wowotschka lachte. »Ich bin betrunken, schwach und schwatzsüchtig. Sorry. Die drei Methoden sind ganz einfach. Jedenfalls in der Theorie. Um zur höchsten Befriedigung zu kommen, muss die Frau sich begehrt, wunderschön, attraktiv fühlen. Wie man das erreicht? Erstens muss die Frau vom Mann Komplimente über ihre Vorzüge hören, zweitens muss sie seine Stärke fühlen und merken, dass sie diese Stärke beeinflussen kann, und drittens muss die Frau sich mit eigenen Augen davon überzeugen, dass ein Blick von ihr genügt, den Mann um den Verstand zu bringen. Wenn diese drei Bedingungen erfüllt sind, fühlt die Frau sich wie im Paradies.«

»Also, darüber kann man verschiedener Meinung sein,

Wowa«, meinte Mohikaner. »Wir sind doch eher Tiere als Engel. Uns ist die Matratze näher als das Paradies.«

»Ich behaupte ja auch gar nicht, dass diese Dinge auf alle Frauen zutreffen«, sagte Wowotschka grinsend. »Das gilt nur für die Göttinnen, für die Frauen, die etwas von der Sache verstehen. Und es ist auch nicht jedem Mann die Fähigkeit gegeben, Pawel, die drei Bedingungen zu erfüllen.«

»Aber dir ist es gegeben?«, fragte Katja.

»Mir ist es gegeben. Dafür zahlt man mir ja auch hundert Dollar die Stunde. Du brauchst mich gar nicht so vernichtend anzusehen, mein eifersüchtiger Freund.« Er grinste Sergej an. »Ich bin ein betrunkener Schwätzer und Neurastheniker. Ich will die Sonne in einer Wasserpfütze fangen.«

»Für uns wird es Zeit.« Sergej erhob sich und ergriff Katjas Arm.

Sie stand ebenfalls auf. Wowotschka hob langsam den Kopf und blickte sie von unten an.

»Pawel, kann ich dich telefonisch erreichen?«, fragte Sergej. »Für den Fall, dass wir wegen der ›Eidechse‹ zu einem Entschluss kommen.«

»Telefonisch?« Mohikaner sprang geradezu in die Höhe. »Hör mal, mein Lieber, setz dich doch dafür ein, ja? Tu, was du kannst! Aber ein Telefon ... das habe ich in meinem ganzen Leben noch nicht gehabt! Ich bin ja den ganzen Tag hier.«

»Gut, alles klar.«

»Auf Wiedersehen.« Wowotschka schaute die ganze Zeit von unten zu Katja hoch. »Hühnerblut, meine Dame, sieht übrigens genauso aus wie Menschenblut.«

»Wieso sagen Sie das?«, fragte Katja argwöhnisch.

»Nur so.« Er schloss die Augen. Der Kopf hing ihm auf die Brust.

»Der ist hinüber«, meinte Mohikaner lachend. »Achtet nicht weiter auf sein Geschwätz. Der säuft so viel, dass er nicht mehr zurechnungsfähig ist.«

Im Auto diskutierten Katja und Sergej erregt über das, was sie gesehen und gehört hatten.

»Lass uns nüchtern darüber nachdenken, was passt und was nicht. Erstens, er hat ein Zimmer. Zweitens, einen Wagen – einen ›Moskwitsch‹. Drittens, er ist reichlich exaltiert. Viertens, er hat die Möglichkeit, ein Werkzeug aus Metall zu benutzen. Fünftens, er hat die Möglichkeit, seine Spuren zu verwischen. Allerdings ist er weder groß noch stark. Er ist ein Knirps und kein Herkules. So weit zu unserem Bildhauer Pawel«, zählte Katja auf. »Und nun sein Freund: kräftig, groß und ziemlich sonderbar. Er hat einen Raum, er hat die Möglichkeit, seine Spuren zu verwischen. Dann das Hühnerblut, von dem er selbst sagt, dass es Menschenblut ganz ähnlich ist. Es fehlt nur eins – ein Transportmittel für die Leichen. Beide kannten sowohl Sweta wie Lawrowski, Sweta haben sie fast täglich gesehen, beide ...«

»Beide haben sie mit einem Dritten bekannt gemacht, den wir noch nicht kennen, aber dem nachgesagt wird, pervers zu sein«, fuhr Sergej fort.

»Das kann aber auch bloß ein geschickter Schachzug unseres kleinwüchsigen Bildhauers sein: eine falsche Spur zu legen, den Verdacht von sich und seinem Atelier abzulenken«, sagte Katja.

»Möglich. Aber ... weißt du, Katja, unser Problem ist, dass wir keine Profis sind, sondern Dilettanten.« Der Fürst seufzte. »Leider, leider. In allem – in der Kriminalistik, in der Psychologie.«

»Unsinn.« Katja winkte ab. »Die Profis sitzen schon ein Jahr an der Sache, ohne etwas erreicht zu haben. Auch die Profis jagen ewig hinter solchen Verbrechern her, bei uns genauso wie im Ausland. Tschikatilo hat man zehn Jahre lang gesucht, bei Golowkin haben sie sechs Jahre im Dunkeln getappt. Auf Gacy hat man in Amerika elf Jahre lang Jagd gemacht, auf Gein sieben. Du siehst, Sergej – wir brauchen uns vor den Spezialisten nicht zu verstecken. Außerdem sind ja gar keine besonderen Spezialisten am Werk.«

»Aber wir haben schon eine Menge Verdächtige: dieses Dreigespann mit einem Unbekannten, dann die Schauspieler aus der ›Rampe‹ und die Leute vom Geschäft ›Der letzte Gickser‹, die wir uns noch genauer ansehen müssen.«

»Eine begrenzte Anzahl, aus der wir den Mörder leicht herausfinden können.« Katja gab nicht klein bei. »Es gab schon Fälle, wo man die gesamte männliche Bevölkerung einer ganzen Stadt unter die Lupe nehmen musste. Tausende von Männern!«

»Drei ... oder vorläufig nur zwei: der Bildhauer und der Frauenbefriediger mit dem Hühnergekröse«, murmelte Sergej, als er vor Katjas Haus bremste. »Könnten die beiden nicht vielleicht ...«

»Nein«, unterbrach ihn Katja. »Alle versichern, dass solche Täter sich nie zusammentun, Sergej.«

»Wer versichert das?«, fragte Sergej ungläubig.

»Deine geliebten Profis. Ein solcher Täter ist immer Einzelgänger.«

»Wir suchen also einen Einzelgänger«, sagte Sergej langsam und nachdenklich.

»Genau.« Katja öffnete die Wagentür, um auszusteigen. »Einen Einzelgänger.«

»Wie sieht es morgen bei dir aus?«, fragte er. »Bist du zu Hause?«

»Nein, ich muss zur Arbeit.«

»Morgen ist doch Samstag.«

»Erstens fahre ich mit unserem Fernsehteam zu den Sportwettkämpfen im Dynamo-Stadion, und zweitens will ich morgen früh noch mit Kolossow reden. Aber das bleibt unter uns, Sergej, sonst regt Wadim sich wieder auf. Verplapper dich ja nicht!«

»Verplapper dich selber nicht. Frauen lieben es, ihre Verehrer eifersüchtig zu machen, indem sie ganz zufällig den Namen des Nebenbuhlers fallen lassen.«

»Kolossow ist kein Nebenbuhler«, sagte Katja. »Jedenfalls nicht für dich.«

Wie eine Königin stieg sie aus dem Auto. Bis zum Hauseingang schaffte sie es in dieser königlichen Haltung allerdings nicht – plötzlich stolperte sie über einen Eisbrocken und wäre um ein Haar der Länge nach auf die Nase gefallen. Auch Königinnen müssen hin und wieder vor ihre Füße gucken!

## 17 Die Nacht der Oper

Am neunten März gab man im Bolschoi-Theater die »Zauberflöte«. Werchowzew hatte telefonisch Karten bei einem der Geschäftsführer bestellt, den er persönlich kannte. Wie üblich wollten sie zu dritt ins Theater: er, Danila und Olli. Leli mochte Mozart nicht. Es war Tradition, dass sie vor jeder eigenen Aufführung die Oper besuchten.

Werchowzew lag gemütlich in der Wanne, genoss das belebende Fichtennadelbad und zählte: Beim allerersten Mal hatten sie »Carmen« gesehen, beim zweiten Mal hatten sie unglaubliches Glück gehabt – die unvergleichliche Montserrat Caballé war zu einem einzigen Konzert nach Moskau gekommen, beim dritten Mal war es »Fürst Igor« gewesen. Werchowzew hatte die »Polowetzer Tänze« aus dieser Oper für eine seiner eigenen Szenen übernommen. Beim letzten Mal hatten sie den »Troubadour« gesehen. Olli war nicht mitgekommen – er konnte Verdi nicht ausstehen. Es war nicht so, dass er ihn nicht mochte, er hasste ihn regelrecht.

Olli war schon ein seltsames Geschöpf. Der schwer erklärbare Hass auf diesen Komponisten war nur einer seiner merkwürdigen Charakterzüge. Er war ein guter Tänzer, konnte Ballette aber nicht ausstehen.

»Ich hab ja gesagt, er ist nicht ganz bei Trost«, meinte Danila.

»Er ist entzückend«, seufzte Werchowzew. »Du verstehst das nicht.«

Er streckte sich, schöpfte etwas Wasser und goss es sich auf die Brust. Dann schloss er die Augen und glitt langsam und fließend über einen funkelnden Regenbogenstrom in die Ferne. Sein Boot war aus purem Gold, in seinen schwarzen Segeln pfiff ein heißer Wind. Plötzlich tropfte aus dem azurblauen Nirwana eisiger Regen. Werchowzew zuckte zusammen und schlug die Augen auf. Leli beugte sich über ihn und lachte laut.

»Ich dachte, du wärst eingeschlafen. Da hab ich dich mit ein bisschen kaltem Wasser bespritzt. Die Jungen drehen sich schon seit einer Stunde vor dem Spiegel.«

»Ich komme sofort.«

Sie setzte sich in den weißen Korbstuhl, der neben der Wanne stand.

»Was für ein ungewöhnliches Fries. Etwas Griechisches, nicht?« Sie betrachtete das Ornament auf den Fliesen, mit denen die Wände verkleidet waren. »In meinem Bad ist ein ganz anderes Muster.«

»Es ist nach einer Zeichnung von Fernand Léger angefertigt worden.«

»Aha ...« Sie nahm einen Parfumflakon von der marmornen Ablage und gab ein paar Tropfen ins Wasser. »Sie ist eingeschlafen, Igor.«

»Gut.« Er erhob sich geräuschvoll aus der Wanne. »Reich mir bitte den Bademantel.«

Leli schaute ihn prüfend an. Dann streckte sie den Arm aus und berührte seine nasse Brust.

»Was für eine glatte Haut! Die römischen Patrizier müssen eine solche Haut gehabt haben. Nur sie, diese vom Schicksal verwöhnten Glückskinder.«

»Nein.« Er lächelte. »Nicht nur sie. Ich kannte einen Mann, dessen Haut ebenfalls so weich wie Seide war.«

»Und wer war das?« Leli glitt mit der Hand über seinen Körper tiefer, immer tiefer.

»Herodes Antipas.«

Sie lächelte spöttisch.

»Wenn jemand uns hören könnte, würde er uns für verrückt halten. Herodes Antipas! Also wirklich!«

»Das wäre auch nicht weiter schlimm, Leli. Verrückt zu sein, meine ich.« Werchowzew legte seine Hand auf ihre braune, die immer dreister und neugieriger wurde. »Herodes hatte bekanntlich eine wunderschöne Frau, und sie liebte ihn. Sehr sogar.«

»Wegen seiner zarten Haut?«

»Wegen seiner zarten Seele, Leli. Wegen seiner Seele und seines Talents. Sie hieß Herodias.«

»Mir hat dieser Name noch nie gefallen.« Sie zog ihre Hand weg und reichte Werchowzew den Frotteemantel. »Du weißt ja, mir hat immer ein ganz anderer Name gefallen.«

»Ich weiß, Leli.« Er warf sich den Bademantel um die Schultern und stieg aus der Wanne. »Das Mädchen schläft, sagst du?«

»Ja. Danila hat ihr selbst die Spritze gegeben. Sie war im siebten Himmel.«

»Wie heißt das Dreckszeug, mit dem er sie benebelt?«

»Ich weiß nicht.« Sie zuckte die Schultern. »Irgendeine Droge. Aber ich glaube, ihr ist alles egal.«

»Kann sie morgen auftreten?«

»Natürlich.«

»Du hast es schwer mit ihr, Leli, stimmt's?«

»Nein«, sagte sie lächelnd, »gar nicht schwer. Sie hat Talent. Man kann sie formen wie Ton. Weißt du, was sie zu Tode erschreckt hat?« Sie lachte leise auf. »Der Kopf.«

Werchowzew drückte sich etwas Creme auf die Handfläche und verrieb sie sorgfältig auf der Brust.

»Ich hoffe, du hast ihr erklärt ...«

»Olli hat es ihr erklärt. Er hat sich krank gelacht. Dann hat er ihr gesagt, dass es ein Wachskopf ist, eine Spezialanfertigung. Und dann ist Danila gekommen, und sie konnte sich selber überzeugen, dass wir ihm nicht den Kopf abgeschlagen haben, sondern nur eine entzückende Kopie machen ließen. Sie hat den Kopf aus der Schale gehoben, und in dem Moment habe ich begriffen – Danila hat sich nicht geirrt, als er sie aussuchte. Er hat ein sicheres Auge.«

»Wir wollen es hoffen. Obwohl ...« Igor bürstete sich das nasse Haar. »Obwohl sie bei weitem nicht so gut ist wie ... Ja, es ist traurig, zu verlieren, was man mit so viel Mühe erworben hat, Leli.«

»Und weißt du noch was ...« Sie lächelte geheimnisvoll. »Es wird wohl nichts schaden, wenn du es erfährst.«

»Was?«

»Sie hat sich in Olli verliebt.«

»Bist du sicher?«

»In solchen Dingen irre ich mich selten.«

»Hat Danila es bemerkt?«

»Ich glaube, ja.«

Werchowzew hängte das nasse Handtuch in den Elektrotrockner.

»Vielleicht ist es besser so. Dass er es bemerkt hat.«

Leli lächelte nur.

Werchowzew ging in sein Zimmer, um sich anzuziehen. Vor dem Spiegel im Foyer war Olli damit beschäftigt, sich herzurichten. Er trug ein schwarzes Seidenhemd, an dessen Kragen eine mit Perlen verzierte Nadel steckte, und schwarze ausgestellte Hosen. Danila saß im Smoking vor dem Kamin, rauchte eine Zigarette und schaute ins Feuer.

»Morgen früh kannst du die Einladungskarten schreiben«, sagte Werchowzew zu ihm.

»Gut. Wie viele Plätze?«

»Vier sind schon bestellt: der Japaner, sein Sekretär, dieser Künstler, Herr Olsen. Zwei Plätze sollten für alle Fälle frei bleiben.«

»Gut. Soll ich den Künstler anhand der Kartei überprüfen?«, fragte Danila, stand auf und warf die glimmende Zigarette in den Aschenbecher.

»Unbedingt.«

»Weil er Russe ist? Oder traust du ihm nicht?«

Werchowzew klopfte ihm auf die Schulter.

»Ghiberti selbst hat ihn empfohlen. Aber ich möchte keine bösen Überraschungen.«

»Und seine Personalien sind im Computer?«

»Bestimmt.«

Danila lächelte.

»Ich wüsste zu gern, wie du bei dieser Agentur alle deine ›Abklopfaktionen‹ erklärt hast!«

»Ich habe ihnen gar nichts erklärt. Ich habe ihnen einfach so viel bezahlt, wie nötig war, um ihre Neugier zu zügeln, mein Lieber. Die Agentur zur Feststellung der Vertrauenswürdigkeit von Geschäftspartnern arbeitet auf europäischem Standard. Das muss man unseren Profis lassen – sie haben schnell gelernt, anderen Leuten hinterherzuschnüffeln und in fremder schmutziger Wäsche zu wühlen. Ein Mausklick genügt, um über jeden unserer Besucher viel Interessantes zu erfahren.«

»Über die Herren schon«, brummte Danila. »Aber wie sieht es mit den Dienern aus?«

»Den Dienern?«

»Zum Beispiel mit dem Sekretär von Herrn Yamamoto.«

»Das ist Sache meiner Gäste. Wenn jemand ein solches Schauspiel besucht, wird er wohl wissen, wen von seinen Angestellten er mitnehmen kann.«

»Hoffentlich. – Wie sieht's aus, bist du bald fertig? In einer Viertelstunde müssen wir fahren.«

»Ich weiß«, sagte Werchowzew lächelnd. »Ach, fast hätte ich's vergessen. Setz dich morgen mit Arsenjew in Verbindung, er soll schon mal Blumen aussuchen.«

»Wird gemacht«, versprach Danila. »Übrigens ist Post gekommen. Dein Ghiberti hat einen Brief aus Rom geschrieben. Soll ich ihn holen?«

»Später, nach dem Theater. Was für ein Mittel gibst du Anna?«

»Ein Opiumextrakt. Ungefähr alle zwei Tage.«

»Ich habe gehört, sie ist vor deinem Kopf erschrocken, du heiliger Johannes«, sagte Werchowzew lachend. »Die Ähnlichkeit ist aber auch frappierend.«

»Sie war sehr erstaunt. Und nicht nur darüber«, erwiderte Danila trocken.

»Worüber denn noch?«

»Darüber, dass wir heutzutage ein solches Stück aufführen.«

»So?«

»Alle haben sich anfangs gewundert, Igor. Die, die dir am meisten gefallen hat, konnte stundenlang über biblische Motive reden. Nur – wozu?«

Diese Worte klangen Werchowzew auf dem ganzen Weg ins Theater in den Ohren. Als die ersten Takte der Ouvertüre erklangen und Mozarts Musik das alte Theater erfüllte, überließ er sich vollständig der Macht der »Zauberflöte«. Auf die Bühne schaute er nicht – die alten, aufgedunsenen, dick gepuderten Sänger beleidigten sein Auge. Aber die Stimmen ... über die Stimmen hat die Zeit keine Macht. Und so lauschte er voller Entzücken, lauschte und erinnerte sich.


»Die Bibel, lieber Freund, ist eine nie versiegende Quelle, aus der ein echter Künstler unendlich viele geniale Ideen schöpfen kann«, hatte ihm einst Signor Angelico Ghiberti gesagt. »Auf der Bibel ruht die Welt, in der wir leben. Die Bibel abzulehnen bedeutet, sich selbst abzulehnen. Eine Kunst, die sich von den biblischen Sujets lossagt, beraubt sich ihrer Substanz. Ohne die Bibel sind wir nichts, geistig impotent, kulturelle Kastraten.«

Signor Angelico Ghiberti, den berühmten, verrückten, genialen Angelico, hatte Werchowzew in Moskau durch Iwan Arsenjew kennen gelernt. Das war im März 1995 gewesen. Damals pilgerte alles, was Weltruhm hatte, nach Moskau, wie ins päpstliche Rom – José Carreras, Liza Minnelli, Richard Gere, Placido Domingo, Paco Rabanne.

Ghiberti kam als einer der Ersten. Das sagenhafte Honorar, das man ihm für die Präsentation von zwei Bildern versprochen hatte, diente ihm nur als Vorwand. Wie Ghiberti später selber dem Korrespondenten des Mailänder »Figaro« gestand, wollte er »immer schon die Heimat Dostojewskis besuchen«.

Auf dem Bankett, das zu seinen Ehren gegeben wurde, verkündete er, wobei er die Spitzen seines berühmten pomadisierten Schnurrbarts zwirbelte: »Russland und die

Welt sind von jetzt an untrennbar verbunden, meine Damen und Herren! Russland ist die Zukunft der Welt, das fühle ich. Die Welt liegt offen vor uns, aber noch immer sind wir von Unsicherheit erfüllt. Wir können uns nicht entschließen, den entscheidenden Schritt zu tun und die Nabelschnur durchzuschneiden, die uns mit dem Mutterschoß der Vergangenheit verbindet. Vor unseren Augen wird ein neues Zeitalter geboren. Nur eine einzige Frage gilt es jetzt noch zu beantworten: Ist die Zeit reif, um mit der alten Welt zu brechen? Sind wir bereit für die neue?«

»Ja, wir sind bereit!«, rief man am anderen Ende des Tisches.

»Aber wenn wir neue Gefilde betreten«, fuhr Ghiberti feurig fort, »dürfen wir die geistigen Reichtümer nicht vergessen, die von der Menschheit im Laufe von fünf Jahrtausenden Zivilisation angehäuft wurden – Reichtümer, die in den Geheimfächern unseres Gedächtnisses darauf warten, entdeckt zu werden. Ja, meine Damen und Herren, eben dieses Gedächtnis dürfen wir nicht vergessen!«

Die Ankunft Ghibertis erschien Werchowzew wie ein Fingerzeig des Schicksals. Der ideale Zuschauer, der alles verstand, der weise Verrückte, von dem er so oft geträumt hatte und an dessen Existenz Danila so gezweifelt hatte, war endlich leibhaftig erschienen.

Ihre erste Begegnung fand vor Angelicos berühmtem Bild »Green Carnation« statt, »Grüne Nelke«. Es zeigte Oscar Wilde und hinter ihm, wie die Keimlinge eines von einem Genie angelegten Paradiesgartens, seine Freunde und Anhänger, von Ghiberti in Form von Blumen mit menschlichen Gesichtern gemalt. Lord Alfred Douglas – Bosie – war als die Lilie auf dem Feld dargestellt, die der Evangelist besungen hat.

Iwan Arsenjew, der Künstler und Couturier, der mit den ungewöhnlichsten Materialien arbeitete, die die Welt der Mode je gesehen hatte, war Ghiberti vor vielen Jahren in Paris auf einer seiner »Floralien-Schauen« begegnet. Er war es auch, der Werchowzew dem großen Künstler vorstellte: »Das ist mein Freund, einer der interessantesten Verrückten, die ich je getroffen habe. Er ist ein glühender Bewunderer Ihres Werks.«

Ghiberti drückte Werchowzew rasch die Hand. Er war klein, behände, mit tief eingekerbten, parfümierten Falten im Gesicht und schwarzen, durchdringenden Knopfaugen.

»Es gibt auf der Welt keine Worte, die den Unterschied zwischen Einsamkeit und Freundschaft ausdrücken könnten«, sagte er auf Englisch und gab ein knarrendes Husten von sich. Werchowzew gewöhnte sich erst mit der Zeit an diese ungewöhnliche Art zu lachen. Dann fuhr er fort: »Sind Sie denn nun mein Bewunderer oder ein Bewunderer der ›Grünen Nelke‹?«

»Ich bin ein Sklave Wildes. Ein schwarzer nubischer Sklave mit einem silbernen Halsband.«

»Eine rätselhafte, aber schöne Antwort. Was sagen Sie zu meiner anderen kleinen Sache?« Ghiberti fasste Werchowzew beim Ärmel seines Smokings und zog ihn durch die dicht gedrängte Menge, die den Ausstellungssaal belagerte, warf dabei den Mädchen und jungen Frauen Komplimente zu und schirmte sich mit einer Hand gegen die Blitzlichter der Fotografen ab. Er führte Werchowzew zu seinem »Liebesakt im Garten Eden«, seinem skandalösesten und berühmtesten Bild, das von der römisch-katholischen Kirche verurteilt und von den Kritikern in den Himmel gehoben worden war.

Werchowzew betrachtete verwirrt den Garten Eden in

all seiner wilden, ursprünglichen Farbfülle: das Blau des Himmels, das Grün der Blätter, das frische Gras, die biegsamen Lianen, das Kaleidoskop aus Blumen, Sonnenflecken, Wasserspritzern ... Das Gesicht Evas erinnerte an das Antlitz des Mondes, der seltsam über dieser hellen, heißen, Feuchtigkeit atmenden und süßen Saft verströmenden Tageswelt aufgegangen war.

»Begehren Sie Eva?«, flüsterte ihm Ghiberti ins Ohr. »Begehren Sie sie? Als ich das Bild gemalt habe, habe ich sie begehrt.« Wieder hustete er knarzend. »Adam hat von Frauen nichts verstanden. Und Gott? Was meinen Sie, Igor, hat Gott etwas von seiner eigenen Schöpfung verstanden?«

»Die Schlange hat zweifellos etwas davon verstanden«, erwiderte Werchowzew.

»Wissen Sie was – lassen Sie uns heute Abend zusammen essen, ja?«, schlug Ghiberti ihm plötzlich vor. »Gehen Sie gern um drei Uhr nachts essen?«

»Ja.«

»Dann kommen Sie zu mir ins Hotel. Das Restaurant dort ist auch nachts geöffnet, ich habe mich schon erkundigt. Ich esse nämlich niemals tagsüber und arbeite auch nicht am Tag. Nur nachts. Die Finsternis inspiriert mich. Die Nacht ist die Zeit, in der ich mich von allem befreien kann.« Er nickte nachlässig zu der Menge der Besucher und Reporter hinüber, die sich vor dem »Garten Eden« drängelten. »Wir bestellen etwas echt Russisches, einverstanden?«


Werchowzew stützte die Ellenbogen auf die samtbezogene Brüstung der Loge. Auf der Bühne sang Papageno in einem Kostüm aus Federn sein Vogelfängerlied. Werchowzew schaute verstohlen seine Begleiter an: Olli lauschte voller Begeisterung und lächelte. Danila war in Gedanken versunken. Sein Blick war zur Decke gerichtet, wo sich rund um einen gigantischen kristallenen Kronleuchter die Musen im Tanze drehten.

Er seufzte. Ja, das wahre Mysterium hatte dort begonnen, im Restaurant des Hotels »Redisson-Slawjanskaja«. Ghiberti hatte übrigens damals als »echt russisches Essen« ein Schaschlik Karisch bestellt und es dann gar nicht gegessen. Schon als Werchowzew sich zu Ghiberti an den Tisch setzte, wusste er, dass er ihm ein Angebot machen würde. Dem Schöpfer der »Grünen Nelke« musste das Mysterium gezeigt werden. Das würde dann die eigentliche Premiere sein. Das eine Mal, das allererste Mal, zählte nicht. Damals hatten sie nur geprobt. Sie wussten nicht, was geschehen würde und wie es geschehen würde; sie kannten weder ihre Kräfte noch ihre Fähigkeiten, und ihnen allen zitterten auf widerwärtige Weise die Hände. Damals spürten sie noch nicht diesen Geruch. Nein, nein, sie alle waren nur zu Tode erschrockene Dilettanten gewesen.

Werchowzew dachte mit Abscheu an die Gesichter seiner Freunde zurück, als das alles zum ersten Mal geschah. Masken. Weiße Gipsmasken. Auch sein Gesicht hatte sich krampfhaft verzerrt, doch über seine Wangen – er konnte es im Spiegel sehen – strömten Tränen des Entzückens. Ja, so war es beim allerersten Mal gewesen. Danach vollzog sich alles bereits auf andere Weise. Denn von da an beherrschte sie der Geruch.

»Es gibt nichts Erfreulicheres als ein gut durchgebratenes Stück Fleisch, zur Nachtzeit verspeist«, scherzte Ghiberti beim Essen, nahm den Spieß in die Hand und biss mit seinen gelben Zähnen in das Schaschlik. Er kaute, wobei sich die Spitzen seines Schnurrbarts bewegten, und legte den Spieß wieder auf den Teller zurück. »Nein, das hier ist schlecht durchgebraten. Das Fleisch ist noch rosa.«

Werchowzew rief den Ober und wies ihn an, dem Italiener eine neue Portion zu bringen.

»Der Geschmack von Blut ist sonderbar, Igor«, sagte Ghiberti versonnen. »Und erst der Geruch … Wissen Sie, da fällt mir ein Vers von John Donne ein: ›Der Geruch des Blutes lockt die Bienen der Hölle an.‹ Man sagt, wenn eine Biene findet, was sie braucht, kehrt sie in den Bienenstock zurück und benachrichtigt ihre Gefährtinnen. Und dann fliegt der ganze Schwarm dorthin.«

Werchowzew spürte in diesem Augenblick, wie sein Herz wild in der Brust klopfte. Ja. Der Moment ist gekommen. Tu, was getan werden muss.

»Signor Angelico, ich würde Ihnen gern eine Arbeit von mir zeigen«, sagte er und schluckte den Kloß in der Kehle hinunter.

»So?« Ghiberti steckte sich nachdenklich eine Zitronenscheibe in den Mund.

»Es ist eine Inszenierung eines Stücks von Wilde. Meine Inszenierung. Ich möchte gern, dass Sie mein erster Zuschauer sind.«

»So?« Ghiberti lächelte leicht. »Ist das so wichtig für Sie?«

»Es ist der Sinn meines Lebens. Meine Kunst …«

»Ach, mein lieber junger Freund!« Ghiberti lachte und hustete. »Leben, Sinn, Kunst … Die Russen drücken ihre Gefühle viel zu schwülstig aus, das merkt man schon bei Dostojewski. Die Italiener sind noch schlimmer. Sie sind völlig haltlose Schwätzer. Hinter all diesen tönenden Phrasen vergisst man das Wichtigste: Unser Leben ist erschreckend kurz. Gerade mal fünfzig, sechzig Jahre – und es gibt uns nicht mehr. Was soll da schon für ein Sinn sein? Wir sollten weniger reden und stattdessen all unsere Sinne konzentrieren und schauen und lauschen. Das Leben beobachten, mein lieber Freund, denn es geht rasch vorüber. Das Theater aber ist nur ein Spuk, nur ein blasser Abglanz des Lebens.«

»Ich lade Sie ja ein, Signor Angelico, zu beobachten«, sagte Werchowzew leise.

»Was zu beobachten?«

»Das Leben.«

Ghiberti lächelte spöttisch.

»Ich gehe schon seit zwanzig Jahren nicht mehr ins Theater, mein lieber Freund.«

»Aber das ist kein Theater.«

»Was ist es dann?«

»Das Leben«, wiederholte Werchowzew hartnäckig.


Dieses Mal übertrafen sie sich selbst. Der einzige Zuschauer – Signor Angelico Ghiberti – war ihr oberster Richter. Als alles zu Ende war, als Igor Werchowzew in seinen parfümierten, goldbestickten Gewändern und der hohen Tiara des Tetrarchen von der kleinen Bühne stieg und in den Saal schritt, da begann Ghiberti, der große Ghiberti, hysterisch zu lachen, zeigte mit seinem dünnen braunen Finger auf das, was noch dort lag, dort auf der Bühne, und rief: »Die Bienen aus der Hölle werden herbeifliegen! Jetzt werden sie bestimmt in Schwärmen kommen! Denn eine von ihnen, die allererste, bin ja ich! Ich!«

Leli brachte ihm Wein. Ihre mit Reifen geschmückten Arme zitterten leicht. Die Zähne von Signor Ghiberti schlugen gegen den Rand des Glases.

»Ich bin ein direkter Nachfahre der alten Römer, mein Freund. Ich habe immer davon geträumt, einmal einen Gladiatorenkampf zu sehen«, flüsterte er. »Und jetzt habe ich ihn gesehen. Mein Traum hat sich erfüllt. Aber wie! Und wo!«

Werchowzew schwieg. Er war bis auf den Grund seiner Seele erschüttert. Er lauschte in sich hinein, analysierte. Dieses Mal waren seine Empfindungen ganz andere.

»Und Sie sind wirklich überzeugt, dass sich dort, in der Wohnung an der Little College Street, wo sich die Anhänger der ›Grünen Nelke‹ versammelten, etwas Ähnliches abgespielt hat?«, flüsterte Ghiberti. Sein Atem ging pfeifend, und seine schmächtige Brust hob und senkte sich.

»Ja.« Werchowzew war davon überzeugt, und er wollte auch den Maler überzeugen. »Ja.«

»Aber niemand kann Wilde vorwerfen, er sei grausam gewesen!«, rief Ghiberti aus.

»Kann das Leben denn grausam sein?« Werchowzew ließ sich erschöpft auf den Teppich sinken. »Sind das nicht Ihre eigenen Worte?«

»Ja, ja, zweifellos, aber ...« Ghiberti blickte sich mit irren Augen, in denen sich Furcht und Entzücken spiegelten, im Saal der Mysterien um. »Aber das kann doch nicht sein! Ich traue meinen eigenen Augen nicht!«

»Sie sind erstaunt, Signor Angelico?«

»Ja, mein Freund. Ja! Sie haben mich verblüfft. Ich weiß nicht, was ich sagen soll. Ich finde keine Worte, meinen Gefühlen Ausdruck zu verleihen. Sie ...«

»Nicht ich.« Werchowzew nahm die Tiara vom Kopf. »Ich bin nur der Sklave des Meisters, ein dunkelhäutiger Sklave mit einem silbernen Halsband. Der Meister hat das geschaffen. Er, Oscar O'Flaherty Wilde, hat gesagt: ›Ich habe die Seele der Menschen und das Antlitz der Dinge verändert. Alles, was ich getan habe, hat Erstaunen hervorgerufen. Ich habe ein Theaterstück genommen, die objektivste Form der Kunst, und habe es zu einem Mittel gemacht, um das zutiefst Persönliche auszudrücken, das in mir ist. Ich habe es mit neuer Schönheit ausgestattet. Ich habe die Vorstellungskraft meines Jahrhunderts geweckt.‹«

Ghiberti schloss die Augen. Seine braune, gichtige Hand verkrallte sich in der Lehne des Sofas. »Er war ein Teufel, Ihr Wilde. Das meine ich als Kompliment. Und auch Sie sind ein Teufel. Ein sehr junger und charmanter. Aber ein Teufel.«

»Dann werden die Bienen also zu mir fliegen?«, fragte Werchowzew leise.

Ghiberti nickte.

Einen Tag später verließ er Moskau. Zwei Stunden vor seinem Abflug brachte sein Sekretär ein Geschenk für Signor Werchowzew in die Villa an der Kalten Gasse. In einem saffiangefütterten Kasten lag eine Aquarellzeichnung Ghibertis: »Lord Alfred Douglas in der Rolle der Salome.«

Ja, in derselben Rolle, die jetzt wieder mit so viel Talent von Olli und diesem zarten hellblonden Mädchen mit dem seltsamen nordrussischen Akzent gespielt wurde, diesem Mädchen, das ihn so verblüfft hatte. Das Aquarell war, wie Danila später auf Werchowzews Bitte hin herausfand, vom Auktionshaus Christie's mit zweitausend Dollar Ausgangswert beziffert worden.

So hatte alles angefangen. Ghiberti hatte in Europa viele Freunde. Und sie bewiesen nicht mehr gesunden Menschenverstand und nicht weniger Neugierde als der Schöpfer des »Liebesakts im Garten Eden«.

Im Theater flammten die Lichter auf. Der erste Akt der

»Zauberflöte« war zu Ende; es gab eine Pause. Eine schlanke Brünette in einem tief ausgeschnittenen weißen Kleid und mit einer Perlenkette um den Hals schritt an ihrer Loge vorbei. Sie betrachtete Danila. Ihre Augen funkelten. Danila beugte sich zu Olli hinüber und küsste ihn vor ihren Augen zärtlich auf den Mund. Die Brünette wandte sich abrupt ab, und ihre Stirn, ihre Wangen und ihr Hals unter dem Perlencollier liefen dunkelrot an. Im Orchestergraben stimmte jemand sein Violoncello.

## 18 Ein Anfall von Melancholie

Den ganzen Sonntag ruhte Katja sich aus. Sie badete ausgiebig, lag auf dem Sofa und las mit Genuss in ihrem Lieblingsbuch: »Napoleon Bonaparte. Erinnerungen.«

Wadim kam aus dem Fitness-Center zurück und warf einen mürrischen Blick auf das Buch – alles klar, ein Anfall von Melancholie oder, wie er zu sagen pflegte, von pubertärem Napoleonismus. Er hasste sowohl das Buch wie auch diesen Gemütszustand Katjas aus tiefstem Herzen. Wer hat ihr bloß die Idee eingegeben, sie könne einen Roman über Napoleon schreiben? Welcher Idiot hat ihr Hoffnungen gemacht, aus ihr würde eine Schriftstellerin, fragte er sich verdrossen. Seit sie von literarischen Lorbeeren träumt, läuft in unserer Beziehung alles schief.

»Katja ...«

»Was ist?«

»Steck deine Nase vorläufig noch nicht in diesen Laden auf dem Kusnetzki-Most. Ich werde ihn mir erst mal allein ansehen«, sagte er warnend. Irgendetwas musste er ja schließlich sagen! Das Schweigen wurde allmählich drückend.

»Gut.« Sie hob den Kopf vom Buch und lächelte freundlich, doch ihr Blick war leer und abwesend. Wadim zog sein Frotteebadetuch aus der Tasche und schleuderte es wütend auf den Stuhl.

»Willst du heute arbeiten?« Er hatte Mühe, seine Stimme gleichgültig klingen zu lassen.

»Ich möchte ein bisschen lesen.« Sie vertiefte sich wieder in ihr Buch. »Und nachdenken.«

»Na schön, dann denken Sie, Madame. Ich muss sowieso noch weg. Mal kurz bei meinem Vater nach dem Rechten sehen.« Wadim zog mit einem Ruck den Reißverschluss seiner Lederjacke hoch. »Also dann ... ich ruf dich am Montag wegen dieses Schneiders an.«

»Gut.« Sie hob nicht einmal den Kopf. Wadim verließ ihre Wohnung und bemühte sich, nicht die Tür zuzuknallen.

Ja – Einsamkeit. Sie brauchte Einsamkeit. Wenn sie nicht ab und zu völlige Einsamkeit hatte, verwandelte sich ihr Leben in eine Hölle. Ach, Katja, was hast du nur für Flausen im Kopf. Das sind doch alles Träume, dumme Träume: ein Roman über Napoleon, Schriftstellerin, Ruhm ... Seifenblasen, Luftschlösser. Die Realität sieht anders aus: das Pressezentrum, dumme kleine Zeitungsartikel, blutige Verbrechen und Leere ... Leere und Einsamkeit. Wozu sich betrügen?

Na schön, für heute reichte es mit der Gefühlsduselei. Das führte ja doch zu nichts. Sie legte das Buch beiseite und stand vom Sofa auf. Um ihre Melancholie zu vertreiben, musste sie nur richtig böse werden!

Sie nahm die Feile von der Ablage vor dem Spiegel und begann sich die Nägel zu polieren. Böse zu werden ist nicht schwer, wenn man einen Grund hat. Na, du Blutsauger mit dem Eisenstachel, wie sieht dein wahres Gesicht aus? Wer bist du? Was tust du jetzt, an diesem Sonntag? Bist du gerade auf der Suche nach einem neuen Opfer? Oder hast du es schon gefunden – wieder eine zarte kleine

Blondine, die du in deiner stinkenden Höhle quälst? Gefällt es dir, dich an ihren Schmerzen zu weiden? Fasziniert dich das Töten?

Sie trat ans Fenster. Draußen fiel Regen und ließ die letzten Schneereste schmelzen. Auf dem Fensterbrett tickte eine Uhr mit rundem, schwarzgoldenem Zifferblatt – Wadims Armbanduhr. Er hatte sie liegen lassen.

Wadim bremste im gleichen Augenblick vor einer Ampel und warf ebenfalls einen Blick auf die Uhr am Armaturenbrett. Weder er noch Katja ahnten, dass nur noch wenige Stunden sie von seltsamen Ereignissen trennten, die großen Einfluss auf den weiteren Lauf der Dinge haben sollten.

Diese Ereignisse spielten sich am folgenden Tag ab – am Montag, dem zehnten März. Um zwölf Uhr fand auf dem Mitin-Friedhof die Beerdigung von Swetlana Krassilnikowa und Anatoli Lawrowski statt. Katja war an diesem Vormittag zusammen mit Gorelow und einem Fotografen unterwegs nach Troizk, auf einer bereits lange angeordneten Dienstfahrt; sie wusste, dass sie es zum Begräbnis auf keinen Fall schaffen würde. Bis Troizk waren es gut hundert Kilometer – zwei Stunden brauchte man allein für die Hinfahrt.

Wadim Krawtschenko, der ab Mittag dienstfrei hatte, machte sich um halb zwei auf den Weg zum Kusnetzki-Most. Seinen Chef überließ er der Obhut von drei Wachleuten, einem Pförtner und einer Sekretärin. Für die Fahrt nahm er den blaumetallicfarbenen Dienst-BMW, einen Wagen, den er ausschließlich für Geschäftstermine benutzte. Dass er vor dem »Letzten Gickser« in einem ausländischen Auto vorfahren würde, statt zu Fuß dort zu erscheinen, hatte er schon beim Gespräch mit Katja beschlossen. Die weitere Entwicklung der Ereignisse wollte er dem Zufall überlassen.

Der »Letzte Gickser« lag in einer engen, mit Autos zugeparkten Seitenstraße. Nachdem er seinen Wagen mit einiger Mühe in eine Lücke manövriert hatte, schritt Wadim würdevoll auf die Glastür zu, die ein elegant geschwungener Schriftzug aus roten Neonbuchstaben zierte. Er drückte gegen die Drehtür, und über seinem Kopf läutete melodisch ein Glöckchen.

»Guten Tag, was kann ich für Sie tun?« Ein geschniegelter kleiner Verkäufer in einem gelben Rollkragenpullover stürzte sogleich auf ihn zu.

»Kann ich Artur sprechen?«

Der Mann im gelben Rolli überlegte einen Moment.

»Heute ist er nicht da, aber in den nächsten Tagen taucht er sicher wieder auf. Soll ich ihm etwas ausrichten?«

»Ich wollte mich erkundigen ... nach ... zum Teufel, wie heißt das gleich bei euch?« Wadim warf seine Angel aufs Geratewohl aus, ohne zu wissen, was er fangen würde.

»Ach, Sie meinen unsere nächste Schau?« Der Mann im Rolli wurde munter. »Kommen Sie am Mittwoch, Punkt zwei. Und bringen Sie unbedingt Ihre Dame mit.« Er lächelte.

»Danke.«

Glück gehabt, sagte sich Wadim, als er das Geschäft verließ. Aber was wird da vorgeführt – und für wen?

Ganz in der Nähe hupte jemand. Neben Wadims BMW hielt ein roter Ford.

»Entschuldigung, könnte ich Sie einen Moment sprechen?« Der Fahrer des Ford öffnete die Tür und lehnte sich hinaus – ein kleiner blonder Mann, irgendwie ganz grau, wie mit Asche überzogen, in einer grauen Wildlederjacke und einem grünen Seidenschal. Der rote Ford war viel zu bunt für ihn. »Sie sind nicht zufällig der Sohn von Wassili Wassiljewitsch Tunigunow?«, fragte er mit weichem Lächeln.

Wassili Tunigunow war der Name von Wadims Boss, den er immer nur als »Tunichtgut« zu bezeichnen pflegte.

»Das ist doch sein Wagen, oder nicht?«, erkundigte sich der Blonde.

»Ich bin der Chef seiner Wachmannschaft«, erwiderte Wadim selbstbewusst.

»Ach, so ist das. Wissen Sie, ich kenne ihn flüchtig. Ich habe seinen Wagen wiedererkannt – wir waren im selben Autosalon. Mein Name ist Arsenjew.«

»Sehr erfreut.« Wadim wollte sich schon ans Steuer setzen. »Ich fahre sofort aus der Parklücke heraus.«

»Machen Sie sich keine Umstände, ich kam nur gerade hier vorbei. Und Sie waren eben in dem Geschäft da drüben ...«

»Ich hatte mich in der Tür geirrt.«

»Das dachte ich mir schon. Ein Mann wie Sie dürfte sich kaum für solchen Kram interessieren.« Arsenjew kicherte leise.

Wadim starrte seinen Gesprächspartner verdutzt an. Irgendwie hatte er ihm sofort missfallen – ein zu weiches Lächeln, ein zu hartnäckiger, geradezu klebriger Blick.

»Sie sind bestimmt aktiver Sportler.«

»Wie?« Wadim zog ein finsteres Gesicht.

»Sie haben so kräftige Schultern ...«

Wadim begriff.

»Verschwinde.«

»Auch die Grobheit steht dir gut.«

Wadim setzte sich in seinen Wagen und schlug krachend die Tür zu. Arsenjew bückte sich rasch und beugte sich dann weit aus dem Auto nach vorn, wobei er fast aus dem Innern auf den Bürgersteig gefallen wäre. In der Hand hielt er ... eine weiße Lilie.

»Wie grob, wie grob«, flüsterte er. »Ich will doch gar nichts von dir. Das sage ich dir ganz offen!«

Die Lilie und noch etwas Kleines, Weißes flogen durch das heruntergekurbelte Fenster des BMW und segelten aufs Lenkrad.

Wadim knurrte einen nicht druckfähigen Fluch und ließ den Motor an.

»Ich will doch gar nichts!«, rief der Blonde ihm hinterher.

Die Lilie warf Wadim sofort aus dem Fenster. Sie wurde von dem hinter ihm fahrenden Wolga zerquetscht. Das Kleine, Weiße erwies sich als Visitenkarte, auf der in altslawischer Schnörkelschrift stand: »Iwan Arsenjew, Botanischer Garten der Seele. Telefon. Fax.« Dass man auf dem Kusnetzki-Most Weiber aufreißt, weiß ich ja, dachte Wadim empört, das hab ich selber schon gemacht, aber dass man jetzt schon die Frechheit besitzt, am helllichten Tag einen Mann anzubaggern. Mich! Ach, du glotzäugiger Iltis!

Er knirschte mit den Zähnen. Nein, das konnte man nicht so durchgehen lassen. Er betrachtete aufmerksam die Visitenkarte. Sobald ich einen freien Abend habe, werde ich übers Telefon die Adresse herauskriegen, und dann wird dieser Kerl noch sein blaues Wunder erleben.

## 19 Kusnetzki-Most

Beim zweiten Mal brachen sie in voller Besetzung auf, um Artur einen Besuch abzustatten. Katja betrachtete zufrieden ihre beiden Kavaliere – es waren doch sehr ansehnliche Burschen! Wadim sah aus wie der polnische Filmschauspieler Daniel Olbrychski, besonders in seinem dunkelblauen Mantel (den hatte sie im »Haus von Irland« ausgesucht; Wadim selber hätte sich irgendeinen scheußlichen Fetzen gekauft). Über Sergej brauchte man gar kein Wort zu verlieren – egal was er anzog, er hatte einfach Rasse und Manieren. Zu schade, dass er so klein war. Katja lächelte. Wadim zwinkerte ihr zu. Der Streit vom Sonntag war längst vergessen. Zumindest taten sie beide in Sergejs Gegenwart so. Ja, und dann noch dieser Wagen!

»Wo hast du den geklaut? Damit fahre ich nicht!«, rief Katja entgeistert, als sie den dunkelblauen, farblich zu Krawtschenkos Mantel passenden BMW vor ihrem Haus erblickte.

»Alles in Ordnung.« Wadim grinste. »Die Kutsche für Aschenputtel ist vorgefahren.«

»Man wird dich an der ersten Ampel anhalten«, brummte Aschenputtel, als es sich ins Auto setzte. »Und den Rest deines Lebens kannst du hinter Gittern verfaulen. Weiß dein Boss überhaupt, dass du dir seinen Cadillac ausgeliehen hast?«

»Zum Teufel mit ihm.« Wadim drückte auf die Knöpfe des Armaturenbretts, und aus den Lautsprechern klang Musik: Tschaikowskis sechste Symphonie. »Der sitzt jetzt in seiner Wohnung in Krylatskoje, versteckt sich vor seiner Frau, bläst Trübsal und säuft schottischen Whisky. Bald wird er bocken und ausschlagen wie das weiße Pferd auf dem Flaschenetikett.«

»Warum ist er denn so melancholisch?« Den Geschichten über Wadims Boss lauschte Katja aus irgendeinem Grund stets voller Anteilnahme.

»Er hat Geld, aber kein Glück. Er ist schon ganz schwermütig. Einmal sitzt er im Büro und sagt zu mir: ›Ich hab keine Kraft mehr, ich bin fix und fertig.‹ Ich sage ihm: ›Wassili Wassiljitsch, was soll das heißen?‹ Und er: ›Alles, was man sich kaufen kann, habe ich, Wadim, aber hier drinnen ist es leer. Was meinst du, soll ich vielleicht in die Politik gehen, für die Duma kandidieren?‹ Ich frage: ›Für welche Partei denn, Wassili Wassiljitsch?‹ Darauf er: ›Ganz egal. Dann kann ich mich wenigstens ab und zu mit jemand herumstreiten, mal 'ne Brandrede fürs Volk halten oder irgendein Gesetz annehmen. Aber so – so ist es ein einziger Sumpf hier drin, Wadim. Und in diesem Schlamm stecke ich so fest, dass ich nicht vor und zurück kann.‹«

»Ein goldener Käfig«, meinte Sergej ohne jeden Anflug von Ironie.

»Hat er Familie?«, fragte Katja.

»Drei. Drei Familien und eine uneheliche Tochter von einer Zufallsbekanntschaft in Bataisk. Nur Glück hat er keins.«

»Ja.« Der Fürst lächelte. »Da sieht man's, die Reichen haben's auch nicht leicht.«

Ach, der Kusnetzki-Most! Mode, Klamotten, Schuhe aus Paris. Kaum tritt man aus der U-Bahn, springen einem die Schilder entgegen: »Italienische Mode«, »Europäische Mode«, »Escada«. Vor lauter Schick und Glanz flimmert es einem vor den Augen. Ein paar Schritte weiter ist der Salon von »Burda-Moden«, ist »Levi's« und auch das gute alte Zentral-Kaufhaus und die Petrowski-Passage mit ihren Spiegeln und Palmen.

Sie parkten den BMW direkt vor der Glastür. Dank Mohikaners Beschreibung erkannte Katja den Laden sofort – die leuchtendrote Neonreklame, der nachdenkliche Paco Rabanne im Schaufenster.

»Ein sehr teures Geschäft«, konstatierte sie.

»In billige Läden gehen wir nicht.« Wadim hielt ihr zuvorkommend die Tür auf.

Das Glöckchen läutete. Katja sah sich im Verkaufsraum um: Teppichboden, künstliche Pflanzen, Vorhänge, Umkleidekabinen, Spiegel, Spiegel, Spiegel, niedrige Kleiderständer mit bunten Kleidungsstücken.

»Entschuldigen Sie, ist Artur da?«, fragte Wadim einen jungen Mann im gelben Rollkragenpullover, wobei ihm klar wurde, dass der Pullover der gleiche war, der Verkäufer jedoch ein anderer. Offenbar war das hier die Arbeitskleidung.

»Er ist nebenan und kümmert sich um eine Kundin, kommt aber gleich. Womit kann ich dienen?« Der Mann im gelben Rolli sprudelte alles ohne Atempause hervor und winkte gleichzeitig Katja einladend zu den Kleiderständern. Offenbar war er in dem Glauben, dass »richtige« Käufer gekommen seien. Na, wenn schon, dachte Katja, soll er bei seinem Irrtum bleiben.

»Darf man sich erst einmal umschauen?«

»Bitte sehr.« Die gelenkige, gleichsam knochenlose Hand beschrieb aufs Neue einen Kreis in der Luft. »Geschäftskostüme, Blazer, Abendkleider.«

Katja ging sofort zu den Abendkleidern. Nachdenklich sah sie die Sachen durch; die Preisschildchen beachtete sie gar nicht. Wozu auch?

»Das hier ist schön.« Katja wollte schon ein leichtes, elfenbeinfarbenes Seidenkleid von der Stange nehmen, hängte es aber sofort wieder seufzend zurück – Größe 36, viel zu klein.

»Entschuldigen Sie, wenn ich Ihnen einen Rat geben darf ...« Der Bursche im gelben Rolli hüstelte taktvoll. »Für große Damen wie Sie haben wir Sondergrößen.«

Katja lächelte hochmütig: groß! Sag doch lieber gleich vollschlank.

»Nein, die hier gefallen mir überhaupt nicht. Und dort haben Sie Kostüme?«

»Bitte sehr.«

Entzückt betrachtete Katja ein schokoladenbraunes Businesskostüm. Wadim und Sergej feuerten sie bereits an, es mal »anzuprobieren und uns vorzuführen«. Da plötzlich wurde ein Vorhang zurückgeschlagen, und ein ungewöhnliches Paar betrat den Raum.

Er war ein schlanker, brünetter Mann mit frischen Farben. Viele hätten ihn schön genannt; auf Katja allerdings machte dieser Latin-Lover-Typ keinen Eindruck: allzu glühende Augen, allzu braune Haut, allzu welliges, glänzendes Haar. Der »Hidalgo«, wie Katja ihn heimlich taufte, war von Kopf bis Fuß in Schwarz gekleidet. An seinem Hals baumelte eine silberne Kette mit Dornen.

Die Dame interessierte Katja vom ersten Augenblick an weitaus mehr. Dem Aussehen nach war sie etwa siebzig;

trotzdem stolzierte sie in einem kanariengelben Hosenanzug daher. Graublaues Haar, eine elegante Frisur, in den runzligen Ohrläppchen ovale Goldklipps, um den faltigen Hals schwerer Goldschmuck, der Mund leuchtend rot geschminkt, lange Fingernägel an den dürren, geäderten Händen. Ihre Augen waren hinter einer schmalen, modischen Sonnenbrille verborgen. Der Hidalgo trug ihr den Mantel, einen olivgrünen »Swinger«, um dessen Kragen sich orangefarbene Federn plusterten.

Der Bursche im gelben Rolli wies mit dem Kopf in seine Richtung, aber das wäre gar nicht nötig gewesen. Sergej und Katja begriffen sofort, dass vor ihnen jener Mann stand, der im »Bienenstock« so despektierlich als Perverser bezeichnet worden war.

»Ich glaube, ich probiere das hier mal an.« Katja nahm das schokoladenbraune Kostüm und ging damit zur Umkleidekabine. Dort hängte sie den Kleiderbügel mit dem Kostüm an einen Haken, zog ihren Mantel aus und spähte durch den Schlitz im Vorhang.

Artur, der Hidalgo, verabschiedete sich soeben von seiner kanariengelben Alten. Er half ihr in den Mantel. Er küsste ihr die Hand. Sie tätschelte ihm die Wange. Wieder küsste er ihre Hand. Na und, was ist schon dabei, dachte Katja.

Wadim trat selbstsicher auf Artur zu. Sie redeten. Der Hidalgo lächelte. Katja nahm ihren Mantel und das Kostüm und verließ die Umkleidekabine.

»Da ist sie ja«, verkündete Sergej laut. Artur drehte sich mit einem Lächeln um ... und das Lächeln verwandelte sich schlagartig in eine säuerliche Miene.

»Guten Tag.« Sein Blick glitt gleichgültig über Katjas Figur. »Hat es nicht gepasst?«

»Zu eng«, erwiderte sie.

»Vielleicht probieren Sie mal dieses.« Er zeigte träge auf einen khakifarbenen Hosenanzug.

»Wir würden gern alles anschauen«, mischte Wadim sich plötzlich geschäftig ein. Sergej nickte bekräftigend.

»Hm, ja, aber ich glaube nicht, dass das für die Dame besonders interessant sein wird.« Artur zuckte die Schultern. »So jung, wie sie noch ist ... Unser Angebot richtet sich mehr an die reifere Kundschaft, auf sie sind unsere Modelle zugeschnitten.«

»Das macht nichts.« Wadim lächelte strahlend. »Wir haben im Fernsehen von Ihnen gehört und würden gern alles sehen.«

»Im Fernsehen?« Artur klirrte mit seiner Kette. »Na schön, besprechen Sie das mit meinem Geschäftsführer, und gehen Sie in den Saal. Die Schau beginnt in zwanzig Minuten.«

Wadim verschwand. Wie viel werden sie uns wohl abknöpfen?, überlegte Katja, während Sergej sie in den Saal geleitete. Dort war es zwar eng, aber recht gemütlich. Zehn Ledersessel, ein kleines Podium. An den Wänden waren verschiedene Mobiles befestigt: fließende Silhouetten, Schmetterlinge, Silberfäden. Von ihrer ständigen Bewegung bekam Katja Kopfschmerzen.

Nach und nach kamen die Zuschauer in den Saal – würdevolle alte Ausländer und Ausländerinnen. Du lieber Himmel, dachte Katja, da ist ja keiner unter siebzig! Die Besucher unterhielten sich mit gutturalem Akzent, vermutlich Schweden oder Norweger. Die einzige vergleichsweise junge Frau war die Dolmetscherin, eine milchweiße Blondine in einer roten Lederjacke. Sie stand mitten in einer Gruppe alter Damen und schnatterte drauflos.

»Das sind Dänen«, flüsterte Katja Sergej zu.

Die Musik begann zu spielen. Ein Stück aus den Vierzigern oder Fünfzigern: »O Rio, Rio.« Der Vorhang öffnete sich, und auf der Bühne zeigte sich eine alte Frau auf hohen Stöckelschuhen. Katja reckte verblüfft den Hals: graue ondulierte Haare, ein gepudertes Gesicht, die Haltung etwas gebeugt, der Gang jedoch sehr sicher: trapp-trapp-trapp, wie eine Ziege auf einem Brettergerüst. Vorgeführt wurde ein hellblaues, luftiges Kleid mit einem unschuldigen Kleinmädchenkragen.

Im Saal erschien der Hidalgo. Viele Frauen begannen sofort dümmlich zu lächeln. Er stellte sich direkt vor den Laufsteg.

»Ich freue mich, meine verehrten Gäste, Sie zu dieser Schau begrüßen zu dürfen. Sie werden die Kollektion ›Queen Elizabeth die Zweite‹ im Stil des ›New Wave‹ sehen. Aber zu Beginn einige nostalgische Fantasien.«

Katja begann Gefallen an der Schau und dem ganzen Drumherum zu finden. Die betagten Models traten eins nach dem anderen auf und zeigten »ein Kleid im Stil des New Look, das Queen Elizabeth beim Weihnachtsempfang 1957 im Buckingham-Palast trug«, »ein Abendkleid im Tunika-Stil, gezeigt von Cristóbal Balenciaga bei der Modenschau im Hotel Sheraton im Dezember 1960«, »ein sportlicher Hosenanzug aus Leder à la Marlene Dietrich«.

Am elegantesten aber war die Dame, die ein Mini-Kleid vorführte, das Mary Quant getragen hatte, die Erfinderin dieser Moderichtung in den Sechzigerjahren, die ihr den Orden des Britischen Empire für ihre Verdienste um den Export englischer Textilwaren eingetragen hatte. Die Zuschauerinnen schmolzen dahin und klatschten begeistert, die Männer seufzten verstohlen.

»Sie erinnern sich an die besten Jahre ihres Lebens«, flüsterte Sergej. »Aber die Models sind nicht echt.«

»Was meinst du damit?«, fragte Katja verwundert.

»Guck doch mal genauer hin. Das sind junge Mädchen, die man auf alt getrimmt hat.«

Katja starrte auf den Laufsteg. Du lieber Himmel, er hatte Recht, alles nur Schminke und Perücken.

»Aber wozu das?«

»Glaubst du, diese alten Schachteln hätten Lust, sich junge Dinger anzuschauen?« Wadim stand hinter Katjas Sessel wie ein Fels in der Brandung.

Schon wieder wurden neue Kreationen auf den Laufsteg geschickt: Kleider für den Arztbesuch, Kostüme fürs Wochenende (als müssten die alten Leutchen noch fünf Tage in der Woche arbeiten) und sogar Hochzeitskleider.

»Das Brautkleid ›Weiße Kamelie‹«, verkündete Artur.

Katja hüpfte vor Überraschung fast in die Höhe, und die alten Däninnen wurden merklich munterer und begannen lebhaft zu plappern.

»Wer geistig jung bleibt, liebe Gäste, altert auch körperlich nicht«, säuselte der Hidalgo schmeichelnd ins Mikrofon. »Die Frau ohne Alter ist das Ideal jedes echten Mannes. Die verführerische, bezaubernde, erfahrene, lebenskluge Frau.«

Ein Kleid aus schwarzem Chiffon und Federn, dessen Oberteil völlig durchsichtig war, machte auf Katja großen Eindruck. Sieh einer an, diese flotten Seniorinnen! Der Bildhauer ist ein Dummkopf; er versteht weder etwas von Mode noch von uns Frauen, überlegte sie, während sie atemlos der Modenschau folgte. Was hatte er gesagt? Eine Schande? Er hätte besser den Mund gehalten.

Oh, was ist das? Da hätte ich selbst in meinem Alter Hemmungen, das anzuziehen!

Sergej und Wadim krümmten sich in lautlosem Gelächter.

»Das ist überhaupt nicht komisch«, fuhr Katja sie streng an. »Ihr habt keine Ahnung. Das ... das ist wunderschön!«

»Natürlich!« Wadim schüttelte sich immer noch vor unterdrücktem Lachen.

Die Musik spielte einen Foxtrott. Nun wurde die »schwere Artillerie« aufgefahren – Strandmode für die Senioren. Wadim konnte schon gar nicht mehr hinschauen. Der Fürst biss sich auf die Lippen. Die Dänin in der bunten Jacke blickte ihn verächtlich an und flüsterte ihrer Nachbarin etwas zu.

»Man wird euch gleich hinauswerfen«, versuchte Katja sie zur Raison zu bringen.

»Ich halt's nicht mehr aus!« Wadim ergriff Katja unerwartet beim Arm und zog sie gewaltsam aus dem Sessel. »Pardon, Madame, der Dame ist plötzlich schlecht geworden. Und ich muss auch an die frische Luft.«

»Mit euch kann man einfach nirgends hingehen«, empörte sich Katja, als die beiden sie mit vereinten Kräften in den BMW schoben. »Ihr habt mich nicht mal bis zu Ende gucken lassen!«

Aber die Freunde hörten nicht auf sie. Wadim fiel kichernd und prustend aufs Lenkrad, der Fürst schüttelte sich vor Lachen und hielt die Hände vors Gesicht.

»Diese rüschenbesetzten Unterhosen!«, stöhnte Wadim. »Nein, das war zu viel, ich kann nicht mehr!«

Katja riss sich zusammen, so gut sie konnte, musste dann aber selber lachen.

»Ihr seid Banausen. Männer – damit ist schon alles

gesagt. Ihr kapiert überhaupt nichts. Auch mit siebzig, auch mit *neunzig* möchte eine Frau gut gekleidet sein.« Sie seufzte resigniert. »Was machen wir denn jetzt? Wir haben ja nichts von dem erfahren, was wir wissen wollten.«

»Wenn dieser Verrückte unser Serienmörder ist, dann ist er von allen weltberühmten Mördern mit Abstand der lustigste.« Sergej steckte sich eine Zigarette an und kurbelte das Fenster herunter. »Ein sehr interessanter Ort ist das. Die Mädchen, die man auf alt geschminkt hat, sind sicher Schauspielerinnen, genau wie Sweta. Es würde nicht schaden, Genaueres herauszufinden, bevor ...«

»Bevor was?«, fragte Katja.

»Bevor dein Kolossow hier aufkreuzt und den Angestellten Fotos der ermordeten Mädchen vor die Nase hält«, meinte der Fürst nachdenklich. »So würde ich es an seiner Stelle machen und gar keine Fragen stellen. Manchmal sind Fragen angebracht, aber hier sind sie vorerst fehl am Platze.«

»Also, ich werde ihm trotzdem ein paar Fragen stellen.« Wadim stieg aus dem Wagen und schritt mit wehendem Mantel auf die Drehtür zu. Katja blickte ihm nach. In diesem Moment stoppte ein roter ausländischer Wagen neben ihnen. Am Steuer saß ein schmächtiger blonder Mann. An seinem Ohr baumelte ein Ohrring, und um den Hals hatte er ein Tuch aus bunt bedruckter Seide geschlungen. Auf dem Rücksitz des Autos lagen große Sträuße frischer Blumen. Ein Gärtner oder Blumenhändler, dachte Katja gleichgültig und wandte sich ab.

Inzwischen wurde Wadim Zeuge der rührenden Abschiedsszene zwischen den alten Damen und dem Couturier Artur: Handküsse, bedeutungsschwere Blicke, feucht glänzende falsche Zähne, gelispelte Komplimente.

Artur strahlte – man sah, dass die Begeisterung der Frauen ihm ehrliches Vergnügen bereitete. Besonders hingerissen war die Dame in der skandinavischen Jacke und den Hosen. Sie sprudelte in nicht ganz akzentfreiem Französisch hervor: »Mein Lieber, wunderbar, zauberhaft, ich würde Sie gern sehen, Hotel ›Kosmos‹, Madame van Linghoff-Vossen.«

Artur war im Französischen offensichtlich nicht besonders firm und verstand nur zwei Worte: »Hotel« und »Kosmos«. Er wies mit dem Finger auf die Uhr an der Wand seines Geschäfts und machte eine fragende Kopfbewegung. Sein Gesicht nahm einen albern schmachtenden Ausdruck an. Madame van Linghoff-Vossen hatte eine schnelle Auffassungsgabe. Sie hob ihre von Ringen funkelnde Hand und spreizte alle fünf Finger. Aha, um fünf Uhr also. So ein raffiniertes Luder, bestellt ihn zum Rendezvous! Wadim amüsierte sich prächtig. Er wird seiner gelben Brillenschlange untreu!

Schließlich hatten alle Besucherinnen raschelnd und schnatternd den Laden verlassen. Wadim ging auf den Couturier zu. Fragen über Sweta Krassilnikowa wollte er ihm vorläufig noch nicht stellen – Sergej hatte Recht, dafür war es noch zu früh.

»Artur, ich bin entzückt«, sagte er und breitete die Arme aus. »Du bist der reinste Zauberer.«

»Ist das dein Wagen, der vor dem Eingang steht?«, erkundigte sich Artur.

Wadim bemerkte zufrieden, wie zwanglos sie zum Du übergegangen waren, und erwiderte: »Ja, das ist meiner.«

»Hast du viel dafür bezahlt?«

»Als Stammkunde habe ich Rabatt bekommen.«

»Ist der von hier oder aus dem Ausland?«

»Von hier. Wenn du willst, kann ich dich mit den richtigen Leuten zusammenbringen.« Wadim grinste.

»Schließen wir Bekanntschaft: Artur Berberow.«

»Wadim Krawtschenko.«

Sie schüttelten einander die Hand.

»Ich wollte dich was fragen. Ein guter Bekannter von mir, Wassili Wassiljewitsch Tunigunow, hätte sich auch gern mal so was in der Art angeschaut.«

»Tunigunow? Der Geschäftsmann?« Artur zog seine rabenschwarzen Brauen hoch.

»Genau der. Ich möchte ihn beim nächsten Mal gern mitbringen. Man müsste ihn nur entsprechend empfangen, du verstehst. Wenn deine Schau ihm gefällt – er ist nicht knauserig.«

»Kein Problem, bring ihn her.« Artur grinste breit. »Und was das Auto betrifft ...«

»Hier ist meine Visitenkarte.« Wadim zog ein Kärtchen aus seiner Brieftasche. »Ruf mich Freitagabend im Büro an, dann können wir uns was überlegen.«

»Die nächste Schau findet am Samstag statt. Allerdings nicht hier. Wir versammeln uns alle bei Arsenjew. Seine ›Floralien‹, meine Kleider und jede Menge Champagner.«

»Arsenjew?« Wadim schnitt ein finsteres Gesicht. »Wer ist denn das schon wieder?«

»Der ›Botanische Garten der Seele‹, mein Lieber. Ein Szene-Treff auf der Sadow-Triumfalnaja-Straße. Gute Küche, gute Musik, Modenschauen.«

»Glücksspiel?«

»Manchmal.« Artur lächelte. »Aber alles ganz legal – Croupiers, Roulette.«

»Wir kommen. Um wie viel Uhr?«

»So gegen elf ist normal. Ich bestelle einen Tisch für euch.«

»Also dann, mach's gut.« Wadim reichte ihm die Hand. »Bis Samstag.«


»Na, hast du was über Sweta erfahren? Oder über Lawrowski?«, fragte Katja, als er zurückkam.

Wadim blickte an ihr vorbei.

»Nein.«

»Warum nicht?«

Er ließ den Motor an und warf einen Blick auf den ausländischen Wagen, der neben ihnen stand: ein roter Ford – der bewusste. Verflixter Iltis!

»Katja, wir fahren jetzt zur nächsten Telefonzelle. Du rufst von dort deinen Kolossow an und sagst, er solle sich unverzüglich mit diesem Burschen befassen.«

»Mit Artur?«

»Ja, mit Artur Berberow.«

»Warum diese Eile?« Katja riss erstaunt die Augen auf. »Hast du doch etwas erfahren?«

»Bei einer anständigen Jagd muss man das Wild zuerst einmal aufschrecken«, sagte er grinsend. »Und wir beobachten dann in Ruhe, welche Schnepfe als Erste auffliegt.«

Katja kam sich dumm vor; sie verstand nicht, wovon er sprach, wollte es aber nicht zugeben.

»Bringt mich zum Revier, das geht schneller. Ich gehe dann sofort zu ihm.«

»Schade, dass du mich damals zurückgehalten hast«, knurrte Wadim, als er losfuhr.

»Ich?«, fragte Sergej verwundert.

»Ja, du. Guck doch, wie sie strahlt – sie fährt zu ihm! Unsere Gesellschaft ist ihr schon langweilig.«

»Ihr Trottel!« Katja wandte sich gekränkt ab. »Schon wieder die alte Leier!«

## Eine Grippe als Fingerzeig des Schicksals

# 20

Auf den Einladungen stand für gewöhnlich kein Datum. Das war diesmal auch besser so. Denn nach dem Besuch des Bolschoi-Theaters erkrankte Olli plötzlich an Grippe. Er putzte sich pausenlos die Nase, trank Tee mit Honig und trennte sich keinen Augenblick von seinem Thermometer: achtunddreißig acht. Werchowzew beschloss, alles zu verschieben.

»Nimm Tetrazyklin«, ermahnte er Olli, der sich matt auf dem breiten Bett im Schlafzimmer ausgestreckt hatte. »Du musst gesund werden, Junge. Alles hängt jetzt davon ab, wie schnell du wieder auf die Beine kommst. Da siehst du's, Anna«, sagte er zu der Statistin, die den Kranken besuchen kam. »So ist das Künstlerleben! Ein Luftschloss, eine Fata Morgana. Der Mensch denkt, aber Gott lenkt. Alles verschiebt sich um mindestens eine Woche, vielleicht auch mehr. Du hast doch nichts dagegen?«

»Nein, ich fühle mich wohl bei Ihnen.« Das Mädchen zuckte seine schmächtigen Schultern. »Es ist mir nur peinlich – Sie geben mir zu essen und zu trinken, kleiden mich von Kopf bis Fuß neu ein und wollen mir auch noch Gage zahlen. Und ich kann mich vorläufig gar nicht revanchieren.«

»Die Zeit wird kommen, da wirst du dich revanchieren«, versicherte Danila ihr. Er saß auf dem Bett neben Olli. Fürsorglich fühlte er ihm die Stirn. »Ich war in der Apotheke. Hier hast du das Tetrazyklin, und das ist Coldrex. Und hier ist noch ein anderes Medikament.« Er reichte Anna ein kleines Fläschchen.

»Lass uns gehen, ich muss noch einiges mit dir besprechen«, sagte Werchowzew. »Und du bleib liegen, steh nicht auf«, warnte er Olli, »du bekommst nachher noch heißen Tee gebracht.«

Als sie gegangen waren, reckte Olli sich im Bett.

»Mir ist heiß. Ich bin nass wie eine junge Maus, aber mein Kopf ist ganz klar, und der Körper fühlt sich schwerelos an.«

»Das kommt vom Fieber.« Anna zog ihm die Bettdecke glatt. »Du hast Zug bekommen und dich erkältet. Ich hab ja gesagt, du darfst nicht so leicht bekleidet herumlaufen.«

»Leicht bekleidet.« Er lachte. »Wir haben ja unsere Kostüme noch gar nicht anprobiert, Anna. Die anderen, meine ich.«

»Welche anderen?«, fragte sie erstaunt.

»Die anderen, die richtigen. Die bringt man uns erst direkt vor der Premiere. Einwegkostüme sozusagen.«

»Aus Papier oder so?«

Er lachte wieder und drehte sich auf die Seite.

»Anna, gefällt es dir, wie ich tanze?«

»Mir gefällt nicht nur das.« Sie warf ihre Haare zurück – sie waren frisch gewaschen, leicht und glänzten.

Olli blickte sie an.

»Was denn noch?«

»Wie du sprichst. Du hast so einen komischen Akzent. Sag doch mal was auf Litauisch.«

Olli sagte einen langen Satz. Sie lauschte mit gesenktem Kopf.

»Meine Geliebte hat Haar wie altes Gold und Augen wie der Meeresspiegel. Sie lebt in einem Fichtenwald weit weg von hier ...«, übersetzte er.

»Verse?«

»Mhm.«

»Von wem?«

»Von mir.« Er lächelte. »Ich habe sie auf dem Institut für ein Mädchen geschrieben.«

»Eine Tänzerin?«

»Eine Tänzerin.«

»Und?«

»Nichts. Ich habe dann aufgehört, Verse zu schreiben. Für Mädchen.«

»Wo sind deine Eltern?«

Er wandte sich ab.

»Ich habe keine. Ich hatte einen Großvater, der hat mich aufgezogen. Ich habe die ganze Zeit bei ihm gelebt, zuerst in Wilnius, dann auf einer Datscha auf dem Land, in Trakai. Und dann bin ich nach Leningrad gegangen, aufs Institut.«

»Und deine Eltern?«, wiederholte sie und rückte näher an ihn heran.

Er hob die Hand und machte die Geste des Trinkens.

»Es gibt keine.«

»Wart mal, dein Kissen ist verrutscht.« Das Mädchen beugte sich gelenkig vor; ihre Hand berührte Ollis Arm. Dann schmiegte sie sich plötzlich an ihn und küsste ihn direkt auf seine vom Fieber aufgesprungenen Lippen. Das Fläschchen mit der durchsichtigen Flüssigkeit rollte über die Bettdecke.

Olli schloss die Augen.

»Bitte nicht.«

»Findest du mich abstoßend?«

»Nein.« Er drückte sein Gesicht ins Kissen. »Es hat nichts mit dir zu tun.«

Sie drehte ihn gewaltsam wieder zu sich herum.

»Sieh mich an, sieh mich doch an!«

Er legte einen Arm um sie. Sie drückte den Kopf an seine Brust.

»Wein doch nicht. Da kann man nichts machen.«

Sie schluchzte.

»Immer hab ich Pech. Einen habe ich kennen gelernt, der hat mich sitzen lassen, den Nächsten haben sie abgemurkst, und jetzt du ... ach, du!« Das Schluchzen wurde lauter.

»Pssst.« Er streichelte ihr über den Rücken. »Das ist nun mal so. Es lässt sich nicht ändern.«

»Ein Trottel bist du!« Sie weinte laut und bitterlich.

»Ich weiß.«

Das Mädchen hob das tränennasse Gesicht, und er lächelte ihr zu.

In diesem Augenblick kam Danila ins Zimmer. Er hatte nur seine Jeans an. An seinem Hals schimmerte matt ein Goldkettchen. Als hätte es diesen Moment abgewartet, fiel das Fläschchen vom Bett und rollte ihm vor die Füße.

»Anna, du denkst weder an deine eigene Gesundheit noch an die von Olli«, sagte Danila leise.

»Lass sie in Ruhe. Geh bitte.« Olli blickte seinen Freund nicht an.

»Nein. Warum denn? Sie muss jetzt ihr Medikament nehmen.« Danila fasste das Mädchen beim Arm und zog sie vom Bett. »Und auch du musst deine Medizin nehmen.«

»Lass sie los! Rühr sie nicht an!« Olli beugte sich aus dem Bett, von einem heftigen Hustenanfall geschüttelt.

»Komm, Anna. Ich gebe dir eine Spritze. Dann wirst du einschlafen und träumen. Möchtest du gern träumen, Kleines?«

Sie schluchzte und ging mit ihm, widersetzte sich dem fremden Willen nicht länger. Ihr Blick war trüb, ihr Rücken gekrümmt.

»Wage es nicht, ihr diesen Dreck zu spritzen!«, rief Olli. »Nicht heute!«

Danila schloss die Tür fest hinter sich. Er war etwa zehn Minuten fort – so lange, wie er für das Aufziehen und Setzen der Spritze brauchte. Als er ins Schlafzimmer zurückkehrte, saß Olli zusammengekrümmt auf dem Bett.

»Und hier hast du deine eigene Medizin.« Danila trat zu ihm und versetzte ihm eine schallende Ohrfeige.


Zur selben Zeit saß Werchowzew oben im Zimmer des Meisters. Er pflegte sich nicht in fremde Angelegenheiten einzumischen. Mochten die Jungen sich streiten – später versöhnten sie sich wieder. Leise sang Freddie Mercury. Die Schwertlampe erfüllte das Zimmer mit angenehm silbrigem Licht. Werchowzew dachte an seine Unterredung mit Danila.

»Diese Woche darf sie das Haus nicht verlassen«, hatte er in strengem Tonfall gesagt. »Tu alles, was nötig ist.«

»Geld ist nötig, sonst nichts.« Danila blickte finster und biss sich auf die Lippen. Er horchte auf irgendetwas; dann rief er zornig: »Stell diesen Idioten ab! Der heult ja wie eine Sirene!«

»Freddie heult?« Werchowzew war verblüfft. In einem solchen Ton hatte Danila bisher nie mit ihm zu sprechen gewagt.

»Ja! Stopf ihm das Maul.« Er drückte bereits auf den Knopf der Stereoanlage und stellte den Ton leiser. »Ihre Medizin ist teuer, Igor. Dafür brauche ich Geld.«

»Dann nimm dir doch welches.« Werchowzew zuckte die Achseln.

»Gut.« Danila ging zur Tür.

»Aber diesmal möchte ich keine unangenehmen Überraschungen«, sagte Werchowzew im Befehlston. »Diesmal sollst du nicht wieder die doppelte Arbeit tun, wie sonst in letzter Zeit. Von diesem Mädchen darf niemand etwas wissen.«

»Gut.« Danila schlug die Tür zu.


Werchowzew stellte die Musik lauter. Wenn sich persönliche Gefühle ins Spiel eines Schauspielers mischen, überlegte er, ist die Wirkung meist frappierend. Sie alle haben diesen Weg schon betreten. Nun, wir werden das Ergebnis sehen, das endgültige Resultat dieser tragischen Farce.

Oscar O'Flaherty Wilde lächelte geheimnisvoll von seinem Porträt herunter.

## 21 Der Augenblick der Wahrheit

Noch nie hatte die Zeit sich für Katja so unerträglich in die Länge gezogen. Seit sie Kolossow angerufen und ihm mitgeteilt hatte: »Artur Berberow, Kusnetzki-Most, Modehaus« und Kolossow geantwortet hatte: »Alles klar, ich setze sofort einen meiner Leute auf ihn an«, waren erst vierundzwanzig Stunden vergangen. Kolossows energische Antwort hatte Katja Hoffnung gemacht, und sie wartete begierig auf die Ergebnisse seiner Ermittlungen. Wenn Kolossow »Alles klar« sagte, kam es ihr immer so vor, als wüsste er schon alles, sodass man den verdammten Wahnsinnigen nur noch auf frischer Tat ertappen müsse. Leider jedoch verging Stunde um Stunde, ohne dass es neue Nachrichten gab. Es wurde Abend, Nacht, Morgen.

Katja wollte stets genau wissen, wie die Praxis aussah und wie die Mitarbeiter der Miliz die verschiedenen Verbrechen aufklärten. Ihre lebhafte Fantasie malte ihr Ereignisse, wie Katja sie in ihrer früheren Ermittlungstätigkeit selber nie gesehen hatte: Verfolgungsjagden, Hinterhalte, kriminologische Manöver mit messerscharfen Schlussfolgerungen, tödlicher Logik und raffinierten Psychotricks.

Diesmal jedoch enttäuschte Kolossow sie: Wenn sie ihn an diesem Tag hätte beobachten können, hätte sie ihn mit der für sie typischen Vorliebe für Metaphern mit einem verirrten Wanderer verglichen, der in finsterer Nacht vergeblich versucht, den verlorenen Weg wieder zu finden.

Den halben Tag hatte der Chef der Mordkommission bei der Bezirksstaatsanwaltschaft verbracht, wo er sorgfältig die gerichtsmedizinischen Gutachten zur Todesursache Swetlana Krassilnikowas und Anatoli Lawrowskis studierte und sie mit den Gutachten über die früheren Opfer des unbekannten Serienmörders verglich.

Er studierte und verglich die Protokolle der Tatortbesichtigungen und stellte eine genaue Liste jener Dinge auf, die man bei den Opfern gefunden hatte: Kleidungsstücke, Vorhandensein und Verteilung von Blutflecken auf der Kleidung, Spuren sonstiger äußerer Gewaltanwendung.

Zur gleichen Zeit nahmen zwei Leute seiner Abteilung den »Bienenstock«, die »Rampe« und das Modehaus am Kusnetzki-Most unter die Lupe. Auf die Ergebnisse dieser Ermittlungen setzte Kolossow einige Hoffnungen. Alle diese Orte interessierten ihn, weil sie durch ein gemeinsames Merkmal verbunden waren: Im Theater, in den Ateliers des Bildhauers und des tachistischen Malers sowie im Modegeschäft arbeiteten junge Frauen, die aus beruflichen Gründen ständig ihre Kleidung wechseln mussten.

Dieses Wort – »Kleiderwechsel« – schrieb Kolossow mit rotem Filzstift auf den schmalen Rand des Papiers. Als er wieder in sein Büro zurückgekehrt war, legte er dieses Blatt auf den Klappkalender direkt vor sich. Ihn interessierte noch ein anderes ungewöhnliches Detail: Den Gutachten zufolge waren auf der Gesichtshaut aller getöteten Mädchen – darunter auch der Unbekannten aus Butowo – Partikel verschiedenfarbiger Theaterschminke entdeckt worden.

Die Experten hatten die chemische Zusammensetzung der Schminke geprüft. Sofort war die Ähnlichkeit ins Auge gefallen: die Farbe, die Zusammensetzung, die Art des Auftragens – alles war bis in die kleinsten Einzelheiten identisch.

Bevor man die Mädchen ermordet hatte, waren sie geschminkt worden, jedes Mal auf die gleiche Weise. Das hatten die Gutachten zweifelsfrei bewiesen. Und noch ein Detail ließ Kolossow keine Ruhe: Die Schminke war in allen Fällen sorgfältig entfernt worden. Zu diesem Zweck hatte man nach Meinung der Experten eine Spezialcreme ausländischer Herkunft benutzt.

Gegen vier kamen die Ermittler nach getaner Arbeit endlich zurück. Die Neuigkeiten, die sie mitbrachten, veranlassten Kolossow, sich sofort mit der Drogenfahndung der Moskauer Miliz in Verbindung zu setzen. Er brauchte unverzüglich ihren Kommentar und eine Information aus dem Innenministerium.

Um fünf Uhr lag eine vom Computer ausgegebene Information auf seinem Schreibtisch. Kolossow las sie und dachte nach. Jetzt gab es zwei Wege. Entweder konnte er sofort zu der bereits bekannten Adresse fahren und den Verdächtigen in die Mangel nehmen, oder er konnte diesen allzu geraden Weg erst einmal verlassen und einen kleinen Umweg einschlagen. Dass der gerade Weg in solchen Fällen oft in eine Sackgasse führt, wusste Kolossow aus Erfahrung nur zu gut. Deshalb beschloss er, nichts zu übereilen, rief in der »Rampe« an und fragte nach Boris Bergman, mit dem er bereits vor einer Woche gesprochen hatte, als alle Schauspieler der »Rampe« als Zeugen befragt worden waren.

»Guten Abend, Boris Grigorjewitsch, hier Nikita Kolossow, Mordkommission. Ich hätte eine Frage. Steht Ihr Schauspieler Walentin Archipenko heute Abend auf der Bühne?«

Bergman erwiderte, dass Archipenko im ersten Akt des Stückes »Der Sonnendrachen« auftrete, im zweiten Akt jedoch spielfrei habe.

»Was ist denn passiert, Nikita Michailowitsch? Gibt es Neuigkeiten? Geht die Sache voran?«

»Wir arbeiten daran. Seien Sie so gut und sagen Sie Archipenko, er soll nach dem ersten Akt noch bleiben. Ich muss ihn dringend sprechen.«

»Dann kommen Sie am besten gegen halb neun. Um diese Zeit wird er gerade frei sein«, sagte der Regisseur verwirrt.

Archipenko war der Schauspieler, der, wie Kolossow herausgefunden hatte, Lawrowski an jenem Samstagabend als Letzter gesehen hatte; er war es auch gewesen, der Lawrowski ans Telefon geholt hatte, als dieser im »Schuppen des Pegasus« angerufen worden war. Katja hätte ihn bestimmt wiedererkannt: Er war der geschminkte und lorbeerbekränzte Apoll gewesen.

»Was sitzt du hier herum, Nikita? Kommst du mit zum Sport oder nicht? Es gibt ein neues Trainingsgerät.« Vier von Kolossows Untergebenen stürmten mit Sporttaschen in sein Büro.

»Für heute habe ich andere Pläne. Ich gehe ins Theater.«

»Ins Theater? Na schön, dann machen wir uns jetzt auf den Weg.« Die Ermittler wechselten verwunderte Blicke. »Der Chef tut was für die Bildung! Da wollen wir ihn nicht stören.« Johlend zogen sie ab.

Kolossow blickte ihnen seufzend nach. Wie wenig die Menschen doch brauchten, um glücklich zu sein.

Um halb neun saß er bereits im Umkleideraum der »Rampe«, wo noch vor kurzem Katja und Sergej sich mit Ben und dem Schauspieler Poletajew unterhalten hatten.

»Guten Abend. Sind Sie der Mann, der mich sprechen will?«, fragte ein lebhafter junger Bursche mit braunem Haar und unruhigen Augen, der einen weißen Leinenanzug trug.

Die Handlung des Stückes »Der Sonnendrachen« spielte in Indochina zur Zeit des Kolonialismus. Dort waren weiße Hosen durchaus passend. Aber hier, in dem engen Umkleideraum, an dessen Fenster der monotone, trübe, kalte Märzregen trommelte, wirkten sie in ihrer Stutzerhaftigkeit geradezu aufreizend.

Kolossow erhob sich und stellte sich vor.

»Ich bin schon von der Staatsanwaltschaft verhört worden«, teilte Archipenko sofort mit und zog eine Schachtel Kent aus der Tasche. Beide zündeten sich eine Zigarette an.

»Ich weiß, aber ein paar Dinge muss ich unbedingt mit Ihnen persönlich klären, Walentin Petrowitsch. Sagen Sie, um wie viel Uhr haben Sie sich an dem bewussten Abend von Lawrowski verabschiedet? Denken Sie jetzt aber um Himmels willen nicht, wir würden Sie verdächtigen.« Kolossow lächelte aufmunternd. »Es geht nur darum, dass wir so genau wie möglich herausfinden müssen, was er unmittelbar vor seiner ...«

»Das habe ich dem Untersuchungsführer doch schon gesagt. Der Abend der Höfischen Manieristen war um elf Uhr zu Ende. Wir saßen in der Maske.« Archipenko runzelte leicht die Stirn, als er sich zu erinnern versuchte. »Lawrowski zog sich gerade um. Das ist auch schon alles.

Ich habe mich verabschiedet und bin nach Hause gegangen. Ich musste noch den Vorortzug kriegen.«

»Und Lawrowski hatte es an diesem Abend nicht eilig, nach Haus zu kommen?«

»Nein ... aber genau weiß ich das nicht.«

»Es hat ihn doch jemand angerufen?«, fragte Kolossow. »Und Sie haben ihn ans Telefon geholt.«

»Ja.« Archipenko steckte sich eine neue Zigarette an. »Wer ruft um diese Zeit noch im Sekretariat an, habe ich mich gefragt.«

»Ich verstehe. Bitte versuchen Sie sich in allen Einzelheiten an dieses Gespräch zu erinnern.«

»Es gab gar kein Gespräch.« Archipenko räusperte sich. »Er nannte Lawrowskis Namen, ich habe ihn geholt, und das war auch schon alles.«

»Bitte etwas genauer. Es ist äußerst wichtig. Also, das Telefon im Sekretariat klingelt. Sie nehmen den Hörer ab. Was hat dieser Mann dann gesagt?«, fragte Kolossow hartnäckig.

»Glauben Sie, es war der Mörder?«

»Heutzutage ist alles möglich. Sie sind ein kluger, talentierter Mann, haben ein professionell geschultes Gedächtnis ...«

»Also, ich hab den Hörer abgenommen. ›Hallo, ist das der Club auf der Twerskaja?‹ Darauf ich: ›Ja.‹ – ›Spielt Lawrowski heute?‹ Ich: ›Ja.‹ – ›Rufen Sie ihn zum Telefon.‹ Na, und dann bin ich losgegangen, ihn holen. Das war's.«

»Das Sekretariat ist im Erdgeschoss, und die Maske im ersten Stock?«, hakte Kolossow nach.

»Ganz recht.«

»Und machte es Ihnen nichts aus, an diesem Abend in den ersten Stock zu laufen?«

»Was?«

»Nichts. Sie haben nur einiges vergessen. Dieses Gespräch muss logischerweise etwas länger gedauert haben.«

»Wie meinen Sie das? Ich verstehe nicht ...« Archipenko wurde rot.

»Nun, wir sind alle nur Menschen ... Nach einem Auftritt ist man müde, angespannt, und im Sekretariat steht ein gemütlicher Ledersessel, wie geschaffen für eine Zigarettenpause ...« Kolossow kniff die Augen zusammen. »Und da kommt plötzlich so ein dummer Telefonanruf, und irgendein Bursche verlangt, auf der Stelle Lawrowski serviert zu bekommen, den man dafür erst extra aus der oberen Etage holen muss. Ich persönlich hätte den Flegel zum Teufel geschickt oder ihm gesagt, er solle später nochmal anrufen.«

»Ja, jetzt erinnere ich mich. Er hat ein zweites Mal angerufen. Zuerst habe ich ihm tatsächlich geraten, am nächsten Morgen in der ›Rampe‹ anzurufen. Ich habe gesagt, ich wüsste nicht, wo ich Lawrowski jetzt finden könnte, und dann aufgelegt. Dann hat er noch einmal angerufen.«

Kolossow nickte. »Klang seine Stimme beim zweiten Anruf verändert? Sie als Schauspieler bemerken so etwas doch bestimmt.«

»Ja, die Stimme klang anders.«

»Was genau hatte sich verändert? War er wütend auf Sie?«

»Nein, das nicht. Aber er sagte in einem Tonfall, als wäre ich sein Laufbursche: ›Morgen habe ich keine Zeit anzurufen. Legen Sie nicht gleich wieder auf, sondern holen Sie Lawrowski. Es ist dringend, es geht um eine Arbeit für ihn.‹ Ja, so hat er sich ausgedrückt ...« Archipenko stieß den Rauch aus der Nase aus. »Und dann bin ich in den ersten Stock gegangen. Immerhin eine Arbeit für Tolja, sagte ich mir, das bist du ihm schuldig.«

»War die Stimme Ihres Gesprächspartners die eines jungen Mannes?«

»Ziemlich jung, würde ich sagen.«

»Könnte es die Stimme eines Schauspielers gewesen sein?«, fragte Kolossow. »Der Sprechweise nach, dem Klang?«

»Ich weiß nicht. Es war eine angenehme Stimme. Aber ... nein, ich kann es nicht sagen.«

»Würden Sie die Stimme wiedererkennen?«

Archipenko überlegte.

»Ich glaube schon. Vielleicht, wenn er dasselbe sagen würde.«

»Als Lawrowski telefoniert hat, waren Sie nicht im Zimmer?«

Archipenko schüttelte den Kopf.

»Ich bin gleich unter die Dusche gegangen. Bei mir zu Hause gab es schon seit drei Tagen kein warmes Wasser mehr.«

»Hat man Lawrowski früher schon mal Arbeit angeboten?« Kolossow ließ nicht locker. »Was bedeutet dieses Wort Ihrer Meinung nach eigentlich – Arbeit? Er sollte ja wohl nicht die Straße fegen?«

»Nein, natürlich nicht. Es könnte ein Engagement für einen Theaterabend gewesen sein, auf dem er etwas vortragen oder singen sollte. Auf diese Weise verdienen unsere Leute sich oft etwas dazu. Vielleicht ging es auch um irgendeine Rolle oder ein Gastspiel. Aber das ist Kleinkram, nichts Ernsthaftes. Die großen Theater holen sich Schauspieler nicht gern auf diese Weise. Und wenn, dann nur die Stars, die schon einen Namen haben. Solange du keinen

219

Namen hast, musst du dir die Hacken ablaufen. In unserem Beruf muss man sich alles hart erarbeiten.«

»In unserem auch.« Kolossow grinste. »Vielen Dank, Walentin. Sie haben mir sehr geholfen.«

»Tatsächlich?« Archipenko lächelte zum ersten Mal während des ganzen Gesprächs.

»Und noch eine Bitte. Hier haben Sie meine Telefonnummer.« Kolossow reichte dem Schauspieler einen Zettel von seinem Notizblock. »Falls dieser Arbeitgeber sich nochmal melden sollte, informieren Sie mich bitte.«

»Aber wenn es der Mörder ist – wozu sollte er anrufen, wo er doch weiß, dass Tolja tot ist?«

»Genau das wollen wir ja nachprüfen.« Kolossow lächelte. »Vielleicht ist es ja auch nur ein Kollege aus der Theaterzunft. Er hat Lawrowski eine Rolle angeboten, und der ist auf einmal spurlos verschwunden. Da müsste er doch unruhig werden und wissen wollen, was los ist.«

Ob Archipenko diese zweifelhafte Logik überzeugte oder nicht – er steckte den Zettel mit der Telefonnummer in die Tasche seiner weißen Kolonialhose und versprach: »Wird gemacht.«

## 22 Ein später Gast

Kolossow verließ die »Rampe« kurz nach zehn, nachdem er zuvor aus Bergmans Büro kurz entschlossen bei Katja angerufen hatte.

Katja erschrak, als sie im Hörer so unerwartet Kolossows Stimme hörte: »Guten Abend, Katerina Sergejewna. Es gibt Neuigkeiten. Ich bin gerade in der Stadt. Ich könnte für eine halbe Stunde vorbeikommen und dir alles erzählen, wenn du willst.«

»Ja, sicher, komm nur.« Sie warf einen verwirrten Blick in den Spiegel, der im Flur hing. »Wie lange brauchst du?«

»In fünfzehn Minuten bin ich bei dir.«

Katja legte auf, ging unruhig im Zimmer auf und ab und fragte sich, was sie anziehen sollte. Sie konnte den Chef der Mordkommission ja nicht gut im Bademantel empfangen. War Kolossow dem Mörder auf die Spur gekommen? Katjas nächster Gedanke ging in eine ganz andere Richtung: Kolossow kam so spät abends bestimmt nicht nur deshalb zu ihr, um ihr von dem Fall zu erzählen. Männer sind Männer. Wie sollte sie ihn anschließend möglichst taktvoll hinausbefördern? Und wenn Wadim plötzlich auftauchte und Kolossow hier antraf? Er hatte zwar gerade Bereitschaftsdienst beim »Tunichtgut«, doch wie es der Zufall wollte, kam er vielleicht ausgerechnet jetzt auf die Idee, unverhofft zu erscheinen ...

Katja puderte sich hastig die Nase, zwängte sich rasch in ihre Jeans und streifte einen dunkelblauen italienischen Pullover über. Der elektrische Wasserkocher stieß bereits Dampfwölkchen aus, als es an der Tür klingelte.

»Hallo. Leg doch ab.« Katja war ganz zuvorkommende Gastgeberin, horchte dabei aber gleichzeitig, ob im Treppenhaus die Aufzugtür klappte. Kolossow ging ins Wohnzimmer und schaute sich um.

»Hübsch hast du's, gemütlich. So viele Bücher – na, das hab ich mir schon gedacht. Und viel Parfum auch«, sagte er und nickte zum Spiegel hinüber, wo die Fläschchen, Dosen und Tiegel standen.

Er trat zur Balkontür.

»Deine?«, fragte er grinsend und zeigte auf die schweren Gewichte, die Wadim gehörten. Katja hatte lange vergebens dagegen protestiert, dass er die kiloschweren Eisenklötze in ihrer Wohnung abstellte, sich aber schließlich damit abgefunden.

Im Chaos von Katjas Sachen fiel Kolossows nächster Blick ausgerechnet auf das Foto von Wadim und Sergej, das hinter der Glasscheibe des Bücherschranks steckte. Den schmächtigen Sergej beachtete er nicht, doch über Wadim bemerkte er: »Sieht gut aus, der Junge. Daher also die Gewichte ...«

Verflixter Spürhund!, dachte Katja bloß.

Sie tranken Tee in der Küche. Dabei erzählte er ihr, was er an diesem langen Tag alles getan hatte. Aufmerksam hörte Katja zu, als er von der Theaterschminke berichtete, die man auf den Gesichtern der Opfer entdeckt hatte. Kolossows Gespräch mit Archipenko fand sie allerdings merkwürdig. Sie begriff nicht, warum er den Schauspieler so sehr bedrängt hatte, die Telefonate Wort für Wort wiederzugeben. Was spielte es für eine Rolle, wie oft dieser Bursche angerufen hatte?

»Es spielt eine große Rolle«, erwiderte Kolossow. »Erstens kann man daraus den Schluss ziehen, dass er Lawrowski unbedingt noch am selben Abend brauchte. Wenn es der Mörder war, der angerufen hat, stellt sich die Frage: Warum diese Eile? Und zweitens haben wir jetzt eine etwas genauere Vorstellung von diesem Herrn. Er ist es gewohnt, mit Leuten umzugehen und zu befehlen. Außerdem ist er hartnäckig. Und seiner Ausdrucksweise nach zu urteilen, ist er gebildet. Und noch etwas: Er ist kein armer Schlucker.«

»Woraus folgerst du das?«, fragte Katja.

»Es scheint mir so.«

»Ach, es scheint dir so ...« Katja seufzte. »Wie sagte schon Prinz Hamlet: Scheint, gnädige Frau? Nein, ist. Mir gilt kein ›scheint‹. Das alles, Nikita, ist nur dann nützlich, wenn der Anrufer tatsächlich der Mörder ist. Und wenn er einer unserer Verdächtigen ist, ist es natürlich noch nützlicher. Aber unsere Verdächtigen ...«

Einen Augenblick später lauschte sie offenen Mundes Kolossow, als dieser erzählte, mit welchen Ergebnissen man die Fotos der ermordeten Mädchen herumgezeigt hatte. »Mein Gott, und was schließt du daraus?«

»Zwischen der ›Rampe‹ und der Krassilnikowa gibt es also eine Verbindung. Weiter: Im ›Bienenstock‹ wohnt ein gewisser Gawriil Olchowski, Saxofonist bei der Jazzband ›Blitz‹ und Nachbar des Malers Udoiko. Dieser Musiker hat Jelena Berestowaja nach dem Foto als das Mädchen identifiziert, das letzten Winter einige Male bei Udoiko übernachtet hat. Und im Modehaus am Kusnetzki-Most«, fuhr Kolossow leidenschaftslos fort, »haben die Angestellten nur Sweta Krassilnikowa erkannt, niemanden sonst. Aber ...«

»Aber was?«, fragte Katja gespannt.

»An der Straßenecke neben dem Geschäft befindet sich ein Blumenkiosk. Die Händlerin, eine Frau Semjonowa, hat die Unbekannte aus Butowo anhand des Fotos als eine gewisse Kira identifiziert, genannt das Püppchen, früher Tänzerin im Cabaret ›Lichter der Großstadt‹, später Straßenprostituierte. Kira das Püppchen kam öfter auf einen Schwatz zu der Blumenhändlerin und veranlasste ihre großzügigeren Kunden dazu, bei ihr Blumen für sie zu kaufen. Aber seit einem Jahr hat sie sich auf dem Kusnetzki-Most nicht mehr blicken lassen. Sie hatte ein besonderes Kennzeichen – drei rote Muttermale in Form eines Dreiecks auf dem rechten Unterarm. Das letzte Mal hat die Semjonowa Kira im vergangenen Winter gesehen. Sie stieg in einen roten ausländischen Wagen, offenbar zu einem ihrer Kunden.«

Katja zog fragend die Augenbrauen hoch.

»Wie die Informationszentrale des Innenministeriums mitteilt«, fuhr Kolossow monoton fort, »ist Kira das Püppchen möglicherweise identisch mit Kira Anatoljewna Rewjakina, neunundzwanzig Jahre alt, vorbestraft wegen Drogenhandels.«

»Warum nur möglicherweise?«, fragte Katja.

»Die Tote aus Butowo hatte keine Finger mehr. Deshalb konnte keine daktyloskopische Untersuchung vorgenommen werden. Aber sie hat die gleichen Muttermale auf dem Unterarm wie Kira Rewjakina. Als die Rewjakina verhaftet wurde, hat man dieses Merkmal in die Datenbank aufgenommen. Der Computer hat vieles über sie gespeichert. Er wird noch ein Bild von ihr ausdrucken, und der Untersuchungsführer hat eine entsprechende Expertise angeordnet, um sie mit letzter Sicherheit zu identifizieren. Aber ich denke, es wird sich alles bestätigen.«

»Was ergibt sich nun daraus?«

»Daraus ergibt sich eine höchst originelle Kette.« Kolossow blickte auf die Uhr. »Schon elf ... hm. Eine interessante Verbindung. Aber weißt du, wozu ich dir das alles erzähle? Wenn du mir wirklich helfen und später einen interessanten Artikel darüber schreiben willst, dann rate ich dir dringend, dich in den nächsten Tagen weder im ›Bienenstock‹ noch im Modehaus blicken zu lassen. Und den Eifer deiner freiwilligen Helfer, dieser Gewichtheber und Konsorten, solltest du auch ein wenig dämpfen.«

»Warum?« Katja warf hochmütig den Kopf zurück. »Ich habe keine Angst vor Serienkillern.«

»Das glaube ich dir aufs Wort, nur ...« Kolossow hielt kurz inne. »Ich bitte dich vorerst einfach nur darum. Später werde ich deine Hilfe vielleicht wieder in Anspruch nehmen. Du magst dich im Theatermilieu und in der Welt der Mode ja wie ein Fisch im Wasser fühlen, aber ich und meine Männer wirken da etwas ... wie soll ich sagen ... unbeholfen. Aber das hat noch Zeit.«

»Bis wann?«

»Weiß ich noch nicht. Zuerst will ich mich persönlich mit Udoiko und Berberow unterhalten.«

»Und Pawel Mohikaner?«

»Kommt auch noch an die Reihe.«

»Und wir ... und ich?«

»Katja ...« Kolossow griff plötzlich nach ihrer Hand. Seine eigene fühlte sich heiß an. »Du hast mir sehr geholfen. Sehr. Und du wirst mir auch in Zukunft noch helfen, davon bin ich überzeugt. Aber übereile nichts. Eile ist hier nicht angebracht. Verstehst du?«

»Aber inzwischen kann der Verrückte ... wenn wir uns nicht beeilen ...«, murmelte Katja.

»Vielleicht. Wenn ...«

»Wenn was?«

»Wenn es wirklich ein Verrückter ist.«

»Wie meinst du das?« Katja riss die Augen auf.

»Ich wollte dir noch etwas sagen.« Kolossow stand auf. »Es ist schon spät. Erinnerst du dich an diese Ungereimtheiten mit der Bekleidung der Toten? Ich glaube, man hat sie nach ihrem Tod umgezogen. Man hat ihnen absichtlich ihre eigenen Kleider wieder angezogen, damit der angebliche Unfall glaubwürdiger wirkte. Der Mörder hat den Opfern keine Kleider ausgezogen, im Gegenteil, er hat sie ihnen wieder angezogen. Ermordet aber wurden sie in *anderen* Kleidern, und sie wurden vorher auf bestimmte Weise geschminkt. Dann hat man den bereits Toten die Schminke entfernt, ihnen die neuen Kleider oder Kostüme ausgezogen und die alten wieder angezogen. Aber nur die Sachen, die man einer Toten leicht überziehen kann. Unterwäsche, Strumpfhosen und so weiter – all die Sachen, die man nur mit einiger Mühe hätte anziehen können –, fehlten bei den Opfern. Darum waren in der von uns gefundenen Kleidung auch keine Löcher, Katja. Die Löcher, die diese Metallstange gerissen hat, müssen demnach in den anderen Kostümen sein. Nur, wo sollen wir die suchen?«

»Was für Kostüme?« Katja fröstelte.

Kolossow zuckte die Achseln.

»Ich bitte dich nur, dich vorläufig zurückzuhalten. Wir haben es mit einem schlauen und vorsichtigen Verbrecher zu tun. Und er ... er ...«

»Er ist wahnsinnig, willst du sagen?«

»Nein, das meine ich nicht. Er hat sehr viel Fantasie. Ich begreife nur noch nicht, welcher Art seine Fantasie ist. Und deshalb möchte ich nichts übereilen.«

Sie verabschiedeten sich im Flur. Kolossow wirkte müde und still.

»Eine tolle Wohnung hast du. Der Herr der Gewichte ist wohl der Freund des Hauses?«

Katja nickte und fragte: »Hast du eigentlich eine Freundin?«

»Ab und zu.« Er lächelte. »Aber im Grunde, Katja, bin ich eingefleischter Junggeselle.«

## 23 Freitag der Dreizehnte

»Womit verdienen Sie sich Ihren Lebensunterhalt?«

»Ich befriedige Frauen.«

Sie saßen einander gegenüber. Vor einer Stunde hatten die Ermittler aus der Mordkommission den Bürger Udoiko zum Verhör gebracht. Doch das Gespräch, das Kolossow als halboffizielle Zeugenbefragung geplant hatte, wollte einfach nicht in Gang kommen.

Kolossow war wütend – der Freitag fing ja gut an! Dass der Frauenbefriediger sich gern ein Gläschen genehmigte, wusste er von Katja und seinen Kollegen, aber nicht, dass dieser Bursche schon um neun Uhr morgens nicht mehr ansprechbar war!

»Sie haben Swetlana Krassilnikowa gekannt?«

»Kann schon sein.«

»Wo haben Sie sie kennen gelernt?«

»Im Atelier von Pawel Mohikaner. Hör mal, was ist eigentlich los?« Udoiko riss seine verschlafenen Augen weit auf. »Wo bin ich hier, he?«

»Miliz. Mordkommission.«

»Und was habe ich hier verloren?«

»Waren Sie mit Jelena Berestowaja bekannt?«

»Mit wem?«

»Jelena Berestowaja.«

»Nee.«

»Mit diesem Mädchen hier.« Kolossow zeigte ihm ein Foto.

Udoiko stierte dumpf auf das Bild.

»Wie zwei Nebel – deine Augen«, brummelte er gefühlvoll. »Halb ein Lächeln, halb ein Weinen ... ach, Lena, Lena ... Ja, die hab ich gekannt. Ist aber schon lange her. Vor einem Jahr.«

»Welcher Art waren Ihre Beziehungen?«

»Drücken Sie sich genauer aus, Genosse Major ... nein, Bürger Major, oder wie sagt man jetzt? Herr Major?« Udoiko wurde immer dreister. »Ich versteh nicht, was meinen Sie damit?«

»Unterhielten Sie intime Beziehungen zu ihr?«

»Zwei-, dreimal. Vielleicht war's auch viermal.« Udoiko gähnte. »Wissen Sie, allzu viel Zeit kann ich mit so was nicht verplempern. Zeit ist Geld für mich.«

»Wie haben Sie sie kennen gelernt?«

»Durch eine Anzeige. Kennen Sie die Zeitschrift ›Von Hand zu Hand‹? ›Möchte die Liebe mit einem richtigen Mann ausprobieren‹, stand da. Ich habe mich bei Mac-Donald's mit ihr verabredet.«

»Und sie ist gekommen?«

»Ja.«

»Und wie ging es weiter?«

»Sie hat es ausprobiert und war nicht enttäuscht.«

»Hat Sie sie bezahlt?«

Wowotschka schüttelte seine ungekämmte Mähne.

»Nein.«

»Sie nehmen doch Geld von ihnen.«

»Nicht von allen.«

»So?« Kolossow lächelte spöttisch.

»Bei der war sowieso nichts zu holen. Sie war nach Moskau gekommen, um Arbeit zu finden.«

»Also Sie haben vier Nächte hintereinander probiert. Und was dann?«

»Hör mal, Major, was willst du eigentlich von mir? Ich bin Künstler, kapierst du? Ich bin ein freier Mensch und lege Wert auf meine Freiheit! Ich erlaube nicht jedem dahergelaufenen ...«

»Ein bisschen leiser.«

»Ich erlaube nicht jedem dahergelaufenen Fatzke mit Schulterklappen, sich in mein Privatleben einzumischen!«, zischte Wowotschka gedämpft. »Ich kann sowieso auf deine Fragen spucken, kapiert?«

»Kannst du nicht.« Kolossow zündete sich ungerührt eine Zigarette an.

»Und warum nicht?« Udoiko beugte sich weit vor. Alkoholgeruch schlug Kolossow entgegen. »Wir schreiben nicht das Jahr 1937, und du bist nicht Berija. Ist das klar, Major?«

»Die Krassilnikowa und die Berestowaja sind tot!«, zischte Kolossow. »Zwei junge, gesunde Frauen, die du beide gekannt hast, sind ermordet worden!«

»Verdächtigst du etwa mich?«, brüllte Udoiko.

»Schrei nicht so, ich bin nicht taub. Antworte wahrheitsgemäß auf meine Fragen. Streng gefälligst dein Spatzenhirn an. Wann hast du die Krassilnikowa das letzte Mal gesehen?«

»Vor drei oder vier Wochen. Sie hat Pawel Modell gestanden. Für irgend so ein Ding, das er zusammengenietet hat.«

»Eine Skulptur?«

»So kann man's auch nennen.«

»Unter welchen Umständen hast du dich von der Berestowaja getrennt?«

»Unter gar keinen! Sie ist einfach nicht mehr gekommen! Hör mal, Major, du bist kein Dummkopf, das sehe ich an deinem Blick. Ich habe das Mädchen nicht umgebracht, kapier es doch! Sie war mir völlig egal! Außerdem habe ich noch nie im Leben Gewalt gegen andere angewendet!«

»Die Hühner zählen nicht?«, fragte Kolossow.

»Ach, fick dich doch ins Knie!«, rief Udoiko außer sich. »Ich bin Künstler. Das ist mein Material, ich brauche es für meine Arbeit!«

»Aber es tut ihnen weh, Wowa.« Kolossows Stimme klang weich und freundlich.

»Wem tut es weh?«

»Den Hühnchen. Sie schreien doch sicher vor Schmerz, wenn du ihnen den Hals umdrehst.«

»Bist du von Greenpeace, oder was? Ich bin Künstler und habe das Recht auf Selbstverwirklichung.«

»Also, wie war das mit der Berestowaja?«, erinnerte Kolossow ihn und blies den Rauch in kleinen Ringen in die Luft.

»Was, wie? Ich hab dir doch auf gut Russisch gesagt, sie ist nicht mehr gekommen. Einfach nicht mehr erschienen. Mehr weiß ich nicht«, zischte Udoiko durch die Zähne. »Und von jetzt an rede ich nur noch in Anwesenheit meines Anwalts.«

Kaum hatte die Tür sich hinter dem Frauenbefriediger geschlossen, wählte Kolossow eine milizinterne Nummer.

Udoiko stürmte auf die Straße, zog den Reißverschluss seiner Jacke mit einem Ruck zu und eilte die Bolschaja-Nikitskaja-Straße hinunter. Er merkte nicht, dass ihm zwei unauffällig gekleidete Männer folgten.

Kolossow blieb ein paar Minuten still sitzen; dann zog er eine Schreibtischschublade auf und holte ein Diktafon heraus. Er spulte das Band zurück und hörte die ganze Aufnahme noch einmal ab. Verflixter schwarzer Freitag! Keine brauchbaren Informationen, kein Glück im Leben.

Unwillkürlich fiel ihm Katja wieder ein, wie sie meist zu ihm ins Büro kam – strahlend vor Energie, Neugier und Verschmitztheit. Katja hatte also einen Hausfreund, der seine Hanteln bei ihr deponiert hatte. Ach ja ... Aber er hatte keine Zeit mehr, diesen trüben Gedanken weiter nachzuhängen. Die Uhr zeigte zehn vor zwölf. Um Punkt zwölf war beim Chef, der aus dem Ministerium zurückkam, eine Besprechung angesetzt, zu der die Leiter sämtlicher Dienste und Abteilungen geladen waren. Freitag der Dreizehnte – der Chef hatte wahrlich einen passenden Tag ausgesucht, sich seine Untergebenen zur Brust zu nehmen.

Nach der Besprechung beschloss Kolossow, aufs Mittagessen zu verzichten und persönlich zum Kusnetzki-Most zu fahren, um mit dem Inhaber des Modehauses Kontakt aufzunehmen. Eine nähere Bekanntschaft mit diesem ulkigen Zeitgenossen war für den weiteren Lauf der Sache unbedingt nötig. Die Hoffnung, dass ihm an diesem Dreizehnten noch irgendetwas gelingen würde, hatte er zwar schon aufgegeben, aber er konnte ja nicht einfach die Hände in den Schoß legen.


Und so saßen sie an einem ovalen Tisch in einem Nebenraum des Modegeschäftes, den Berberow als sein persönliches »Büro« eingerichtet hatte: mit Schäferidyllen an den Wänden, einer schwarzen Zwischendecke, einer kugelförmigen Leuchte, gelben Lampenschirmen in sämtlichen Ecken, einem großen Porträt von Elizabeth II. und einem roten Samtsessel mit geschnitzten Beinen. In diesem Sessel rekelte sich lässig der Hausherr.

Während Kolossow sich als Mitarbeiter der Miliz auswies und auf Berberow wartete, herrschte im Laden eine konfuse, aufgeregte Geschäftigkeit. Die »gelben Rollis« – der Geschäftsführer und die Verkäufer – flatterten ziellos und aufgeregt wie große Schmetterlinge durch den Raum. Das höfliche Lächeln wich nicht von ihren Gesichtern, wenn sie Kolossow ansprachen. Doch im Rücken spürte er neugierige Blicke; offensichtlich wurde er genau in Augenschein genommen.

Zuerst erschienen zwei langbeinige Mannequins in Negligés, dann eine kleine Mollige mit feuerroter Perücke, und schließlich eine Travestiekünstlerin mit sonorer Stimme und freizügigem Auftreten, die ihren beiden Kolleginnen laut zu beweisen suchte, dass es weit interessanter sei, eine komische Alte auf dem Laufsteg zu spielen als die Ophelia in einem langweiligen klassischen Stück.

»Gibt es heute bei Ihnen eine Modenschau?«, fragte Kolossow den Geschäftsführer.

»Nein, die nächste ist morgen. Aber wir sind schon bei den Vorbereitungen«, erwiderte der Mann. »Die Kollektionen von Berberow sind in ganz Europa bekannt. Jedes Mal verkaufen wir ein paar unserer Modelle.«

Kolossow nickte und beobachtete dabei aus dem Augenwinkel, wie der eine Vorhang links ein Stückchen auseinander geschoben wurde und jemand durch den Schlitz spähte. Man merkte, dass der neuerliche Besuch der Miliz (beim ersten Mal hatte man den Angestellten die Fotos der ermordeten Mädchen vorgelegt) diese kleine, durch und durch von süßlichem Parfum getränkte Welt in ihren Grundfesten erschütterte.

Schließlich war die Musterung vorbei. Berberow erschien, und sie zogen sich in sein Allerheiligstes zurück. Ein Mann im gelben Rolli brachte ihnen Kaffee auf einem Tablett und eine schlanke Flasche Metaxa mit fingerhutkleinen Gläsern.

»Verstehen Sie mich richtig, Nikita Michailowitsch«, erklärte Berberow. »Ich wusste sofort, es handelt sich um eine ernste Sache, als ich von meinen Mitarbeitern hörte, dass die Miliz ihnen Fotos verschiedener Mädchen gezeigt hat. Ich bin bereit, Ihnen alles zu erzählen, was mir bekannt ist. Swetlana Krassilnikowa hat vom achten Januar bis zum siebten Februar dieses Jahres als Charaktermodel bei mir gearbeitet. Das können Sie bei unserer Buchhaltung überprüfen. In diesem Zeitraum hat sie an vier Modenschauen teilgenommen. Als sie bei uns anfing, haben wir eine Zeit von fünf Monaten vereinbart – bis zum Sommer. Aber dann hat sie unerwartet alle Kontakte zu uns abgebrochen und ist nicht einmal mehr zur Abrechnung am Monatsende erschienen.

Von Ihren Mitarbeitern erfuhr ich, dass sie ermordet wurde. Glauben Sie mir, ich bin zutiefst betrübt darüber. Aber leider kann ich Ihnen kaum etwas über sie erzählen. Sie hatte nur selten unmittelbar mit mir etwas zu tun, meist mit meinem Chefvisagisten Sergej Nikolski und mit Ljolja Rakitnikowa, die die Mannequins für die Modenschauen betreut.

Das letzte Mal habe ich Frau Krassilnikowa, soweit ich mich erinnern kann, hier im Geschäft gesehen, eben an diesem siebten Februar. Mehr kann ich Ihnen leider nicht sagen. Warum man die Fotos der anderen Mädchen ausgerechnet meinen Angestellten gezeigt hat, ist mir unverständlich. Diese Mädchen haben nie bei mir gearbeitet. Mein Wort darauf.«

Er schenkte Kolossow Kaffee und Cognac ein und fuhr fort:

»Ich gestehe offen, es wäre mir höchst unlieb, würden mein Name oder der Name unseres Geschäfts irgendwie mit dieser Sache in Verbindung gebracht. Wenn die Zeitungen oder einer meiner Kunden oder Auftraggeber erfahren, dass ich, Artur Berberow, wegen einer Mordsache fast täglich Besuch von der Miliz bekomme, wäre das mein Ruin. Es gibt auch so schon Leute genug, die mir Böses wollen und der Meinung sind, meine Kundschaft – die älteren Menschen, für die ich meine Modelle entwerfe –, bestehe nur aus überkandidelten Idioten. Und mich selbst betrachten sie als Perversen mit abartigem Geschmack. Wenn dann auch noch ein Mord mit mir in Verbindung gebracht wird, kann ich meinen Laden dichtmachen.«

»Ich verstehe Sie sehr gut, Artur Alekperowitsch.« Kolossow lächelte liebenswürdig. »Aber versuchen Sie, auch uns zu verstehen. Eine junge Frau, eine Mitarbeiterin Ihres Betriebs, ist ermordet worden. Auf schreckliche, brutale Weise. Ich will Ihnen noch etwas anvertrauen, das bisher nicht publik gemacht wurde – wir haben schwer wiegende Gründe für den Verdacht, dass dieser Mord nur einer in einer Serie ähnlicher Verbrechen ist. Die Sache ist sehr ernst, deshalb überprüfen wir sorgfältig sämtliche Beziehungen der Opfer. Ihr Geschäft kann da keine Ausnahme bilden. Ich will Ihnen keine unnötigen Probleme machen, doch zuerst muss ich Ihnen ein paar Fragen stellen.«

»Fragen Sie!« Berberow legte die Hand aufs Herz. »Ich

bin bereit, Ihnen auf jede erdenkliche Frage zu antworten.«

»Wenn ich richtig verstanden habe, hat die Krassilnikowa im Januar bei Ihnen angefangen. Wurde sie Ihnen von jemand empfohlen?«

»Nicht direkt empfohlen, das wäre zu viel gesagt. Ein guter alter Freund von mir, ein Maler, hat sie eines Tages mitgebracht – sie hatte früher als Aktmodell bei ihm gearbeitet. Aufgrund ihrer Bühnenerfahrung eignete sie sich gut für uns. Wissen Sie, ich habe weder Zeit noch Lust, meine Mädchen lange zu schulen. Ich arbeite nur mit Profis.«

»Als die Krassilnikowa so plötzlich verschwand, haben Sie sich nicht bei Ihrem Künstlerfreund nach ihr erkundigt? Wie heißt er gleich ...?«

»Wladimir Udoiko.« Berberow nahm einen Schluck Metaxa. »Nein, ich habe mich nicht bei ihm erkundigt. Es gab keine Notwendigkeit.«

»Eine etwas indiskrete Frage noch ...« Kolossow blickte dem Modeschöpfer eindringlich in die Augen. »Von Ihren Besuchern und Kunden, von all diesen ... äh, älteren Herrschaften, hat sich da nie einer an Sie gewandt und Sie gebeten, ihn mit einem Ihrer Mädchen bekannt zu machen?«

Berberows Gesicht wurde flammend rot.

»Wir sind eine seriöse Firma, kein Puff!«

»Ist Ihnen ein Mädchen namens Kira bekannt?«

Berberows Miene wurde finster.

»Ich habe wenig Kontakt zu den Mädchen. Mir fehlt die Zeit.«

(Zeit hast du nur für deine alten Schachteln, dachte Kolossow.)

»Ich will es Ihnen erklären, vielleicht fällt es Ihnen dann

doch wieder ein. Hier an der Ecke gibt es einen Blumenkiosk ...«

»Ja, und?« Berberows Hand, die gerade einen Metaxa
zum Mund führen wollte, blieb in der Luft hängen.

»Eine gewisse Kira, genannt das Püppchen, hat die Blumenhändlerin oft besucht und ...«

»Ich kaufe keine Blumen«, fiel Berberow ihm scharf ins
Wort. »Ich mag überhaupt keine Blumen, ich bin allergisch
dagegen. Und ein Püppchen namens Kira ist mir noch nie
begegnet.«

Kolossow nickte – was blieb ihm auch anderes übrig?
Das war eine deutliche Antwort. »Wann findet die nächste
Modenschau statt?«, fragte er.

»Morgen, das sagte ich doch schon.«

»Hier?«

»Nein. Es ist eine Abendveranstaltung in einem der
Moskauer Künstlerclubs.«

Kolossow stand vom Sofa auf. Er hatte seinen Metaxa
nicht angerührt.

»Nun, dann will ich Sie nicht weiter aufhalten. Sie haben
sicher noch viel zu tun. Aber es kann sein, dass wir Sie
noch einmal stören müssen, falls sich die Notwendigkeit
ergibt.«

Berberow erhob sich langsam aus dem Samtsessel.

»Ich bin gern bereit, Ihnen bei einer Tasse Kaffee auf alle Ihre Fragen zu antworten. Ich bitte Sie nur, Nikita
Michailowitsch, auf offizielle Vorladungen oder Verhöre zu
verzichten, das könnte unseren Ruin bedeuten. Es ist unge-
mein schwer, sich das Vertrauen solider Kunden zu erwer-
ben, aber ganz leicht, es wieder zu verlieren.«

»Artur Alekperowitsch, Sie brauchen mich nicht anzufle-
hen, ich werde mich bemühen, alles in meiner Macht Ste-

hende zu tun. Aber es geht um ein scheußliches Verbrechen, und wir haben die Absicht, uns gründlich damit zu beschäftigen.«

Mit diesen Worten trennten sie sich in eisiger Höflichkeit. Beide erklärten, dass Freitag der Dreizehnte ein Unglückstag sei – und wünschten in Gedanken sowohl den Freitag wie auch den anderen zum Teufel.

## 24 Das Reich der Flora

Der Dienst am Freitag dem Dreizehnten erwies sich für Wadim zum Glück als Routine. Sein Boss Wassili Wassiljewitsch Tunigunow erschien gegen acht Uhr morgens im Büro und schloss sich sofort in seinem Zimmer ein. Wadim, der einen Kollegen abgelöst hatte, erfuhr, dass Tunigunow in Gesellschaft seiner Leibwächter die ganze Nacht im Restaurant »Zu den heiligen Reliquien« vor den Toren Moskaus durchgefeiert hatte. Erst gegen Morgen hatte er sich auf den Heimweg gemacht und war ins Büro gefahren, um sich dort auszuschlafen und eine Szene mit seiner alten Ehefrau zu vermeiden (er war nach zwei unglücklichen Ehen mit seinen Sekretärinnen und zwei Scheidungen zu seiner Jugendfreundin zurückgekehrt).

Wadim erfuhr des Weiteren, dass Tunigunow auf dem Höhepunkt der Feier eine heftige Magenkolik erlitten hatte, die er erfolgreich mit einem altbewährten Hausmittel kuriert hatte – einem doppelten Pfefferschnaps.

»Hol doch lieber einen Arzt, Wadim«, riet ihm der Wachmann, der vor ihm Dienst gehabt hatte. »Ruf bei Naum Borissytsch an. Er soll kommen und ihn sich ansehen.«

»Naum Borissytsch wird sagen – völlig zu Recht –, dass er die Finger ein für alle Mal vom Pfefferschnaps lassen soll. Und das wird ihn völlig aus dem seelischen Gleichgewicht bringen. Wir würden alles nur schlimmer machen«, sagte Wadim gähnend. »Haben wir keine medizinische Kohle in der Hausapotheke? Guck doch mal nach und bring sie mir. Ich geb ihm ein Päckchen davon, sobald er sich wieder etwas eingekriegt hat.«

Um halb drei saß Wassili Wassiljewitsch Tunigunow, ein gut genährter, rotwangiger, lebhafter Mann, noch immer im Hemd und in warmen finnischen Trikotunterhosen auf dem Sofa in seinem Arbeitszimmer – aufgedunsen, zerknittert, unrasiert, mit unangenehm schmerzendem Magen und fettig glänzender Glatze. Sein Kopf dröhnte wie eine Glocke. Wadim Krawtschenko, im gut sitzenden dunklen Anzug, schneeweißen Hemd und Krawatte, stand in respektvoller Haltung vor ihm und hielt ein Päckchen schwarzer, in Zellophan verpackter Tabletten in der Hand.

»Nehmen Sie das, Wassili Wassiljitsch. Dann sind alle Beschwerden wie weggewischt.«

»Na gut, gib her. Und sag Veronika, sie soll mir eine Tasse Tee bringen.« Er seufzte. »War das gestern eine gemütliche Runde, Wadim! So herzlich und vertraut. Serafimenko hat zum Schluss noch drei Kisten Bier heranschaffen lassen – mit dem Flugzeug direkt aus Bayern. Bier und dazu Krebse, ein Hochgenuss! Bloß läuft bei mir das Bier durch wie durch eine Wasserleitung. Dauernd muss ich rennen, kriege kaum die Hosen zugeknöpft.«

Wadim drückte mit steinerner Miene auf den Knopf der Sprechanlage und bestellte bei der Sekretärin Tee für den Chef.

»Hat Kornej nicht angerufen?«

»Nein«, erwiderte Wadim. (Kornej Kornejewitsch Mikloschenko war Tunigunows Geschäftspartner.)

»Sorg dafür, dass man ihn findet, und wenn man ihn aus

der Erde graben muss. Veronika soll alles in Bewegung setzen – Telefon, Fax, Handy. Morgen muss ich mit Kornej konferenzieren ...«

»Konferieren, Wassili Wassiljewitsch«, verbesserte Wadim höflich.

»Ja, richtig. Du musst mich immer verbessern, Wadim, wenn ich Fehler mache. Du bist ein kultivierter und intelligenter Mann und kennst Fremdsprachen.« Tunigunow schluckte fünf Tabletten und spülte sie mit dem Tee hinunter, den die üppige, schmachtend blickende Sekretärin gebracht hatte. »Sonst rümpfen diese Moskauer Herrschaften noch die Nase über mich, sind ja gebildete Kerlchen. Aber dass ich diesen ganzen Plunder verkaufe, kaufe und wieder verkaufe, dann aber teurer, das kriegen sie nicht in den Kopf. Ach, Wadim!« Tunigunow seufzte träumerisch. »Noch zwei Jährchen, dann habe ich alle diese Moskauer Lackaffen in der Hand.« Er ballte seine behaarte Faust. »Mit dem Schwanz werden sie wedeln und vor mir kriechen! Das Benzin gehört mir, Wadim, und Benzin ist wie Blut. Setz dich doch, was stehst du hier herum? Setz dich! Ich liebe dich – du bist ein guter Kerl, eine ehrliche Haut. Deshalb habe ich dir auch mein Leben anvertraut. Hinter deinem Rücken verstecke ich mich. Was soll ich sonst tun? So ist das Leben, widerlich, ein Wolfsleben, mein Junge. Halt dich an mich, Wadim, dann liegst du richtig. Zwei Jährchen noch, und dir stehen alle Türen in Moskau offen, weil dann alle wissen: Das ist Tunigunows Mann, seine rechte Hand.«

»Soll ich Ihnen einen Arzt rufen?«, erkundigte sich Wadim. »Ich habe mich mit Naum Borissytsch in Verbindung gesetzt, er wartet bereits.«

»Zur Hölle mit ihm! Mir geht's gut, ich fühl mich nur ein

klein bisschen schwach. Am besten, ich fahre gleich nach Hause.« Tunigunow zog schnaufend seine Hose an. »Hat meine Frau angerufen?«

»Ich selbst hab sie heute Morgen angerufen und ihr ausgerichtet, dass sie sich keine Sorgen machen muss.«

»Hat sie geschimpft?«

»Nein, geschluchzt.«

»Ach, meine arme Alte!« Tunigunow schüttelte den Kopf. »Ein Tyrann bin ich. Ich kann mich nicht beherrschen. Zu viel Temperament! Aber eine alte Ehefrau, Wadim, ist wie eine weiche Decke, sie schützt und wärmt. Mitgefühl, Wärme – das findest du bei den Jungen nicht. Na gut. Ruf mir den Wagen.« Tunigunow zwängte sich in sein Jackett. »Was war mit Samstag, was hast du da erzählt?«

Wadim rief übers Handy Tunigunows Chauffeur an und bestellte den Wagen.

»Es gibt da ein interessantes Lokal«, erwiderte er dann. »Sehr nobel, unterhaltsam und nicht überlaufen. Und ziemlich ungewöhnlich. Eine echte Insider-Adresse.« (Er wusste, dass die Worte »nobel« und »Insider« auf den Provinzler Tunigunow einen unwiderstehlichen Eindruck machten.)

»So was wie ein Szene-Treff? Für solche Sachen bin ich zu alt, Wadim.«

»Aber letzte Woche wollten Sie doch auch zu den Bikern fahren und sie mit Wodka bewirten, um Werbung zu machen.«

»Na, das hast du mir ja wieder ausgeredet. Biker im März – was macht das für einen Sinn? Da stehen ihre Motorräder ja noch in der Garage. Aber dieser ... wie heißt er doch gleich? Na, du weißt schon, wen ich meine ... der ist hingefahren. Popularität muss man sich erarbeiten. Gott mit ihm. Ich bin nicht er, Wadim. Ich bin Wassili Tunigunow. Billigware passt nicht zu mir. Schließlich will ich meinen Wodka unter meinem eigenen Namen herausbringen. Sollen die Arbeiter meinen Tunigunowka trinken und auf mich anstoßen.«

»Wie steht es mit Samstag?«, erinnerte Wadim ihn.

»Ach, zum Teufel, fahren wir hin und schauen es uns an, wenn es dir so gut gefallen hat. Ich bin für alles Neue. Gibt es da auch dralle Weiber?«

»Die Arme sind nicht lang genug, um sie zu umarmen.«

»Meine schon«, sagte Tunigunow und kämmte sich die spärlichen Haare auf seiner Glatze. »Ich hab ein Temperament – oho! Benzin ist ein Brennmaterial und leicht entflammbar. Ist der Wagen schon da? Dann fahr ich jetzt.«

Eines Tages wird er sich noch zu Tode saufen, dachte Wadim, als er seinen Boss zum Wagen begleitete. Das Geschäft vernachlässigt er jetzt schon; er interessiert sich für alle möglichen anderen Dinge. Seine Kompagnons werden ihm das Fell über die Ohren ziehen. Na ja, was soll's. Wenn Tunichtgut Pleite geht, suche ich mir eben einen anderen Boss.

Der »Botanische Garten der Seele« nahm das gesamte Erdgeschoss eines massiven Stalingebäudes am Gartenring ein. Die Säulen, dick wie Elefantenbeine, die schweren Pilaster, die Fenster, schmal wie Schießscharten – all diese pompöse falsche Pracht war Wadim nur zu vertraut. In einem ganz ähnlichen Haus, in der großen Generalswohnung seines Vaters, hatte er seine sorglose sowjetische Kindheit verbracht. Auch dort hatte es einen Eingang gegeben, der aussah wie ein gotischer Kamin, einen knarren-

den Aufzug mit Spiegeln darin und eine wachsame Pfört-
nerin, die in ihrem gläsernen »Aquarium« neben der Tür
saß.

Die supermodernen verspiegelten Türen aus Kunststoff,
die von innen mit einem schweren Eisengitter gesichert
waren, wirkten am Körper des alten Hauses wie ein krank-
hafter Auswuchs. Die Marmorstufen glänzten, und der
Aufgang war hell beleuchtet.

»Hier ist es, Wadim?«, fragte Tunigunow und blinzelte
ins Licht. »Alle Achtung!«

Ein Bursche in einem langschößigen Mantel und einem
Funktelefon in der Hand eilte auf sie zu.

»Zu wem wollen Sie?«

»Zur Abendveranstaltung. Wir sind angemeldet. Wassili
Tunigunow und der Chef seiner persönlichen Wachmannschaft.«

Der Bursche flüsterte etwas in sein Handy; dann sagte
er: »Bitte schön! Sehr erfreut. Man wird Sie sofort in den
Saal führen. Den Wagen parke ich für Sie ein – wir haben
einen bewachten Parkplatz. Die Rechnung schicken wir Ihnen später.«

In der Folgezeit sollte Wadim Krawtschenko sich noch
oft an diesen Abend erinnern. Manches von dem, was später geschah, konnte man damals schon vorausahnen. Wäre
er nicht so unaufmerksam gewesen, wäre die ganze Geschichte viel kürzer gewesen. Ja, wüsste man nur immer,
wo man stolpert!

Der »Botanische Garten der Seele« erwies sich als erst-
klassiges Casino, das sonst aber nicht aus dem üblichen
Rahmen fiel. Ein großer Teil der Gäste hielt sich im Spielsaal auf. Tunigunow hatte sich für seinen Ausflug in die
»feine Gesellschaft« nach eigenem Geschmack so bunt wie

ein tropischer Schmetterling ausstaffiert – helles kariertes Jackett, cremefarbene Hose und ein Seidenhemd mit Paisleymuster von Valentino. Er lenkte seine Schritte sofort zum Roulettetisch.

»Na, dann wollen wir mal das Glücksrad ankurbeln«, brummte er gut gelaunt. »Das Programm hat ja noch nicht angefangen. Die Weiber hier sind tatsächlich rund und drall«, flüsterte er Wadim zufrieden zu. »Bloß ein bisschen alt. Alles Importware, was?«

»Alles Importware, Wassili Wassiljitsch«, erwiderte Wadim. »Aus den USA sind welche dabei ... und die da vorne kommen aus Dänemark ... und das ist wohl eine Spanierin.«

Da erblickte Tunigunow unter den Leuten am Spieltisch einen Bekannten, den Waschmittelhersteller Polosuchin, einen mageren Brillenträger in einem zerknitterten Smoking.

»Bleib du hier sitzen, Wadim, ich geh mal auf einen Plausch unter vier Augen zu Michalytsch.«

Tunigunow machte seine Geschäfte selten am Schreibtisch. Seine erfolgreichsten Deals wurden in inoffizieller Umgebung eingefädelt und abgeschlossen – in der Banja, im Restaurant, am Spieltisch. Wie Tunigunow, dieser eher unbedarfte, ungebildete Mann, es dabei schaffte, nicht übers Ohr gehauen zu werden, blieb für Wadim ein ewiges Rätsel.

Er schaute sich im Saal um. In dem von lauten Gesprächen erfüllten Gewimmel erspähte er einige prominente Gesichter: Börsenspekulanten, ein schwules Bankerpärchen, einen kaukasischen »Fürsten« zweifelhafter Herkunft, der ebenso Waffen in politische Krisengebiete lieferte, wie er mit Blumen aus Nizza handelte, einen Staranwalt mit seiner älteren Ehefrau und seiner Teenie-Geliebten, einen Schlagersänger, der vom Suff völlig heiser geworden war, und fünf oder sechs Däninnen aus dem »Letzten Gickser«, alle mit geckenhaft gekleideten Jünglingen am Arm.

Und da war auch Artur höchstpersönlich!

»Hallo!« Berberow ließ sich auf den Polsterstuhl neben Wadim fallen. »Hast du ihn mitgebracht?«

Wadim nickte und schüttelte ihm die Hand.

»Und wo ist er?«

»Im Spielsaal.«

»Wadim, ich hätte da eine Bitte. Vielleicht habt ihr jemanden, an den ich mich wenden kann ...« Er stockte. Sein Gesicht hatte alle Lebhaftigkeit verloren. »Man müsste bei einigen Leuten ein bisschen Druck machen, weißt du ...«

»Bei wem?«, erkundigte sich Wadim mit gespielter Gleichgültigkeit.

»Ich habe Probleme mit der Miliz. Alles kompletter Blödsinn, aber sehr unangenehm. Könnte man nicht irgendwie erreichen, dass sie mich in Ruhe lassen?«

»Steuern?«

»Nein, nein, darum geht es nicht. Ich bin in einer dummen Situation. Wie soll ich sagen ...«

»Wer war denn bei dir? Aus welcher Abteilung?«

»Ein gewisser Kolossow von der Mordkommission. Wir kommen wieder, falls nötig, hat er gesagt. Aber für mich sind jegliche Kontakte mit solchen Leuten tabu. Sollten meine Kunden davon erfahren, kann ich meinen Laden dichtmachen. Verstehst du? Wenn du Leute kennst, die mir helfen können, setz dich bitte für mich ein. Ich werde mich revanchieren.«

Wadim nickte ernst und fragte: »Wann treten deine Mädels auf?«

»Die Schau beginnt in zehn Minuten. Danach kommt Iwan.«

»Iwan?«

»Arsenjew!« Berberow zwinkerte ihm listig zu. »Er hat schon zweimal nach dir gefragt, nachdem ich ihm gesagt habe, dass Tunigunow mit seinem Leibwächter erscheinen wird.«

»Ist er schwul oder was?«

Berberow seufzte.

»Er hat so seine Spleens. Ist eben ein Künstler. Aber sehr talentiert. Ein paar Jahre hat er mit einem Sportler zusammengelebt, einem Hochspringer. Stabhochsprung, glaube ich«, plapperte Berberow. »Vor einem Jahr hat dieser Springer dann einen Vertrag unterschrieben und sich in die USA abgesetzt, wo er die Olympiasiegerin im Kugelstoßen geheiratet hat, eine Schwarze. Da hat Iwan einen Nervenzusammenbruch erlitten. Er hat Tabletten geschluckt und wäre um ein Haar draufgegangen. Und jetzt lebt er ganz allein.«

»Und wer ist dann der Typ bei ihm?«, fragte Wadim und zeigte auf Arsenjew (diesmal trug er ein weißes Rüschenhemd, eine gemusterte Weste und eine extravagante Bubikopf-Frisur), der zusammen mit einem großen, athletisch gebauten jungen Mann in einem eleganten Smoking neben dem Laufsteg stand.

»Du hast doch gesagt, du kennst Iwan nicht!« Berberow kicherte.

»Ich hab mich geirrt. Wir sind uns schon mal begegnet. Wer ist das bei ihm?«

»Sieht gut aus, nicht? Ich kenne ihn nicht näher, habe ihn vielleicht zweimal hier gesehen. Er hat sonst immer noch so einen Knaben dabei, ein schmächtiges Kerlchen, dünn wie eine Pfeife. Heute scheint er ihn aber zu Hause gelassen zu haben.«

Mittlerweile hatte das Programm begonnen. Diesmal lachte Wadim nicht; er riss sich zusammen, so gut er konnte. Auf seine Begleiter hatte die Modenschau eine unerwartete Wirkung. Der Waschmittelfabrikant wurde sentimental, erinnerte sich an seine Jugend, trank Whisky und ließ seine Brille in den Lachs fallen. Tunigunow verfolgte die Darbietung nicht minder teilnahmsvoll.

»Erinnere mich nachher zu Hause, wie der heißt, dieser Schneider. Wie läuft sein Laden?«

»Wenn Sie ihm ein bisschen unter die Arme greifen, hat er bestimmt nichts dagegen.«


Die »Floralien« von Iwan Arsenjew wurden von ausgesuchten schlanken großen jungen Männern vorgeführt, fast noch Knaben; es war tatsächlich ein sehr ungewöhnliches und beeindruckendes Schauspiel. Wadim verzieh dem »Iltis« beinahe seine frühere Vertrautheit, so gut gefiel ihm, was er sah. Das wäre was für Katja!, dachte er.

Die »Floralien« waren nichts anderes als kunstvolle Kostüme, die aus echten Blumen gemacht waren. Bizarre Kopfbedeckungen, leichte, schwerelose Gewänder aus durchsichtigem Chiffon, geschmückt mit Lilien, Rosen, Nelken, Iris und Hunderten anderer Blumen, deren Namen Wadim nicht kannte. Ihr Duft erfüllte den Raum und verdrängte den Geruch nach Alkohol, Zigaretten und fettem Essen. Selbst die teuren Parfums verloren ihren Glanz. Eine aus schneeweißen Lilien geflochtene Krone, lange, kapriziös sich windende Efeuranken, eine Kaskade von purpurroten Rosen, Farnwedel, die wie gigantische smaragdene Straußenfedern schwankten und einem fantastischen Fächerkragen ähnelten.

Sowohl die Menschen wie die Blumen wirkten jung, frisch, wunderschön. Die entblößten Körper, die von den zarten bunten Knospen kaum bedeckt wurden, wirkten wie antike Statuen, die zum Leben erwacht waren.

Als Finale stellte Arsenjew eine Komposition nach Motiven von Nicolas Poussins Bild »Das Reich der Flora« vor. Von sanfter Musik untermalt, wurden dem Publikum sämtliche Figuren des Bildes vorgeführt. In den Rollen der Nymphen und der Göttin Flora traten dieselben jungen Männer auf wie zuvor: als Göttin der Gärten und Parks, die im Saal, in dem es vor Entzücken still geworden war, duftende Blütenblätter aus ihrem Füllhorn streute, als nachdenklicher Narziss, als verliebter Hyazinth, als Nymphe Klytia, die in eine Sonnenblume verwandelt war.

Das muss ein Heidengeld kosten, dachte Wadim. Diese ganze Pracht ist doch rasch verwelkt. Ein solches Meer von Blumen, wo gerade erst der letzte Schnee getaut ist! Offenbar ist dieser Iltis ein echter Krösus!

Jemand stieß leicht an seinen Stuhl und entschuldigte sich – es war der große, dunkelhaarige, attraktive junge Mann, mit dem Arsenjew vor der Blumenschau gesprochen hatte und der sich jetzt den Weg zum Ausgang bahnte. Er schien keinerlei Interesse an der prächtigen Vorstellung zu haben; vielleicht hatte er sie schon zu oft gesehen. Wadim blickte dem Mann hinterher, vergaß ihn aber gleich wieder, fasziniert von dem Schauspiel.

»Hör mal, Wadim, geh doch mal hin und hol mir diesen Blumenzüchter her«, trompetete Tunigunow gut gelaunt. »Das ist doch mal was anderes als nackte Ärsche in irgend einer Striptease-Bar. Hier spürt man gleich die europäische Lebensart.«

Sobald Arsenjew Wadim erblickte, eilte er ihm zielstrebig entgegen. Seine Wangen waren von den Komplimenten und vom Beifall gerötet; eine Strähne des Bubikopfs hatte sich gelöst und fiel ihm wellig in die erhitzte Stirn.

»Du ... Sie sind also doch gekommen«, sagte er stockend und richtete den Blick seiner grauen, traurigen Augen auf Wadim. »Danke.«

»Wassili Wassiljewitsch möchte Sie sprechen«, erwiderte Wadim trocken. »Wenn es Ihnen jetzt passt.«

»Oh, natürlich, es passt mir. Sie heißen Wadim? Berberow hat es mir gesagt. Wie ich sehe, haben Sie schon Bekanntschaft mit ihm geschlossen.«

»Ja.«

In Tunigunows Gesellschaft benahm Arsenjew sich ganz ungezwungen. Er brachte sein Haar in Ordnung und trank Whisky.

»Ich erinnere mich an dich, wir haben zusammen unsere Autos gekauft«, dröhnte Tunigunow. »Aber da wusste ich noch nicht, wer du bist. Tolle Sache! Wo kriegst du die Blumen her?«

»Zum Teil kaufe ich sie selber, zum Teil kaufen andere sie für mich, und manche bekomme ich geschenkt«, antwortete Arsenjew.

»Iwan heißt du, nicht wahr? Eine Pracht ist das. Nicht nur fürs Auge, auch für die Seele.« Tunigunow seufzte. »Ja, die Schönheit, sie ist eine Macht! Kannst du mir sagen, wo hier die Toilette ist? Die Natur fordert ihr Recht.«

Wadim wollte schon aufstehen, doch Arsenjew rief rasch einen Kellner: »Sascha, begleite bitte Herrn Tunigunow.«

Sie blieben zu zweit am Tisch zurück – der Waschmittelfabrikant hatte die Gesellschaft eines langbeinigen Mädchens in einem Ledersarafan vorgezogen und sich an den Nachbartisch gesetzt.

»Gefällt Ihnen, was ich mache, Wadim?«, fragte Arsenjew.

»Ja.«

»Blumen leben nur einen Tag, daran muss ich immer denken.«

»Zweifellos.«

»Was geht Ihnen durch den Kopf? Möchten Sie, dass ich verschwinde?« Die Frage klang so niedergeschlagen, dass Wadim zusammenzuckte.

»Ich glaube, Sie sind sehr talentiert. Alles, was Sie machen, ist sehr schön. Es verdient ein besseres Schicksal, als in diesem Puff einer Meute fressender Neandertaler vorgeführt zu werden. Sie werfen Perlen vor die Säue, Iwan.«

»Was haben Sie gesagt?«, fragte Arsenjew zurück. »Ein besseres Schicksal? Perlen?« Sein Blick tastete gleichsam Wadims Gesicht ab. Einen Augenblick herrschte Schweigen.

»Möchten Sie etwas Ähnliches in einem passenderen Rahmen sehen?«, fragte Arsenjew vorsichtig.

In diesem Moment kehrte Tunigunow von der Toilette zurück.

»Na, Jungs, was zieht ihr für traurige Gesichter? Iwan, lass uns auf die Schönheit anstoßen! Den Leuten gefällt, was du machst. Wenn du mal Probleme mit den Blumen oder mit was anderem hast, ruf mich an. Tunigunow beschafft dir Maiglöckchen im Januar und Mimosen im August, du musst es bloß sagen.«

»Danke, Wassili Wassiljewitsch.« Arsenjew nahm einen kleinen Schluck vom goldfarbenen Whisky. »Ich habe gerade zum Chef Ihrer Wachmannschaft gesagt, es gibt noch einen anderen Ort, wo meine Arbeiten vorgeführt werden. Ein ganz exquisiter Ort, allerdings auch sehr teuer.«

»Geld ist Müll«, knurrte Tunigunow. »Hauptsache, das Herz freut sich. Ist es ein Spielsalon?«

»Nein, dort wird nicht gespielt, weder Karten noch Roulette.« Arsenjew wählte seine Worte sorgfältig. »Aber zu sehen gibt es dort einiges.«

»Ist es eine Art Club?«, fragte Tunigunow stirnrunzelnd. »Ich bin schon Mitglied im Moskauer Börsenclub. Da saufen sie bloß, die Halunken, und tratschen. Noch 'nen Club brauche ich wie 'nen Knopf an der Backe.«

»Nein, kein Club. Wenn Sie erlauben, frage ich dort mal nach und gebe Ihnen Bescheid, sobald sich etwas Interessantes abzeichnet.«

»Nur zu.« Tunigunow gähnte herzhaft.

Um halb drei Uhr morgens machten sie sich endlich auf den Heimweg. Tunigunow schlummerte friedlich auf dem Rücksitz seines 600er Mercedes. Er war satt, betrunken und hatte seinen Seelenfrieden wieder gefunden. Wadim steuerte den Wagen langsam über den verwaisten Gartenring. Von der zweiten schlaflosen Nacht hintereinander, vom Duft der Blumen und der Gesellschaft Iwan Arsenjews schmerzten ihm die Schläfen.

## 25 | Mit den Augen der Fliege

Weit, weit weg in nebligen Himmelshöhen sang Louis Armstrong – leise, heiser, zärtlich. Aus einer regenbogenfarbenen Wolke schwebte ein goldenes Saxofon und bewegte sich in der Luft wie eine Kinderschaukel: nach rechts – nach links. Sie hatte große Lust, sich in die Krümmung des funkelnden Instruments zu setzen; sie fühlte sich so klein und leicht wie der Däumling aus dem Märchen. Sie hatte große Lust, zu dem Blues zu schaukeln: nach rechts – nach links ...

Anna schlug die Augen auf. Im Zimmer war es dämmrig. Der schwere, fahlgelbe Vorhang war zur Hälfte zugezogen. Sie bewegte sich leicht – was für ein weiches Bett. So eins hatte sie noch nie gehabt, nicht einmal zu Hause. Sie seufzte und leckte sich die spröden Lippen. Dann horchte sie in sich hinein: Gott sei Dank, der Kopf tat nicht weh, im Gegenteil, er war klar. Klar und leer. Langsam schob sie die Beine aus dem Bett. Der Traum war zu Ende.

Im Haus an der Kalten Gasse begann ein ganz normaler Abend. Anna zog sich ohne Hast den Pullover und die Jeans an. Die Sachen hatte ihr die große schweigsame Frau gekauft, die alle im Haus nur mit dem sonderbaren Namen »Leli« riefen. Der Name gefiel Anna überhaupt nicht; sie fand, dass er etwas Falsches hatte, wie für eine Puppe. Deshalb sprach sie die Frau nie mit Namen an, sondern zog es vor, einfach »Sie« zu sagen.

Leicht schwankend ging Anna zum Spiegel. Was war das? Blut auf der Wange? Hatte sie sich an etwas gekratzt? Nein, sie hatte es im Schlaf verschmiert. Sie schob den Ärmel ihres Pullovers hoch. Das Blut sickerte aus den kleinen Wunden in der Armbeuge. Derjenige, der ihr die Spritze gesetzt hatte, hatte vergessen, einen Wattebausch mit Spiritus an die Wunde zu drücken. Sie trottete ins Bad. Die Tür zu Ollis Zimmer stand einen Spaltbreit offen – dort sang Louis Armstrong.

Olli war erst seit kurzem ihr Nachbar. Nach dem Streit mit Danila war er in eins der Zimmer im ersten Stock umgezogen und hatte sich ein Bett auf dem Sofa gemacht. Er fühlte sich immer noch ein wenig krank; das Fieber stagnierte bei unangenehmen 37,5 Grad. Er hustete, war schlecht gelaunt, aß fast nichts und sprach kaum mit Anna. Mit Danila redete er überhaupt nicht. Er setzte sich nicht einmal neben ihn, wenn sie im Esszimmer zu Abend oder zu Mittag aßen.

Sie wusch das Blut ab; dann beschloss sie, sich die Zähne zu putzen – sie hatte einen widerlichen Geschmack im Mund. Sie drückte die Zahnpasta aus der Tube. Kaum hatte sie den Geschmack auf der Zunge, wurde ihr auch schon übel, und sie spuckte die Zahnpasta ins Waschbecken. So war es immer nach der Droge. Manchmal musste sie sich dann schon bei gewöhnlichem kalten Wasser übergeben.

Leli steckte den Kopf ins Badezimmer.

»Alles in Ordnung?«

»Ja.« Anna hielt sich am Rand des Waschbeckens fest. »Mir ist nur ein bisschen schwindlig.«

Die Frau sagte nichts mehr, ließ den Blick gleichgültig,

aber freundlich über die schlanke Figur des Mädchens gleiten und ging wieder fort.

Alle hier waren freundlich zu ihr. Alle. Anna schloss die Augen und kämpfte gegen die Übelkeit. In ihrem ganzen Leben hatte niemand sie je so höflich und zuvorkommend behandelt. Ihr gefiel dieses seltsame Haus sehr, und ihr gefielen seine seltsamen Bewohner. Sie inszenierten dieses Stück und widmeten ihr viel unverdiente Aufmerksamkeit. Ein gutes Stück mit Stil; manchmal vielleicht ein bisschen langweilig, aber das sind die Klassiker alle. Dafür waren die Kostüme umwerfend. Bei der ersten Kostümprobe war ihr vor Begeisterung die Luft weggeblieben. An den Dekorationen hatten sie allerdings geknausert: ein Thron, ein Bett, eine Laterne, die den Mond am Himmel darstellte. Dafür waren die Stoffe vom Feinsten, wie auch die Leuchter und das Geschirr aus getriebenem Metall, Pokale, Krüge, und dann noch dieser Wachskopf auf einer Schale aus echtem Silber ... Sie schauderte. Der Kopf Johannes des Täufers, der Kopf Danilas – seine genaue Kopie.

Nun, die Leute waren reich, und die Reichen hatten ihre Marotten. Aber dieses Stück ... Anna wollte zu gern mitspielen. Sie konnte es kaum noch abwarten. Wann endlich würde die Premiere sein? Würde sie dem Publikum gefallen, und bekam sie einen Vertrag? Dieser Igor, der Regisseur, hatte es ihr versprochen. Und auch Danila. Eine Unterschrift, und sie könnte in diesem schönen, komfortablen Haus bleiben, zusammen mit ...

Die Tür von Ollis Zimmer wurde zugeschlagen. Anna guckte aus dem Badezimmer. Er ging die Treppe hinunter in den Ballettraum. Er hatte wieder mit seinen abendlichen Übungen an der Stange begonnen. Oh, er würde diesem Publikum eine Klasse-Vorstellung bieten! Anna hielt die

Hände unter den heißen Wasserstrahl und ließ das Wasser durch die Finger rinnen. Eins konnte sie allerdings nicht begreifen – warum brauchte man ausgerechnet sie? Olli konnte doch wunderbar selbst alles spielen, ganz allein. Eigentlich war sie bloß seine zweite Besetzung, nur ganz am Schluss des Stückes verdoppelte sich ihre Rolle gewissermaßen, und sie tanzten beide: der Mensch und sein Schatten. Das hatte sich der Regisseur Igor ausgedacht. Na ja, er war der Chef, er hatte das Sagen. Nur kam es ihr die ganze Zeit so vor, als wäre sie in diesem Stück überflüssig. Sie hatte ja auch kaum Text ...

»Mit dem Regisseur diskutiert man nicht, Anna«, sagte ihr die Frau, die sie nicht mit Namen anreden mochte, in vertraulichem Tonfall, als Anna sich ihr anvertraute. Sie saßen in der Maske, und Leli suchte die passende Schminke für die Statistin aus. Sie hatten bereits mehrere Varianten durchprobiert. Anna erkannte im Spiegel ihr bizarr bemaltes Gesicht kaum wieder. »Mit dem Regisseur diskutiert man nicht«, wiederholte Leli. »Dieses Stück ist sein Lieblingskind. Außerdem gefällt es dem Publikum, wenn ihr zu zweit seid – ein Junge und ein Mädchen. Die Menschen sind nun mal verschieden, Anna.«

Dass es verschiedene Menschen gibt, wusste Anna schon lange. Verschiedene und seltsame Menschen. Das Erste, was sie in diesem Haus interessiert hatte, war die Antwort auf die Frage gewesen: Wer schläft hier mit wem?

Ziemlich schnell fand sie heraus, dass die Männer hier nicht mit Frauen schliefen. Und die schöne Leli schlief nicht mit dem Regisseur – was völlig aus dem Rahmen fiel. Anna hatte kein einziges Mal gesehen, dass sie sich zusammen im Schlafzimmer eingeschlossen hatten.

Leli war auch deshalb seltsam, weil sie jeden Abend in

ihrem schicken Wagen wegfuhr, erst spät heimkehrte und dann immer nach Wein und Parfum roch. Nach fremdem, weiblichem Parfum. Ungewöhnlich war auch, dass niemand sie, Anna, belästigte.

Dieser Junge mit dem komischen Namen Olli und der muskulöse, gut aussehende Danila dagegen waren offensichtlich ein Liebespaar. Anna grinste und schnitt eine Grimasse im Spiegel. Dann drehte sie den Wasserhahn zu und trocknete sich das Gesicht mit einem duftenden Handtuch ab. Olli ... Er war es, mit dem sie in ihren Opiumträumen so gern auf dem goldenen Saxofon geschaukelt hätte. Aber er war fremd und unerreichbar.

Als sie begriff, was vor sich ging, als sie das erste Mal den Blick auffing, mit dem Olli und Danila einander anschauten, hätte sie dieses Haus am liebsten verlassen, aber ... man hatte ihr Geld versprochen, man hatte ihr Essen und Kleider gegeben, man war freundlich und höflich zu ihr, und außerdem war da noch der heiß ersehnte Vertrag. Wie viele Provinzschauspielerinnen, noch dazu so heruntergekommene wie sie, bekamen schon die Chance, in einem so aufwändigen, ungewöhnlichen Stück mitzuspielen?

»Denken Sie immer daran, liebe Anna, das ist eine Rolle, von der sogar die große Sarah Bernhardt geträumt hat«, sagte Werchowzew bei den Proben zu ihr.

Er war die seltsamste, höflichste und freundlichste Person in diesem gastfreundlichen Haus, der lange Igor. Ein Mann mit einer mädchenhaft ordentlichen Frisur – einem seidig blonden, leicht aufgehellten Pagenkopf –, mit zarter, rosiger Haut. Ein Mann, der schneeweiße Seidenhemden mit breiten Kragen trug, der unter heftigen Schmerzattacken in der Wirbelsäule litt und ein Fanatiker war, ein fanatischer Verehrer des fast vergessenen Schriftstellers Oscar Wilde.

Einmal hatte sie ihn heimlich durch den Türspalt beobachtet, als er in dem Zimmer saß, das »Zimmer des Meisters« genannt wurde. Es war dämmrig in dem Raum; viele Sofas standen herum, und an den Wänden klebten weiße Plakate mit Aufschriften. Dort hing auch ein Porträt von Wilde.

Anna betrachtete den Schriftsteller verstohlen. Ein schöner Mann. Werchowzew saß vollkommen regungslos da und wandte den Blick nicht vom Porträt; Anna konnte es deutlich sehen.

Abends pflegten Werchowzew und Danila im Wohnzimmer vor dem Kamin zu sitzen und zu plaudern. Manchmal waren diese Gespräche ganz interessant, zum Beispiel, wenn Werchowzew von Oscar Wilde erzählte, und von einem gewissen Lord Alfred Douglas und von dem schrecklichen Jack the Ripper. Olli war bei diesen Gesprächen auch immer dabei; sie gefielen ihm sehr. Manchmal aber waren die Themen sehr abstrakt und schwer verständlich.

»Die Langeweile ist das größte Problem unserer Zeit«, sagte Werchowzew und schlürfte nachdenklich seinen duftenden Kräutertee aus einer zierlichen, verschnörkelten Porzellantasse. »Heutzutage geschieht die Hälfte aller Gemeinheiten aus Langeweile. Wenn es uns gelingt, die Langeweile zu vertreiben, wenigstens für uns selbst, aus diesem Haus, wäre das großartig ...«

»Das stimmt«, sagte Danila. »Allerdings ist eine Menge Geld nötig, mein lieber Igor, eine Riesenstange Geld, um die Langeweile zu verjagen.«

»Nicht nur das«, wandte Werchowzew ein. »Es braucht

auch Talent. Jede Menge Talent, mein lieber junger Freund. Richtig mit seinen Mußestunden umgehen zu können ist die höchste Stufe der Zivilisation. Und ein wirklich exquisites Schauspiel zu bieten ist nur Wenigen gegeben. Das ist auch früher kaum jemandem geglückt. Sogar ein so fantasievoller Mensch wie Nero hat dann und wann Langeweile empfunden. Nero war ein Künstler mit einer unersättlichen Seele. Alles wurde ihm rasch langweilig. Er dürstete ständig nach Neuem. Deshalb musste Rom brennen; deshalb gab es die fantastischen, theatralischen Vorführungen, die lebenden Fackeln aus Christen.

Er hat das große Gleichgewicht zwischen Schönheit und Scheußlichkeit, Grausamkeit und natürlicher menschlicher Neugier, Furcht und Mitleid angestrebt. Das alles existiert im Leben untrennbar nebeneinander. Das Leben an sich duldet keine Langeweile, weil es in seinen Manifestationen unendlich vielfältig ist. Man muss nur sehen können.«

»Was sehen?«, fragte Olli.

»Einfach alles, mein Junge, alles, was du sehen willst. Und man darf dabei nie die Augen schließen. Im Leben ist alles schön – sogar das Alter, sogar die Hässlichkeit, sogar das Laster. Sogar der Tod.«

Bei diesen Worten pflegte er Anna freundlich zuzulächeln, wenn auch sie im Wohnzimmer war.

»Ist denn der Tod des Toreros in der Arena nicht wunderschön?«, fuhr er inspiriert fort. »Schließlich ist es der Tod, auf den die vielen tausend Menschen, die eine Corrida besuchen, insgeheim warten. Oder der Tod der Challenger-Besatzung vor den Augen von Millionen Fernsehzuschauern, die beim Start in den Weltraum die Explosion der Raumfähre miterlebt haben? War das nicht ein göttlicher Tod? Ein heller Stern flammte auf und erlosch – als wäre Phaeton selbst auf seinem feurigen Sonnenwagen vorbeigeflogen.

In jeder Stunde, jeder Minute sterben Menschen. Dieses Phänomen kann man nicht leugnen, also braucht man es auch nicht zu fürchten. Es ist ein normaler, natürlicher Prozess: die ewige Erneuerung allen Lebens. In dieser Natürlichkeit muss man die Schönheit sehen können, Entzücken verspüren, und dann ... dann hat alle Angst ein Ende, dann fürchtet man nicht einmal mehr das eigene traurige Ende, das früher oder später zu uns allen kommt.

Die verfluchte Angst vor dem Tod durch die Beobachtung des Lebens zu besiegen – die Beobachtung seiner Erneuerung und seines Endes –, vermochten nur die Künstler, nur die großen Meister. Wilde war der aufmerksamste und wissbegierigste von ihnen. Er wusste, was er tat und wofür er es tat.«

Anna stieg die Treppe hinunter und ging in die riesige, blitzende Küche. Solche Küchen hatte sie bisher nur in der Werbung gesehen. An dem weiß lackierten Tisch saß Danila und trank Kaffee.

»Na, aufgewacht?«

»Ja.«

»Möchtest du etwas essen?«

»Nein, mir ist übel, ich will nur Kaffee.«

Er schenkte ihr Kaffee in eine durchsichtige Tasse aus unzerbrechlichem Glas ein.

»Ich hab dir noch was geholt, das gebe ich dir später. Übertreib's nur nicht. Morgen fangen wir wieder mit den Proben an.«

»Gut.«

Er musterte sie aufmerksam: ihr geschwollenes Gesicht,

ihre trüben Augen, ihre graue Haut. Eine Fixerin, durch und durch. Dass diese abgewrackte Schlampe der Grund seines Streits mit Olli geworden war – des ersten Streits in drei Jahren –, kränkte ihn. Was war nur mit Olli los? Sie konnte ihm doch unmöglich gefallen – mit ihren dünnen Spinnenfingern und ihrer spitzen Vogelnase? Nein, das war unmöglich. Eifersucht war lächerlich. Aber was ging dann mit ihm vor?

»Hast du Olli nicht gesehen?«, fragte er.

»Er ist im Ballettraum.«

»Aha ...« Er achtete genau auf ihre Reaktion. Wie ihre Wangen aufgeflammt waren! Schlampe!

Sie schaute ihn ebenfalls an. Was für ein attraktiver Mann, ging es ihr durch den Kopf. Trotzdem kann ich mich nicht für ihn erwärmen. Wahrscheinlich ist sein Blick daran schuld – so kalt, so wölfisch. Olli dagegen ...

»Na, wird's dir bei uns noch nicht langweilig?«, fragte Danila und gab ihr Zucker in die Tasse.

»Nein. Wird bald die Premiere sein?«

»Ja. Alles ist fertig. Ich hole nur noch die Kostüme für euch.«

»Schöne?«

»Sehr schöne.«

»Und was trägst du?«

»Ich trage das Kostüm, das du schon gesehen hast.«

»Und Igor und Leli?«

»Die auch.«

»Das heißt, die Kostüme sind nur für mich und Olli?«

»Ja, für euch beide.«

»Toll!«

Er grinste. Freu dich nur, Schlampe, freu dich!

»Darf ich dich etwas fragen, Danila?«

»Natürlich.«

»Unser Regisseur ...« Sie stockte. »Hat er eine Frau und Kinder?«

Danila schüttelte verneinend den Kopf.

»Warum ist er so reich?«

»Er hat geerbt.«

»Und das Erbe bringt er fürs Theater durch?«

»Das ist nicht unser Problem, Kindchen. Wir bekommen unsere Gage. Alles andere ...« Er machte eine unbekümmerte Handbewegung.

»Warum spielen wir eigentlich bei den Proben nie bis zum Ende?«, fragte Anna und nahm einen Schluck Kaffee.

»Wie meinst du das, nicht bis zum Ende?«

»Es kommt mir so vor, als wäre die Handlung irgendwie nicht abgeschlossen. Eine Pause ... und das war's.«

Danila brach in Gelächter aus. Laut und schallend.

»Es kommt ihr so vor! Für Werchowzew ist gerade die Pause der wichtigste Teil. Die Faszination des Unausgesprochenen! Ein Punkt am Ende ist doch langweilig, Anna! Stattdessen kann die Fantasie auf die Reise gehen. Denk nach, Zuschauer, denk weiter! Kapiert?«

»Mhm.« Sie trank den Kaffee aus und nahm sich eine Zigarette. Schweigend rauchte sie.

Danach bekam sie Appetit – der Drogennebel verschwand allmählich und wich dem Hunger. Sie hatte seit fast vierundzwanzig Stunden nichts mehr gegessen. Danila holte ihr kaltes Hähnchen aus dem Kühlschrank, Käse und eine Packung Apfelsaft. Dann saß er ihr gegenüber und schaute zu, wie sie aß, wie sich ihre Kiefer bewegten, wie sie ins Hühnerfleisch biss, wie sie den Saft schluckte und sich die Finger ableckte. Ekel stieg in ihm auf. Er hasste diese Schlampe, dass sie mit ihm unter einem Dach wohnte, dass sie es wagte, ein Auge auf Olli zu werfen, sich zwischen sie zu stellen, dass sie jetzt so gierig schlang ... Aber es würde ja nicht mehr lange dauern. Nicht mehr lange.

## 26 Spur für Spur

Die Festnahme des Auftragskillers Waclaw Klewerowski war das Ergebnis eines ausgesprochen originellen Manövers, geplant und durchgeführt von der Mordkommission. Worauf Kolossow und seine Kollegen so lange gewartet hatten, war nun endlich eingetreten. Doch der Mensch ist ein launisches Wesen und niemals ganz zufrieden: Klewerowski, der illegal aus Tadschikistan, wo er sich in den letzten Monaten versteckt hatte, nach Moskau gefahren war, fiel ihnen ausgerechnet in dem Moment wie eine reife Frucht vor die Füße, als sie alle vollauf mit der Suche nach dem Kamensker Serienmörder beschäftigt waren.

Jetzt musste man also zwei Hasen gleichzeitig jagen, was Ermittler überhaupt nicht mögen.

Pan Waclaw hatte achtundzwanzig Morde im gesamten Gebiet der GUS auf dem Kerbholz. Alle diese Fälle mussten jetzt wieder aufgerollt werden – von den Verhören unzähliger Zeugen bis zur Exhumierung der Leichen, um Klewerowskis Schuld in jedem einzelnen Fall hieb- und stichfest zu beweisen.

Für gewöhnlich kümmerte sich das Innenministerium um Auftragskiller von solchem Kaliber; diesmal aber wollten die Ermittler der Hauptverwaltung, die noch die unaufgeklärten Morde an den prominenten Journalisten Listjew und Cholodow, am Arzt des Premierministers und am stellvertretenden Justizminister am Hals hatten, sich nicht auch noch einen internationalen Killer aufladen.

Von da an liefen die Ermittlungen gegen Klewerowski, der im Untersuchungsgefängnis an der »Matrosskaja Tischina« inhaftiert war, und die Operation »Kostümbildner« parallel (die Bezeichnung stammte von Kolossow, nach dem Detail, das ihn am meisten verblüfft hatte).

Seit der Festnahme des Killers schlief Kolossow schon die dritte Nacht hintereinander in seinem Büro. Ausgerechnet jetzt hatte er sich auch noch einen Schnupfen geholt, Ergebnis einer Fahrt aufs Land zum Fundort eines unbekannten Toten, von der er durchgefroren zurückkam. Es halfen nur noch starker Kaffee, Aspirin und – was sollte man es verheimlichen – Cognac.

Klewerowski lehnte es rundheraus ab, irgendwelche Aussagen zu machen. Gleich nach seiner Festnahme hatten Kolossow und Klewerowski ein kurzes, nicht eben leises Gespräch. Auf das Angebot, ein rückhaltloses Geständnis abzulegen und sich auf diese Weise sein Schicksal zu erleichtern, antwortete Pan Waclaw mit einem Satz, in dem er ausgesuchte Höflichkeit und virtuosen Kriminellenjargon auf meisterhafte Weise verband. Er wusste sehr gut, dass ihn die Todesstrafe erwartete, gleich wie die Sache ausging, und hatte nicht die Absicht, den Lauf der Dinge zu beschleunigen. »Und wenn schon. Ich habe keine Angst vorm Sterben. Aber beweisen Sie erst mal, dass ich's mir verdient habe«, zischte er Kolossow zu, als man ihn wieder zurück ins Untersuchungsgefängnis brachte.

Dass Waclaw den Tod nicht fürchtete, wusste Kolossow schon lange. 1995 war er zu einem von Klewerowski begangenen Dreifachmord nach Spaßkije Gory gefahren, einer Siedlung in der Nähe von Moskau, wo die Mächtigen dieser Welt ihre Datschen hatten. Auf einer der Datschen, die aussah wie die Miniaturausgabe einer gotischen Burg, waren der Präsident der Ölgesellschaft »Arlens« und seine beiden Leibwächter bestialisch ermordet worden.

Kolossow erinnerte sich noch genau an diesen Tag. Es herrschte schwüle, stickige Hitze. Stundenlang untersuchten sie den Tatort, und es schien ihnen, als nähmen dieser tropisch heiße Tag und diese brennende, blendende Sonne kein Ende mehr, als wolle die rettende Dämmerung niemals anbrechen.

Sie fanden den Ölmagnaten in seinem Bett, mit drei Kugeln in der Brust. Mit zwei weiteren Schüssen aus nächster Nähe hatte der Mörder ihm den halben Schädel weggerissen. Einer der Leibwächter lag auf den Stufen der Veranda, eine Kugel im Herzen. Der andere, den ein Schuss in den Bauch getroffen hatte, versuchte noch zu fliehen: Er sprang aus dem ersten Stock, wobei eine Fensterscheibe zu Bruch ging. Doch er kroch noch wenige Meter über den kurz gemähten Rasen, dann holte Klewerowski ihn ein und brach ihm mit einem Fußtritt das Genick. Die Sonne schmolz am Himmel, das Thermometer zeigte dreißig Grad im Schatten. Staub, Hitze und der Geruch nach Verwesung – dieser höllische Gestank des Todes, an den man sich nie gewöhnen kann – nahmen den Männern des Einsatzkommandos die Luft zum Atmen. Schwärme blauer Schmeißfliegen bedeckten die Leiche des Leibwächters auf dem Rasen.

Diese Fliegen, die klebrige Pfütze aus schwärzlichem Blut und der Anblick der menschlichen Eingeweide verfolgten Kolossow noch lange in nächtlichen Albträumen. Den schlimmsten Eindruck jedoch – und einen unbeschreiblichen physischen Widerwillen – verursachte ihm eine Biene, die sich irgendwie in den Fliegenschwarm gemischt hatte. Sie war von einem Georginenbeet herübergeflogen – Kolossow hatte es mit eigenen Augen gesehen – und kreiste über dem Mann, als wäre der Geruch seines Blutes, das sich in der Hitze zersetzte, süßer als Honig. Als die Biene sich im Gras niederließ, zertrat Kolossow sie mit dem Absatz seines Schuhs.

Am Morgen nach der Konferenz beim Chef führte Kolossow seine eigene Lagebesprechung. Ein Teil seiner Leute wurde in aller Eile auf den Fall Klewerowski angesetzt; die anderen mussten im Fall »Kostümbildner« die dreifache Arbeitslast auf sich nehmen. Für Udoiko und Berberow ordnete er Observierung rund um die Uhr an; außerdem wurden mit dem Einverständnis der Staatsanwaltschaft die Telefone Berberows abgehört, sowohl das private wie das im Geschäft. Konzentriert studierte Kolossow die Berichte der Einsatzleute, die die Beschattungen vornahmen, sowie die Mitschriften der Telefonate Berberows.

In dessen Geschäft riefen viele Leute an – Besucher, Kunden, Auftraggeber. Darunter auch Ausländer, mit denen der Geschäftsführer in allen nur erdenklichen Sprachen munter drauflos schwatzte. (Ein Polyglott, dachte Kolossow beeindruckt, ein wirklich cleveres Kerlchen. Unsere Männer dagegen haben von Sprachen keinen Schimmer; sie konstatieren nur immer: »Das Gespräch wurde in einer Fremdsprache geführt.«)

Wowotschka Udoiko war nach dem Verhör bei Kolossow zum Arbat gestürzt, wo er in einem kleinen Schreibwarenladen, der sich neben einem Zoogeschäft befand, dringend nach Pawel Mohikaner fragte. Doch der Bildhauer, der sich in diesem Laden als Verkäufer ein Zubrot verdiente, war nicht da.

Daraufhin eilte Udoiko, nachdem er an einem Kiosk rasch zwei Flaschen grusinischen »Brandy« erstanden hatte (was für ein schreckliches Gesöff, dachte Kolossow schaudernd), zurück zum Künstlerheim am Kotelnitscheski-Kai. Dort fand er Mohikaner. Die beiden schlossen sich im Atelier ein und kamen erst um zwei Uhr nachts wieder heraus. Sie stanken zehn Meter gegen den Wind nach dem grusinischen Fusel. Ihr nächtlicher Spaziergang über den Kai endete an einer Telefonzelle. Udoiko rief bei Berberow an, erreichte ihn jedoch nicht.

Der Couturier befand sich zu dieser Zeit, wie aus den Observierungsberichten hervorging, im Zimmer Nr. 698 des Hotels »Kosmos«. In diesem Zimmer wohnte eine zweiundsiebzigjährige schwedische Staatsbürgerin, die als Schirmherrin des Wohltätigkeitsfonds »Offene Welt« nach Moskau gereist war.

An den beiden folgenden Tagen – es war Wochenende – versuchte Udoiko mehrmals, Berberow zu erreichen. Es gelang ihm erst am Sonntagabend. Berberow war zwei Tage lang »versumpft« und spät abends heimgekommen. Zu den Lokalitäten, die er am Wochenende besucht hatte, zählte auch ein Nachtclub mit dem prätentiösen Namen »Botanischer Garten der Seele«. Kolossow vertiefte sich in das Protokoll des Telefonats zwischen Udoiko und Berberow. Das Gespräch war offensichtlich in erregtem Tonfall geführt worden; der Protokollant hatte mit Ausrufezeichen nicht gespart.

UDOIKO. He, hörst du, ich bin's! Wo treibst du dich rum, du Kretin? Seit zwei Tagen versuche ich dich zu erreichen!

BERBEROW. Bist du besoffen oder was? Was ist los?

UDOIKO. Die Bullen haben mich durch den Fleischwolf gedreht, das ist los! Und alles wegen ...

BERBEROW. Was brüllst du wie angestochen? Das ist dein Problem, ich weiß von nichts. Kapiert?

UDOIKO. Aber ich weiß was, wie? Waren sie bei dir auch?

BERBEROW. Wer?

UDOIKO. Sie haben mich über Lenka ausgefragt.

*Lange Pause.*

Bist du noch dran?

BERBEROW. Und haben sie auch nach ... nach ...?

UDOIKO. Nein. Aber sie werden dich garantiert noch danach fragen. Dieser Major, dieser Kolossow, ist der reinste Wolfshund, der lässt einen gar nicht zur Besinnung kommen. Ich hab mich blöd gestellt. Aber er hat ja Recht, Artur, er hat hundertprozentig Recht. Er will Klarheit haben, genau wie ich. Ich will jetzt endlich wissen, was für eine Scheiße bei uns läuft. Und du erklärst mir freundlicherweise, wie es kommt, dass alle Mädchen, die ich dir vermittelt ...

BERBEROW. Ich weiß gar nichts! Wie oft soll ich dir das noch sagen!

UDOIKO. Aber wer weiß denn eigentlich Bescheid? Übrigens, die haben mir gedroht, mich einzubuchten!

BERBEROW. Lass mich in Ruhe. Du bist ja sturzbesoffen. Steck dir deine idiotischen Ideen sonstwohin!

UDOIKO. Meine Ideen sind idiotisch? Aber du selber ... du hast mich doch gebeten ...

BERBEROW. Lass mich ein für alle Mal in Ruhe, kapiert?

Mit diesen Worten knallte der Couturier den Hörer auf die Gabel. Dann, so hieß es im Rapport, überlegte er eine Weile und stellte das Telefon ab.

Einen Anruf allerdings erledigte er noch – und dieser

Anruf ging den Ermittlern leider durch die Lappen: Eine Stunde nach dem Gespräch mit Udoiko fuhr Berberow zum Supermarkt am Gartenring, der auch am Wochenende geöffnet war, um seinen Lebensmittelvorrat aufzufüllen. Im Laden lieh er sich das Handy des ihm bekannten Geschäftsführers. Er sprach lange und gestikulierte lebhaft dabei. Seine Beschatter notierten, dass ihr »Objekt« aus irgendeinem Grund äußerst erregt und beunruhigt war.

Kolossow seufzte tief. Zu schade, dass die Miliz nicht das Geld und die Möglichkeit hatte, das Funknetz abzuhören. Sie hatten ja schon Probleme damit, sich ins gewöhnliche städtische Telefonnetz einzuklinken – entweder waren die Geräte defekt, oder irgendetwas anderes funktionierte nicht.

»Nikita, ist der Bericht über die Ergebnisse der ›Antikriminal‹-Tagung schon fertig?« Ljussja Sinizyna aus dem Sekretariat steckte den Kopf durch die Tür. »Ich brauche die Daten dringend, um sie in den Computer einzugeben.«

Kolossow machte ein finsteres Gesicht – die Arbeit stand ihm bis zum Hals, und dann noch diese Bürokratie! Ihm fiel wieder Katjas neugierige Frage ganz zu Anfang ihrer Bekanntschaft ein: »Worin besteht eigentlich die Tätigkeit eines Mitarbeiters der Mordkommission?« – »Wir schreiben Papiere, Katerina Sergejewna«, hatte er damals geantwortet. »Ein Meer von Papieren, einen ganzen Ozean.«

Das Telefon klingelte.

»Hier Kolossow.«

»Nikita Michailowitsch, hier Kowaljow. Ich muss dir eine Schlägerei melden. Sie sind alle hier, auf der Wache.«

»Wer?«

»Berberow und Udoiko und die Angestellten aus dem Geschäft.«

Kowaljow berichtete kurz, was vorgefallen war: Um

12.40 Uhr war der betrunkene Maler ins Modehaus gestürzt und hatte nach Berberow verlangt. Der Geschäftsführer behauptete, er sei nicht da; offenbar hatte er für diesen Fall genaue Anweisungen erhalten. Udoiko glaubte
dem Mann im gelben Rolli kein Wort und beschloss, mit
Gewalt einzudringen, wenn man ihn freiwillig nicht einlas-
sen wollte. Der Geschäftsführer und zwei Verkäufer ver-
suchten ihn daran zu hindern. Der Lärm rief Berberow
herbei, der sich von dem wutschnaubenden Maler einen
Hieb ins Gesicht einfing. Eine wilde Rauferei entbrannte.
Doch da erschien, von irgendwem herbeigerufen, eine
wachsame Streife der Moskauer Miliz am Ort des Gesche-
hens, und die ganze Meute wurde aufs Revier gebracht.

»Ich habe schon mit dem Revierchef gesprochen«, berichtete Kowaljow. »Ein vernünftiger Mann. Er lässt gerade
alle verhören und ein Protokoll anfertigen. Die Leute aus
dem Geschäft können danach wieder gehen, aber Udoiko
wird man auf meine Bitte hin noch eine Zeit lang festhalten
und in eine Ausnüchterungszelle stecken. Was soll weiter
geschehen? Sollen wir den Schneider herbringen lassen?«

»Ist außer Berberow und seinen Angestellten noch jemand dort?«

»Ja. Dieser Knirps, der Bildhauer aus dem Künstlerheim. Er kam gleich hinter Udoiko angetrabt, als im Geschäft schon die Spiegel zu Bruch gingen.«

»Genau den brauche ich. Bring ihn her, Wolodja«, sagte
Kolossow. »Lass Berberow vorläufig in Ruhe.«

Eine Stunde später wurde Pawel Mohikaner gebracht.
Kowaljow legte das Material über Udoiko auf Kolossows
Schreibtisch und sagte mit einem Kopfnicken zur Tür:
»Dein Kunde sitzt auf dem Flur.«

»Gut, dann mach erst mal eine Pause, ich werde mir ihn

inzwischen selber vorknöpfen.« Kolossow stand auf und lud Mohikaner in sein Büro ein. »Pawel Nikolajewitsch, kommen Sie bitte?«

Den armen Schöpfer der »Eidechse auf einer Fichte« hatten die Ereignisse sichtlich mitgenommen. Er blinzelte aufgeregt, schnappte nach Luft und drehte seinen kugelrunden Kopf wie aufgezogen hin und her.

»Man hat mir gesagt, dass man mich in der Mordkommission sprechen will. Sie sind Ermittler, ja?«

»So ist es. Setzen Sie sich. Kolossow ist mein Name.«

»Was blüht Wowka denn jetzt? Kommt er ins Gefängnis?«, platzte Mohikaner unvermittelt heraus.

»Ihm wird Vandalismus vorgeworfen, Sachbeschädigung und Körperverletzung.« Kolossow trug absichtlich dick auf, damit es sich möglichst schlimm anhörte. »Wie konnte er sich nur so gehen lassen? Er war doch mit Berberow befreundet, nicht wahr?«

Mohikaner starrte Kolossow mit seinen funkelnden Mausaugen an.

»Sind Sie für den Mordfall Krassilnikowa zuständig?«, fragte er erregt.

»Nein, die Staatsanwaltschaft. Ich bin mit der Suche nach ihrem Mörder befasst.«

»Das ist doch schnurz … ich meine, das kommt doch aufs Gleiche hinaus. Suchen Sie auch den Mörder von Tolja? Tolja Lawrowski?«

»Unter anderem.«

»Das hab ich mir gedacht.« Der Bildhauer zog seine Mütze vom Kopf und wischte sich die schweißnasse Stirn. »Als Ihr Kollege sagte, fahren wir, da hab ich mir sofort so was gedacht. Aber vergessen Sie nicht, ich bin schon verhört worden. Von der besagten Staatsanwaltschaft.«

»Ich weiß«, sagte Kolossow. »Aber das war vor zehn Tagen. Und inzwischen ist einiges passiert. Nicht wahr, Pawel Nikolajewitsch, da müssen Sie mir doch Recht geben?«

Mohikaner stand auf und zog seine Steppjacke aus.

»Mann, ist das heiß hier bei Ihnen. Wenn doch im Winter so gut geheizt würde. Sie meinen, in dem Fall gibt es Neues?«

»Das kann man wohl sagen! Und ich glaube, mit Ihrer Hilfe können wir noch mehr herausfinden. Unsere Erfolge gewissermaßen untermauern.«

In diesem Moment schaute wieder Ljussja Sinizyna durch die Tür.

»Nikita, hab Erbarmen! Ich warte schon eine geschlagene Stunde. Wo bleiben die Daten?«

»Ich bin beschäftigt, Ljussja. Später.«

Verärgert schlug sie die Tür zu.

»Sie kennen Ihren Nachbarn und Freund doch recht gut, Pawel«, sagte Kolossow eindringlich. »Was für ein Floh hat ihn plötzlich gestochen? Weshalb hat er diese Schlägerei angezettelt?«

»Erst sagen Sie mir etwas.« Der Kleine plusterte sich beleidigt auf. »Ist das fair, jemanden zur Miliz zu schleppen und ihm aus heiterem Himmel zwei Morde vorzuwerfen?«

»Da hat er wohl ein wenig übertrieben. Seine schöpferische Fantasie ist mit ihm durchgegangen«, bemerkte Kolossow. »Vorläufig wirft ihm niemand etwas vor, im Gegenteil, wir wollen den Fall aufklären.«

»Dann tun Sie das!«, rief Mohikaner empört. »Klären Sie ihn so schnell wie möglich auf! Und fangen Sie bei denen an, die es verdienen, und nicht bei diesem armen Tropf!«

»Und wer, Pawel Nikolajewitsch, verdient es Ihrer Meinung nach?«

Der Knirps schnaufte entrüstet.

»Berberow – den müssen Sie sich vornehmen!«

»Warum?«

»Na, weil Sweta bei ihm gearbeitet hat! Zu ihm ist sie gegangen – und bei ihm ist sie verschwunden!«

»Aber Udoiko hat sie doch auch gekannt. Oder etwa nicht?«

»Na und? Auch ich habe sie gekannt – alle bei uns im ›Bienenstock‹! Wollen Sie die etwa alle festnehmen? Wowka hängt an der Flasche, das stimmt. Aber muss man deshalb alles auf ihn abwälzen?«

Kolossow brachte eine Schachtel Zigaretten zum Vorschein, und sie rauchten.

»Lassen Sie uns die Sache gemeinsam angehen, Pawel Nikolajewitsch. Schön langsam und der Reihe nach. Wie ich sehe, halten Sie fest zu Ihrem Freund. Sehr lobenswert. Nun helfen Sie doch auch mir, alles aufzuklären. Habe ich richtig verstanden, dass Udoiko Ihnen verschiedene Dinge erzählt hat, nachdem er von uns zu Ihnen zurück ist? Und anschließend sind Sie gemeinsam aufgebrochen, um Berberow anzurufen, nicht wahr? Weshalb?«

»Haben Sie uns beschattet?«

»Das kann man sich auch so leicht vorstellen – eine typische Situation. Also, was hat er Ihnen erzählt?«

Widerwillig presste Mohikaner hervor: »Er hat sich an dem Abend ziemlich betrunken. Aus Kummer – ich verurteile ihn nicht dafür.«

»Ich auch nicht. Er hat sich also betrunken. Und was weiter?«

»Er hat gesagt, er hätte keinen Bock darauf, von der Miliz wie der letzte Arsch behandelt zu werden und als Prügelknabe für die russische Intelligenzija herzuhalten«, erklärte der Knirps giftig. »Entschuldigen Sie, aber das waren seine Worte. Er hat aber auch noch gesagt, dass er die Bullen verstehen kann. Er hätte sich ja selbst schon gewundert, wie merkwürdig alles zusammenpasst. ›Pawel‹, hat er zu mir gesagt, ›ist Sweta zu Artur gegangen? Ja, ist sie. Und was ist passiert? Sie ist verschwunden. Es gab noch ein anderes Mädchen, das ich Artur vorgestellt habe, und auch das soll ermordet worden sein, wie ich hörte. Ich habe ihm die Telefonnummer von Lawrowski gegeben – auch den haben sie um die Ecke gebracht. Was soll man davon halten, frage ich dich?‹ Genau das hat er zu mir gesagt.«

»Er hat Ihnen also erzählt, dass er Berberow mit noch einem anderen Mädchen bekannt gemacht hat. Hat er einen Namen genannt?«

»Nein.«

»Und zu welchem Zweck hat er Berberow Lawrowskis Telefonnummer gegeben?«

»Das weiß ich leider nicht«, seufzte Mohikaner. »Er hat Berberow als ›Schweinehund‹ beschimpft, und da bin ich ganz seiner Meinung. Noch in derselben Nacht haben wir dann bei ihm angerufen. Wir wollten sofort alles aufklären und es nicht auf die lange Bank schieben. Er war aber nicht zu Hause.«

»Und was ist heute tagsüber geschehen?«, fragte Kolossow.

»Ich wollte mir Klarheit verschaffen, genau wie Sie. Sobald ich von den Kumpels im Heim gehört habe, dass Wowka zum Kusnetzki-Most gefahren ist, bin ich sofort hinter ihm her. Dachte, er braucht vielleicht meine Hilfe. Na, er hat halt die Beherrschung verloren und diesem Schuft eine geklebt.« Der Knirps blickte Kolossow verständnisheischend in die Augen. »Das muss man doch verstehen! Aber Sie schleppen ihn gleich aufs Revier und sperren ihn in die Ausnüchterungszelle!«

»Haben Sie irgendeine Vermutung, warum diese Kette von Vermissten und Ermordeten sich gerade bei Berberow schließt? Warum gerade bei ihm alle Fäden zusammenlaufen?«, fragte Kolossow.

»Ich habe nur eine Vermutung – dass Perverse bei uns tun und lassen können, was sie wollen!«

»Wir werden alles aufklären, keine Bange. Und vielen Dank für Ihre Informationen.«

»Was tut eigentlich unsere Sittenpolizei?«, knurrte Mohikaner, als er schon in der Tür stand. »Als Steuerzahler habe ich wohl ein Recht, das zu erfahren.«

Kolossow zuckte nur die Achseln.

## 27 »Haben Sie starke Nerven?«

Der Besuch der Ausstellung des Russischen Touristenclubs im Expo-Center an der Krasnaja Presnja wurde ein Ereignis, das bei Katja eine Zeit lang alle Eindrücke der letzten Tage verdrängte. Sergej Meschtscherski genoss es, in der Rolle des berühmten Forschungsreisenden im Mittelpunkt der Aufmerksamkeit seiner Freunde zu stehen. Weder Katja noch Wadim wollten den Fürsten durch Gleichgültigkeit enttäuschen.

Auf der Fahrt zur Ausstellung schwiegen sie. Wadim dachte die ganze Zeit konzentriert nach, die Stirn gerunzelt.

»Warum guckst du so?«, fragte Katja schließlich. »Bist du krank, oder ärgerst du dich über mich?«

»Weder noch.« Er lächelte, ohne weitere Erklärungen zu geben.

Na, dann eben nicht, dachte Katja, wandte sich ab und blinzelte in die grelle Sonne. Sie öffnete das Handschuhfach, erblickte Wadims Sonnenbrille und setzte sie auf.

»Meine Güte, was ist denn das?«

Sie schaute durch die Brille wie durch ein Fernglas! Das Fenster in dem Haus dort rechts war im sechsten Stock, doch sie konnte sogar die Blumen auf der Fensterbank erkennen! Und dort stand ein Dachbodenfenster offen, und sie sah deutlich die sich balgenden Katzen dahinter ... Und an dem stuckverzierten Balkon war ein Riss, so nah, als könnte sie ihn mit der Hand berühren! Sie nahm die Brille wieder ab.

»Das ist ja fantastisch! So eine starke Vergrößerung. Wozu brauchst du das?«

»Ein Spielzeug für Bodyguards.«

»Sieht wie eine ganz normale Sonnenbrille aus.«

»Soll sie ja auch«, erwiderte Wadim, und sein Blick ging wieder ins Leere. Katja merkte, dass es in ihm arbeitete. Irgendetwas stimmte nicht.

Sergej erwartete sie bereits am Eingang – lebhaft, rotwangig, aufgeregt. Seine graue Clubjacke war aufgeknöpft, die Krawatte verrutscht.

»Komm mal her, ich bringe sie dir wieder in Ordnung.« Katja rückte dem Fürsten die Krawatte zurecht. »Ist das Fernsehen auch gekommen?«

»Kanal Vier, der Filmreiseclub, Zweimal zwei«, zählte Sergej stolz auf.

»Großartig.«

Es dauerte nicht lange, und Sergej gab einem Korrespondenten, der eine weite khakifarbene Weste mit unzähligen Taschen voller technischer Geräte trug, ein ausführliches Interview. Fasziniert lauschte der Korrespondent dem Wasserfall exotischer Namen, die der große Reisende hervorsprudelte: Tanganjika, Kilimandscharo, Serengeti, Ngorongoro ...

Wadim schaute immer noch finster drein; seine unzufriedene Miene bildete einen auffallenden Kontrast zum freudestrahlenden Gesicht des Fürsten. Der rieb sich die Hände, nachdem er sich von den Fernsehleuten verabschiedet hatte.

»So, Kinder, das hätten wir. Sie wollen es bringen, haben sie gesagt. Was machst du für ein Gesicht, Wadim? Du bist doch nicht etwa krank?«

»Nein.«

»Na, dann wollen wir uns jetzt mal stärken. Die Bar hier ist nicht übel.«

Katja trank einen Cocktail und beobachtete, wie Wadim lustlos an einer Schinkenpastete kaute.

»Was ist denn passiert?«, fragte der Fürst besorgt.

Was passiert war?

Am Vormittag – gerade als Wadim aufbrechen wollte, um Katja abzuholen –, hatte Arsenjew in Tunigunows Büro auf dem Kutusowski-Prospekt angerufen.

»Guten Morgen, ich rufe wegen des bewussten Abends an. Sie erinnern sich, wir haben darüber gesprochen ...«

»Ja.« An den Iltis hatte Wadim überhaupt nicht mehr gedacht.

»Ich habe mich erkundigt. Man erwartet Tunigunow und Sie, nur ... nur sind die Eintrittskarten sehr teuer.«

»Wie viel?«, fragte Wadim lässig. Arsenjew nannte eine Summe.

Wadim pfiff durch die Zähne: Ein Viertel dieser Summe hatte Tunigunow, wenn er sich richtig erinnerte, dafür hingelegt, um in der »Silberkugel« an der Festtafel einen Platz neben Chuck Norris zu bekommen, als der berühmte Schauspieler und Karate-Kämpfer Moskau besucht hatte. Aber das war eben nur ein Viertel der jetzt geforderten Summe gewesen, und immerhin hatte es sich damals um einen weltbekannten Filmstar gehandelt!

»Also wirklich ... Manche Leute kriegen den Hals nicht voll. Was ist das denn für ein großartiges Schauspiel?«, fragte Wadim misstrauisch.

»Es lohnt sich, dafür kann ich mich verbürgen. Ein einmaliges Erlebnis«, erwiderte Arsenjew in vertraulichem Tonfall.

»Im Prinzip ist mein Chef einverstanden.« Wadim wurde neugierig. »Aber er gehört nicht zu den Leuten, die die Katze im Sack kaufen.«

»Es ist ein einzigartiges Schauspiel, Wadim. Das einzige in seiner Art«, betonte Arsenjew hartnäckig. »Eine Frage muss ich Ihnen allerdings stellen. Haben Sie starke Nerven?«

Wadim schwieg einen Moment.

»Ich denke, er wird einwilligen, diese Summe zu zahlen – bestimmt wird er einwilligen«, sagte er dann leise. »Wann und an wen soll gezahlt werden?«

»Ich rufe Sie zurück.« Arsenjew hängte ein. Wadim wusste, dass Tunigunow gerade mit dem Direktor der Bank »Provinzialkredit« in einem italienischen Restaurant an der Poljanka saß, und unternahm gar nicht erst den Versuch, ihn übers Handy zu erreichen. Er wollte selber herausfinden, worum es ging.

Arsenjew meldete sich eine Stunde später wieder. »Notieren Sie die Telefonnummer.« Er diktierte sie Wadim. »Fragen Sie nach Danila. Er wird Ihnen einen Zeitpunkt nennen, an dem Sie das Geld bringen sollen. Bargeld.«

»Gut. Sagen Sie mal, was für ein Schauspiel erwartet uns eigentlich, Iwan?«

»Salome.«

»Salome?«

»Das Stück von Oscar Wilde.«

Wadim grinste und sagte: »Wilde und Tunigunow – das passt wie die Faust aufs Auge. Entschuldigen Sie.«

»Es handelt sich um ein einzigartiges und einmaliges Schauspiel, das sich nicht wiederholen lässt«, sagte Arsenjew gewichtig und fügte hinzu: »Haben Sie schon mal eine Corrida gesehen?«

»Nein.«

»Nutzen Sie die Gelegenheit, wenn sie sich Ihnen bietet. Sie werden es nicht bereuen.«

»Ist es eine Theateraufführung?«, fragte Wadim, dessen Herz unwillkürlich schneller schlug.

»Nicht direkt. Aber es ist ein beeindruckendes Schauspiel. Sie werden es Ihr Leben lang nicht vergessen.«

Wadim holte tief Luft. Irgendetwas war hier faul ... Eigentlich wollte er Katja nicht hineinziehen, konnte sich die Bemerkung aber nicht verkneifen: »Wenn Herr Tunigunow schon eine solche Summe zahlt, wird er nicht nur in Begleitung seines Leibwächters kommen wollen.«

»Keine Damen«, erklärte Arsenjew sofort. »Das ist Bedingung.«

»Wann kann man diesen Danila anrufen?«

»Morgen Abend um zehn.«


Für die Antwort auf Sergejs Frage »Was ist passiert?« brauchte Wadim rund zwanzig Minuten. Er berichtete ihm und Katja ausführlich alles: von Berberow, von seinem Besuch im »Botanischen Garten der Seele«, von seiner Bekanntschaft mit Arsenjew, von dessen Anruf und von den »Floralien«.

»Und wird Tunichtgut wirklich so viel Geld bezahlen?«, fragte Katja.

»Das wird er. Du kennst ihn nicht. Je mehr man für eine Sache fordert, desto versessener ist er darauf, sie zu kriegen, eben *weil* sie so teuer ist. Er ist genauso sensationslüstern und neugierig wie du.«

»Aber ›Salome‹ – das ist doch reichlich ausgefallen ...«

»Kannst du uns nicht mal ins Bild setzen, was das für eine Salome ist, Katja?«, fragte Sergej.

»Ein ziemlich bekanntes Stück von Wilde. Beeinflusst von einer Erzählung Flauberts, ›Herodias‹. Wilde hat es auf Französisch geschrieben.« Katja war in ihrem Element. »Alfred Douglas hat es ins Englische übersetzt.«

»Wer ist denn das nun wieder?«, knurrte Wadim.

»Das war Wildes Freund. Sein Freund und Geliebter.«

»Aha.«

»Soviel ich weiß«, fuhr Katja fort, »wurde die ›Salome‹ zu Wildes Lebzeiten nie aufgeführt. Allerdings kursierten Gerüchte, man habe sie in einer Privatwohnung gespielt, wo sich die Freunde und Verehrer des Dichters trafen. Aber das sind nur Vermutungen. Als der berühmte Prozess gegen Wilde geführt wurde, wurde ihm das Stück sogar zur Last gelegt. Man warf ihm Unmoral und Gotteslästerung vor.«

»Und was ist daran amoralisch?«, fragte Sergej.

Katja zuckte die Schultern.

»Nach heutigen Begriffen eigentlich nichts. Wilde hat die bekannte biblische Legende ziemlich unorthodox ausgelegt. Man kennt die Geschichte ja: Prinzessin Salome tanzt vor dem Tetrarchen von Judäa, Herodes Antipas, und er verspricht, ihr einen Wunsch zu erfüllen. Salome wünscht sich – angestiftet von ihrer Mutter, der Königin Herodias – den Kopf des Propheten Johannes des Täufers, der von Herodes gefangen gehalten wurde. Eine verbreitete Legende: die böse Königin, die gehorsame Tochter und so weiter. Aber Wilde hat sie auf seine Weise interpretiert. Seine Salome verliebt sich hoffnungslos in Johannes.«

»Sie verliebt sich in einen Propheten?«, fragte Wadim erstaunt. »In so einen alten Knacker mit grauem Haar und langem Bart?«

»Johannes der Täufer war ein junger Mann Anfang zwanzig«, erwiderte Katja. »Bei Wilde bietet Salome sich ihm an, aber er weist sie ab. Daraufhin schwört sie, dass sie seinen Mund küssen wird, koste es, was es wolle. Herodias braucht sie gar nicht zu überreden, verstehst du? Dieses zarte, unschuldige Mädchen fordert selber, aus eigenem Antrieb, von dem verliebten Herodes den Kopf des Täufers für ihren Tanz.«

»Und was war so unsittlich daran?«, fragte Wadim.

»Der biblische Kanon war verletzt worden. Das war nach damaligen Maßstäben ketzerisch.«

»Wird dort noch jemand ermordet außer dem Propheten?«, fragte Sergej plötzlich.

»Wo?«, fragte Katja verwundert.

»In Wildes ›Salome‹.«

»Das weiß ich nicht.«

»Hast du das Stück denn nicht gelesen?«, fragte der Fürst.

»Nein.«

»Endlich mal etwas, das unser Bücherwurm nicht verschlungen hat«, brummte Wadim.

»In unseren Wilde-Ausgaben habe ich es nicht gefunden«, verteidigte sich Katja. »Im Unterschied zu dir, Wadim, kann ich kein Französisch. Leider.«

»Je renonce aux lauriers si vains qu'à Paris j'aimais trop peut-être«, deklamierte Wadim mit Gefühl und ließ dann betrübt den Kopf hängen. »Tunichtgut soll sich also eine biblische Legende anschauen. Das kann ja heiter werden.«

»Worüber warst du eigentlich so verstört?«, fragte Katja.

Wadim schaute sie an.

»Tja ... ich weiß selbst noch nicht recht.«

»Nun ja, du hast mir von Arsenjew erzählt, Wadim, und deshalb wird es wohl eine Aufführung ...« Katja stockte und suchte nach den richtigen Worten. »Im Stil der Peking-Oper vielleicht, oder wie das Theater zu Shakespeares Zeit.«

Wadim hob die Brauen.

»Du meinst, ein Tuntentheater?«

»Nicht unbedingt. Das Stück könnte auf unübliche Weise gespielt werden.« Katja machte eine vage Handbewegung. »Du hast doch selbst gesagt, dass man dort keine Damen sehen will und dass Arsenjews ›Floralien‹ ausschließlich von jungen Männern vorgeführt werden.«

Wadim seufzte und trank seinen Cocktail in einem Zug aus, bis nur noch die Eiswürfel im Glas klirrten. »Diese ›Salome‹, zu der man mich nicht einladen kann, ohne vorher fürsorglich nach meiner Nervenstärke gefragt zu haben, möchte ich mir ansehen. Jetzt bin ich neugierig geworden.«

Katja stand auf. Wadim nahm sie beim Arm und gab ihr einen Kuss.

»Kein Wort zu Kolossow, andernfalls sind wir Feinde auf ewig. Klar? Ich mache das allein.«

Katja nickte schweigend. Es hatte keinen Sinn zu streiten.

## 28 Träume aus dem Jahre 20 nach Christi Geburt

Die Vorbereitungen näherten sich dem Ende.

»In der Tanzszene, Anna, machen Sie die gleiche Geste wie Olli«, sagte Werchowzew bei der Generalprobe.

»Welche denn?«, fragte die Statistin. Sie war schrecklich nervös. Werchowzew gefiel das: Das Mädchen arbeitete gewissenhaft und bemühte sich ehrlich. Überhaupt hatte sie sich sehr zum Vorteil verändert, seitdem sie bei ihm war. Dabei waren seit ihrem ersten Treffen in der armseligen Baubude hinter dem Pawelezker Bahnhof erst sechzehn Tage vergangen.

»Diese Geste hier.« Er führte sie ihr vor. »Sie werden andere Kostüme tragen. Hier ist nur eine kleine Schleife vorgesehen. Sie löst sich ganz leicht.«

»Aber dann sind wir ja ...«

»Ja. Ihre Kleider werden fallen, Anna.«

Die Statistin kicherte.

»Das habe ich mir gleich gedacht. Irgendwas werden Sie noch einbauen. Toll! Wirklich Klasse! Diese Geste ... Haben Sie die selber erfunden, oder kommt die im Stück vor?«

Werchowzew schüttelte verneinend den Kopf: »Weder das eine noch das andere. So ist es wirklich gewesen.«

»Wann?«

»Im Jahr 20 nach Christi Geburt, Anna«, sagte er lächelnd, »zu einer Zeit, in der Sie einen Abend lang leben sollen. Das war die echte Geste der Prinzessin Salome ... Sie tanzte und gefiel dem Herodes wohl! Denken Sie sich in diese Worte des Evangelisten hinein. Ja, Herodes hat sie sehr begehrt, aber sie war seine Nichte, die Tochter seines Bruders und der Königin Herodias. Um ihren Tanz zu sehen, hat der Tetrarch geschworen, ihr jeden Wunsch zu erfüllen.«

»Und dann, am Ende, werde ich also nackt sein?«, fragte die Statistin.

»Ja.«

»Und ... Olli?«

»Er wird ein anderes Kostüm tragen. Aber es braucht Ihnen nicht peinlich zu sein, Sie erscheinen ganz am Schluss ja nur für ein paar Sekunden.«

»Es ist mir ja gar nicht peinlich.« Sie lächelte und zuckte verächtlich ihre magere Schulter. »Ich hab schon ganz andere Sachen gemacht. Und was geschieht dann?«

»Dann, Anna, wird der Vorhang fallen.« Werchowzew zeigte auf die kleine Bühne im Saal der Mysterien. »Sehen Sie, Danila bereitet schon alles vor, dort ist die Fernbedienung.«

Zu den letzten Feinheiten gehörte auch die Zusammenstellung der Begleitmusik. Werchowzew übernahm diese Aufgabe persönlich und holte sich Kassetten und Abspielgerät ins Zimmer des Meisters. Freddie Mercury räumte ohne zu murren seinen Platz, und es erklang ganz andere Musik: Ennio Morricone, Prokofjew, Grieg, die »Polowetzer Tänze« von Borodin. Werchowzew lauschte, spulte vor und zurück, kombinierte die Stücke, lauschte dann wieder und dachte dabei an das Telefongespräch, das er kürzlich mit Iwan Arsenjew geführt hatte. Arsenjew hatte angerufen, um ihm mitzuteilen, dass die Blumenkostüme für die beiden Salomes fertig seien.

»Sie werden dir gefallen, Igor. Mir sind ein paar hübsche neue Ideen gekommen, was die Farbgebung betrifft. Ich bringe dir alles vor der Aufführung. Pflegen musst du sie wie gewohnt: jede halbe Stunde eine leichte kalte Dusche. Nicht zu stark, damit die Blütenblätter nicht beschädigt werden.« Er schwieg. »Ich habe noch etwas auf dem Herzen ...«

»Was?«, fragte Werchowzew und dachte: Vermutlich will er mehr Geld haben, wie immer.

Doch Arsenjew fragte nicht nach Geld.

»Du wirst noch einen neuen Gast haben.«

»Wen?«

»Wassili Tunigunow.«

»Hm. Woher hat der von mir erfahren? Hast du es ihm gesagt?«

»Andeutungsweise. Er war im ›Botanischen Garten‹, um sich meine Kreationen anzuschauen. Ist vor Rührung fast zerflossen.«

»Er ist ein Holzkopf, Iwan.«

»Er ist ein reicher Holzkopf, Igor. Fantastisch, geradezu unanständig reich. Und überhaupt – nur mit überkandidelten Ausländern kommst du nicht weit, die sind bald abgegrast. Es wird Zeit, dass auch unsere Russen sich an ›Salome‹ erfreuen. Und was die Geheimhaltung betrifft, da mach dir keine Sorgen. Das ist nicht der Typ, der über das Gesehene reden würde.«

»Die ›Salome‹ ist nicht für solche Leute gedacht.«

»Ich hatte den Eindruck, du wärst an Leuten interessiert,

die sie nicht nur sehen wollen, sondern auch dafür zahlen können«, bemerkte Arsenjew. »Habe ich mich geirrt?«

»Ich bin schon interessiert, nur ... Wird er allein kommen? Er hat doch sicher einen Leibwächter dabei. Übrigens, hast du ihm meinen Namen genannt?«, fragte Werchowzew beunruhigt.

»Nein, keine Angst. Ich bin doch nicht verrückt.« Arsenjew lachte. »Tunigunow wird nur vom Chef seiner persönlichen Leibwache begleitet – ein treuer Hund, der geht für seinen Chef durchs Feuer. Ich habe Erkundigungen eingezogen.«

»Du spinnst ja. So etwas gibt's heutzutage nicht mehr. Wie heißt er denn?«

»Wadim Krawtschenko.« Arsenjews Stimme zitterte leicht. Werchowzew bemerkte es. Was, zum Teufel, spann sich da zwischen Iwan und diesem Leibwächter an?

»Ich werde darüber nachdenken«, sagte er trocken. »Meine Entscheidung teile ich dir noch mit.«

Nach dem Gespräch mit Arsenjew beriet er sich lange mit Danila. Über die Zahlungsfähigkeit des potenziellen Kandidaten machte er sich keine Sorgen. In den Kreisen, in denen er sich bewegte, kannte man Wassili Tunigunow, den Benzinkönig aus der Provinz. Sein Reichtum erregte Staunen und Neid. Doch etwas anderes machte Werchowzew Kopfzerbrechen.

»Wir brauchen Zuschauer, Igor«, erklärte Danila. »Besonders Geldsäcke wie diesen Tunigunow. Plätze im Saal sind vorhanden – du hast doch selber aus irgendwelchen Gründen zwei freigelassen. Und dann ...«

»Was?«, fragte Werchowzew finster.

»Ich glaube, wir sollten uns langsam von den Ausländern verabschieden. Es wird zu gefährlich. Man redet im

Ausland schon zu viel über uns«, erwiderte Danila bedeutungsvoll.

»Meinst du, bei uns würde weniger geredet?«

»Tunigunow ist jedenfalls kein Schwätzer. Er ist in unserer Datenbank. Wenn du willst, kann ich sofort nachsehen.«

»Tu das.«

Eine halbe Stunde später saß er wieder im Wohnzimmer und lauschte Danila.

»Spekulation im großen Stil, vor nicht allzu langer Zeit ein paar Affären mit gefälschten Wechseln, krumme Geschäfte an der Valuta-Börse und beim Börsenkrach am Schwarzen Dienstag«, zählte Danila auf.

»Das will ich nicht wissen. Gibt es sonst noch etwas über ihn?«

»Ja. Es gibt Gerüchte, dass er der Hauptauftraggeber für den Mord am Präsidenten des Ölkonzerns ›Transoil‹ war. Den Ärmsten hat man in seinem Cadillac in die Luft gesprengt, und Tunigunow hat die Aktienmehrheit des Konzerns erworben.« Danila zündete sich eine Zigarette an und inhalierte. »Wenn ich im Haus an der Kalten Gasse zu sagen hätte – ich würde ihn nehmen.«

»Ja... Dann wird auch noch der Leibwächter da sein. Von dem wird Tunigunow sich nicht trennen.«

Danila zuckte nur die Achseln.

»Du hast doch selbst gesagt – die Angestellten sind das Problem unserer Besucher. Ich denke, dieser Rausschmeißer hat in Diensten seines Chefs schon genug Dinge gesehen, dass ihn so schnell nichts mehr erschüttern kann.«

»Habe ich das alles für solche Leute erdacht, Danila? Für solche Banausen?« Werchowzew bedeckte die Augen mit der Hand. »Muss Salome wirklich vor diesen Leuten tanzen und ihnen gefallen ...?«

»Wer weiß, vor wem sie in Zukunft noch tanzen muss. Die Welt kommt immer mehr herunter, das sagst du doch selbst. Im Übrigen, es ist deine Entscheidung.« Danila warf die Zigarette in die Flammen des Kaminfeuers.

Und Werchowzew traf seine Entscheidung.

»Er muss in bar bezahlen«, wies er Arsenjew durchs Telefon an. »Vielleicht überlegt er es sich ja auch anders, wenn er die Summe hört.«

»Er hat gesagt, Geld ist Müll, Hauptsache, das Herz freut sich. Nicht übel für einen Holzkopf, oder?«

»Wenn er bereit ist, den Preis zu zahlen, kannst du ihm mehr erzählen – aber nur kurz. Und gib ihnen die Telefonnummer, damit sein Leibwächter wegen der Bezahlung eine entsprechende Verabredung treffen kann. Er soll morgen Abend um zehn anrufen und nach Danila fragen. Pass auf, dass du nicht zu viel ausplauderst.«

»Gut. Übrigens, du hast Glück gehabt, Igor«, sagte Arsenjew.

»Womit?«

»Die Rosen für Salome haben diesmal einen wunderbaren Farbton. Ein tiefes Purpurrot, antikes Purpur, die Farbe der Könige und Götter.«


Werchowzew hatte alle Kassetten abgehört und den Recorder leiser gestellt. Für die musikalische Begleitung war gesorgt; nun war alles fertig. Alles. Er knipste die Lampe an. Draußen vor dem Fenster wurde es dunkel. Über der Kalten Gasse ging der Mond auf. Werchowzew schloss die Augen.

Fort, fort von hier, von dieser Hektik, diesem Chaos, dieser Armut und Schande. Von diesen schmutzigen, zerbrochenen Bürgersteigen, diesen mürrischen, sorgenvollen Menschenmassen, von diesen nach Benzin stinkenden Autos, den polternden Straßenbahnen und rauchenden Fabrikschloten, von dieser ganzen vergifteten Stadt, in der man nur mit Mühe einen Fetzen klaren Himmel finden konnte, einen Atemzug frischer Luft, einen Augenblick der Stille.

Ich schüttele den Staub dieses Sodoms von meinen Füßen, steige hinauf zum opalfarbenen Mond und schreite durch die Jahrhunderte auf der flackernden Mondstraße zu den Ufern des Schwarzen Meeres, in das ferne, heiße, gesegnete Land, in das Jahr 20 nach Christi Geburt. Oh, ich vermag das! Denn ich bin – Igor Werchowzew.

Er stöhnte vor Entzücken auf. Sein Herz klopfte heftig. Eine Woge der Begeisterung rollte auf ihn zu, kam näher und näher ...

... Der glühend heiße Wind, der aus der libyschen Wüste wehte, hatte sich gelegt. Die Nacht brachte Abkühlung und Ruhe. Über dem Meer schwebte der Mond wie eine zauberische Arche aus Silber und Gold.

Hört ihr? Werchowzew lauschte. Da rauscht das Laub im Garten des Tetrarchen – seine Gärten sind berühmt für ihre Zitronen und Lorbeeren, ihre Myrten und Rosen.

Hört ihr? Da klirren die Reifen an den Armen seiner Sklaven – kräftige, schlanke Männer, die er sich aus allen Winkeln der Erde hat kommen lassen.

Hört ihr? Da lärmen und lachen die Gäste, die scharenweise in seinen Palast zu einem großen Festessen strömen. Der Tetrarch Herodes Antipas feiert gleich zwei Feste: seinen Geburtstag und den Jahrestag seiner Thronbesteigung.

Aber was ist das? Böse Zungen flüstern im Gedränge der Gäste, der Tetrarch sei ein großer Sünder. Er soll seinen eigenen Bruder ermordet haben. Heimlich, hinterlistig. Er habe sich seines Reichs bemächtigt, seiner Schätze, seiner Frau ... nein, nicht mit Gewalt. Die Frau selber wollte den Ruhm und die Macht mit ihm teilen.

Wie ein Meeresbrausen geht es durch die Menge: Herodias! Herodias! Tausend Jahre wünschen wir dir, göttliche Königin!

Herodias erscheint, gefolgt von ihren schwarzen Sklaven, und setzt sich auf den goldenen Thron. Ist sie nicht wunderschön, diese Frau mit den rubinroten Brustwarzen und den prächtigen Hüften? Ist sie es nicht wert, dass man ihretwegen eine Todsünde begeht? Und was bedeutet schon das Leben eines Bruders, verglichen mit dieser Pracht?

Werchowzew krallte die Finger in die Armlehnen seines Sessels. Herodias lächelte ihm aus dem Dunkel der Jahrhunderte zu. Sie liebten einander seit tausend Jahren. Ihr Lager kannte viele Geheimnisse und Mysterien. Nie hatte er von Herodias genug bekommen können, bis ...

Ein Raunen ging durch die Reihen der Höflinge: Wohin blickt er, unser König, unser Gebieter?

Salome ... Sie wuchs vor seinen Augen auf. Eines Morgens erwachte er von ihrem Lachen. Salome badete im Becken draußen im Garten. Die Dienerinnen begossen sie aus goldenen Krügen mit Wasser. Er spürte einen Stich im Herzen – als hätte ein Schwert ihn durchbohrt, ein zweischneidiges römisches Schwert. Sie war fünfzehn Jahre alt geworden, sie war erwachsen. Sie war kein Kind mehr. Wie eine Rosenknospe war sie ...

Salome merkte, dass ihr Onkel und Stiefvater sie vom Balkon aus beobachtete. Es machte sie nicht im Geringsten verlegen; sie beeilte sich nicht, die Kleider anzuziehen, die ihr die Dienerinnen reichten. Salome ... Wie oft wiederholte er diesen Namen! Jeden Buchstaben, jede Silbe kostete er aus, als wäre es eine süße Dattel oder der herbe Kern eines Granatapfels. Wie sie tanzen konnte! Und – sie war unberührt. Kein Mann außer ihm hatte sie nackt gesehen.

Lärm erhob sich im Saal. Waffenklirrend kamen die Soldaten der Palastwache herangelaufen. Der Prokurator, Abgesandter des erhabenen Augustus, runzelte die Stirn und neigte sein Ohr zum Dolmetscher. Was ist geschehen? Ach so ...

Der Prophet klagt wieder aus seinem Kerker die Welt an. Dieser großmäulige Jüngling, Johannes der Täufer. Er ruft, dass man so nicht länger leben dürfe! Laut klagt er die Sünde des Brudermordes an! Er verurteilt die Unzucht der blutschänderischen Ehefrau; er warnt die Tochter vor der Sünde. Dummer Junge! Was weiß er von der Sünde? »Der Engel des Herrn spricht aus dem Mund des Johannes«, flüstern die abergläubischen Höflinge. »Nein, nein«, sagen andere. »In ihm ist keine Güte, nur Zorn, und der Herr zeigt sich nicht im Zorn!«

Der Mond senkt sich immer tiefer aufs Meer. Die Marmorstufen der Palasttreppen glänzen wie Bergkristall. Im Palast duftet es wunderbar: nach Gewürzen, nach Weintrauben, nach allen Wohlgerüchen Arabiens, nach Früchten und Blumen. Sie stehen in Alabastervasen hier und dort verteilt – große feuchte Sträuße. Der Mosaikboden ist übersät mit Blumenblättern. Ach, wenn SIE doch an diesem wunderbaren Fest auf den Blütenblättern tanzen würde!

Mit Gewalt verjagte Werchowzew die Traumbilder seiner Fantasie. Ihm war schwindlig. Er richtete den Blick auf das Porträt von Wilde. Hast du das alles ebenso gesehen wie ich? Genauso klar und deutlich? Den Mond, den Palast, die Stufen, die zum Meer hinunterführen, sogar die Risse in den steinernen Mauern?

Natürlich hast du es gesehen. Deinem Blick ist nichts entgangen. Aber warum hast du Salome dazu gebracht, sich in dieses Bürschchen zu verlieben? Kann man einen Propheten denn überhaupt lieben? Warum hast du dieses Mädchen auf einen Weg geführt, der mit den Nägeln von Lüge, Eifersucht, Grausamkeit und Begierde gespickt war? Warum hast du, Oscar O'Flaherty Wilde, das alles geschrieben?! Und warum hast du am Ende keinen Punkt gesetzt? Warum hast du drei Punkte gewählt? Hast du dich gefürchtet, weiter zu schreiben? Wolltest du, dass jemand anders dein Stück für dich zu Ende schreibt? Dass ICH es zu Ende schreibe?

Ich habe ja deine Salome gerettet. Ja, ja! In ihrem Leben – ein Leben, in dem nichts geblieben war außer Erinnerungen an ein verlorenes Glück – durfte man nicht bei drei Punkten stehen bleiben. Barmherziger wäre es gewesen, alles sofort zu beenden. Und jetzt setze ICH den Punkt jedes Mal, wenn ich auf meine Bühne trete. Und nichts und niemand kann mich hindern, meine eigene Barmherzigkeit zu schaffen!

Aber du ... Du hast die Aufführung der »Salome« in der Wohnung an der Little College Street gesehen und hast dich an deinem kostbaren Alfred Douglas ergötzt, der die Titelrolle spielte. Du hast Fotografen eingeladen, und sie haben ihn abgelichtet: »Lord Alfred, dritter Sohn des Marquis of Queensberry, in der Rolle der Prinzessin Salome.« Diese Fotos erzielen auf Auktionen weltweit sagenhafte Preise. Du hast dich am Leben im Jahre 20 nach Christi Geburt ergötzt. Hast beobachtet und dich amüsiert, hast

Aphorismen verstreut: »Die Moral ist die Zuflucht der Einfältigen«, »Ich kann alles bemitleiden, nur das Leiden nicht«, »Wenn es etwas gibt, das zu tun sich lohnt, dann nur das, was als unmöglich gilt«.

Dir war nur die Wirkung wichtig; du hast niemals darüber nachgedacht, dass jemand aus deinen Worten seine eigenen Schlüsse ziehen könnte. Aber jetzt bin ich gekommen – Igor Werchowzew. Und Salome wird hier tanzen, vor uns. Und der Tetrarch Herodes Antipas wird sie hier mit seinen Gelüsten verfolgen. Seine Herodias wird hier bei uns vor Eifersucht und Bosheit kochen. Und der jugendliche Johannes der Täufer wird unsere Welt anklagen und wird uns aufrufen, unser Leben zu ändern, uns endlich zu besinnen und innezuhalten! Aber wir werden nicht auf den Propheten hören. So wie du es vorhergesagt hast: Die Welt hat sich in den letzten zweitausend Jahren nicht einen Deut geändert. Und auch wir nicht.

Wie damals sind wir noch immer eigensinnig, neugierig und grausam. Wir sind Egoisten, die den Hals nicht vollkriegen, wir sind sensationslüstern und wollen sehen, was uns verboten ist, wenigstens heimlich, wenigstens durch einen Spalt! Wieso wirft man uns vor, unmoralisch zu sein? Kann denn der Urinstinkt der menschlichen Neugierde unmoralisch sein?

Werchowzew warf abrupt den Kopf hoch. Ein Geräusch hatte ihn aufgeschreckt. Wie ein Schwarm Fledermäuse flogen seine Gedanken lautlos aus dem parfumdurchtränkten Zimmer. Er lauschte konzentriert. Unten, im Erdgeschoss, schluchzte jemand. Rasch lief er die Treppe hinunter.

Im Wohnzimmer, das nur vom Kaminfeuer erleuchtet wurde, saßen Danila und Olli. Nach ihrem Streit hatte er sie nicht mehr zusammen gesehen. Aber jetzt saß Olli auf dem Sofa, und Danila kniete vor ihm, den Kopf auf seinen Knien, schluchzte und flüsterte etwas. Olli streichelte ihm über die dunklen welligen Haare, beugte sich dann hinab und küsste ihn.

Die Jungen hatten sich versöhnt. Werchowzew entfernte sich auf Zehenspitzen und ging in sein Zimmer. Er freute sich für sie, fühlte sich zugleich aber ein wenig abgestoßen. Der Anblick des knienden Danila, tränenüberströmt und um Zärtlichkeit bettelnd wie ein Hund um einen Brocken Fleisch, beleidigte sein Auge. Liebe. Zum Teufel mit der Liebe, wenn sie so aussieht! Aber immerhin – die Jungen hatten sich versöhnt. Das letzte Hindernis war gefallen. Nun konnte man die Einladungen schreiben und den Tag der Mysterien bestimmen.

## 29 Freunde und Komplizen

Udoiko wurde um neun Uhr morgens aus der Ausnüchterungszelle geholt. Er war mürrisch und finster.

»Wohin geht es, in den Knast? Wegen Berberows Laden? Schon?«

»Ja, schon.« Die Ermittler nickten mitfühlend. Wozu ihren Kunden enttäuschen? Sollte er ruhig ein bisschen zappeln, umso gesprächiger würde er sein.

Kolossow begrüßte Udoiko freundlich.

»Nehmen Sie Platz, Wladimir.« Er sagte ganz bewusst »Sie«. Der Maler setzte sich auf den äußersten Rand des Stuhls. Von seiner Forschheit war keine Spur geblieben. »Was haben Sie da nur angestellt.« Kolossow breitete betrübt die Arme aus. »Sie haben den Bürger Berberow zusammengeschlagen und seine Ladeneinrichtung demoliert. Wieso sind Sie mit Ihrem Freund so grob umgesprungen?«

»Er ist nicht mein Freund.«

Kolossow zog erstaunt die Augenbrauen hoch.

»Nein? Und die diskreten Aufträge?«

»Was für Aufträge?«

Kolossow hob leicht die Stimme. »Die verschiedenen Bekanntschaften? Er hat Sie gebeten, und Sie sind ihm entgegengekommen. Er hat Sie doch gebeten, oder?«

»Ja. Das hat er.« Die Worte klirrten wie Münzen, die zu Boden fallen.

»Mit wem haben Sie ihn bekannt gemacht?«

»Mit der Krassilnikowa.«

»Das haben wir schon beim letzten Mal festgestellt. Mit wem noch?«

»Mit Lenka dem Blondchen.«

»Die Berestowaja meinen Sie, nicht? Gut. Unter welchen Umständen?« Kolossow stützte die Ellenbogen auf den Tisch.

»Irgendwann letzten Winter hat er mich gefragt, ob ich ihm eine Blondine beschaffen kann. Sie müsste klein und zierlich sein, keine Moskauerin, und ein bisschen Ahnung vom Theater haben. Ich hatte damals gerade mit Lenka eine Affäre ...«

»Und zu welchem Zweck wollte er eine Blondine kennen lernen? Hat er Ihnen das gesagt?«

»Er sagte, er brauche ein neues Model für seine Modenschauen.«

»Sie haben die beiden also bekannt gemacht. In seinem Geschäft?«

»Nein, er ist zum ›Bienenstock‹ gefahren, ich habe Lenka runter zum Auto gebracht.«

»Und was weiter?«, fragte Kolossow.

Der Maler seufzte.

»Ich war betrunken, genau kann ich mich nicht erinnern. Sie haben irgendwas besprochen und sind dann weggefahren. Wohin, weiß ich nicht. Ich bin geblieben.«

»Haben Sie die Berestowaja später im Geschäft am Kusnetzki-Most gesehen?«

»Nein. Aber ich war auch lange nicht da, erst drei oder vier Monate später wieder.«

»Und haben Sie sich gar nicht dafür interessiert, was aus ihr geworden ist?«

Udoiko schüttelte verneinend seinen zotteligen Kopf.

»Was für ein Auto hat Berberow?«

»Einen schwarzen Shiguli, einen Neuner.«

»So, so ...« Kolossow trommelte mit den Fingern auf dem Tisch. »Mit wem haben Sie Berberow sonst noch bekannt gemacht?«

»Mit niemand.«

»Haben Sie sich nicht ab und zu mit einer gewissen, einschlägig bekannten Dame namens ›Kira das Püppchen‹ auf dem Kusnetzki-Most getroffen?«

»Nein.« Udoiko blickte Kolossow aufrichtig in die Augen.

»Hat Berberow sich bei Ihnen in irgendeiner Form für Lenka Berestowaja bedankt?«, fragte Kolossow weiter.

»Was wollen Sie damit sagen? Etwa, dass ich Geld für sie bekommen hätte? Ich bin kein Zuhälter!«, brauste Udoiko auf.

»Gott bewahre, wer sagt denn so was! Aber Geld haben Sie doch von ihm erhalten ... auf Pump, versteht sich. Nicht wahr?«

Udoiko schoss das Blut ins Gesicht. »In der Woche davor war ich tatsächlich etwas knapp bei Kasse, und da ...«

»Da hat er Ihnen großzügig aus der Klemme geholfen. Mit welcher Summe?«

»Hundert Dollar hat er mir geliehen.«

»Ich verstehe. Und als Sie, ein ehrlicher russischer Staatsbürger und Gentleman, ihm ein Jahr später das Geld zurückzahlen wollten, hat er nur gelacht und gesagt, vergiss es, wir sind doch Freunde, und hat Sie dann ganz beiläufig gebeten, ihm eine Telefonnummer zu geben, stimmt's? So war es doch?«

Der Künstler ließ den Kopf hängen. Seine Wangen glühten.

»Ja.«

»Wann genau hat er Sie nach Lawrowskis Telefonnummer gefragt?«

»Es war ein Samstag, ja, am Samstag vor zwei oder drei Wochen. Er sagte, er müsse dringend den Schauspieler Lawrowski sprechen und brauche seine Telefonnummer. Wahrscheinlich hatte die Krassilnikowa ihm von Lawrowski erzählt. Ich habe in Pawels Telefonbüchlein nachgesehen und die Nummer der ›Rampe‹ gefunden. Die hab ich ihm diktiert.«

»Sie selber waren es also nicht, der Lawrowski abends im Club angerufen hat?«, fragte Kolossow.

»Nein.«

»Was haben Sie denn empfunden, als Sie erfuhren, dass die Krassilnikowa, Lawrowski und Lena Berestowaja tot sind?«, fragte Kolossow in teilnahmsvollem Tonfall. »Hat Sie das nicht beunruhigt?«

Udoiko schwieg.

»Ihnen sind doch sicher gewisse Zweifel gekommen, oder?«

»Das schon«, brummte der Künstler widerwillig.

»In welcher Hinsicht?«

»Na, weil sie alle so plötzlich verschwanden. Sie haben ja selber gesagt – zwei Frauen, die ich gekannt habe, sind ermordet worden. Da macht sich doch wohl jeder Gedanken.«

»Aber Sie haben sich nicht ihretwegen Gedanken gemacht, sondern wegen Ihres Freundes, nicht wahr?«

»Ja.«

»Und er?«

»Er hat mich zur Schnecke gemacht.«

Kolossow stand auf und ging aus dem Büro. Die Tür ließ

er angelehnt. Er steckte den Kopf ins benachbarte Zimmer, wo die Ermittler seiner Abteilung saßen.

»Mischa«, wandte er sich an einen von ihnen, »mein Kunde ist reif. Nimm dir einen Wagen und bring ihn zur Staatsanwaltschaft, die sollen seine Aussagen zu Protokoll nehmen. Und ihr ...«, er wandte sich an zwei Männer, die sich bereits hinter ihren Schreibtischen erhoben, »setzt euch rasch mit Kowaljow in Verbindung und bringt in Erfahrung, wo Berberow sich gerade aufhält, und schafft mir dieses Schneiderlein noch heute her.«

Einsatzleiter Kowaljow berichtete, sein »Objekt« veranstalte in seinem Geschäft in aller Seelenruhe eine Modenschau. Die Ermittler beschlossen, nichts zu überstürzen und sich diese ungewöhnliche Vorstellung bis zum Schluss anzuschauen.

Das Ansinnen, auf der Miliz zu erscheinen, nahm Berberow äußerlich ziemlich ruhig auf, doch sein Blick trübte sich ein wenig, und die Wangenknochen traten schärfer hervor.

In dem Büro mit dem vergitterten Fenster und den vielen Telefonen auf Schreibtisch und Fensterbank setzte er sich müde auf einen Stuhl und blickte Kolossow an.

»Sie hatten mir doch versprochen, dass es keine offiziellen Vorladungen gibt«, sagte er vorwurfsvoll.

»Die Umstände haben sich geändert«, erwiderte Kolossow. »Wir sind gezwungen ...«

Da schaute einer der Einsatzleute ins Zimmer.

»Wenn du mal kurz Zeit hättest, Nikita Michailowitsch ...«

Kolossow ging hinaus.

»Der Untersuchungsführer hat aus der Staatsanwaltschaft angerufen«, teilte der Mann ihm leise mit. »Udoiko ist gerade bei ihm und macht seine Aussagen. Deshalb will die Staatsanwaltschaft jetzt unverzüglich auch Berberow haben. Ich wollte schon sagen, dass wir selber ihn gerade in der Mangel haben, aber er hat gleich den Chef rausgekehrt: ›Ich leite die Untersuchung, ich muss als Erster die Informationen zu dem Fall bekommen, also werde ich ihn selbst verhören.‹ Er ist noch am Telefon und wartet.«

»Keinen Streit vom Zaun brechen.« Kolossow runzelte die Stirn. »Wir hatten schon genug Zoff mit diesen Burschen. Sag ihm, wir hätten im Moment keinen Wagen frei, um Berberow zu ihm zu bringen. Sämtliche Fahrzeuge sind momentan unterwegs. Wenn er will, kann er ja selber kommen. Oder er muss warten, bis wieder Autos verfügbar sind. Und falls er mich sprechen will, sag ihm, ich wäre zum Essen.«

Der Einsatzmann grinste und verschwand, um die Staatsanwaltschaft zu informieren, und Kolossow kehrte in sein Büro zurück.

»Ja, Artur Alekperowitsch, ich war leider, leider gezwungen, mein Versprechen zu brechen«, setzte er das unterbrochene Gespräch fort. »Die Umstände haben sich geändert.«

»Was für Umstände?«, fragte Berberow nervös.

»Wie ich Ihnen schon beim letzten Mal gesagt habe, untersuchen wir eine Serie schwerer Verbrechen – Morde, um genau zu sein. Zu den Ermordeten gehört die Ihnen bekannte Bürgerin Krassilnikowa, aber auch noch vier andere Personen. Und nun haben wir Informationen erhalten, dass auch diese Personen Ihnen nicht ganz unbekannt waren.«

»Ich verstehe nicht ...« Berberow beugte sich vor.

»Es wäre besser für Sie, uns ein paar Namen zu nennen.«

»Jetzt verstehe ich gar nichts mehr.«

Kolossow seufzte tief.

»Schade. Sehr schade. Sie wollen offenbar nicht begreifen, in welche Situation Sie geraten sind. Es werden Morde begangen, Menschen verschwinden spurlos, wir suchen einen Verbrecher – und plötzlich stellt sich heraus, dass ein netter, begabter junger Mann in enger Verbindung zu den Personen stand, die diesem Verbrecher zum Opfer gefallen sind.«

Der Couturier wurde blass.

»Was reden Sie? Sind Sie noch bei Verstand?! Was werfen Sie mir vor?«, rief er. »Das hat Ihnen wohl Wowka vorgelogen? Er war das, nicht wahr?«

»Der Bürger Udoiko hat seine Zeugenpflicht redlich erfüllt und alles ausgesagt, was er wusste. Er ist bereit, seine Aussagen bei einer Gegenüberstellung zu wiederholen. Der Untersuchungsführer bei der Staatsanwaltschaft wartet jetzt auf Sie.«

Berberow bedeckte mit zitternder Hand seine Augen.

»Ich bin unschuldig.«

»Ich gebe zu«, sagte Kolossow, »dass die Umstände sich gelegentlich gegen uns wenden. Aber das kann man nur unter einer Bedingung nachprüfen.«

»Welcher?«

»Rückhaltlose Ehrlichkeit. Keine Lügen mehr.«

»Aber ich lüge doch gar nicht! Ich habe wirklich nichts damit zu tun.«

Kolossow schüttelte den Kopf.

»Eine kleine Lüge führt zu großem Misstrauen. Ich muss Ihnen ein paar Dinge mitteilen. Die veränderten Umstände zwingen uns dazu, sehr harte Maßnahmen zu ergreifen. Wenn jemand, der unter so schwerem Verdacht steht, nicht aus freien Stücken seine Lage verbessern will, müssen wir nachhelfen.«

Berberow starrte Kolossow sprachlos an.

Kolossow fuhr fort: »Wir sind verpflichtet, die Wahrheit herauszufinden. Selbstverständlich haben wir Mittel und Wege, auf Personen einzuwirken, die ihre unrechtmäßigen Taten nicht freiwillig gestehen wollen. Zu diesen Mitteln gehört zum Beispiel die Inhaftierung für einen längeren Zeitraum – einen Monat.« (Kolossow übertrieb absichtlich.)

»Und m-mit welcher Begründung wollen Sie mich f-festhalten?« Berberow fing vor Aufregung zu stottern an.

»Mit der Begründung, dass Sie außer der ermordeten Krassilnikowa auch andere Personen gekannt haben, die umgekommen sind, nachdem sie Kontakt mit Ihnen hatten. Glauben Sie mir, wir haben unstrittige Beweise dafür. Sie kannten Anatoli Lawrowski. Sie kannten eine gewisse Lenka Berestowaja, genannt Blondchen. Sie kannten Kira das Püppchen, und ...«

»Die habe ich nicht gekannt! *Die* nicht!«, rief Berberow und hielt abrupt inne.

Kolossow grinste zufrieden.

»Also, Artur, wir wollen es im Guten versuchen. Ich habe ja nicht gesagt, dass alle diese Menschen umkamen, *weil* sie Kontakt mit Ihnen hatten. Ich habe gesagt, *nach* dem Kontakt.«

»Ich habe niemanden umgebracht!«

»Zugegeben. Aber gekannt haben Sie sie doch?«

Berberow schloss die Augen.

»Ja.«

»Wer hat sie mit Lenka Berestowaja bekannt gemacht?«

»Udoiko.«

»Auf Ihre Bitte?«

»Ja. Ich brauchte eine zierliche Blondine, nicht älter als dreißig. Irgendeine.«

»Gut, nehmen wir das vorläufig als gegeben. Sie waren es auch, der Udoiko um die Telefonnummer von Lawrowski gebeten hat?«

»Ja.«

»Na, damit ist die Gegenüberstellung ja überflüssig geworden.« Kolossow nickte zufrieden. »Wissen Sie, ich habe nämlich etwas gegen diese Ermittlertricks, mit denen die Leute der Lüge überführt werden sollen. Wir sind schließlich zivilisierte Menschen. Sie haben Lawrowski also im ›Schuppen des Pegasus‹ angerufen?«

»Nein.« Berberow warf den Kopf zurück.

»Aber wer hat ihn dann angerufen? Wen haben Sie damit beauftragt?«

»Ich habe niemanden beauftragt! Im Gegenteil, ich selber wurde gebeten, verstehen Sie? Ich wollte gefällig sein und bin deswegen in diese verdammte Situation geraten!«

»Wem wollten Sie gefällig sei, Artur?«

Berberow schwieg.

»Na?«

»Iwan Arsenjew.«

Kolossows Miene verfinsterte sich. Bis jetzt war alles so glatt gegangen; nun aber tauchte ein Knoten auf.

»Wer ist das?«

»Ein Künstler, ein Modeschöpfer. Iwan arbeitet mit Blumen. Er ist Mitbesitzer des Clubs ›Botanischer Garten der Seele‹ an der Sadowo-Triumfalnaja-Straße.«

»Kennen Sie ihn schon lange?«

»Drei Jahre.«

»Wie haben Sie sich kennen gelernt?«

»Wir haben uns auf einer Party getroffen. Dann sind wir zusammen zum Festival nach Venedig gefahren. Später hat er mir ab und zu aus der Klemme geholfen.«

»Aus was für einer Klemme?«

»Ich hatte Geldschwierigkeiten. Er hat ein Projekt von mir finanziert.«

»Sie sind also Freunde und Geschäftspartner?«

»Bloß Bekannte.«

»Wozu brauchte er die Telefonnummer des Schauspielers Lawrowski? Und noch dazu so dringend? Er hat doch großen Druck gemacht, nicht wahr?« Kolossow blickte dem Couturier in die dunklen Augen.

»Das kann man wohl sagen.« Berberow ließ den Kopf hängen. »Er rief mich an. Ich sollte herausfinden, wo Lawrowski steckte. Das war am Samstag. Er ...«

»Und warum hat er sich mit dieser Bitte gerade an Sie gewandt?«

»Ich ... ich hatte schon früher von Lawrowski gehört. Die Krassilnikowa hatte seinen Namen mal erwähnt.«

»Und Sie haben Arsenjew von ihm erzählt?«

»Nein. Er hat selber von ihm erfahren. Ich dachte ... na, er interessiert sich eben manchmal für ...«

»Für Schauspieler?«

»Für Männer.«

»Aha.« Kolossow zündete sich eine Zigarette an. Der Knoten zog sich fester zu. »Und woher hat er Ihrer Meinung nach von ihm erfahren?«

»Vielleicht hat er ihn mal auf der Bühne gesehen, oder die Krassilnikowa hat ihm erzählt ...« Wieder verstummte Berberow.

»Die Krassilnikowa kannte Arsenjew?« Kolossow wurde

hellhörig. »Haben Sie die beiden auch miteinander bekannt gemacht?«

»Ja.«

»Wann?«

»Gleich nach Weihnachten. Er rief an und bat mich wieder, ihm eine Blondine zu besorgen.«

»Und das Blondchen Lenka haben Sie seinerzeit auch an ihn verkuppelt?«

»Ich habe niemanden verkuppelt! Er sagte, er brauche Models für die Arbeit im Club. Blondinen. Ich habe ihm bloß einen Gefallen getan!«

»Wie viele Mädchen haben Sie mit ihm bekannt gemacht?«

»Nur die beiden, Lenka und die Krassilnikowa. Sonst niemanden. Als Sie diese Fotos gezeigt haben ...« Berberow gestikulierte aufgeregt. »Ich habe Sie nicht belogen! Diese Mädchen haben wirklich nicht bei mir gearbeitet! Zwei von ihnen hatte ich überhaupt noch nie gesehen. Und was diese Lenka betrifft, die Freundin von Wowka, die habe ich gerade mal zwei Stunden gesehen. Ich habe sie vom ›Bienenstock‹ abgeholt, kurz mit ihr gesprochen und sie dann bei Arsenjew abgeliefert. Er hat an diesem Abend an der Sucharewskaja-Straße auf mich gewartet.«

»Was hat er für ein Auto?«

»Einen Ford Scorpio.«

»Farbe?«

»Rot.«

»Na schön.« Kolossow stand auf und trat ans Fenster. »Waren Sie oft in diesem ›Botanischen Garten der Seele‹?«

»Ziemlich oft.«

»Und haben Sie Ihre Mädchen dort irgendwann mal gesehen?«

»Kein einziges Mal.«

»Haben Sie sich denn bei Arsenjew nie nach dem Schicksal Ihrer Schützlinge erkundigt? Nach ihrer Arbeit im Club?«

»Ich hatte keine Zeit, mich damit zu beschäftigen. Und überhaupt – an Mädchen habe ich kein so großes Interesse.«

»Hat die Krassilnikowa Ihnen nie erzählt, was sie bei diesem Arsenjew tun musste?«

»Dafür waren wir zu flüchtig bekannt.«

»Aber haben Sie sich denn nicht darüber gewundert, dass Ihr Bekannter, der doch eigentlich andere Vorlieben hat, Sie plötzlich darum bittet, ihn mit blonden Mädchen bekannt zu machen? Warum mussten es unbedingt Blondinen sein? Ist er selber brünett, so wie Sie?«

»Er ist blond. Ob ich mich gewundert habe ... nein, das hat mich überhaupt nicht gewundert. Arsenjew ist ein sehr origineller, begabter und reger Mann, der in Europa und Amerika berühmt ist. In bestimmten Kreisen sogar sehr berühmt. Stets hat er den Kopf voller verrückter und fantastischer Ideen. Seine Floralien ...«

»Was?«

»Floralien – das sind Kompositionen aus Blumen, sehr schick und ausgefallen. Ja, er bevorzugt männliche Models, aber das heißt doch nicht, dass ich mich wundern muss, wenn er mich bittet, ihn mit einer Frau bekannt zu machen!« Berberow sprudelte das alles in einem Atemzug hervor.

»Wissen Sie was, Artur Alekperowitsch? Sie fahren jetzt zur Staatsanwaltschaft und wiederholen das alles wortwörtlich vor dem Untersuchungsführer.« Kolossow griff nach dem Hörer des internen Telefons. »Slawa, ruf Pankratow an, und sag ihm, wir haben einen Wagen frei.«

»Wieso zur Staatsanwaltschaft?« Berberow faltete flehend die Hände. »Muss das sein? Geht es nicht auch ohne ...?«

»Es muss sein. Es ist in Ihrem eigenen Interesse, so schnell wie möglich aus der Kategorie der Verdächtigen in die der Zeugen zu gelangen.«

Die Milizionäre erschienen, die den Modeschöpfer zur Staatsanwaltschaft begleiten sollten. Kolossow zog inzwischen Erkundigungen über Arsenjew ein. Es dauerte eine Weile, bis er die Telefonnummer des Clubs an der Sadowo-Triumfalnaja in Erfahrung gebracht hatte.

»Kann ich mit Iwan Georgijewitsch Arsenjew sprechen? Bin ich da bei Ihnen richtig?«

»Ja, da sind Sie richtig«, erwiderte eine angenehme, jugendliche Männerstimme am anderen Ende der Leitung. »Rufen Sie wegen einer Tischreservierung an? Das können Sie auch bei mir erledigen.«

»Arsenjew hat mich gebeten, ich solle mich mit ihm persönlich in Verbindung setzen«, log Kolossow.

»Leider ist er nicht da und wird auch in den nächsten Tagen nicht im Club sein.«

»Zu dumm! Er hat mich selbst darum gebeten. Es ist dringend, junger Mann. Wo kann ich ihn erreichen?«

»Sie werden ihn wohl gar nicht erreichen. Er ist nach Susdal gefahren. Rufen Sie in zwei Tagen wieder an.«

Kolossow legte auf und fluchte. Dieser Knoten hätte sofort durchschlagen werden müssen – und dann so etwas!

## Zwei kurze Gespräche mit überraschenden Folgen

# 30

Zehn Uhr abends. Wadim Krawtschenko und Sergej Meschtscherski sitzen in Tunigunows Büro am Kutusowski-Prospekt. Die Geschäftsräume sind leer; sämtliche Mitarbeiter und Angestellten sind längst zu Hause und schauen sich im Fernsehen »Santa Barbara« an. Das Büro wird nur noch von den beiden Dienst habenden Bodyguards und einem Nachtpförtner bewacht.

Wadim wählt eine Telefonnummer und schaltet das Aufnahmegerät ein. Freizeichen. Sergej lehnt sich ungeduldig im Ledersessel zurück.

Der Hörer wird abgenommen.

»Hallo, guten Abend, ich möchte mit Danila sprechen.«

»Am Apparat.« Eine angenehme Stimme, klangvoll, männlich und höflich.

»Hier Wadim Krawtschenko, Chef der Leibwache von Wassili Tunigunow.«

»Sehr erfreut.«

»Iwan Arsenjew hat mir gesagt, ich solle mit Ihnen über die Bezahlung für die ›Salome‹ sprechen.«

»Haben Sie das Geld schon?«

»Ja.«

»Ausgezeichnet. Bringen Sie es morgen Vormittag um zehn Uhr in die Kalte Gasse, Haus Nummer zwölf. Ich werde Sie erwarten. Die ›Salome‹ wird morgen Abend um elf Uhr aufgeführt, dieselbe Adresse.«

»Eine solche Summe kann ich aber nicht ohne Garantien zahlen.«

Der andere schwieg einen Moment lang; dann lachte er auf.

»Sie haben unsere Telefonnummer und unsere Adresse erhalten – das ist Garantie genug. Sind Sie damit einverstanden? Oder verschwenden wir nur unsere Zeit?«

»Einverstanden.«

»Dann erwarte ich Sie morgen um zehn.«

Der Hörer wurde eingehängt.

»Haus Nummer zwölf in der Kalten Gasse gehört Igor Werchowzew«, sagte Wadim, nachdem Sergej die Aufzeichnung abgehört hatte. »Ich habe mich erst heute Morgen erkundigt. Früher befand sich dort die Firma von Wassili Werchowzew. Dieser Igor ist sein jüngerer Bruder.«

»Der ältere ist vor seinem Haus erschossen worden, ich habe in der Zeitung davon gelesen. Ist allerdings schon eine ganze Weile her. Er war ein Finanzgenie.«

»Ja. Werchowzew der Jüngere aber ist ein reicher Nichtstuer. Mit Geschäften gibt er sich nicht ab. Er hat alles an die Kompagnons seines Bruders verscherbelt und verschleudert nun das Kapital, das er geerbt hat.«

»Und dieser Danila, wer ist das eigentlich?«

»Sein Sekretär, sein Leibwächter – so was in der Art.«

Wadim schob die Kassette mit dem Telefongespräch in den Recorder und kopierte die Aufzeichnung. »Morgen werde ich das genau klären. Eine Kassette behalte ich, die andere nimmst du mit.«

»Gut.«

»Vielleicht wird sie dir noch nützlich sein. – Also, morgen Abend gibt es ›Salome‹. Na, ich bin gespannt.«

»Und dein Tunichtgut rückt tatsächlich so viel Geld raus?«, fragte Sergej ungläubig.

»Er hat es sich schon von der Bank bringen lassen. Es liegt bei ihm zu Hause im Safe. Ich fahre morgen früh erst bei ihm vorbei und dann in die Kalte Gasse.«

»Soll ich dir Schutz geben? Ich fahre voraus und beziehe irgendwo in der Nähe Posten.«

»Gut, danke.«

»Weißt du ...« Sergej wurde verlegen. »Du hättest Katja nicht verbieten sollen, Kolossow davon zu erzählen.«

»Wovon?« Wadim reckte das Kinn vor. »Bis jetzt ist ja noch gar nichts passiert. Außerdem trampelt die Miliz immer viel zu laut mit ihren Lederstiefeln. Hier aber sind leise Ballettschuhe angebracht, wie du siehst.«


Zehn Uhr abends. Bezirksstaatsanwaltschaft, Büro des Untersuchungsführers Pankratow.

»Arsenjew hält sich zurzeit in Susdal im Hotel ›Russische Troika‹ in Gesellschaft des Schlagersängers Fjodor Krasnow und seines Ensembles auf. Sie haben irgendein Jubiläum gefeiert. Es gab ein Festessen und eine Spazierfahrt in Troikas durch den letzten Schnee.« Kolossow erstattet mit mürrischer Miene Bericht. Der Untersuchungsführer lauscht aufmerksam.

Pankratow ist ein großer, kahler, knochiger, schwermütig aussehender Mann von sechsundvierzig Jahren. Er trägt einen zerknitterten blauen Anzug, ein hellblaues Hemd und eine gemusterte Krawatte.

»Es hat nicht viel Sinn, Arsenjew mitten in diesem Trubel festzunehmen. Zu viel Lärm, zu viele Augenzeugen«, fährt Kolossow fort. »Das macht man besser, wenn er nach Moskau zurückkehrt.«

»Schicken Sie ihm eine Vorladung zur Staatsanwaltschaft, Nikita Michailowitsch«, schnarrt Pankratow. »Mehr ist gar nicht nötig. Er wird herkommen, in dieses Büro, er persönlich. Was weiter mit ihm geschieht, werde ich entscheiden, nachdem ich ihn verhört habe. Arsenjew ist ein bekannter Mann in Moskau. Er hat viele Verbindungen. Wir müssen äußerst vorsichtig sein. Es darf nicht wieder so etwas passieren wie neulich mit dem Vorsitzenden des Wohltätigkeitsfonds. Den hatten Sie aus eigener Initiative festgenommen, und ich musste später die Suppe auslöffeln, den Mann auf freien Fuß setzen und mich entschuldigen.«

Kolossow kniff erbost die Augen zusammen – Pankratow hatte einen wunden Punkt berührt. Tatsächlich war die Operation »Wohltäter« ein Schuss in den Ofen gewesen, trotz aller Bemühungen. Sie hatten mehr als genug belastendes Material gesammelt, doch es fehlte ihnen die gesetzliche Handhabe. Aber hexen konnten sie schließlich auch nicht!

»Sie schicken ihm die Vorladung und überprüfen, ob er erscheint. Ich betone – Sie überprüfen es nur, Sie nehmen ihn nicht fest! Weiß der Himmel, auf was für Ideen Sie sonst kommen.« Pankratow war trocken wie ein hundertjähriges Herbarium.

»Aber alles deutet auf Arsenjew als Täter hin: Lawrowski, die Krassilnikowa, die Berestowaja, Kira Rewjakina – laut Zeugenaussagen ist Kira in einen roten ausländischen Wagen gestiegen!« So leicht und kampflos wollte Kolossow sich nicht geschlagen geben.

»Und Olga Newsorowa aus Balaschicha? Eine Verbindung zwischen ihr und Arsenjew wurde von Ihnen nicht festgestellt. Aber wir wollen uns nicht streiten, Nikita Michailowitsch. Ich will Arsenjew offiziell verhören. Wenn er die Morde tatsächlich gestehen sollte, dann hier bei mir in meinem Büro. Ich werde seine Aussagen zu Protokoll nehmen, wie vom Gesetz vorgeschrieben. Ich brauche keine Papierchen von zweifelhafter juristischer Qualität, wie Ihre Untergebenen sie des Öfteren produzieren – aus den besten Motiven, versteht sich. Alle diese angeblich freiwilligen Selbstbezichtigungen und Geständnisse sind nur ein zusätzlicher Trumpf in der Hand des Anwalts, wenn vor Gericht ihre Haltlosigkeit und Unzuverlässigkeit festgestellt wird. Ich will keine Schnitzer mehr!« Pankratow schlug mit der flachen Hand auf den Tisch. Seine Glatze war dunkelrot angelaufen.

Kolossow war ebenfalls krebsrot geworden. Was Pankratow sagte, war eine offene Beleidigung.

»Schreiben Sie die Vorladung. Ich werde sie persönlich an der richtigen Stelle abliefern. Ihrer Ansicht nach bin ich ja wohl nur noch als Postbote zu gebrauchen.« Er schnappte sich ein dunkelblaues Formular von Pankratows Schreibtisch und verließ das Büro, wobei er die Tür krachend hinter sich zuschlug.

## Am dunkelsten ist die Stunde vor Morgengrauen

### 31

Diese Nacht ... Niemand von denen, die am Leben blieben, sollte sie jemals vergessen. Es war eine stille, eisige Nacht, wie es sie manchmal zu Frühlingsanfang gibt, wenn mitten im längst eingesetzten Tauwetter plötzlich wieder Frost hereinbricht. Die Pfützen auf den Bürgersteigen Moskaus waren von einer Eisschicht überzogen. Der Himmel war sternenklar, doch heller als alle Sterne strahlte ein Gast aus den Tiefen des Planetensystems: ein Komet.

Katja saß im Sessel, die Beine hochgezogen; an den Füßen trug sie warme Fellpantoffeln, und sie hatte sich in ihr kariertes Plaid gewickelt. In dieser Nacht konnte sie nicht schlafen. Sie fühlte sich betrogen, um ihren Anteil gebracht. So war es immer. Im entscheidenden Moment, auf den man so lange gewartet hat und an den man so oft und voller Aufregung dachte, wurde man unauffällig und galant beiseite geschoben.

Männer ... Immer müssen sie ihre Ellbogen gebrauchen, sogar wenn sie verliebt sind. Der eine setzt ein kluges Gesicht auf und vertieft sich in seine offiziellen Ermittlungen, der andere macht sich in der Rolle des Amateurdetektivs lächerlich. Napoleon blickte Katja aus seinem Bilderrahmen mitfühlend an. Sie seufzte. Du warst ja auch nicht besser, Bonaparte: immer nur ich, ich, ich. Und was ist dabei herausgekommen? Waterloo und Sankt Helena. Alle seid ihr gleich, immer wollt ihr alles allein machen. MÄNNER. Mehr brauchte man gar nicht zu sagen.

Irgendwo, an einem für Katja verbotenen Ort, wurde jetzt die »Salome« aufgeführt. Sie erinnerte sich an ein Fresko in der Nikolauskirche: Herodias auf einem goldenen Thron, der traurige verliebte Herodes, das tote Haupt des Täufers, das auf einer silbernen Schale in der Luft schwebte. Salome war im Lauf der Zeit verblasst, ihr Gesicht auf dem Fresko nicht mehr zu erkennen, nur noch ihre vom Tanz wehenden Kleider.

Vielleicht war damals, als Salome im Palast vor dem Tetrarchen tanzte, um ihren furchtbaren Preis zu bekommen, über dem Meer und den Bergen genauso eine stille, sternenklare Nacht ...?

Katja zog das Telefon zu sich heran. Sie wollte Sergej anrufen, ließ es dann aber. Stattdessen wählte sie eine andere Nummer, die von Boris Bergman. Seine Frau Nina war heute Morgen ins Entbindungsheim gebracht worden. Bergman war in der Nacht der »Salome« ebenfalls wach. Er nahm augenblicklich ab.

»Hallo?«

»Ben, hier Katja. Gibt es schon Neuigkeiten?«

»Ach, du bist's, Katja. Nein, noch nichts. Ich habe vor einer Stunde angerufen. Man sagte mir, es hat angefangen. Warum schläfst du nicht?«

Sie zögerte kurz. Dann fragte sie: »Ist dir jemals die Idee gekommen, Ben, die ›Salome‹ von Oscar Wilde zu inszenieren?«

»Nein, daran habe ich noch nie gedacht. Wieso?«

»Nur so. Und diese Szene in ›Schneewittchen‹, ›Misgirs schreckliches Ende‹ – hast du dafür irgendeine Lösung gefunden?«

316

Bergman seufzte.

»Ich will nicht neunmalklug sein, Katja. Ostrowski hat es vollkommen richtig gemacht. Misgir darf nicht vor den Augen des Publikums sterben. Der Tod ist wie der Punkt am Ende eines Satzes. Danach bleibt nichts mehr: keine Hoffnungen, keine Gedanken. Wozu dann überhaupt noch Theater spielen? Wenn wir aber den Tod nicht mit eigenen Augen sehen, brauchen wir auch nicht an ihn zu glauben, nicht wahr? Und wenn wir nicht an ihn glauben, gibt es ihn vielleicht gar nicht.«

»Du bist ein unverbesserlicher Idealist, Ben.« Katja lächelte. »Ruf mich an, wenn du Nachricht von Nina bekommst.«

»Mach ich.«

»Alles wird gut gehen, Ben. Heute ist eine günstige Nacht für Wassermänner.«

»Ich bin Krebs, Katja. Trotzdem danke.«

Auch im Haus an der Kalten Gasse schlief niemand. Man saß vor dem Spiegel, schminkte sich, probierte die Kostüme an. Mit der purpurnen Seide seines Königsgewandes raschelnd, setzte Werchowzew sich die Tiara auf den Kopf und wählte Ringe und Armreifen aus. Leli half ihm, die schwere goldene Halskette zu schließen. Er lächelte sie an. Ihre Blicke trafen sich, und ihre Herzen schlugen im gleichen Takt, voller Erregung und Erwartung.

Leli zog sich ein goldenes Netz mit Fransen übers Haar – den Kopfschmuck der Königin Herodias.

»Ich wollte dich schon die ganze Zeit etwas fragen«, sagte sie, ohne sich umzudrehen. »Warum muss deine Salome unbedingt blond sein?«

Werchowzew beugte sich vor und betrachtete sein geschminktes Gesicht im Spiegel. War er das wirklich, dort in der Tiefe? Nein, das konnte nicht sein. Er erkannte sich nicht wieder – so jung, elegant, müde und übersättigt. Der König. Der Tetrarch. Mit vor Erregung und Ungeduld brennenden Augen.

»Salome war auch bei der allerersten Aufführung des Stückes blond, Leli. Lord Alfred, Bosie, hat es abgelehnt, eine Perücke zu tragen. Er hatte wundervolles Haar in der Farbe von Honig.« Er stockte. »Ist Anna fertig?«

»Ja.« Die Frau warf sich einen weiten Mantel mit Silberpailletten um und stellte ein Bein vor: braun, glatt, in einem hochhackigen Samtschuh. »Ich habe alles getan, worum du gebeten hast.«

»Das werde ich nicht vergessen, Leli. Danke.«


Im zweiten Ankleideraum saß Anna im Kostüm der Prinzessin Salome vor dem Spiegel, betrachtete ihr stark geschminktes Gesicht und erkannte sich ebenfalls nicht wieder. Ihr anderes Kostüm, das sie später im Stück anziehen sollte, war schon aus dem Bad gebracht worden und lag jetzt unter feuchter Gaze auf Stühlen ausgebreitet. Die Rosen waren frisch und duftend. An den Stielen waren keine Dornen mehr; jemand hatte sie vorsorglich entfernt.

In der Tür erschien die Silhouette eines zweiten blonden Mädchens. Anna drehte sich um. Sie sahen einander an: zwei Salomes, gleich geschminkte Zwillinge.

»Bist du fertig?«, fragte Olli.

»Ja.«

»Hast du Lampenfieber?«

»Ein bisschen.«

»Ich auch. Wie ist mein Make-up?«, erkundigte er sich geziert. »Ich fürchte, links habe ich ein bisschen zu dick aufgetragen.«

»Nein.« Anna stand halb auf. »Komm mal etwas näher.«

Olli beugte sich zu ihr hinunter. Sie spürte seinen Atem auf ihren Lippen. Dann richtete er sich abrupt auf.

»Ganz am Ende ...« Er schwieg einen Augenblick. »Sieh nur auf mich. Tu alles, was ich tue. Verstanden?«

Sie nickte.

In der Tür zeigte sich eine weitere Erscheinung – der riesige, mächtige Johannes der Täufer, so wie Danila ihn spielen wollte. Kleider lehnte er ab; nur ein Wolfsfell bedeckte seine Hüften. Auf der breiten Brust schimmerte weiß eine Narbe, wie vom Biss eines wilden Tieres – vielleicht ein Biss des Wolfes, von dem das Fell stammte? Die schwarzen Locken fielen lang und üppig bis auf die Schultern.

»Warum ist es bei euch so kalt?«, erkundigte sich die Erscheinung. »Ist das Oberlicht offen?«

Danila ging durch den Raum zum dicht verhängten Fenster und schloss das Oberlicht. Als er an Olli vorbeiging, streifte er ihn wie zufällig.

»Wie geht's?«

»Gut.«

Ein rascher Blick. In Danilas Augen blitzte es auf.

»Die Zuschauer kommen in einer halben Stunde.«


Wadim Krawtschenko und Wassili Tunigunow trafen um Viertel vor elf in der Kalten Gasse ein. Tunigunow machte ein finsteres Gesicht. Die ungeheure Summe, die er für die »Katze im Sack« hatte zahlen müssen, hatte damit aber nichts zu tun, vielmehr plagten ihn seit dem Vormittag Zahnschmerzen.

Wadim war gesammelt und konzentriert. Vor dem Haus erwartete sie der junge Mann namens Danila, derselbe, der am Vormittag von Wadim das Geld in Empfang genommen hatte und sich neulich bei der »Floralien«-Schau mit Arsenjew unterhalten hatte. Er war in einen langen, pelzgefütterten Mantel gehüllt.

»Ich freue mich, Sie zu sehen«, begrüßte er die Gäste. »Treten Sie ein und legen Sie ab.«

Sie zogen in der Diele die Mäntel aus und betraten ein geräumiges Foyer, das mit Spiegeln, Stichen mit Jagdszenen und Eichenpaneelen geschmückt war.

»Hier entlang bitte.« Danila führte sie durch einen Flur in den Wintergarten. Wadim schaute sich neugierig um: Ja, hier war alles vom Feinsten. Begonien und Palmen, ein Meer von Blumen und sogar ein von innen beleuchtetes Marmorbassin. Zwischen all dem Grün standen Sofas, mit malachitfarbenem Samt bezogen, Sessel, Lampen und bunte Tischchen, auf denen Batterien von Flaschen standen, außerdem Cocktail-Shaker, Kühlboxen für Eis und Teller mit Häppchen. Eine Bar im Garten.

Nur eine Hand voll Gäste war erschienen: zwei kleine Asiaten im Smoking, die sich höflich vor den beiden Neuankömmlingen verbeugten; ein hageres, greisenhaftes Geschöpf in einem schwarzen Seidenblouson und Hosen mit Schlag, das Wadim an eine gigantische Zikade aus einem Horrorfilm über Mutanten erinnerte; und ein bleicher, ausgemergelter Albino, der einen erstklassig geschnittenen Anzug von einem sehr teuren Schneider trug. An den Aufschlag seines Jacketts war eine grüne Nelke geheftet.

Tunigunow ließ sich ohne viel Umstände in einen Sessel fallen und streckte die Beine aus.

»Ist hier Selbstbedienung?«, sagte er laut. »Trinkt, liebe Gäste, so viel wie reingeht, aber schenkt euch selber ein, und geniert euch nicht. Gefällt mir, gefällt mir sehr.« Er griff nach einer Flasche Gin. »Das riecht nach Tanne.« Er wandte sich an den Albino, der ihm am nächsten saß. »Nach Tanne riecht das.«

Der Albino sagte etwas mit gutturalem Akzent. Ein Skandinavier, konstatierte Wadim sofort.

»Ach, du bist nicht von hier, Bruder, verstehe. Das muss ja wohl ganz was Spezielles hier sein. Hörst du, Wadim?«, sagte Tunigunow freudig erregt. »Sieh doch mal, das sind ja alles Ausländer. Wir sind hier wie weiße Raben. Nun setz dich, sei nicht so zappelig. Du weißt doch, in den Beinen ist keine Wahrheit.[4] Die ist sowieso nirgends. Die Schlitzaugen da drüben sind wohl Chinesen, was?«

»Japaner, Wassili Wassiljitsch. Und zeigen Sie bitte nicht mit dem Finger auf sie. Die Japaner sind ein stolzes Volk. Beim geringsten Anlass begehen sie Harakiri.« Wadim nahm neben Tunigunow Platz.

»Wie kannst du die bloß auseinander halten?«

Wadim zuckte die Schultern. Dann horchte er auf – irgendwo im Haus erklang Musik. Es war ein seltsames Haus, sehr still. Bei ihrer Ankunft war ihm gleich aufgefallen, dass die Fassade der Villa in völligem Dunkel lag. Wenn überhaupt irgendwo Licht brannte, dann nur in den Zimmern, die auf den Hof gingen.

Danila betrat den Raum, gefolgt von einem Mann, den Wadim nicht kannte, ein großer, geschminkter Kerl in seidener Theaterrobe – bizarren, kostbaren, parfümierten, raschelnden Gewändern.

»Guten Abend, meine Herren«, sagte er auf Englisch und wiederholte die Worte dann auf Russisch. »Ich freue mich, Sie in unserem Haus begrüßen zu dürfen. Solche feinsinnigen Kenner und Liebhaber von Oscar Wildes Werk sind eine große Seltenheit. Umso angenehmer ist es mir, Sie kennen zu lernen. Ich werde mich bemühen ... wir alle werden uns bemühen, dass Ihnen dieser Abend lange in Erinnerung bleibt, sodass Sie uns keine Langeweile vorwerfen können oder bedauern müssen, Ihre Zeit vergeudet zu haben.«

»Darf ich Sie in den Saal der Mysterien bitten, meine Herrschaften«, lud Danila die Besucher ein. »Suchen Sie sich einen bequemen Platz aus.«

Auch später erinnerte Wadim sich noch an die kleinsten Details, so tief prägte sich ihm alles ein. Im Saal der Mysterien, einem langen, großen Raum, befanden sich eine kleine Bühne mit dunkelblauem Samtvorhang, ein weißer Marmorkamin, in dem ein helles Feuer brannte, und sechs weiße Ledersessel. Neben jedem Sessel stand ein Tischchen, darauf eine Flasche Dom Pérignon in einem Sektkübel, dazu Gläser. Seitlich, halb hinter dem Faltenwurf einer Draperie verborgen – Wadim bemerkte es mit dem Blick des Profis –, befand sich eine weitere Tür, ein Not- oder Geheimausgang. Drei halbrunde Stufen, bedeckt mit einem weißen flauschigen Teppich, führten von der Bühne in den Saal. Zwei hohe römische Leuchter, in denen Feuer brannte – wie auch im Kamin –, beschienen die Bühne.

Gemessen nahmen die Gäste Platz. Der Kronleuchter im Saal erlosch, nur die Leuchter und der Kamin warfen noch ihr rotes flackerndes Licht und verbreiteten angenehme Wärme. Im Saal duftete es nach Tannenharz, Rosenöl und einem starken, schweren Parfum. Musik erklang, und geräuschlos glitt der Vorhang auf.

Während des ganzen Stücks dachte Wadim an Katjas Bemerkung: »Theater der Shakespeare-Zeit.« Er wusste kaum etwas über dieses Theater, aber die »Salome« gefiel ihm von der ersten Szene an. Die Inszenierung hatte Schwung und Geschmack, und die gesamte Ausstattung – Stoffe, Kostüme, Requisiten – war erstklassig.

Die Schauspieler waren so bunt wie Paradiesvögel. Anfangs merkte Wadim gar nicht, dass die Salome von einem Mann gespielt wurde. Sie (oder er) war sehr zart und blond, stöckelte herausfordernd auf ihren gedrechselten Absätzen herum, nahm die ausgefallensten Posen ein und sprach deutlich und klangvoll, mit einem leichten, kaum merklichen Akzent.

Nun erschienen Herodes und Herodias auf der Bühne. Die Königin wurde von einer Frau gespielt. Wadim lehnte sich zurück und konzentrierte sich ganz auf das Zuhören. Da trat Salome, müde vom Lärm des Palastes, in den Garten, ins Licht des Porzellanmondes, der den Himmel aus Karton beleuchtete. Ihre Stimme klang wie ein gesprungenes Glöckchen: »Wie frisch die Luft hier ist. Hier kann man atmen ... Da drinnen im Palast besaufen die Barbaren sich bis zur Bewusstlosigkeit, die Pharisäer streiten sich über ihre lächerlichen Wahrheiten, und die römischen Soldaten können sich kaum regen in ihren plumpen Rüstungen und mit ihren Waffen, von denen sie sich nie trennen.« Salome reckte sich und wandte ihr geschminktes Gesicht dem Mond zu. Ihr Kopfschmuck aus Perlengehängen klirrte leise. »Ist es nicht viel angenehmer, den Mond anzuschauen?«

Wadim verfolgte die Handlung wie im Traum.

Salome hörte den Täufer im Kerker schreien. Mit donnernder Stimme verkündete er, dass der Messias in diese Welt gekommen sei, um für ihre Sünden zu büßen. Dann begegneten sie einander: die Prinzessin und der junge Prophet. Wadim erkannte Danila in der Rolle des Johannes. Er, der sonst immer so elegant gekleidet war, hatte diesmal fast gar nichts an – nur ein Wolfsfell um die Hüften und Ketten an den Händen.

»Engel des Herrn, wo bist du?«, flehte er zum Himmel und schüttelte die gefesselten Fäuste, dass die Ketten klirrten. »Steige mit deinem Schwert herab! Zerstöre diesen Palast! Möge das Jüngste Gericht beginnen!«

Er war der personifizierte Zorn und erinnerte kein bisschen an das traditionelle Bild eines Propheten; sogar seine Jugend kam Wadim blasphemisch vor. Dieser Täufer ähnelte mehr dem Dämon aus dem Bild von Wrubel. Seine Augen leuchteten mit der gleichen finsteren Verzweiflung und Leidenschaft, und seine heisere, schreckliche Stimme drohte: »Solche wie euch wird der Zorn Gottes vom Angesicht der Erde fegen! Ihr lebt in Unzucht, seid immer auf der Suche nach Genüssen, ihr ...«

»Suchst du denn nicht nach Genüssen?« Salome blickte ihn an, das Gesicht halb hinter einem Fächer aus Straußenfedern verborgen. Er zuckte zusammen. Salome trat ganz nahe an ihn heran; ihr Fächer klappte zu und wieder auf. Sie streckte den Arm aus und fuhr mit dem Finger über seine nackte Brust, von oben nach unten. Tiefer und tiefer. Er zitterte. Ihre Hand erstarrte auf dem Wolfsfell. »Dein Körper ist so weiß wie der Schnee, Johannes, der auf den Bergen liegt. Erlaube mir, ihn zu berühren ...«

Er schrak zurück, wollte ihr ausweichen, doch Salome presste sich an ihn.

»Deine Locken sind dunkel wie die Nacht, die südliche Nacht ... dein Mund ...« Sie suchte mit ihrem Mund seine Lippen. »Dein Mund, Johannes, ist wie ein Korallenzweig, den die Fischer im Zwielicht der See gefunden haben. Er kann Verwünschungen hervorschleudern, doch kann er auch Worte sprechen, die süßer sind als alle anderen auf der Welt. So rote, üppige Lippen ... rot wie die Farbe des Blutes ... Erlaube mir, deine Lippen zu küssen. Erlaube mir ...« Ihrer beider Atem verschmolz. Der Täufer hob die Arme, um die Prinzessin an seine Brust zu drücken, als hinter den Kulissen plötzlich rollender Theaterdonner ertönte. Seine Arme fielen kraftlos herab, die Ketten schepperten.

»Lass mich ... wage es nicht, Gewalt anzuwenden«, flüsterte er. »Durch die Frau hat der Teufel das Böse in diese Welt gesandt.«

Er stieß sie heftig von sich. Die Prinzessin stürzte und rollte über die Stufen.

»Der Engel des Todes spricht durch deinen Mund, Tochter der Herodias. Ich sehe bereits den Widerschein seines Schwertes auf deinem Gesicht!«

Wadim warf einen verstohlenen Blick auf seine Nachbarn. Tunigunow lauschte ohne besonderes Interesse und tastete mit der Zunge im Mund herum, um nach seinem kranken Zahn zu fühlen. Die Japaner flüsterten miteinander; anscheinend übersetzte der eine. Der Albino war in seinem Polstersessel versunken und hatte die Augen geschlossen. Sein Arm hing herab, seine Finger bewegten sich durch die Luft wie abgeschnittene Fühler ...


Katja saß in diesem Augenblick vorm Fernseher und schaute sich abwesend den Film »Braveheart« an. Die tapferen Schotten zogen soeben, angeführt von Mel Gibson, gegen die Engländer zu Felde. Über den Bildschirm galoppierte die schwer gepanzerte Kavallerie. Doch die Schotten standen in festen Reihen, ohne zu wanken oder zu weichen, bereit, sich dem Feind entgegenzustemmen. Plötzlich ...

Katja fuhr so heftig zusammen, dass sie das Telefon herunterwarf, das sie auf die Sessellehne gestellt hatte. Sie drückte auf die Stopptaste und spulte das Videoband zurück. Ja! So musste es gewesen sein.

Sie hob das Telefon vom Boden auf und wählte fieberhaft die Nummer von Sergej. Es dauerte eine Weile, bis er sich meldete.

»Katja, was ist passiert? Ist was mit Wadim?«

»Ich schaue mir gerade ›Braveheart‹ an. Kennst du den Film?«

»Nein. Du lieber Himmel, wie kannst du ... Ich dachte schon ...« Er atmete schwer ins Telefon.

»Da gibt es eine Szene, eine Schlachtenszene. Die Engländer greifen an, die Schotten verteidigen sich, und sie werfen ... sie werfen ...«

Zur gleichen Zeit bat Herodes auf der Bühne in der Kalten Gasse: »Tanze für mich, Salome.«

»Ich will nicht tanzen, Tetrarch.«

Schwermütig-sanfte Musik ertönte im Saal.

»Tanze, Salome. Ich bin heute traurig. Als ich herkam, bin ich in einer Pfütze von Blut ausgeglitten. Wenn du tanzt, erfülle ich dir jeden Wunsch. Ich schwöre es.«

Salome trat aus dem Zuschauerraum heraus, wo sie hinter den Sesseln gestanden hatte, im Rücken der Zuschauer. Von ihren Schultern hing ein langer, goldgewirkter Überwurf bis auf den Boden. Das Feuer der Leuchter warf sein flackerndes Licht auf sie.

»Und worauf schwörst du, Tetrarch?«

»Ich schwöre bei meinem Leben, bei den Göttern. Ich gebe dir alles. Sogar die Hälfte meines Königreichs.«

»Du hast geschworen, Tetrarch.«

»Ich habe geschworen, Salome.«

Das Licht auf der Bühne erlosch. Dann flammte es wieder auf, aber nur schwach. An der Wand sah man zwei biegsame Schatten. Die Musik spielte, das Licht brannte heller und heller. Nun hielten die Zuschauer den Atem an – vor ihnen tanzten zwei Salomes. Zwei völlig gleich aussehende Prinzessinnen in Girlanden, die aus purpurroten Rosen geflochten waren.

Genau genommen tanzte aber nur eine – wild, rasend drehte sie sich und sprang, und ihre nackten Beine wirbelten durch die Luft. Wider Willen verspürte Wadim heftige Erregung. Tunigunow schnaufte laut; sein Gesicht war rot angelaufen.

Salome Nummer zwei war nur ein Schattenbild. Sie bewegte sich wie eine Schlafwandlerin, leicht und geräuschlos. Man sah sie kaum – ein Schemen, den man nicht weiter beachtet.

Salome die Erste vollführte einen herrlichen Sprung. Für einen Moment standen beide nebeneinander. Eine jähe Geste – und ihre Girlanden fielen zu Boden. Das Licht flammte hell auf, und man sah, dass es ein Junge und ein Mädchen waren, schweißnass, mit aufgelösten blonden Haaren. Dann wurde es wieder dunkel.

Mit heiserer, vor Erregung brüchiger Stimme fragte Herodes: »Was wünschst du dir, Salome?«

»Ich wünsche ... dass du mir ... den Kopf Johannes des Täufers gibst!«

Die Stimmen beider Salomes ertönten im Chor, feierlich und unerbittlich.

Wadim beugte sich vor. Gebannt und erregt wartete er, was weiter geschah. Nun brachte man beiden Salomes den Kopf des Täufers. Danila selbst, diesmal im Kostüm eines germanischen Sklaven mit gehörntem Helm und Lendenschurz, brachte ihn – seinen eigenen Kopf. Die Salome, die von dem Jungen gespielt wurde, ergriff die Schale, gestand dem toten Haupt ihre Liebe und küsste es auf die bleichen Lippen.

Dann wurden aus der einen Prinzessin wieder zwei. Diesmal war ihr Tanz für den toten Johannes bestimmt. Der zutiefst erschütterte Herodes und die finstere Herodias schauten zu.

»Deine Tochter ist ein Ungeheuer!«, rief Herodes.

»Ich bin stolz auf sie!«, antwortete seine Frau.

Wadim fuhr zusammen, als neben ihm jemand aufschluchzte. Er sah, wie Tunigunow die Fäuste ballte. Sein Gesicht drückte körperliche Qual aus.


»Es war ein Speer, Sergej, verstehst du?«, rief Katja in den Hörer. »Er hat sie alle mit einem Speer getötet! Buchstäblich aufgespießt hat er sie. Gerade habe ich das Gleiche im Film gesehen. Es kann nur so gewesen sein!«

Sergej schwieg.

»Es war ein Speer, ich schwöre es dir! Wenn wir beide vor siebenhundert Jahren leben würden, wären wir über eine solche Wunde nicht allzu erstaunt. Es war keine Eisenstange! Es war ein Speer mit scharfer Spitze. Er hat sogar eine Ritterrüstung durchbohrt!«

»Ich komme sofort«, sagte Sergej.

Die Prinzessinnen tanzten, verschmolzen miteinander, beugten sich über den toten Kopf und drückten ihre Lippen auf die seinen, vereint in einem schauerlichen Kuss.

»Denn das Geheimnis der Liebe ist stärker als das Geheimnis des Todes. Nur die Liebe muss man suchen!« Ihre Stimmen bebten vor Leidenschaft.

Nun richteten sie sich wieder auf und erhoben die Arme zum Mond; in seinem Licht sahen sie fast gleich aus.

Wadim wandte den Blick nicht von Herodes. Dessen Gesicht hatte sich verzerrt, und Tränen liefen ihm über die Wangen. Echte Tränen. Hinter ihm stand der hoch gewachsene Germane, der Sklave mit dem gehörnten Helm. In seiner Hand zitterte ein hoch erhobener ... Speer.

»Töte diese Frau!«, stöhnte Herodes auf.

Wadim sprang auf, doch es war zu spät. Der Speer zischte durch die Luft. Doch da stieß die eine Salome, die männliche, die andere, von dem Mädchen gespielte, zu Boden. Beide fielen auf die Stufen. Die männliche Salome begrub ihren Schatten unter sich. Der Speer flog über sie hinweg und bohrte sich ins Eichenpaneel über dem Kamin.

Die Zuschauer sprangen auf. Ihre Gesichter glichen wächsernen Masken. Niemand gab einen Laut von sich. Der Japaner und der Albino starrten mit sonderbarem Gesichtsausdruck auf die Bühne. Tunigunow keuchte laut und wischte sich mit einem Taschentuch über die Glatze. Wadim spürte: Etwas stimmte nicht. Irgendetwas war schief gegangen. Sie alle wussten es. Alle, außer ihm, Tunigunow und ...

Der Tetrarch stieg rasch die Stufen in den Saal hinunter. Der Germane mit dem Lendenschurz verharrte regungslos auf der Stelle. Plötzlich war ein leises Kichern zu vernehmen. Wadim sah verblüfft, wie Salome, das Mädchen, unter ihrem Partner hervorkroch und lachte, lachte ...

»Ihr habt vielleicht Gesichter gemacht! Ich wusste gleich, dass er sich irgend so was ausdenkt!« Ihre dünne, helle Stimme sirrte wie das Lied einer Mücke in der Nacht.

## 32 Nach der Premiere

Katja saß an ihrem Schreibtisch im Pressezentrum und tippte eifrig. Vor ihr leuchtete phosphoreszierend der Computermonitor. Gorelow gab ihr soeben einen kurzen Nachrichtenüberblick für die Kriminalchronik von Radio Moskau. Katja schrieb mechanisch mit. Ihre Gedanken waren die ganze Zeit bei dem todbringenden Speer mit der scharfen Spitze ...

Gestern um fünf Uhr morgens war Wadim bei ihr hereingestürmt, bleich und ohne Mantel – er hatte ihn im Auto vergessen –, und Katja hatte sich sofort auf ihn gestürzt und gerufen: »Er hat sie alle mit einem Speer ermordet!« Wadim hatte nur verwirrt genickt, war ins Zimmer gegangen, hatte sich auf den Fußboden gesetzt und an den Sessel gelehnt. In der Hand hielt er eine halb leere Flasche Wodka. Er schüttelte den Rest auf und reichte die Flasche schweigend Sergej (der noch mitten in der Nacht gekommen war, gleich nach Katjas Anruf).

Wie dickfellig Männer doch sind, dachte Katja. Nach allem, was Wadim in dieser Nacht gesehen hatte, hatte er sich noch ans Steuer gesetzt, hatte seinen völlig überdrehten Tunichtgut zu dessen Geliebter gefahren, hatte am Platz der drei Bahnhöfe an einem Kiosk gehalten, Wodka gekauft und sich gründlich voll laufen lassen.

Langsam und zögernd hatte Wadim von seinen Erlebnissen erzählt. Es schien, als könne er selbst noch nicht glauben, was er mit eigenen Augen gesehen hatte.

Was hatte er denn nun eigentlich gesehen? Ein Stück. Ein interessantes Stück mit einem originellen Ende. Nichts Kriminelles, schließlich war dabei niemand ums Leben gekommen! Dass irgendwas nicht so gelaufen war wie geplant, konnte er sich auch bloß eingebildet haben. Tatsache war – nichts war passiert. Die reichen Herrschaften hatten sich zum Zeitvertreib ein bisschen die Nerven kitzeln lassen. Wadim erzählte, was für eine Verwirrung im Saal geherrscht hatte.

Der Darsteller des Herodes, Igor Werchowzew, führte die Ausländer in sein Büro. Die Schauspielerin, die die Herodias gespielt hatte, bewirtete Tunigunow mit Cognac. Ihre Lippen und Hände zitterten, wie Wadim bemerkte ... Die beiden Salomes verschwanden, um sich umzuziehen.

»Nein«, zerstreute Wadim Katjas Zweifel, »das Mädchen hat sich nicht verstellt. Sie hatte diese Wendung offensichtlich nicht erwartet – aber es hat ihr gefallen! Ein Einfall ganz nach ihrem Geschmack. Das alles ist so seltsam ...«

Sergej trank ebenfalls ein Glas Wodka. Er schwieg und lauschte mit düsterer Miene Wadims Bericht. Dann flüsterte er Katja zu: »Und du hast gesagt, diese Sorte Verbrecher sind immer Einzeltäter, die sich nie mit anderen zusammentun! Da hast du deinen Einzelgänger!«

Wadim hatte zum Fürchten ausgesehen. Man spürte, dass er gefährlich war wie ein Rasiermesser. Bevor Sergej ihn in seinem Wagen nach Hause fuhr, sagte er zu Katja: »Kein Wort zu deinem Kolossow! Mit diesen Theaterfuzzis werde ich selber fertig.«

Trotzdem rannte Katja sofort zu Kolossow, als sie ins Büro kam. (Zum Teufel mit Wadims Dünkel, schließlich arbeitete sie bei der Miliz!) Sie drückte gegen die Tür von Kolossows Büro – abgeschlossen. Sie versuchte es neben-an, bei seinem Stellvertreter – abgeschlossen. Bei den anderen Mitarbeitern der Mordkommission – abgeschlossen.

»Wo sind sie alle?«, fragte sie den Wachhabenden.

»Im Einsatz, im Fall Klewerowski.«

»Aber es ist dringend.«

Der Wachhabende zuckte nur die Schultern. Das kennen wir, besagte diese Geste, beim Pressezentrum ist immer alles dringend! So ein Holzklotz, dachte Katja empört. Heute war Freitag, und am Samstag erwischte man Kolossow erst recht nicht ...

»Der ›Anzeiger‹ braucht dringend noch Material, Katja«, riss Gorelow sie aus ihren Gedanken und lächelte sie aufmunternd an. »Die neue Nummer ist schon in der Druckerei.«

Sie machte sich daran, den Artikel zu schreiben, doch in ihrem Kopf war nur ein Gedanke. Was tun?

Schließlich wanderte der Artikel in Gorelows Hände, und er flitzte damit zur Druckerei.

Katja blickte aus dem Fenster in die Dämmerung. Der Tag war vorübergegangen, ohne dass sie ihn bemerkt hatte. Sie nahm den Telefonhörer ab. Sollte sie bei Sergej anrufen? Nein. Er war ja doch nicht zu Hause. Was machten Sergej und Wadim jetzt wohl? Wo steckten sie?

Und diese Schauspieler ... diese Liebhaber der »Salome«, womit mochten sie jetzt beschäftigt sein? Was waren das überhaupt für Leute, diese drei Männer und die beiden Frauen? Was verband sie miteinander? Warum führten sie gerade dieses Stück auf? Des Geldes wegen? Oder waren sie irgendwelche Exzentriker, Sonderlinge, die einander im Strudel des Lebens gefunden hatten?

Katja fühlte sich hilflos.

Plötzlich fiel ihr Wadims Ausspruch ein: »Zuerst muss man das Wild aufschrecken und dann schauen, welche Schnepfe als Erste auffliegt.« Sie hatten das Wild schon aufgeschreckt, und was war dabei herausgekommen? Aber wenn sie es nun selber noch einmal probierte?

Entschlossen ging sie zum Schrank, um ihren Mantel zu holen.


Der Tag nach der Premiere begann ganz normal. Um halb elf setzten sich alle im Esszimmer des Hauses an der Kalten Gasse an den Frühstückstisch. Nicht ein Platz blieb frei. Vier der Versammelten bemühten sich, einander nicht anzuschauen, die fünfte aber, Anna, verspeiste mit Appetit die belegten Brote und den Joghurt und trank Kaffee.

Die klärende Aussprache hatten sie auf später verschoben. »Wir besprechen alles, sobald sie ihre Dosis genommen hat«, hatte Werchowzew erklärt.

»Super, wie das gestern gelaufen ist!« Die Statistin plapperte wie ein nervöser Papagei. »Mir ist vielleicht das Herz in die Hose gerutscht! Aber ich hatte mir schon gedacht, dass Sie denen noch irgendwas Besonderes bieten. Für das bisschen Gehopse haben Sie mir keine zwei Riesen hingeblättert.«

»Sie sind gestern also erschrocken, Anna?«, fragte Werchowzew leise. Er saß gerade aufgerichtet vor seinem vollen Teller. Seine Wirbelsäule schmerzte.

»Ich hatte Schiss, als ich unter ihm auf dem Boden lag.« Anna blickte zu Olli hinüber. »Warum haben Sie mir nicht gleich gesagt, was Sie vorhatten?«

»Ich wollte Sie nicht erschrecken. Ich habe befürchtet, Sie könnten absagen.«

»Ich? Wo denken Sie hin! Das war doch ein toller Gag, sensationell!« Sie kicherte. »Die andere Statistin, die sich das Bein gebrochen hat – ist die unglücklich gefallen, als er sich auf sie geworfen hat?«

»Genauso war es.« Werchowzew nahm einen Schluck Kaffee und verzog das Gesicht. »Leli, der Kaffee ist viel zu dünn. Koch für mich bitte neuen.«

Die Frau erhob sich schweigend vom Tisch.

»Ja, Anna«, wiederholte Werchowzew, »Ihre Vorgängerin war sehr ungeschickt. Sie sind viel besser.«

»Werden Sie jetzt einen Vertrag mit mir abschließen, wie Sie es versprochen haben?«

Bei dieser Frage stand Danila auf und trat ans Fenster. Werchowzew zerbröselte nachdenklich das Brot auf seinem Teller.

»Möchten Sie das?«

Sie nickte.

»Sie sind ein beherztes Mädchen, Anna«, bemerkte Werchowzew.

»Also, wie ist es?« Sie suchte mit den Augen nervös seinen Blick. »Bekomme ich einen Vertrag?«

Er beugte sich über den Tisch, seine blonden Haare fielen ihm tief ins Gesicht.

»Wenn Sie wollen, machen wir einen Vertrag. Olli, bitte sei so gut und hol aus meinem Zimmer Papier und Füller.«

Der junge Mann stand langsam auf.

»Na, was ist? Ich warte.«

Olli verließ das Esszimmer und kehrte eine Minute später zurück. Hinter ihm kam Leli; sie brachte die dampfende Kaffeekanne ins Zimmer. Werchowzew kritzelte etwas auf das Papier.

»Hier, lesen Sie es durch, und wenn Sie einverstanden sind, unterschreiben Sie.«

Anna griff gierig nach dem Blatt.

»Zweieinhalbtausend! Pro Auftritt! Wunderbar! Ich unterschreibe, Igor, ich unterschreibe, ja?« Rasch setzte sie ihren Namen unter das Papier.

»Am Montag lassen wir den Vertrag beim Notar beglaubigen«, sagte Werchowzew.

»Geht es nicht schon heute?« Sie war ganz aufgeregt; ihre größte Angst war, dass sie es sich womöglich anders überlegten.

»Heute habe ich zu tun, Anna.«

»Und morgen ist Wochenende«, mischte Leli sich plötzlich ein. »Du musst dich schon bis Montag gedulden.«

»Ich ...« Anna blickte sich um. Hinter ihr stand Danila und reichte ihr zwei Ampullen.

»Da, das hast du dir verdient.«

»Danke.« Sie drückte ihm die Hand. »Du bist ein prima Kerl. Ihr ... ihr seid so nett zu mir, nicht so wie ...« Sie wischte sich hastig etwas von der Wange. Danila hatte die Träne bemerkt. »Leute wie euch habe ich noch nie getroffen ... für euch würde ich ... würde ich den Mond vom Himmel holen.«


Als die Statistin in die Welt der Opiumträume eingetaucht war, entspannten sich alle ein wenig. Leli setzte sich in den Sessel im Wohnzimmer und rauchte. Vor ihr auf dem Boden standen eine Flasche Rémy Martin und ein Schälchen mit einer Zitrone. Werchowzew ging nach oben ins Zimmer des Meisters. Nur Danila und Olli blieben am Tisch sitzen.

»Warum hast du das getan?«, fragte Danila, als die beiden anderen fort waren.

Olli schwieg.

»Warum hast du das getan?«

»Ich habe eine Schuld bezahlt.«

Sie starrten einander an. Dann fragte Danila:

»Was für eine Schuld? Was faselst du?«

»Sie hat mir am Bahnhof das Leben gerettet, ich habe es ihr hier gerettet.«

Danila stand auf, ging um den Tisch herum und beugte sich drohend zu Olli hinunter.

»Gefällt sie dir? Sag schon!«

»Nein.«

»Lüg mich nicht an.«

»Ich sag doch – nein, nein, nein!« Olli warf den Kopf zurück; seine Nüstern blähten sich.

»Warum hast du es dann getan?«

Olli wollte antworten, als es plötzlich hinter ihnen klirrte. In der Tür zum Esszimmer stand Werchowzew. Zu seinen Füßen funkelten die Splitter der dunkelblauen chinesischen Vase. Er streckte den Arm nach der anderen Vase aus, dem Pendant der zerbrochenen, die auf dem niedrigen geschnitzten Mahagonibuffet stand, und schob sie langsam nach vorn, bis sie zu Boden fiel und ebenfalls zerbrach.

»Warum hast du das getan, Junge?«, fragte Werchowzew leise. »Wolltest du mich beleidigen?«

»Nein, ich ...« Olli richtete sich auf.

»Wolltest du mich enttäuschen? Mich kränken?«

»Ich wollte sie retten, meine Schuld zurückzahlen, ich ...

ich konnte doch nicht mit ansehen, wie sie stirbt!« Ollis Stimme brach. »Ich will das nicht! Sie hat mir am Bahnhof das Leben gerettet!« Vor Erregung wurde sein Akzent immer ausgeprägter. Er rief noch etwas auf Litauisch; dann sank er zurück auf den Stuhl und schlug die Hände vors Gesicht.

Werchowzew trat langsam auf ihn zu. Sein Gesicht war versteinert, leblos und weiß – nicht bleich, sondern blutleer und weiß wie der Bauch einer Flunder. Danila machte für alle Fälle einen Schritt nach vorn. Er wollte nicht, dass Olli beleidigt wurde.

Werchowzew streckte die Hand aus und ... streichelte dem Jungen über den Kopf. Seine Finger blieben in den goldblonden Haaren hängen.

»Olli!«, rief er leise.

Olli hob den Kopf. Er weinte nicht; seine Augen waren trocken.

»Du bist bezaubernd, Olli«, flüsterte Werchowzew. »Das habe ich immer gesagt. Du hast auf diese Weise eine Schuld bezahlt?«

Der Junge nickte. Er begriff nicht, was vor sich ging, und in seinen Augen flackerte Furcht.

»Das heißt, jetzt bist du zufrieden?«, flüsterte Werchowzew.

»Ja, ich ...«

»Und du wolltest mich nicht kränken?«

»Nein, nein ...«

»Du bist bezaubernd.« Werchowzew packte Ollis Haar fester und riss seinen Kopf zurück.

Danila erstarrte.

»Ich bin dir nicht böse, im Gegenteil, ich bin sogar froh.« Werchowzew starrte ihm unverwandt ins Gesicht.

»Worüber ... worüber bist du froh?«

»Ich bin froh, Olli ...«, Werchowzew strich dem Jungen über die Wange und ließ seine Haare los, »dass uns eine Prüfung geschickt wurde und wir sie ehrenvoll bestanden haben. Jetzt aber liegt es an uns, alles wieder ins Lot zu bringen, nicht wahr?«

Olli schwieg. Er begriff nichts.

»Wir alle werden deine Worte behalten, Olli: ›Ich habe meine Schuld bezahlt, ich bin zufrieden.‹ Wir alle werden sie behalten, und wir alle werden gemeinsam alles ins Lot bringen. Ja?«

Olli kam nicht mehr dazu, ihm zu antworten. In Werchowzews Zimmer klingelte das Telefon.

## 33 Honigparfum

Katja machte sich unnötig Gedanken darüber, was Wadim und Sergej taten. Die beiden taten nämlich nichts. Sie saßen in Sergejs Wohnung, rauchten und verdauten die Neuigkeiten.

Wadim hatte sich seit dem frühen Morgen darum bemüht, über seine alten Informationskanäle zu erfahren, wer zu den Schauspielern und Zuschauern der Salome gehören könnte. Bei den Zuschauern war die Sache einfacher. Wie in früheren Zeiten war es immer noch sehr viel leichter, die Herkunft von Ausländern auf russischem Boden zu klären, als den Stammbaum der eigenen Landsleute zu ergründen.

Er setzte sich mit einem guten Bekannten aus einer Agentur zur Beschaffung von Geschäftsinformationen in Verbindung, der seinerseits einen Jugendfreund anrief, woraufhin der Jugendfreund mit dem Freund eines Freundes telefonierte.

Und so wussten Wadim und Sergej inzwischen, wer die beiden Japaner waren: ein Herr Yamamoto, Präsident des Automobilkonzerns Mitsukohara, und sein persönlicher Sekretär. Der Albino war ein Mann namens Ulmanis Olsen, ein reicher Tourist aus Schweden. Der Herr in Seide, der einer mutierten Zikade ähnelte, war vermutlich Juri Kaigorodow, Künstler und Existenzialist, ehemals sowjetischer Dissident und jetzt Bürger der USA, der seine historische Heimat auf Einladung des »Fonds der Russischen Emigranten im Ausland« besuchte.

Mit den Schauspielern jedoch gab es erhebliche Probleme. Von Werchowzew dem Jüngeren wusste man in der Agentur lediglich, dass er ebenfalls einen Sekretär beschäftigte (möglicherweise diesen Danila); aber wo er die Frau aufgegabelt hatte, die die Herodias spielte, und den anderen jungen Mann, konnte niemand sagen. Weder Vornoch Nachnamen ließen sich ermitteln. Und vor allem wusste niemand, wer das Mädchen war, das die zweite Salome gespielt hatte, und wie sie ins Haus an der Kalten Gasse gekommen war.

»Nichts zu machen, Sergej.« Wadim stippte die Asche seiner Zigarette auf den Teppich. »Bei uns sind die Menschen wie Gras – nicht zu zählen, nicht zu messen. In meiner alten Behörde gab es kluge Leute, die den Vorschlag gemacht haben, von der gesamten Bevölkerung der Sowjetunion Fingerabdrücke zu nehmen. Kommt einer seinen Pass abholen, nimmt man seine Abdrücke, plopp-plopp, und registriert sie. Was hat man denn auch zu verbergen, wenn man ein ehrlicher Mensch und kein Gauner ist? Und wenn einmal schnell was gedeichselt und jemand unauffällig identifiziert werden muss, sucht man einfach heimlich seine Fingerabdrücke heraus, vergleicht sie – und wumms, schon hat man seine Identität festgestellt. Aber kaum war der Vorschlag auf dem Tisch, ging das Geschrei los: Verletzung der Menschenrechte!«

»Und was sollen wir jetzt tun?«, fragte Sergej.

Wadim zuckte die Schultern. Er zündete ein Streichholz an und schaute zu, wie es herunterbrannte. Die Flamme versengte ihm die Finger, und er warf das Streichholz in den Aschenbecher.

Werchowzew nahm den Hörer des laut klingelnden Telefons ab. Arsenjew war am Apparat.

»Guten Tag, Igor. Na, wie war's?«

»Du wolltest doch kommen«, erinnerte ihn Werchowzew.

»Hat leider nicht geklappt. Na, waren meine Schützlinge da?«

»Ja.«

»Auch der Leibwächter, dieser Krawtschenko?«

»Der auch. Er fand es schade, dich nicht anzutreffen.«

»Im Ernst?«

»Du kannst mir ruhig glauben, Iwan.« Werchowzew grinste.

»Und wie ist es gelaufen? Normal?«

»Wie üblich.«

»Aha. Schön.« Arsenjew lächelte. Nach einer Pause sagte er: »Das ist noch nicht alles. Vor einer Stunde bin ich zurückgekommen und habe in meinem Briefkasten eine Vorladung gefunden.«

»Vorladung wohin?«

»Zur Bezirksstaatsanwaltschaft.«

»Wieso?«

»Kannst du dir das nicht denken?«

»Die Staatsanwaltschaft kümmert sich auch um andere Fälle – zum Beispiel, wenn die gesellschaftliche Moral untergraben wird, Iwan.«

»Ich habe niemals in irgendeiner Weise die gesellschaftliche Moral untergraben, Igor.«

»Aber du hast sie provoziert. Mehr als einmal. In aller Öffentlichkeit.«

»Und was hast du getan?«

Werchowzew schwieg. Dann sagte er sanft: »Entschuldige, meine Nerven spielen verrückt.«

»Ich verstehe, Igor.«

»Wir müssen das alles in Ruhe besprechen, zu Hause, ohne Hektik und Lärm. Sie haben nichts in der Hand – das ist ein Bluff. Selbst wenn dieser Berberow ... Nein, unmöglich, sie wissen nichts. Alle Vorsichtsmaßnahmen wurden getroffen.« Werchowzew sprach jetzt ganz ruhig. »Wir werden uns heute Abend über alles unterhalten. Ich komme zu dir. Wenn nötig, setzen wir uns sofort mit meinen Anwälten in Verbindung und lassen uns beraten.«

Leli schaute ins Zimmer. Ihr Gesicht drückte Nervosität und Verwunderung aus. »Da ist ein Mädchen, das nach dir fragt, Igor.«

»Ein Mädchen?« Er legte die Hand auf die Sprechmuschel.

»Ja.«

»Wer ist sie?«

»Das weiß ich nicht.«

»Und was will sie?«

»Sie will Igor Werchowzew sprechen.«

»Sag ihr, ich bin nicht da.«

»Sie hat zu mir gesagt: ›Erzählen Sie mir ja nicht, er sei nicht zu Hause. Ich weiß, dass er im Saal der Mysterien ist.‹«

Werchowzew starrte Leli ungläubig an.

»Bitte sie herein.«

»Sie will nicht hereinkommen. Sie hat gesagt, sie wartet draußen vor dem Haus auf dich.«

»Was ist los, Igor?«, erklang Arsenjews aufgeregte Stimme im Hörer.

»Nichts ... Es ist Leli ... Irgendwelche Probleme mit den elektrischen Leitungen. Offenbar sind die Sicherungen herausgeflogen. Ich muss nachsehen, was passiert ist.«

»Was verstehst du denn von elektrischen Leitungen? Na schön, ich warte auf dich.« Arsenjew legte auf.

Werchowzew eilte zur Tür, mit wehenden Haaren und langen Sätzen. Leli hatte ihn noch nie so rennen sehen. Er zog sich nicht einmal eine Jacke über. Das schneeweiße Seidenhemd blähte sich wie ein Segel im Wind, als er die Haustür aufriss und die Vortreppe hinunterrannte.

Das Mädchen stand in einem roten Kaschmirmantel an der Litfasssäule. Ein großes, stattliches Mädchen. Nach solchen Mädchen dreht man sich um, selbst wenn sie keine Schönheiten sind. Werchowzew warf einen raschen Blick über die Straße. Eine Gruppe Jugendlicher schlenderte vorbei. Vor dem Haus gegenüber, in dem sich ein Delikatessengeschäft befand, hielt ein Auto. Der Fahrer lud Taschen in den Kofferraum. Auf der Treppe zum Nachbargebäude saßen Büroangestellte, rauchten und schwatzten. Es war erst sechs Uhr abends.

Werchowzew ging zu dem Mädchen.

»Sie haben nach mir gefragt?«

»Ich werde nicht zulassen, dass Sie das weiterhin tun.«

»Was tun?«

»Es wird keine ›Salome‹ mehr geben.«

Er schnappte nach Luft wie ein Fisch, der ans Ufer geworfen wird.

»Wag ja nicht, sie anzurühren«, zischte das Mädchen. Ihre Augen funkelten. »Ich mach dich fertig, wenn du ihr auch nur ein Haar krümmst, du langhaariges Monster. Wegen Sweta rechne ich auch noch mit dir ab. Wir wissen alles über dich, kapiert?«

Er schwieg. Das Mädchen drehte sich auf dem Absatz

um und ging davon, in Richtung Bolschaja-Nikitskaja-Stra-ße. Ein Windstoß wehte ihr Parfum zu ihm herüber: Giorgio Armani, mit dem Duft von bernsteinfarbenem Honig.


Werchowzew kehrte langsam ins Haus zurück. Von dem eisigen Wind war er starr und durchgefroren. Normalerweise reichte schon eine Minute, um seine Wirbelsäule für viele Tage steif werden zu lassen. Diesmal aber hatte er die Kälte gar nicht beachtet. Er ging in sein Zimmer und schloss die Tür von innen ab. Dann setzte er sich in den Sessel und legte die Hände flach auf den Tisch. Regungslos, mit angehaltenem Atem, saß er da.

Es war vorbei. Alles war vorbei. Er hatte gewusst, dass das Ende seines Wirklichkeit gewordenen Traumes kommen würde. Aber auf diese Weise? Von einer Stunde auf die andere? Ein Anruf Arsenjews, eine Vorladung, und diese Erpresserin im roten Mantel ...

Er hatte gespürt, dass das Ende nahte, schon damals, vor einem Monat, als Danila für die Rolle der Salome diese Swetlana vorschlug. Eine Moskauerin. Das bedeutete einen ganzen Rattenschwanz von Beziehungen und Verbindungen – Verwandte, Freunde, Freundinnen, Liebhaber. Einen davon, diesen kleinen Schauspieler, hatten sie zum Schweigen gebracht. Er dachte daran, wie Sweta unmittelbar vor der Aufführung in der Garderobe zu ihm gesagt hatte: »Schade, dass ich Tolja nicht einladen durfte. Der hätte vielleicht gestaunt!«

»Wer ist Tolja?«

»Ein Freund von mir. Er wäre gern gekommen!«

Als Sweta dann in der Baugrube lag, ohne Schminke, in ihren alten Kleidern und mit gebrochenen Beinen, hatte

Danila sich auf sein Geheiß hin eilends auf die Suche nach diesem Tolja gemacht. Zwei Wochen waren dafür draufgegangen. Sie hatten Arsenjew eingeschaltet, und der hatte sich an Berberow gewandt. Werchowzew hatte persönlich im Club angerufen. Er wollte sich selbst überzeugen und stellte sich ihm am Telefon mit Namen vor.

Die Antwort Lawrowskis entschied alles: »Ich kenne Sie. Sie hat mir von Ihnen erzählt.«

Wie hatte sie das nur fertig gebracht, diese Hündin! Werchowzew ballte die Fäuste; seine Nägel gruben sich in die Handflächen. Danila hatte sie doch nicht aus den Augen gelassen! Aber die anderen Mädchen, die Mädchen vor ihr, waren aus der Provinz gekommen, Sweta jedoch war eine stolze und freiheitsliebende Moskauerin gewesen. Und wie lebendig, wie talentiert! Sie war die beste Salome gewesen. Die allerbeste. Sie war es gewesen, die Olli alles beigebracht hatte. Sogar ihre Gesten hatte er kopiert und ihren Tonfall übernommen.

In dem Telefongespräch hatte Werchowzew Lawrowski anderthalbtausend Dollar für einen einzigen Auftritt geboten: »Kommen Sie heute Abend zu mir. Ich habe Gäste, und einer meiner Schauspieler ist nach einer Zechtour in der Ausnüchterungszelle gelandet. Da habe ich gleich an Sie gedacht. Sie sind mir von Swetlana Krassilnikowa empfohlen worden. Helfen Sie mir aus der Klemme. Mein Sekretär kann Sie sofort abholen. Spielen Sie irgendeinen Sketch oder eine Parodie, egal was, oder singen Sie etwas. Die Gäste müssen unterhalten werden. Ich bitte Sie sehr.«

Der Schauspieler hatte angebissen. Danila hatte ihn an der Metrostation »Puschkinskaja« abgeholt; er war ins Auto gestiegen, und dann ...

Ich weiß nicht einmal, wie er verreckt ist, dachte Werchowzew. Danila hatte nur gesagt: »Auftrag ausgeführt.«

Und jetzt diese neue Komplikation! Wer war diese rote Erpresserin? Eine Verwandte? Eine Freundin? »Wegen Sweta rechne ich auch noch mit dir ab ...« Er schloss die Augen.

Sie haben nichts in der Hand, sie bluffen nur.

Arsenjew erwartet ihn. Arsenjew – der wichtigste Zeuge. Alles hängt von ihm ab. Alles.

Werchowzew erhob sich. Er ging zum Bücherschrank aus Ebenholz, nahm den siebten Band seiner Voltaire-Ausgabe heraus, steckte den Arm in die Öffnung und drückte auf einen Knopf. Das Bücherregal glitt zur Seite und gab einen Geheimsafe frei. Hier hatte sein Bruder Wassili früher seine Papiere aufbewahrt. Werchowzew gab den Code ein, öffnete den Safe und nahm eine Pistole mit Schalldämpfer heraus. Er betrachtete sie. Es war eine neue Waffe. Die alte, seine erste, lag schon seit zweieinhalb Jahren auf dem Grund eines Moskauer Kanals. Niemand hatte Werchowzew je mit dieser Pistole in der Hand gesehen. Niemand – außer seinem Bruder Wassili.

Am Lift waren sie damals zusammengetroffen. Werchowzew der Ältere hatte nur eine Sekunde in die lange Mündung mit dem Knauf in der Hand seines Bruders geblickt. Dann krachten auch schon die Schüsse wie ein Silvesterfeuerwerk.

Der Bruder Wassili lag auf dem gefliesten Fußboden. Der Bruder Igor beugte sich hinunter, zielte sorgfältig und jagte Wassili als Fangschuss eine Kugel hinters Ohr. Bis jetzt erinnerte er sich an den Geruch, der von seinem Bruder ausging – ein Geruch nach Blut, Wein und dem Parfum seiner Geliebten. Es war der Honigduft von Giorgio Armani.

Um halb zwei nachts hörte Danila, wie die Haustür zuge-schlagen wurde. Werchowzew war von Arsenjew zurückge-kehrt. Er war allein zu ihm gefahren, hatte selber den Jeep gelenkt und die Schmerzen in der Wirbelsäule bezwungen.

»Du schläfst noch nicht?«, fragte er, als Danila ins Foyer kam. »Ruf morgen der Reihe nach bei allen an. Sag ihnen, wir wiederholen die Aufführung. Salome wird noch einmal tanzen.«

»Wann?«

»Morgen Abend.«

»Warum diese Eile? Ich dachte, am Sonntag ...«

Werchowzew hinkte die Treppe hinauf. Er zog auf seltsa-me Weise ein Bein nach.

»Mein Rücken tut sehr weh. Wir müssen uns beeilen, sonst ... Bring mir bitte eine Packung Orthofen.«

## 34 Mr Cool Cat

Das ganze Wochenende schuftete Kolossow ohne Atempause an dem Fall Klewerowski. Sämtliche Wohnungen, Datschen und Hotelzimmer, in denen Pan Waclaw sich jemals hatte blicken lassen, wurden durchsucht. Lange Gespräche wurden mit den wenigen Zeugen geführt, die schon bei der bloßen Erwähnung seines Namens zitterten. Alle Anstrengungen wurden unternommen, damit diese Leute sich nicht eines anderen besannen, nicht logen, ihre Aussagen nicht änderten und ihre Angst überwanden, vor Gericht auszusagen. Die Ermittler gingen systematisch die Mittelsmänner durch und kamen nach und nach dichter an die eigentlichen Drahtzieher heran – diejenigen, die man nicht einmal von weitem in der Gesellschaft Klewerowskis gesehen hatte, die seine todbringende Hand aber in die gewünschte Richtung gelenkt hatten.

Kolossow setzte seinen ganzen Ehrgeiz daran, den Fall hieb- und stichfest zu dokumentieren, damit jene Leute, die überprüften, überwachten, urteilten, entschieden, begnadigten oder einfach nur leeres Stroh droschen, nachher nicht sagen konnten: »Schlampige Arbeit«, »Nichts als heiße Luft«, »Pfusch«, »Urkundenfälschung«. Kolossow und seine Männer wussten, dass es niemals Pfusch und Schlampereien gegeben hatte, auch nicht in früheren Fällen, die aus irgendeinem Grund in einer Sackgasse geendet waren.

Obwohl er sich tief in die Niederungen des Killermilieus begeben hatte, bemühte er sich, auch jene andere, bizarre Welt der überspannten und abseitigen Launen nicht aus den Augen zu verlieren – er dachte ständig an die Operation »Kostümbildner«.

Nachdem er sich mit dem Lebensstil von Iwan Arsenjew etwas näher vertraut gemacht hatte, war er fest überzeugt, dass sein »Kostümbildner« genau wie dieser Mr Cool Cat war, den Freddie Mercury, einer von Kolossows Lieblingssängern, so treffend besang.

Arsenjew war am Freitag aus Susdal zurückgekehrt. Kolossow wusste es von Kowaljow, dem Leiter der Einsatzgruppe, die Arsenjew überwachte. Der Kostümbildner würde nach seiner Heimkehr eine Vorladung in seinem Briefkasten finden, die ihn verpflichtete, am Samstag um zehn Uhr vormittags bei der Bezirksstaatsanwaltschaft zu erscheinen, Zimmer 48, Hauptuntersuchungsführer Pankratow. Die Staatsanwaltschaft hatte Kolossow beauftragt, das persönliche Erscheinen Arsenjews zu kontrollieren.

Seit halb neun schon hielt Kolossow in seinem Auto vor Arsenjews Haus Wache. Das Haus war neu und komfortabel. Aus den Fenstern hatte man einen Blick auf die alten Eichen und Linden des Kolomenskoje-Parks, die dort schon zur Zeit der Moskauer Zaren gestanden hatten. Irgendwo in der Ferne läutete ununterbrochen eine Kirchenglocke – der Glockenklang schwebte über der stillen, sauberen, feiertäglich-friedlichen, verschlafenen Straße.

Kolossow wartete geduldig. Um nicht zu spät zur Staatsanwaltschaft zu kommen, musste Arsenjew um halb zehn das Haus verlassen. Mit dem Auto brauchte man etwa zwanzig Minuten; samstags gab es keine Staus auf den Straßen. Vielleicht kam er auch noch früher aus dem

Haus. Doch falls er sich verspäten sollte oder die höflich-offizielle Einladung zum Gespräch ignorierte ...

Kolossow betrachtete sich im Außenspiegel. Na, du russischer Schimanski (alle Mädchen aus seiner Bekanntschaft versicherten ihm, er sähe aus wie der deutsche Kommissar), was ist Sache? Was wirst du unternehmen? Er zündete sich eine Zigarette an und überlegte.

Dieser Arsenjew interessierte ihn brennend. So einen hatte es noch nirgends gegeben, weder bei Scotland Yard noch am Quai des Orfèvres noch auf der Petrowka 38[5]. Der »Kostümbildner« versprach ein Unikum zu werden, der Einzige seiner Art – natürlich nur, wenn er tatsächlich der Mörder war.

Aber er *musste* es sein. Alles deutete auf ihn als Täter hin. Sämtliche Opfer hatten ihn gekannt. Wo hatte er sie getötet? In seinem Club? Diesem »Botanischen Garten der Seele«?

Dort tanzten minderjährige Knaben halb nackt auf der Bühne, in so genannten »Floralien« – Kostümen aus echten Blumen. Kowaljow hatte eine Probe gesehen, als er in den Club gefahren war, um Erkundigungen über den Besitzer einzuziehen. Kostüme wie durchsichtige Netze, hatte er berichtet, nur Stängel und Blütenblätter.

Kolossow schaute auf die Uhr – sieben Minuten nach neun – und zündete sich eine neue Zigarette an. Womit konnte er seine Opfer getötet haben? Es musste eine Art Lanze gewesen sein. Er hatte seine Opfer durchbohrt, aber nicht vergewaltigt. So richtig wollte das alles nicht zusammenpassen. Warum hatte er Mädchen ausgesucht? Logischerweise hätte er sich doch eigentlich mehr für das eigene Geschlecht interessieren müssen. Probleme mit der Libido? Perversionen? Wer sollte sich da auskennen. War er ein komplexbeladener Impotenter wie John Duffy?

Nein. Vielleicht ein Frauenhasser wie der kanadische Student Marc Lepin, der in Montreal auf die ganze Klasse eines Mädchen-Colleges geschossen hatte? »Die Feministinnen haben mein Leben zerstört, ich habe mich gerächt.« Nein, auch nicht sehr wahrscheinlich. In Arsenjews lebendem Bild »Das Reich der Flora« hatte eine Frau, eine Göttin, im Mittelpunkt gestanden. Ein Frauenhasser hätte niemals ein solches Motiv gewählt.

Was aber war er dann für ein Mensch? Warum hatte er das getan? Nicht vergewaltigt, aber geschminkt, umgezogen, getötet. Als was hatte er seine Opfer geschminkt und kostümiert? Als Jungen? Um sozusagen wie in einem Zerrspiegel alles auf den Kopf zu stellen? Auf der Bühne Jungen, die als Mädchen verkleidet waren, im Leben Mädchen, die als Jungen verkleidet wurden ...

Die Zeit verstrich; es wurde halb zehn. Kolossow blickte auf den Hauseingang. Eine Frau mit einem Hund trat auf die Straße. Zwei Jungen mit offenen Jacken, schon ganz frühlingshaft, rannten heraus. Kein Arsenjew. Er wartete noch fünfzehn Minuten; dann stieg er aus dem Auto. Kommst du nicht freiwillig und im Guten, Kostümbildner, dann werden wir eben nachhelfen.

Er fuhr mit dem Aufzug in den siebten Stock und klingelte an der Tür der Wohnung Nr. 94. Niemand öffnete. Er fuhr wieder hinunter und blickte außen am Haus hinauf: Wo waren die Fenster seiner Wohnung? Ah, ja – die vier dort mussten es sein. Was war das? Licht? Um zehn Uhr morgens Licht in der Wohnung, wenn draußen die Sonne scheint?

Um bis zum nächsten Milizrevier zu fahren und sich dem Wachhabenden verständlich zu machen, brauchte Kolossow achtunddreißig Minuten.

»Vielleicht hat er sich verdrückt!«, knurrte der Milizionär verächtlich. »Und ich scheuche unnütz den Einsatzleiter los!«

»Er hat sich nicht verdrückt, er ...«

Kolossow wusste nicht, wie er diesem mürrischen Hauptmann klarmachen sollte, dass Arsenjew sich bestimmt nicht verdrückt hatte, dass er sich gar nicht verdrücken konnte. Das sagte ihm sein Gefühl, das ihn noch nie getäuscht hatte. Dieser Instinkt hatte sich gemeldet, als Kolossow das Licht im Fenster gesehen hatte – elektrisches Licht an einem sonnigen Tag.

Genauso war es damals gewesen, als er Grischa Gorochow festnehmen wollte, den zweiten Mann und Kassenwart der Loskutow-Bande. Grischa hatte sich in einem kleinen Provinznest vor der Miliz versteckt. In seinem Haus hatte ebenfalls Licht gebrannt, an genauso einem heiteren Frühlingsmorgen wie heute. Die Mörder hatten nicht daran gedacht, es auszumachen. Wie sich herausstellte, hatte Loskutow selbst es vergessen.

Grischa hatte den Lichtschalter nicht mehr erreichen können; er lag mit durchschnittener Kehle im Flur. Loskutow bevorzugte nach altem Lagerbrauch die Rasierklinge – er konnte eine solche Waffe aus jedem Konservendeckel fabrizieren, so scharf, dass sie ein Haar im Flug durchschnitt.

Eine Stunde lang suchten sie nach einem Vertreter des Wohnungskomitees. Der halsstarrige Milizionär weigerte sich stur, die Tür der Wohnung Nr. 94 ohne die öffentlich-rechtliche Obrigkeit zu öffnen. Zeugen[6] fanden sie Gott sei Dank ziemlich schnell – die ältere Frau mit dem Hund, die sich als überaus neugierig entpuppte, und einen Kriegsveteranen aus dem Erdgeschoss. Er verstand Worte wie »Bürgerpflicht« sofort.

Sie betraten die Wohnung um dreizehn Uhr zwölf. Iwan Arsenjew lag zusammengekrümmt auf dem Bärenfell vor dem scharlachroten Sofa in seinem Wohnzimmer, das dem Ausstellungsraum eines Antiquitätenhändlers ähnelte. Es gab drei Einschüsse: in die Brust, in den Hals und, wie es damals schon üblich war, den »Sicherheitsschuss« hinters Ohr. Dieser letzte Schuss wäre gar nicht mehr nötig gewesen. Arsenjew hatte schon nach der ersten Kugel, die ihn genau ins Herz getroffen hatte, zu atmen aufgehört.

Als Kolossow die mageren Beine in den schwarzen Hosen, den silberfarbenen Socken und den blitzblank geputzten Schuhen erblickte, die gespreizt auf dem braunen Bärenfell lagen, als er die gepflegte blasse Hand sah, die sich im Todeskampf in die Glasaugen des Bären verkrallt hatte, war er für einen Moment wie betäubt. Alles war für die Katz gewesen. Alle Überlegungen, Kombinationen, Schlussfolgerungen. Jemand war ihm zuvorgekommen. Arsenjew war nicht der gesuchte Mann. Er war nicht der »Kostümbildner«. Du hast dich geirrt, Nikita Michailowitsch. Du bist ein selbstgefälliger Blödmann.

Die Moskauer Kollegen erledigten ihre Arbeit schnell und routiniert. Kolossow fühlte sich überflüssig, blieb aber trotzdem. Er konnte nicht wegfahren – er fühlte sich, als hätte er Gewichte an den Beinen, die ihn festhielten.

Augenscheinlich war der Mörder ein Bekannter des Ermordeten, denn die zahlreichen ausgeklügelten Schlösser an der Tür waren nicht beschädigt, sondern vom Hausherrn selbst sorgfältig geöffnet worden. Auf dem Tisch stand eine Flasche Cognac, aber die Gläser fehlten. Entweder waren sie gar nicht mehr zum Trinken gekommen, oder der Mörder hatte die Gläser mitgenommen, um keine Fingerabdrücke zu hinterlassen.

Die Schüsse waren aus nächster Nähe abgegeben worden. Die Nachbarn hatten nichts gehört. Vielleicht schliefen sie ja am Wochenende besonders fest, oder der Täter hatte einen Schalldämpfer benutzt. Ja, das war das Wahrscheinlichste, ein Schalldämpfer.

So ein Reinfall. Jetzt konnte man wieder ganz von vorn anfangen. Jemand hatte alle Fäden, die ein Netz um Arsenjew bildeten, mit einem Schlag durchtrennt.

Katja ... Sie hatte ihm die ganze Zeit geholfen. Hatte ihre Nase in Dinge gesteckt, die sie eigentlich nichts angingen. Sie wusste auch vieles über diese Sache und hatte bestimmt ihre eigene Theorie!

Kolossow ging zu seinem Wagen und drehte so energisch den Zündschlüssel, dass er fast den Bart abgebrochen hätte. So weit war er schon gekommen, dass er um Almosen betteln musste: Gebt dem Trottel einen kleinen Hinweis, gebt ihm irgendeinen Tipp!

## 35 Salomes letzter Tanz

Der Samstag verlief nicht nur für Kolossow stürmisch. Um zehn Uhr morgens, als er an Arsenjews Wohnungstür klingelte, rief Katja gerade bei Sergej an. Am Abend zuvor, nach ihrem Besuch in der Kalten Gasse, hatte sie sich direkt zu seiner Wohnung am Jause-Kai begeben.

Dort saßen die Freunde immer noch untätig herum. Ihre Reaktion auf Katjas »Ich war gerade bei IHM!« erinnerte an die Reaktion der Gogol'schen Figuren auf den berühmten Ausspruch: »Der Revisor kommt zu uns!«

»Warum hast du das getan?« Wadim knirschte mit den Zähnen. »Ich habe dich ausdrücklich gebeten, dass du dich nicht einmischst. Ich ...«

»Wie ist er denn so, Katja?«, fragte Sergej.

Sie überlegte einen Moment.

»Wie ein zerbrochener Baum. Erinnerst du dich an den Ahorn auf unserer Datscha? Der mit dem Ast, den der Blitz abgeschlagen hatte? Genauso ist er. Zerbrochen.«

Wadim zündete sich eine Zigarette an. Katja musterte ihn ungläubig. Er rauchte doch sonst nie!

»Ihr mit euren blöden Allegorien! Ich habe ihn auf der Bühne gesehen, kostümiert, die Visage voller Schminke und in einem schicken Umhang, ganz in Gold. Hat den König markiert und allen Moral gepredigt.« Wadims Augen wurden schmal vor Wut.

»Und der andere, dieser Danila?«

»Ist eine Null, kapierst du? Eine Marionette, ein Robo-ter, der seinen Speer auf ein vorgegebenes Ziel schleudert. Nein, Sergej, nicht er ist der Mörder, sondern dieser Igor, dieser aufgeblasene Mistkerl. Du hast seine Stimme nicht gehört: ›Töte diese Frau!‹ Nein, das ist kein Theater mehr, das ist ...«

»Und die anderen? Diese Herodias zum Beispiel?« Ser-gej ließ nicht locker.

»Sie ist nur der Schatten ihres Herodes. Ein kluger Schatten, ein in allen Dingen solidarischer Schatten. Wahr-scheinlich seine Geliebte.«

»Und die beiden Salomes?«

Wadim verstummte.

»Die habe ich gar nicht richtig gesehen. Zu viel Make-up. Die Gesichter konnte ich nicht erkennen, man sah nur gleich geschminkte Masken. Der Junge spielt erstklassig und tanzt hervorragend. Man merkt sofort, dass er eine professionelle Ballettausbildung hat. Aber das Mäd-chen ...«

»Komm, wir fahren hin! Wir holen das Mädchen da raus.« Sergej fasste Wadim am Ärmel. »Sonst bringt er sie um. Jetzt, wo Katja so unüberlegt gehandelt hat.«

»Ich habe unüberlegt gehandelt?«, brauste Katja auf. »Aber ihr selber tut ja überhaupt nichts! Ihr sitzt bloß da, rührt keinen Finger und beschuldigt mich ...«

»Still.« Wadim umarmte sie. »Still, Katja. Nein, Sergej, er wird sie nicht einfach so umbringen. Er bringt nicht ir-gendwelche Mädchen um, er tötet jedes Mal Salome ... Prinzessin Salome. Ihm bedeutet dieses Stück sehr viel. Man erkennt es an seinem Auftreten, am Saal der Myste-rien, an der Musik, den Dekorationen ... mit einem Wort, am ganzen Haus. Er lebt gewissermaßen halb dort und halb hier. Nach der Logik der Dinge muss er es noch einmal versuchen.«

»Was versuchen?«, fragte Katja.

Statt zu antworten, stellte Wadim selbst eine Frage: »Erinnerst du dich an die Videokassette mit diesem Stück aus Elsinore? Wie heißt es doch ... ›Hamlet‹. Es wurde von irgendeiner englischen Theatertruppe gespielt. Du hast damals gesagt, sie hätten einen interessanten Kunstgriff angewandt.«

»Die Zuschauer, die selber zu Akteuren des Stückes werden?«

»Genau das meine ich! Nicht einfach nur Zuschauer, sondern Akteure, Mitspieler. So ist es auch hier.« Wadim stand auf. »Ich glaube, das ist das Wichtigste für ihn ...«

Dieses Gespräch fand am Freitag statt. Am Samstagmorgen rief Katja erneut bei Sergej an.

»Nachdem wir dich nach Hause gebracht hatten«, sagte er, »haben Wadim und ich noch eine Zeit lang Werchowzews Haus bewacht. Aber dort herrschte Grabesruhe. Wir sind ziemlich bald wieder gefahren.«

»Ihr hättet die ganze Nacht wachen müssen!«

»Wadim hat gesagt, es kommt jetzt nicht mehr darauf an.«

»Auf den musst du gerade hören!«, rief Katja empört. »Seit dieser Aufführung hat er völlig den Verstand verloren. Werchowzew wird irgendetwas unternehmen!« (Und sie hatte mit ihren Befürchtungen völlig Recht: Gerade war Werchowzew ja bei Arsenjew gewesen.) »Wo steckt Wadim eigentlich?«

»Er ist ins Büro gefahren. Bist du heute zu Hause, Katja?«

»Wo soll ich sonst sein?«

Sie legte auf. Dann rief sie für alle Fälle bei Kolossow an, doch ohne große Hoffnung auf Erfolg. Niemand ging ans Telefon. Natürlich, es war Samstag. Wo sollte man ihn jetzt finden! (Kolossow stritt sich in dieser Minute gerade mit dem Wachhabenden auf dem Revier.)

Katja beschloss zu frühstücken, auch wenn sie befürchtete, nach der gestrigen Begegnung mit dem Mörder könne ihr der Appetit vergangen sein. (So pflegte es bei den Heldinnen von Kriminalromanen zu sein, die in ähnliche Situationen gerieten. Diese Damen aßen überhaupt nichts, sondern »rauchten nervös eine Zigarette nach der anderen«.) Aber nichts dergleichen! Katja verspeiste ihr Frühstück mit gesundem Appetit und trank sogar noch eine zweite Tasse Kaffee.

Überhaupt hatte das Gespräch mit Werchowzew sie nicht sonderlich beeindruckt. Du wirst abgebrüht, Katja, dachte sie. Undurchdringlich wie ein Panzer. Gleichgültig. Aber wenn man es sich recht überlegt – ist dieser kaputte Typ wirklich schlimmer als eine Rabenmutter, die ihr Kind den Hunden zum Fraß vorwirft? Das ist die Frage.

Sie stand auf, ging zum Bücherschrank, suchte einen kleinen Band von Oscar Wilde heraus und blätterte darin. »Sie ist wunderschön, weiß und schlank wie eine Lilie, ihre Augen flirren und tanzen, und ihr Lachen ist erregend wie Musik.«

Wilde hatte das nicht auf Salome bezogen. Diese Zeilen hatte er an Alfred Douglas geschrieben – über seine Frau, die ihm zwei Kinder geboren hatte.

Kaum hatte Wadim das Büro betreten, teilte ihm der Dienst habende Wachmann mit: »Ein gewisser Danila hat versucht, Sie zu erreichen. Er hat gesagt, er ruft um halb zwölf nochmal an.«

Wadim setzte sich und wartete geduldig. Danila meldete sich eine halbe Stunde später.

»Guten Tag, Herr Krawtschenko. Sie wissen ja, mit wem Sie sprechen. Ich muss Ihnen mitteilen, dass beim letzten Mal nicht alles glatt lief – da ist ein ärgerlicher Fehler passiert. Deshalb wird heute Abend um elf die Aufführung wiederholt, und alles wird so sein wie geplant. Wenn Sie wünschen, können Herr Tunigunow und Sie ...«

»Was für ein Fehler ist Ihnen denn unterlaufen?«, fragte Wadim mit gesenkter Stimme.

Danila schwieg.

»Herr Tunigunow war sehr enttäuscht«, sagte Wadim scharf. »Heute kann er nicht kommen, er ist nicht in Moskau. (Er sagte die Wahrheit: Tunichtgut wollte seinen Seitensprung wieder gutmachen und war mit seiner besseren Hälfte in sein Heimatdorf bei Pensa gefahren, zum Grab der Eltern. Zwei Leibwächter begleiteten ihn.) Aber ich werde kommen und den persönlichen Sekretär und engen Freund von Wassili Wassiljewitsch mitbringen, Fürst Sergej Meschtscherski.«

»Sie können gern kommen, aber der Sekretär ...«

»Unsere Plätze sind bezahlt, mein Lieber.«

»Das muss ich erst noch klären. Warten Sie bitte einen Augenblick, ich rufe zurück.« Danila legte auf.

Wadim schaltete das Band aus. Er zeichnete alle diese Telefonate penibel auf.

Im Haus an der Kalten Gasse stieg Danila leise zum Zimmer des Meisters hinauf. Seit der vergangenen Nacht hatte Werchowzew es nicht mehr verlassen. Er hatte eine ganze Packung Orthofen eingenommen, um die Schmerzen in der Wirbelsäule zu betäuben. Die Tabletten hatten ihn apathisch gemacht, und er sah bleich und müde aus. Aus einem Lautsprecher erklang gedämpft ein Song von Freddie Mercury.

»Ich habe alle angerufen«, sagte Danila, »und sie alle kommen, außer Tunigunow – er ist nicht in Moskau. Sein Leibwächter besteht darauf, dass an seiner Stelle sein persönlicher Sekretär kommt, ein Fürst Meschtscherski. Ich habe bei der Datenbank nachgefragt und die Mitgliederlisten der Russischen Heraldischen Vereinigung durchgesehen. Es gibt tatsächlich einen solchen Fürsten. Aber nirgends findet sich ein Hinweis, dass er für Tunigunow arbeitet. Es wird nur irgendeine geografische Gesellschaft erwähnt, für die der Fürst tätig sein soll.«

Werchowzew lauschte mit geschlossenen Augen.

»Von mir aus«, sagte er.

»Was, von mir aus?«

»Von mir aus kann er kommen, der Fürst, das ist sogar besser.«

»Soll ich einen Arzt rufen, Igor?«

»Nicht nötig.«

»Aber du ...«

»Ich bin gesund.« Werchowzew lächelte gezwungen. »Wo ist unsere Statistin?«

»Sie spielt Karten mit Leli.«

Danila ging zum Telefon. Er war ernsthaft beunruhigt.

»Sie können beide kommen«, teilte er Wadim mit.

Schade, dass er in diesem Moment nicht den Gesichtsausdruck seines Gesprächspartners sehen konnte!

Nach Erledigung sämtlicher Anrufe machte Danila sich an die Vorbereitungen für den Abend. Es war nicht viel zu tun: ein paar Sachen zurechtrücken, ein paar Dinge erneuern, sonst war alles noch an Ort und Stelle. Nur eins war ärgerlich.

»Arsenjew brauchst du nicht anzurufen«, hatte Werchowzew schon vormittags gesagt. »Er schafft es doch nicht mehr rechtzeitig, die ›Floralien‹ vorzubereiten. Leli soll stattdessen möglichst viele Blumen kaufen. Wir stellen sie in die Vasen und streuen sie auf den Teppich. Als Kostüme nehmen wir die, die wir haben. Die kann man auch leicht abwerfen, man muss nur ein paar Kleinigkeiten ändern.«

Leli war schon früh am Morgen auf den zentralen Markt gefahren und hatte dort drei riesige Blumensträuße gekauft – Rosen, Lilien und Chrysanthemen. Der Händler hatte sie ihr selber zum Auto getragen.

»Wofür brauchen Sie so viele Blumen?«, fragte er neugierig.

»Für eine Beerdigung. Der Direktor unserer Bank ist tödlich verunglückt«, erklärte sie.

Die Blumen waren also schon da; trotzdem war Danila immer noch schlecht gelaunt. Aus irgendeinem Grund ärgerte er sich heute über alles: die Hetze, den schmerzenden Rücken Werchowzews, dass es keine »Floralien« gab und nicht zuletzt darüber, dass Olli sich so merkwürdig benahm: Die ganze Nacht hatte er kein Auge zugetan, auf dem Fensterbrett gesessen und den Mond angestarrt. Danila hatte eine Zigarette in seiner Hand gesehen und sie ihm sofort weggenommen. Er konnte Tabakgeruch nicht ausstehen. Und Olli hatte sonst nie geraucht.

»Danila«, sagte Olli, »weißt du noch, wie wir in Petersburg gelebt haben?«

»Natürlich.«

»Wie du das erste Mal zu uns gekommen bist? Mein Großvater hat sich mit dir gestritten ...«

»Ja, über Politik, glaube ich.«

»Und dann haben wir ihn begraben ...«

»Auch daran erinnere ich mich.«

»Du hast mir damals gesagt, dass du immer bei mir bleibst.«

»Ich erinnere mich an alles. Ich vergesse niemals etwas, im Unterschied zu anderen.«

»Auch ich vergesse nichts.«

»Geh schlafen.«


Um neun Uhr abends zogen sie sich um und schminkten sich. Alles war wie beim letzten Mal. Die Statistin konnte vor Nervosität kaum still sitzen, als Leli ihr die Schminke auftrug.

»Halt den Kopf still, ich muss hier noch was verbessern.«

»Ich hab wahnsinniges Herzklopfen!«

Olli, im Kostüm der Salome, ging im Saal der Mysterien auf und ab. Danila, ebenfalls schon kostümiert, heizte den Kamin und zündete die Leuchter an. Olli starrte ins helle Feuer, ohne zu blinzeln, bis ihm die Augen schmerzten.


Wadim und Sergej fuhren mit Tunigunows BMW in die Kalte Gasse.

»Hier.« Wadim wandte sich um und reichte dem Freund eine Pistole.

Sergej drehte sie in der Hand.

»Eine Gaspistole? Damit kann man höchstens Kinder erschrecken.«

»Andere Waffen sind uns nicht erlaubt.«

»Und was benutzt du, um deinen Chef und seine Interessen zu verteidigen, wenn es hart auf hart geht?«

»Das erledige ich mit bloßen Händen, auf russische Art. Aber um ehrlich zu sein, Sergej, ich pfeife auf die Interessen meines Chefs. Im Ernstfall krümme ich keinen Finger.«

»Du bist mir vielleicht ein Leibwächter! Das ist doch deine Aufgabe.«

»Aufgabe ... Jetzt fehlt bloß noch, dass du mir was von Berufsehre erzählst. Weißt du, wo meine Ehre geblieben ist? Auf dem Platz, wo mal das Denkmal für Dzierzynski gestanden hat, den ersten Geheimdienstchef.« Wadim kniff böse die Augen zusammen. »Das Denkmal ist verschwunden, und mit ihm meine Ehre. Mir ist jetzt alles egal. Scheißegal.«

Sie schwiegen. Sergej steckte die Pistole ein.

»Während der Aufführung musst du diesen Herodes beobachten, das ist der Obermacker. Lass ihn nicht aus den Augen. Dann werden wir schon rauskriegen, wie der Hase läuft«, schärfte Wadim ihm ein.


Diskret und leise trafen die Gäste ein. Danila empfing sie und geleitete sie in den Wintergarten. Werchowzew – kostümiert, geschminkt und mit Schmerztabletten voll gepumpt – beobachtete die Zuschauer durch einen Spalt im Vorhang.

Alle waren gekommen. Alle. Nur einer fehlte – der Stumpfsinnigste. Der hatte sowieso nichts begriffen. Aber die anderen wussten sehr gut, wofür sie bezahlt hatten. Sogar dem Leibwächter war ein Licht aufgegangen. Er hatte seinen Freund angeschleppt, damit der sich mal kostenlos amüsieren sollte. Der Freund war ein bisschen klein geraten, dafür aber ein echter Fürst.

Dieser Geruch. Warum hat Geruch eine solche Bedeutung für mich?, fragte sich Werchowzew. Dieser Geruch im Saal der Mysterien. Er machte sich immer dann bemerkbar, wenn sie hier starben ...

Und wie unterschiedlich sie gestorben waren! Nur eins war bei allen gleich gewesen – das Blut war in Strömen geflossen, wie auf dem Schlachthof. Die Teppiche waren durchnässt gewesen.

Die Erste war nicht sofort gestorben. Sie hatte sich gekrümmt, gestöhnt, entsetzlich geflucht – sie war Prostituierte; Arsenjew hatte sie von der Straße aufgelesen. Die Nächste, die mit der seltsamen nordrussischen Aussprache, die nur Angelico Ghiberti gesehen hatte, war sofort tot gewesen. Ein Seufzer, und sie war hinüber. Die kleine Studentin, die Danila auf dem Arbat kennen gelernt hatte, hatte vor Schmerzen geschrien. Das Blut sprudelte aus ihren Wunden wie Wasser aus einem Springbrunnen. Das meiste Blut war bei der Letzten geflossen, bei dieser Schauspielerin, talentiert und eigenwillig, die sich mit ihm so gern über biblische Motive unterhalten hatte. Ein Gast mit schwachen Nerven hatte sich direkt in den silbernen Sektkübel übergeben müssen, in dem der Dom Pérignon stand. Der intensive, gesättigte, körperwarme Geruch des Blutes hatte schwer in der Luft gelegen. Warm. Rot. Lebendig.

»Der Geruch des Blutes lockt die Bienen der Hölle an.« Ghiberti hatte Recht. Kommt eine geflogen, kommt gleich der ganze Schwarm. Der Leibwächter hatte seinen Freund mitgebracht, und der würde beim nächsten Mal wieder jemand anderen mitbringen ...

Werchowzew rieb sich vorsichtig die Herzgegend. Beim nächsten Mal! Wahrscheinlich hatten sie Arsenjew schon gefunden, er war auf ihre Vorladung hin ja nicht erschienen. Jetzt werden sie nach mir suchen, mich einkreisen wie einen Wolf, mich jagen, jagen, jagen. Und früher oder später werden sie mich finden. Aber nicht heute. Vielleicht morgen, vielleicht in einer Woche oder in einem Monat, und bis dahin kann ich noch einiges erledigen. Sie werden darauf warten, dass ich fliehe. Aber ich bin mir noch nicht sicher, ob ich fliehen soll oder nicht. Der Meister ist vor niemandem geflohen. Als man ihm nahe legte, vor Prozessbeginn ins Ausland zu fahren, erwiderte er: »Ein irischer Gentleman flieht niemals vor einem englischen Gericht.« Er war sehr stolz. Und ich?

Wie erwartungsvoll sie dort draußen alle saßen! Werchowzew betrachtete gierig die Gesichter seiner Gäste. Welches Verlangen, welche Ungeduld, welch animalische Neugier! Was sind die Menschen doch für neugierige Wesen! Kann man sie überhaupt beeinflussen? Kann man sie noch mehr verderben, als sie sich durch ihre unersättliche Neugier schon selbst verdorben haben? Nein, das konnte man nicht, und Wilde wusste das. In jenem berühmten Prozess fragte ihn der Ankläger immer wieder: »Ist Mister Wilde der Ansicht, dass seine Werke zur Förderung der Sittlichkeit in der Gesellschaft beitragen?«

»Ich habe mich bemüht, reine Kunstwerke zu schaffen«, antwortete der Meister, »ich habe stets meine Überzeugung zum Ausdruck gebracht, dass die Kunst nicht die Moral der Menschen beeinflussen kann. Sie drückt nichts anderes aus als sich selbst. In der künstlerischen Inspiration ist weder etwas Moralisches noch etwas Unmoralisches. Ich will weder etwas Böses noch etwas Gutes schaffen, sondern nur ETWAS, das über die Formen verfügt, Schönheit und Gefühl auszudrücken.«

Auch ich, Igor Werchowzew, will weder etwas Gutes noch etwas Böses. Ich will nur dieses ungreifbare ETWAS einfangen. Diese Schönheit.

Wir alle – Übeltäter und Gerechte, Mörder und Unschuldige, diese Mädchen, ich selber – hören eines Tages auf zu atmen. Der eine früher, der andere später. Aber eines Tages sind wir alle fällig. Und hat nicht Gott diese Ordnung festgesetzt? Was hat dann hier die Moral zu suchen? Moral ... Werchowzew verzog den Mund zu einem schiefen Grinsen.

»Es ist Zeit.« Leli schaute ins Zimmer.

»Gehen wir.« Er nahm ihre Hand und drückte sie fest. Seine Hand war heiß und trocken.

»Wie frisch die Luft hier ist. Hier kann man wenigstens atmen.« Salome kam in den Wintergarten, der vom Porzellanmond beleuchtet wurde.

Sergej schaute auf die Bühne und konnte den Blick nicht davon losreißen. Und diese magische, einschmeichelnde, leise Musik! Etwas Bedrohliches lag darin, etwas, das sich aus der Dunkelheit anzuschleichen schien. Der Täufer und Salome. Er und sie, nein – er und er.

Doch Herodes darf nicht aus den Augen gelassen werden. Er sitzt auf seinem Thron, sein Kopf ist herabgesunken, in den Händen hält er einen Kranz aus Rosen. Seine Finger reißen langsam die Blütenblätter ab. Ein müder, kraftloser, abgehetzter Mensch. Alle fordern von ihm den Tod des Propheten: seine Frau, die er geliebt hat, seine

Stieftochter, die er liebt ... Herodes hebt den Kopf; sein Blick schweift langsam über die Gesichter der Zuschauer, als wollte er sie etwas fragen. Sie schweigen. Schauen. Warten.

»Euch alle werden die Würmer fressen!«, ruft der Täufer aus seinem Kerker.

»Wieso?« Herodes fährt zusammen. »Ich will keinem etwas Böses. Ich ... ich will jetzt glücklich sein. Salome, tanze für mich!«

Der Tanz. Was für Gesichter sie alle machen! Mein Gott, was für Gesichter! Sie haben die zweite Salome erblickt. Beide sind jetzt auf der Bühne. Sergej saß wie gelähmt. Sie tanzen, sie wollen gefallen, genau wie beim vorigen Mal. Nur fehlen merkwürdigerweise die Blumen. Ihre Gewänder flattern und fallen eins nach dem anderen zu Boden. Der Albino drüben in seinem Sessel fängt eine Perlenkette auf und führt sie an die Lippen. Auf Wadims Schoß flattert ein durchsichtiger Schleier. Nun sind alle Kleider gefallen. Sie stehen auf der Bühne und schauen in den Saal. Zwei blonde Salomes.

Herodes fleht unter Tränen Herodias an – rede deiner Tochter zu. Aber die ist unerbittlich. Der Henker, wieder Danila, nun nicht mehr im Kostüm des Täufers, sondern als germanischer Sklave, wird fortgeschickt, den Kopf Johannes' zu bringen. Alle warten. Herodes rechtfertigt sich. Seine Stimme zittert. Sergej beugt sich weit vor: Gleich werden wieder die beiden Salomes auf der Bühne erscheinen, um ihren Preis in Empfang zu nehmen – den abgeschlagenen Kopf. Und dann würde geschehen, worauf alle hier so fieberhaft warteten. Jetzt gleich geschah es ...

Hinter der Bühne packte der durchgeschwitzte, nackte Olli die Statistin an der Schulter und drehte sie zu sich herum.

»Du musst jetzt weg.«

»Was redest du?« Sie starrte ihn an, keuchend, noch atemlos vom Tanz.

»Verschwinde. Ich gehe allein auf die Bühne.«

»Bist du verrückt geworden?«

»Sieh sie dir an.« Er zog den Vorhang ein winziges Stück beiseite. »Sieh dir ihre Gesichter an. Weißt du, worauf sie warten? Dass der Speer dich durchbohrt. Begreifst du? Sie haben auch beim ersten Mal darauf gewartet ...«

Anna wurde bleich. »Warum sagst du so etwas?«

»Sie sind gekommen, weil sie sehen wollen, wie man dich umbringt, du Närrin!« Er biss die Zähne zusammen. »Nimm deine Sachen und verschwinde von hier!«

»Und das Geld?«

»Kapierst du denn gar nichts?« Er schüttelte sie wild. »Sieh dir diese Leute an! Bist du denn blind? Bist du blind?«

Sie blickte in den Saal. Dann schaute sie Olli an. Er zog sie plötzlich an sich, stieß mit seinen Lippen an die ihren. Sie spürte, dass er am ganzen Körper zitterte.

»Geh weg. Morgen ... Warte morgen am Pawelezker Bahnhof auf mich, auf dem Vorplatz. Ich werde kommen. Und jetzt geh.«

Sie wich zurück. Schwankte, wusste nicht, ob sie ihm glauben sollte.

»Verschwinde!«, rief Olli. »Du verdammte Närrin!«

»Um wie viel Uhr kommst du?«, flüsterte sie.

»Sobald ich kann. Warte auf mich.« Er stieß sie heftig hinter die Kulissen.

Im Halbdunkel der Bühne stieg inzwischen Danila der Germane langsam die Stufen hinauf, eine silberne Schale mit dem Haupt des Täufers in den Händen. Das Geschenk für Salome. Für beide Salomes. Aber nur eine trat heraus. Nur eine. Das Licht flammte auf. Alle erstarrten. Herodes stand auf.

Salome sagte kein Wort. Entweder hatte sie ihren Text vergessen, oder die Stimme versagte ihr. Sie tanzte nur. Ohne Musik; das Tonband wurde erst ganz zum Schluss eingeschaltet. Salome drehte sich, sprang in die Höhe, lief auf den Händen, wie die Heldin in Flauberts Erzählung, drehte sich erneut, sprang. Mit einem Tritt ihres nackten Fußes stieß sie den Kopf von der Schale. Er rollte die Stufen hinunter. Ein Wachskopf mit Glasaugen.

Der Germane in seinem Wolfsfell stand da wie vom Blitz getroffen, den dicken Speer mit der stählernen Spitze in der Hand. An seinem Gürtel hing ein Messer.

Wadim hatte diese Neuerung sofort bemerkt – war dies das Messer, mit dem man im Wald den Schauspieler Lawrowski ermordet hatte? Heute verlässt er sich also nicht allein auf den Speer, dachte er. Er geht auf Nummer sicher. Um nicht noch einmal die Zuschauer zu enttäuschen, die so teuer bezahlt haben.

Herodes blickte die tanzende Salome an. Seine Arme hingen schlaff herab.

»Töte diese Frau!«, sagte er laut und vernehmlich.

Der Speer in der Hand des Germanen zitterte. Salome vollführte einen Sprung und blieb stehen, hoch aufgerichtet.

»Worauf wartest du? Töte diese Frau!«, rief Herodes. Er wandte sich dem Germanen zu. Der blickte verstört auf die Bühne.

Dann geschah alles binnen einer Sekunde. Wadim sprang auf, gleich nach ihm der Schwede. Dessen Sessel kippte um. Er stieß ein markerschütterndes Geheul aus, schlug mit den Armen um sich und fiel in einem epileptischen Anfall auf den Teppich, Wadim direkt vor die Füße. Das reichte aus, um für einen Augenblick die Aufmerksamkeit aller auf sich zu ziehen.

In diesem Moment schmetterte Herodes-Werchowzew dem Germanen mit schrecklicher Wucht die Faust in den Bauch, mitten ins Sonnengeflecht, riss ihm den Speer aus der Hand und schleuderte ihn auf Salome. Der Speer bohrte sich durch Ollis Körper wie eine Nadel durch Butter. Blut strömte auf den weißen Teppich.

Wadim sprang über den sich in Krämpfen windenden Schweden hinweg und stürzte auf Werchowzew zu. Sergej konnte sich vor Entsetzen nicht rühren. Die Beine gehorchten ihm nicht mehr.

Dann ertönte von neuem ein Schrei – ein wildes, tierhaftes Brüllen. Jemand heulte wie ein Wolf, verschluckte sich vor wahnsinniger Wut. Danila, der sich nach dem Schlag Werchowzews zusammengekrümmt hatte, richtete sich auf. Sein Gesicht war grässlich verzerrt. Er packte Werchowzew am Purpurmantel des Tetrarchen, riss ihn zu sich herum und stieß ihm mit aller Kraft das Messer in den Bauch. Dann stürzte er zu Olli.

Werchowzew machte ein paar unsichere Schritte, tastete wie ein Blinder umher, stolperte, hielt sich an dem römischen Leuchter fest, fiel zu Boden und riss ihn mit. Die Flamme erfasste den Vorhang. Sofort brannte der Kunststoff lichterloh. Gellende Schreie erklangen.

Danila versuchte Olli hochzuheben. Der stöhnte; Blut lief ihm aus dem Mund übers Kinn. Wadim rannte auf die beiden zu. Danila, der sein Messer verloren hatte, schlug ihm wütend die Faust ins Gesicht. Er zog den Speer aus Ollis Körper, warf sich den Freund über die Schulter und lief zum Ausgang – zur Geheimtür hinter dem Vorhang.

Das Feuer brauste und prasselte. Alle stürzten voller Panik in den Wintergarten. An Sergej vorbei lief mit irrem Blick eine Frau in goldenen Gewändern – Herodias. Er versuchte sie festzuhalten, doch sie stieß ihn zurück und eilte zu Werchowzew, der unter dem brennenden Vorhang begraben lag. Irgendetwas knackte, und die Flammen loderten plötzlich bis zur Decke empor. Herodias verschwand darin wie in einer feurigen Wolke.

Sergej zog Wadim hinter sich her. Beide rannten nach draußen. Danila – im Kostüm des Germanen, nur den Helm hatte er verloren – stieß Olli in den Jeep, der vor dem Haus stand. Die Stufen der Vortreppe und der Bürgersteig waren glitschig von Blut.

Der Jeep jagte los. Sergej und der von Werchowzews Faustschlag noch benommene Wadim liefen zu ihrem BMW. Wadim setzte sich ans Steuer. Vor seinen Augen verschwamm alles. Was für ein Wurf! Kein Wunder, dass der Speer die Körper der Opfer glatt durchbohrt hatte.

»Keine Sorge, Sergej, der entkommt uns nicht.« Er holte tief Luft und startete den Wagen. »Sie alle werden bekommen, was sie verdient haben. Alle! Um den Jungen tut es mir Leid, er ... Aber wo ist eigentlich die Kleine? Ist sie geflohen? Oder hat er sie noch einmal gerettet? Denn er hat sie ja auch beim ersten Mal gerettet, ich weiß nur nicht, warum!«

Der Jeep raste mit hoher Geschwindigkeit über den Gartenring, gefolgt vom BMW. Es war Nacht, und der Ring wie ausgestorben. Nur die Lichter der Laternen, nasse Bürgersteige, spiegelnder Asphalt.

»Die kommen nicht davon, Sergej, die kommen nirgends mehr hin!«


Zur selben Zeit, als diese wilde Jagd begann, fuhren Katja und Kolossow vom Neuen Arbat zur Kalten Gasse.

Kolossow war um halb elf Uhr abends in sein Büro zurückgekehrt. Er hatte einen langen, arbeitsreichen Tag hinter sich: Erst hatte er in der Staatsanwaltschaft beim Chef seinen Kotau gemacht, dann war er zum »Botanischen Garten der Seele« gejagt, dann zu Berberow. Ohne Ergebnis. So gut wie keine Anhaltspunkte. Schließlich hatte er bei Katja angerufen ... und da hatte ihn der Donner gerührt!

»Wo warst du, Nikita? Ich versuche schon die ganze Zeit, dich zu erreichen!«

Er holte sie mit dem Wagen ab, und sie fuhren in die Kalte Gasse. Diesmal verließ Kolossow sich nur auf sich selbst. Katja war halb verrückt vor Sorge um Wadim und Sergej. Was war da los?

In der Kalten Gasse heulte ohrenbetäubend die Alarmanlage eines Autos. Über dem Haus Nr. 12 erhob sich eine Rauchsäule. Jemand rannte über die menschenleere Straße. Ein Auto fuhr ab, dann ein zweites. Der Wachmann im benachbarten Bürogebäude wählte den Notruf. Zehn Minuten später war die Feuerwehr da. Wie lebendige Watte quoll der Schaum aus den Spritzen; die Pumpen begannen zu arbeiten. Auf Leitern kletterten die Feuerwehrmänner in die Fenster. Das Feuer war rasch besiegt, das Haus gerettet.

Katja saß im Auto. Kolossow, der neben ihr saß, hatte die Ellbogen schwer aufs Lenkrad gestützt und schaute den Feuerwehrleuten bei der Arbeit zu. Er hatte das Gefühl, dass er wieder einmal zu spät gekommen war.

Danila raste über die Ringstraße. Olli lehnte zusammengesunken neben ihm; überall im Auto war sein Blut. Aber er lebte noch. Seine Wimpern zitterten. Im Rückspiegel sah Danila einen dunkelblauen BMW, der ihnen dicht auf den Fersen war. Diese Hunde, diese Gaffer! Nicht einmal jetzt konnten sie einen in Ruhe lassen!

Olli stöhnte und öffnete die Augen. Danila riss das Lenkrad herum und stoppte für einen Moment. Olli richtete sich ein wenig auf, sank aber sofort wieder nach hinten. Sein Blick wurde starr, sein Kopf kippte zurück, und die hellblonden Haare fielen feucht und verklebt über die Lehne des Autositzes. Sein Körper war blutüberströmt.

Danila trat aufs Gaspedal. Der Motor des Jeeps heulte auf. Vor ihnen lag die Krymski-Brücke. Der BMW war inzwischen dicht herangekommen und versuchte zu überholen. Danila gab Vollgas und schoss davon.

Beobachter des Lebens. Ästheten. Scheusale! Verflucht sollt ihr sein! Er holte tief Luft. Beobachtet das Leben, beobachtet es zum allerletzten Mal!

Der Jeep brach scharf nach rechts aus. Danila klammerte sich mit aller Kraft ans Lenkrad, den Fuß fest auf dem Gaspedal. Mit voller Geschwindigkeit durchbrach der Geländewagen die Absperrung, eine dicke Kette aus Gusseisen, überschlug sich und stürzte von der Brücke in den grauen nächtlichen Fluss.

Als der BMW bremste, lagen sie schon auf dem Grund.

Der Tote und der andere, der nicht mehr leben wollte. In der Ferne, vom Oktoberplatz, hörte man eine Milizsirene heulen. Der BMW wendete und jagte davon.

# EPILOG

Eine Woche war vergangen, wieder war es Samstag. Wadim und Sergej saßen bei Katja. Im Backofen brutzelte diesmal eine mit Äpfeln gefüllte Ente. Alle paar Minuten ging Wadim in die Küche und schaute nach. Sergej, erschöpft und unausgeschlafen, hobelte den Kohl für den Salat klein. Katja rieb die Gläser blank – Wadim hatte einen ausgezeichneten Wein gekauft, der so teuer war, dass er sich dafür beinahe ruiniert hätte.

»Die Salate muss der Koch schneiden, und das Mischen der Komponenten muss man einem Künstler überlassen«, sagte Sergej belehrend, bewaffnete sich mit zwei Plastikschäufelchen und wendete das Gemüse.

»Komponenten?«, knurrte Wadim. »Das Wort passt besser für die chemische Reaktion von Bromid mit Benzol. Du verdirbst einem ja den Appetit, du Feinschmecker!«

»Dir den Appetit zu verderben ist ziemlich schwierig«, meinte Katja mit kummervollem Lächeln. Sie wusste, dass ihm nach dem letzten Samstag tatsächlich der Appetit vergangen war. Allerdings nicht lange – gerade mal für einen Tag.

»Ich werde euch heute mit einer echten südafrikanischen Spezialität bewirten«, verkündete Sergej.

»O je. Das muss aber nicht sein.« Wadim öffnete den

Kühlschrank und musterte misstrauisch den Inhalt. »Wieder gefrorene Muscheln oder süße Kartoffeln?«

»Nein, nur ein Lauchsalat.«

Katja krauste die Stirn und bat vorsichtig: »Sag uns doch mal die Komponenten.«

Sergej zählte brav auf: »Frühlingszwiebeln, eine Apfelsine, Oliven, Salz, Pfeffer und Sonnenblumenöl.«

»Eine höllische Mischung.« Wadim schauderte. »Setz uns die Sachen lieber einzeln vor. Ich möchte die Oliven.«

»Und ich die Apfelsine«, unterstützte ihn Katja.

»Ihr wollt meine afrikanische Spezialität also nicht probieren?«, fragte Sergej enttäuscht.

»Nein!«

»Ihr seid Banausen.«

»Wie wäre es stattdessen mit Wanderameisen aus der Serengeti in Salzlake?«, schlug Wadim vor. »Zu unserem Moskowskaja ist so was Säuerliches genau das Richtige – anstelle von Krautsalat.«

Die Ente war hervorragend. Sie setzten sich zu Tisch. Sergej öffnete geschickt die Flasche. Dunkelroter Wein, nach einer Blumenwiese duftend, gluckerte in die Gläser – kalifornischer »Mason«.

»Auf das Leben, Freunde, das wunderschön und erstaunlich ist!«, verkündete Wadim. »Auf das Leben, die Freundschaft und die Liebe!«

Katja trank ihr Glas in einem Zug aus. Der Trinkspruch gefiel ihr.

Die ganze Woche hatten sie über das, was geschehen war, kaum gesprochen. Alles war noch zu frisch im Gedächtnis.

Katja wusste, dass Kolossow mit seinen Kollegen am Fall »Kostümbildner« arbeitete. Um ihn abzuschließen und ins Archiv zu geben, musste noch eine Unmenge Papierkram erledigt werden.

Das Haus in der Kalten Gasse war nicht abgebrannt. Die Feuerwehr hatte die Flammen rechtzeitig gelöscht. Am schlimmsten hatte es den Saal der Mysterien und das Zimmer im ersten Stock erwischt, wo das Porträt von Wilde gehangen hatte. Das Bild war verbrannt; nur ein Stück vom Rahmen und das Silbertäfelchen waren übrig geblieben.

Von den Zuschauern der »Salome« war niemand verletzt worden. Selbst den schwedischen Epileptiker hatte man rechtzeitig ins Freie gebracht und mit Wasser übergossen. Die Schauspieler jedoch waren allesamt ums Leben gekommen. Auch Herodias hatte sich nicht retten können – sie war im Rauch erstickt, als sie versucht hatte, Werchowzew aus den brennenden Trümmern zu befreien.

Man hatte das Haus durchsucht. Außer den verkohlten Leichen fand man Kostüme, Theaterrequisiten, Schminke (die sofort zur chemischen Analyse geschickt wurde) und noch einiges andere. Zum Beispiel mehrere Originalbriefe Oscar Wildes und handsignierte Fotos von Alfred Douglas und Sarah Bernhardt. Die Fachleute aus dem Literaturmuseum, an das Kolossow sich sofort gewandt hatte, versicherten, dass diese Gegenstände einen sehr großen Wert für Sammler hätten. Gerettet wurde auch eine Aquarellzeichnung von Angelico Ghiberti: »Lord Douglas in der Rolle der Salome.«

Die Staatsanwaltschaft appellierte an die Botschaften: Die Ausländer, die sich möglichst schnell aus Moskau verkrümeln wollten, mussten erst verhört werden. Kolossow machte sich auf die Suche nach zusätzlichen Zeugen aus

Arsenjews Club und nach der Hauptzeugin, der kleinen blonden Salome, die mitten im Stück auf so merkwürdige Weise verschwunden war.

»Hat er sie noch nicht gefunden?«, erkundigte sich Wadim.

»Nein. Aber er wird sie finden.« Katja zielte mit der Gabel auf einen kross gebratenen Entenflügel.

»Warum muss man sie denn jetzt überhaupt noch finden?«, fragte Sergej.

»Der Ordnung wegen. Sie muss verhört werden. Außerdem muss geklärt werden, wie man sie dorthin geschleppt und was man ihr versprochen hat.«

»Das ist doch nicht mehr wichtig. Schnee von gestern.«

»Was mich noch interessiert«, sagte Wadim, »wären zwei Dinge. Warum hat dieser Junge sie zweimal gerettet? Und weshalb hat der Mörder Danila, der Werchowzew so hündisch ergeben war, ihm plötzlich ein Messer in den Bauch gestoßen?«

»Bestimmt war er eng mit dem anderen befreundet«, vermutete Katja. »Es war doch ein Unfall, dass er in den Fluss gestürzt ist, oder?«

Sergej und Wadim blickten einander an.

»Vielleicht«, meinte Wadim. »Hat Kolossow inzwischen herausbekommen, wie der Junge hieß?«

Katja nahm sich einen Apfel aus der Obstschale.

»Man hat dort im Safe einen Pass gefunden«, sagte sie. »Der Junge stammte aus dem Baltikum. Mit Vornamen hieß er Olgerd. Im Safe lag auch noch etwas anderes – eine Pistole mit Schalldämpfer. Die Analyse hat ergeben, dass es die Pistole ist, mit der Arsenjew erschossen wurde. Kolossow ist überzeugt, dass Arsenjew nicht von Danila, sondern von Werchowzew ermordet wurde. Und noch etwas: Der ältere Bruder Werchowzews wurde auf die gleiche Weise getötet: ein Schuss aus einer Pistole mit Schalldämpfer sowie ein zusätzlicher ›Fangschuss‹. Die Waffen waren zwar unterschiedlicher Herkunft, aber die Handschrift war dieselbe. Es stand ein riesiges Erbe auf dem Spiel.«

»Ja, er hatte wirklich Geld wie Heu«, sagte Sergej nachdenklich.

»Und er hat es fantasievoll ausgegeben, der Hundesohn!« Wadim wischte sich den Mund ab und legte die Serviette beiseite. »Ein Ästhet!«

»Kann sich denn jemand von seiner Fantasie so beeinflussen lassen, dass er sogar einen Mord begeht?«, fragte Sergej.

»Ja, das ist möglich.« Katja seufzte. »Nero zum Beispiel begeisterte sich so sehr für Mythologie, dass er eines schönen Tages beschloss, sich und dem römischen Volk ein lebendes Bild aus der griechischen Sage zu zeigen. Man zog einem Sklaven das Flügelkostüm des Ikarus an, brachte ihn in die Zirkusarena und stieß ihn von einem eigens dafür errichteten Turm. Der Imperator wollte sehen, ob der neue Ikarus nicht vielleicht doch zur Sonne emporfliegt, aber er fiel wie ein Stein zu Boden, und sein Blut bespritzte die Toga des Kaisers.«

»Werchowzew ist nicht Nero, Katja«, sagte Sergej. »Aber verrückt ist er auch. Wie hast du damals gesagt – ein zerbrochener Baum?«

»Jeder sucht sich aus dem Werk eines Dichters nur das heraus, was er haben will«, meinte Katja traurig. »Da kann man nichts machen.«

Sie tranken Kaffee. Wadim nahm sich eine Zigarette, betrachtete sie und ... brach sie entzwei.

»Das war's. Jetzt werden wir wieder mehr auf die Gesundheit achten, Kinder.« Er drehte sich schwungvoll mit dem Sessel herum. »Machen wir morgen eine Spritztour ins Grüne?«

»Ich bin dabei«, sagte Sergej. »Moskau hängt mir zum Hals heraus. Was meinst du, Katja?«

Katja schwieg, sah erst ihre Freunde an und blickte dann zum Schreibtisch in der Zimmerecke.

»Nein, morgen will ich noch etwas arbeiten. Mir sind einige Gedanken gekommen. Ich muss mich an die Schreibmaschine setzen und ...«

»Aber an der Schreibmaschine sitzt du doch schon von morgens bis abends im Büro!«, wandten die Freunde ein.

»Das ist etwas anderes. Irgendwann muss man mit den Dingen anfangen, die einem wirklich am Herzen liegen. Also warum nicht an diesem Sonntag?«

# ANMERKUNGEN

[1] Fjodor Konjuchow (geb. 1951), russischer Abenteurer und Weltumsegler, bekannt durch seine waghalsigen Polarexpeditionen, erreichte 1996 als erster Russe allein den Südpol.

[2] In Russland ist es gesetzlich vorgeschrieben, dass bei Hausdurchsuchungen, Wohnungsöffnungen u. Ä. zivile Zeugen anwesend sind.

[3] Gemeint ist der Frauentag am 8. März.

[4] Russische Redensart, die benutzt wird, wenn man jemanden auffordert, sich zu setzen.

[5] Petrowka 38: Dort befindet sich das Hauptgebäude der Moskauer Polizei.

[6] vgl. [2]

Tatjana Stepanowa

Der dunkle Hauch der Angst

THRILLER

In einem Wäldchen bei Moskau wird die schrecklich zugerichtete Leiche einer Frau gefunden – der Kopf ist zertrümmert, ein Teil des Gehirns fehlt. Es ist bereits der zweite Mord dieser Art. Die Spur führt zu einer Tierversuchsstation, wo eine Gruppe von Wissenschaftlern Experimente an Menschenaffen durchführt, und von dort weiter ins Moskauer Museum für Vor- und Frühgeschichte. Dort entdeckt Nikita Kolossow, Chef der Mordkommission, menschliche Schädel, denen vor zigtausend Jahren die gleichen Verletzungen zugefügt wurden. Ist die Mordwaffe womöglich ein prähistorisches Werkzeug? Und warum sind stets ältere Frauen die Opfer? Der Polizeireporterin Katja Petrowskaja lassen diese Fragen keine Ruhe. Gemeinsam mit Kolossow macht sie sich auf die Suche nach dem Täter.

ISBN 3-404-14769-3

BASTEI
LÜBBE

## Der erste Fall des Brisbaner Detectives Shane O'Connor

In einem verschlafenen Nest im Westen Queenslands, Australien, entdecken Bauarbeiter eine halbverweste Leiche ohne Kopf. Handelt es sich um ein weiteres Opfer des Serienkillers, dem schon mehrere Frauen zum Opfer gefallen sind? Der Brisbaner Detective Sergeant Shane O'Connor soll ermitteln. Keine leichte Aufgabe, wenn Aborigine-Mythen die Untersuchungen erschweren – und ein Spitzenpolitiker, ein angesehener Farmer und der alte Dorfpolizist alles tun, um ein Verbrechen zu decken ...

ISBN 3-404-14821-5